UN AN PLUS TARD

MARIE FORCE

Un an plus tard

Par Marie Force

Publié par HTJB, Inc.

Copyright 2020. HTJB, Inc.

Traduit par: Lorraine Mauvais

Couverture: Kristina Brinton

ISBN: 978-1950654789

CHAPTER UN

JOHN

Rien ne s'est passé comme prévu. Dès que j'ai été blessé en capturant Al Khad, l'homme le plus recherché au monde, j'ai perdu le contrôle de ma vie. J'ai perdu la moitié de ma jambe. J'ai perdu un mois à cause d'une infection et puis… j'ai perdu Ava, l'amour de ma vie, qui vient maintenant d'épouser un autre homme et est en voyage de noces quelque part en Europe. *Éric*. Le gars s'appelle *Éric* et, soi-disant, elle est tombée amoureuse de lui alors que j'étais déployé depuis plus de cinq ans. Des semaines après l'avoir vue et avoir appris qu'elle était tombée amoureuse de quelqu'un d'autre pendant mon absence interminable de six ans, je n'arrive toujours pas à croire que ce soit vraiment fini entre nous. Penser à elle, à nous, à la vie que je voulais tant partager avec elle, c'est ce qui m'a soutenu pendant les longues années que nous avons passées loin l'un de l'autre.

Il est inconcevable qu'elle soit partie pour toujours. Je l'aime depuis le tout premier moment où mon regard s'est posé sur elle, il y a huit ans, dans un bar à l'extérieur de la base à San Diego. Nous sommes tombés l'un sur l'autre – littéralement – devant les toilettes, et c'était chose faite. Nous avons été ensemble jusqu'à ce que je sois déployé, et pourtant je n'étais pas censé avoir d'attaches ou de relations qui m'empêcheraient de faire un travail pour lequel rares sont les militaires jamais sélectionnés. Mon unité et sa mission sont si confidentielles que je ne pourrai jamais partager avec qui que ce soit les détails de ce que nous avons fait ni comment nous y sommes parvenus. Et depuis que je suis rentré aux USA, devenu un héros réticent après que le camp d'Al Khad a dévoilé mon identité dans une vidéo du raid qui lui a valu son arrestation, *tout le monde* veut les détails.

Je suis bombardé de demandes des médias, à tel point que l'officier des relations publiques de la Marine qui m'a été assigné a cessé de prendre leurs appels, ce qui veut dire qu'ils me contactent directement. Comment ils ont eu mon numéro, je n'en ai aucune idée. Je suis obligé d'embaucher quelqu'un pour s'en occuper, je n'ai pas le choix. Il se trouve que cette personne, recommandée par Ava, est sa nouvelle belle-sœur, Julianne Tilden, qui, il se trouve également, est la fille du gouverneur de New York. C'est super. Non seulement j'ai la chance d'avoir affaire à quelqu'un de la nouvelle famille d'Ava, mais la fille du gouverneur est probablement aussi une princesse privilégiée emmerdeuse de première classe qui n'a pas la moindre idée de ce avec quoi je me bats.

Je suis prêt à la haïr au premier coup d'œil.

Son frère a épousé mon Ava. Qu'est-ce que j'ai besoin de savoir de plus sur elle ?

Si je ne cherchais pas si désespérément à ce qu'on m'épaule avec les demandes constantes des médias, je ne voudrais rien avoir à faire avec la nouvelle belle-sœur d'Ava. Mais chercher quelqu'un d'autre prendrait de l'énergie que je n'ai pas ; d'ailleurs, qu'est-ce que j'en ai à faire, moi, de qui s'occupe des médias ? Du moment que c'est quelqu'un d'autre que moi.

Je vis dans un appartement que le capitaine de corvette David Muncie, l'intermédiaire qui m'a été désigné par la Marine, a trouvé pour moi quand on m'a autorisé à quitter l'hôpital. On me dit que passer de patient hospitalisé à patient à domicile est une victoire à célébrer.

Waouh. Oh, putain.

Je me fiche de tout maintenant qu'Ava est partie. Elle était ma raison d'être, et je me retrouve avec une demi-jambe et un cœur si brisé qu'il ne battra peut-être plus jamais normalement. À quoi ça sert tout ça ? Je ne sais plus, et je suis assez conscient de moi-même pour réaliser que je suis profondément déprimé.

Le corps médical qui s'occupe de moi de façon régulière le voit également, et m'a référé à un spécialiste. J'ai sa carte de visite. C'est juste que je ne me suis pas donné la peine de prendre rendez-vous.

Qu'est-ce qu'il peut bien faire ? Sauf s'il peut dissoudre le mariage d'Ava et la convaincre de revenir à sa place auprès de moi, je ne vois pas quel avantage il y aurait à lui faire perdre son temps, ni à moi le mien.

La sonnette retentit, et je me traîne du canapé à la porte pour faire entrer Muncie, avançant lentement avec les béquilles sur lesquelles je m'appuie encore. Je passe une partie de toutes mes matinées sur le tapis de course dans la salle de fitness en bas, à essayer de m'habituer à ma prothèse et retrouver ma force. Je marche jusqu'à ce que mes muscles tremblent d'épuisement, jusqu'à ce que je baigne dans la sueur et que je sois sûr que je ne serai plus jamais le même qu'avant de perdre ma jambe ainsi qu'un mois de ma vie à cause de l'infection. Chaque jour, je me dis que ça ne fait rien si je ne retrouve pas ce que j'ai perdu, et pourtant je me force à prendre l'ascenseur et descendre passer une heure à me torturer sur ce putain de tapis de course.

« Vous avez une clé, lui rappellé-je.

— Et vous, vous êtes capable d'ouvrir la porte. »

Le commentaire était à prévoir après des semaines de cette existence qui ressemble à *Un jour sans fin* et qui est devenue ma nouvelle réalité. Je fais la grimace.

Au moins, Muncie a apporté du café, et il m'en tend une tasse une fois que je me suis réinstallé sur le canapé. Il a appris à ses dépens qu'il ne faut pas me parler jusqu'à ce que j'aie pris au moins une, mais de préférence deux, tasses de café. Je suis un vrai boute-en-train dernièrement.

Je n'étais pas comme ça avant. Avant mon déploiement cauchemardesque, j'avais une bonne vie avec Ava. Elle était tout ce qu'il me fallait pour être heureux, et j'étais tout ce dont elle avait besoin. Jusqu'à ce que je disparaisse sans lui donner de nouvelles pendant six ans, ne lui laissant que le choix de faire sa vie sans moi. J'en veux à Al Khad d'avoir bousillé la plus belle chose de ma vie. Je ne blâme certainement pas Ava d'avoir survécu. Je voudrais simplement qu'elle ne soit pas tombée amoureuse de quelqu'un d'autre. *Éric.* Le prénom de son *mari*, c'est *Éric*. Je le déteste, bordel, et je ne l'ai jamais rencontré.

J'avais en tête cette image de comment ce serait de la revoir. Je n'avais pas imaginé qu'elle me dirait qu'elle avait trouvé quelqu'un d'autre, qu'elle était amoureuse et fiancée et qu'elle avait l'intention de passer sa vie avec lui. Six semaines après ce rendez-vous fatidique avec elle, je suis toujours bouleversé d'avoir été obligé de la laisser partir, parce que c'était ce qu'elle voulait.

La vie est si injuste, putain. J'ai donné plus de six ans et la moitié d'une jambe pour traduire en justice un terroriste impitoyable, et qu'est-ce que j'ai en retour ? Le reste de ma vie sans la seule femme que j'aie jamais aimée.

« Vous allez prendre une douche avant que Julianne arrive ? demande Muncie de son poste à la table de la salle à manger, où il a installé son ordinateur portable.

— Quelle heure est-il ?

— 9 h 30. »

Julianne doit arriver à 10 h, et ça fait des jours que je n'ai pas pris de douche, ou que je me suis rasé, même après avoir transpiré comme un cochon sur le tapis de course. Je ne ressemble en rien à l'officier naval bien apprêté que j'étais avant que la vie me fasse un coup de pute. Peut-être que Julianne devrait voir le nouveau moi, celui qui n'en a rien à foutre de quoi que ce soit, même l'hygiène corporelle, pour qu'elle sache ce qui l'attend si elle décide de me prendre comme client.

Parce que je suis encore instable sur ma prothèse, ça va me prendre jusqu'à la dernière seconde des trente minutes qu'il me reste si je vais prendre ma douche et me changer. Je me hisse avec les béquilles et je boitille jusqu'à la chambre.

Muncie me suit, met le café sur le comptoir et puis me laisse prendre ma douche dans la cabine accessible aux handicapés. Je suis techniquement handicapé maintenant. Un handicapé au cœur brisé. C'est moi. Oh, et puis héroïque aussi, à en croire les conneries déblatérées sur moi d'un bout de la nation à l'autre. Le pays est reconnaissant. Je comprends, mais je voudrais qu'ils me fichent la paix pour que je puisse me laisser aller à ma dépression.

Juste parce qu'il y a de bonnes chances que je pue, je prends la douche de merde. Je rase une barbe de pas mal de jours et me lave la tête. Mes cheveux sont devenus longs – plus longs que jamais depuis l'Afghanistan, quand ils ont dépassé mes épaules pour la première fois de ma vie. Lorsque je me suis réveillé à l'hôpital après avoir perdu ma jambe, les cheveux étaient partis aussi. Je n'ai jamais demandé qui avait décidé qu'il fallait tout couper. J'avais de bien plus gros problèmes à résoudre à ce moment-là, par exemple comment j'étais supposé vivre sans ma jambe.

J'essaie encore de trouver comment je suis censé continuer sans Ava. Debout sous l'eau chaude, je repense à ma première nuit avec elle, mon souvenir préféré auquel me laisser aller quand j'étais en déploiement. J'arrivais à me transporter hors de l'enfer que je vivais à ce moment-là pour être avec elle, l'endroit que j'aimais le plus au monde. Après que je l'ai convaincue de quitter le bar avec moi ce soir-là, nous avons fait un tour dans mon camion, quelques heures passées à parler, rire, écouter de la musique et échanger sur nos vies. Elle m'a raconté la sienne. Je lui ai raconté la version de la mienne que j'avais le droit de partager, dont quatre-vingt-dix pour cent étaient du baratin, comme la partie sur mon père, le général, qui nous avait fait déménager de ville en ville lorsque nous étions gamins.

Il n'y avait pas de père et pas de « nous ». J'ai été élevé par l'assistance publique et je n'ai pas de famille. Mon manque de liens personnels, combiné avec mon agilité physique passée, avait fait de moi un candidat idéal pour l'équipe d'élite de commandos de marine qui a été déployée pour traquer Al Khad. Et on l'a finalement eu, le salaud insaisissable qui nous avait échappé pendant des années jusqu'à cette nuit fatidique.

Mais je ne veux pas penser à lui. Je veux penser à *elle*. Et à *nous*. La première chose que j'ai remarquée à propos d'elle, c'était qu'elle était jeune. Vingt et un ans à peine à l'époque, alors que j'en avais vingt-neuf. Elle était bien trop jeune pour moi, et j'aurais dû passer mon chemin. C'est le seul regret que je me permets d'avoir en ce qui la concerne : que je l'aie aspirée dans le tourbillon de ma vie sans lui donner toutes les informations dont elle avait besoin pour prendre la décision par elle-même. Je ne lui ai jamais dit, par exemple, que je pouvais être déployé pendant des années, et que si cela arrivait, je ne pourrais pas la contacter du tout pendant mon absence.

Je me rends compte que ça donne l'impression que je suis le plus gros connard de tous les temps, mais je n'avais pas le droit de le lui dire. Je n'étais même pas censé l'avoir dans ma vie. Et oui, j'ai eu du mal avec la tromperie. J'ai agonisé face à la question de ce qu'elle deviendrait si le pire devait arriver à notre pays. Ma seule excuse est que je l'aimais tellement, putain – et j'adorais être aimé par elle – que j'aurais tout fait pour l'avoir dans ma vie, même si ça voulait dire lui mentir tous les jours pendant les deux ans que nous avons passés ensemble au comble du bonheur.

Je me suis dit à ce moment-là que j'avais de bonnes raisons de le faire. Je la protégeais en l'empêchant d'avoir à se soucier de quelque chose qui n'arriverait peut-être jamais. Mais tout ça, c'est du baratin. C'est moi que je protégeais de la possibilité de perdre la seule personne qui m'ait jamais aimé, la seule personne qui m'ait appartenu à moi et moi seul, et moi à elle.

Je passe mes doigts dans mes cheveux jusqu'à ce que tout le savon soit parti et puis je lève mon visage vers l'eau. J'aurais dû l'épouser quand j'en avais l'opportunité. Qu'est-ce qu'ils auraient pu faire ? Me foutre à la porte des commandos ou même de la Marine ? Après avoir dépensé des centaines de milliers de dollars pour me former pour le genre de mission qui a conduit à la capture d'Al Khad, ils ne m'au-raient pas facilement mis à la porte. Cela dit, pour commencer, ils auraient pu me rétrograder ou même me traduire en cour martiale pour ne pas avoir respecté les règles qui m'avaient été expliquées de la manière la plus claire possible quand j'ai accepté de rejoindre cette équipe-là.

Cela m'aurait démoli d'être rétrogradé ou traduit devant une cour martiale. Jusqu'à ce que je rencontre Ava, la Marine et l'unité de commandos m'avaient donné la première vraie famille que j'aie jamais eue, et l'idée de décevoir mes supérieurs m'était insupportable. C'est pourquoi je ne l'ai pas épousée quand je savais que j'aurais dû. Je me suis tellement fait de soucis après l'avoir laissée seule sans protection que je me suis fait un ulcère à l'estomac, encore une chose qu'elle n'a jamais sue. Je lui ai dit que je souffrais de reflux gastrique et que c'était pour ça que je devais faire attention à ce que je mangeais.

Chaque fois que j'ai besoin d'échapper à ma nouvelle réalité, je laisse mon esprit vagabonder jusqu'à la soirée la plus parfaite de ma vie, la nuit où j'ai rencontré Ava dans ce bar pourri où Sanchez avait choisi de fêter sa promotion. Elle était venue avec une amie qui était intéressée par l'un des gars de la Marine qui fréquentait l'endroit. Jamais de la vie je n'aurais pu m'imaginer rencontrer la femme de mes rêves dans un endroit pareil. Mais c'est là qu'elle était, sortant des toilettes pour femmes quand je suis sorti moi aussi du côté hommes et l'ai presque renversée.

Elle était si fraîche, jolie et parfaite. Je lui ai dit encore quand je l'ai vue récemment que je savais que j'aurais dû la laisser partir et continuer ma vie comme avant ce soir-là. La raison pour laquelle je ne l'ai pas fait, c'est que dès la toute première fois que je l'ai vue, j'étais fichu. Une seconde avec elle et il était déjà trop tard pour continuer à vivre comme si je ne l'avais jamais rencontrée.

Cette première nuit était comme sortie d'un rêve, d'un film ou de la vie de quelqu'un d'autre, parce que les choses parfaites ne m'arrivent pas à moi. Du moins, jamais jusque-là. Mais en ce qui concerne Ava et moi ensemble, tout était la perfection même, le genre de chose qui vous arrive une fois dans la vie si vous avez beaucoup, beaucoup de chance. J'ai eu de la chance une fois, et parfois, la perdre, perdre son amour… Je me demande si j'y survivrai. Perdre ma jambe n'est rien par rapport à la perdre, elle.

J'ai réussi à la convaincre de venir chez moi ce soir-là, et nous nous sommes retrouvés au lit comme si cela faisait des années, et non quelques petites heures, que nous étions ensemble. Elle m'a dit qu'elle n'avait jamais fait quelque chose comme ça, n'avait jamais couché avec un gars qu'elle venait de rencontrer, mais on a immédiatement su, tous les deux, que c'était différent entre nous. La première fois que je me suis enfoncé dans la douceur de sa chair, j'étais fichu pour toutes les autres. Je n'ai pas été avec quelqu'un d'autre depuis, et je ne peux m'imaginer désirer une femme comme je désire encore Ava.

Avant ma blessure, je bandais dur comme un roc juste à penser à cette première nuit et à comment nous sommes venus l'un à l'autre comme un météore sur une trajectoire de collision avec le destin. Depuis la blessure et l'infection, il ne se passe pas grand-chose entre mes jambes. Je me demande si c'est une chose de plus perdue à jamais.

Le jour après ma première rencontre avec Ava, j'ai fait quelque chose que je n'avais jamais fait auparavant pendant mes douze années dans la Marine et que je n'ai jamais fait depuis : j'ai appelé le travail en disant que j'étais malade pour que je puisse passer toute la journée au lit avec elle. Elle a séché ses cours du vendredi, et nous sommes restés dans mon lit pendant des journées entières, nous faisant livrer les repas pour pouvoir refaire le plein et nous y remettre. Quand nous avons émergé le lundi matin pour reprendre notre existence, elle était devenue ma vie et moi, la sienne. C'est arrivé aussi vite que ça. Je suis passé de célibataire à complètement dévoué à elle dans l'espace d'un week-end sexuellement magnifique et mémorable.

Je m'abandonne au souvenir de comment c'était de l'aimer. Je me rappelle chaque nuance de son corps, chaque réaction que je pouvais provoquer en elle sans effort, parce que je parlais couramment la langue d'Ava. Je la connaissais mieux que je me connais moi-même. Je savais ce qui la faisait soupirer et ce qui la faisait crier, et je pouvais la faire jouir tellement de fois qu'elle en perdait la tête. Je ferme les yeux et me souviens vivement de l'étreinte serrée de sa chatte autour de ma queue pendant qu'elle frémissait sous l'effet d'un orgasme après l'autre. Elle était si incroyablement sensible.

Mais même ces pensées érotiques de la femme que j'aime n'attisent pas le moindre désir en moi, et je me demande si j'ai perdu ma virilité en plus de ma jambe.

Muncie frappe à la porte, interrompant les belles images dans ma mémoire avec une cruelle dose de ma nouvelle réalité.

« Qu'est-ce que vous faites, là-dedans ? Elle va arriver dans dix minutes.

— Cassez-vous. »

De quel droit ose-t-il interrompre mes pensées d'Ava ? Les souvenirs sont enfouis dans un passé si doux que je me demande à quoi ça pourrait bien servir d'essayer de continuer sans elle. Je me suis dit – plus d'une fois depuis qu'elle a fait son choix – que je pourrais prendre trop de ces pilules pour la douleur qu'on m'a données quand j'ai quitté l'hôpital et faire en sorte qu'on en finisse.

Ce serait important pour qui ? Ava est partie, et mes deux meilleurs amis au monde ont été tués dans le raid sur Al Khad. Ce serait si facile de prendre les pilules, de m'esquiver, de finalement trouver la paix.

Je ne l'ai pas fait pour une raison très importante. Je ne ferai jamais ça à Ava. Je ne ruinerai pas le reste de sa vie en mettant fin à la mienne et la laissant penser que c'était de sa faute. Alors, bien que la perdre m'ait presque tué, je me force à continuer à vivre pour que ma mort ne détruise pas sa nouvelle vie heureuse.

Baisé de la tête ? Croyez-moi, je le sais.

Je sors de la douche, m'essuie et m'habille avec maladresse, un processus que j'ai dû réapprendre, comme pratiquement tout le reste, depuis que j'ai perdu ma jambe. Même avec la prothèse, mon équilibre est précaire, et j'ai encore beaucoup de douleur – véritable et fantôme – à cause de la perte de ma jambe.

Quand je suis finalement vêtu d'un jean et d'une veste qui vient du nettoyage à sec grâce à Muncie, je suis complètement épuisé et en nage. Ça valait bien la peine de prendre ma douche, tiens.

J'entends Muncie qui parle à quelqu'un dans la pièce d'à côté, ce qui veut dire qu'elle est arrivée. Bien que ce soit la dernière chose que j'aie envie de faire, bordel, je me hisse sur mes béquilles et me déplace jusqu'à la porte pour rencontrer cette femme dont Ava jure qu'elle est la meilleure quand il s'agit d'affronter les médias et l'énorme montagne de conneries qu'est devenue ma vie dernièrement.

J'ouvre la porte, et la première chose que je vois est une superbe paire de jambes. J'ai peut-être le cœur brisé mais ça ne veut pas dire que je ne remarque pas de magnifiques jambes quand je les vois. Je laisse mon regard remonter son corps jusqu'à ce que je rencontre de grands yeux de biche surpris qui sentent la sainte-nitouche.

Oh, putain, je ne peux pas croire qu'Ava m'ait envoyé Mary Poppins dans une paire de pompes noires de chaudasse et une robe rouge qui tue.

CHAPTER DEUX

JULIANNE

Il fait si peur que j'ai du mal à ne pas me recroqueviller ou me précipiter vers la porte pour m'échapper. Si je l'avais rencontré dans la rue, je me serais poussée pour qu'il n'y ait aucune chance que je le frôle. Et je ne suis pas du tout comme ça. Je parle à tous ceux que je rencontre, ce qui rend mes frères dingues. Ils jurent que je vais finir assassinée un de ces jours, parce que je suis trop amicale avec les inconnus.

Je ne peux pas m'en empêcher. Je suis comme ça. Mais cet inconnu est différent, et très vite je réalise qu'il n'est pas près de faire quoi que ce soit pour rendre les choses plus faciles pour moi. Il est aussi incroyablement beau, mais c'est quelque chose que je remarque à peine. La peur demande toute mon attention.

Muncie brise le silence inconfortable en s'éclaircissant la voix.

« Capitaine John West, voici Julianne Tilden. »

Rassemblant tout mon courage et toute ma détermination à m'en sortir avec mon professionnalisme intact, je fais plusieurs pas vers lui et lui tends ma main bien que je tremble en mon for intérieur.

« C'est un plaisir de vous rencontrer, capitaine West. Merci de votre service à la nation. »

Il me serre la main et hoche brusquement la tête tandis qu'il s'installe avec précaution dans un *love seat*.

« Asseyez-vous. »

Je prends une des chaises au dossier droit en face du *love seat*.

Muncie apporte une tasse de café à emporter, des pots de lait, de sucre et d'édulcorants.

« Pas sûr si vous buvez du café ou comment vous le prenez. »

Il a l'air très gentil, et je lui fais un sourire chaleureux, très soulagée qu'il soit là au cas où le capitaine effrayant déciderait de m'attaquer en un moment de folie.

« Merci. Je ne peux rien faire sans mon café.

— Le capitaine et vous avez ça en commun », dit Muncie, lançant un regard pointu vers John comme pour dire : *Arrête de te regarder le nombril et sois gentil.*

Du moins, j'espère que c'est le message qu'il envoie, parce que ce serait vraiment bien si le capitaine arrêtait de se regarder le nombril et devenait gentil.

J'ajoute du lait et un édulcorant à mon café et je mélange.

« Que puis-je faire pour vous, capitaine West ? »

Il veut me rendre la vie difficile ? Je peux jouer à ce jeu-là, moi aussi.

« Occupez-vous de toutes les conneries.

— Malheureusement, il va falloir être plus précis. »

Je prends une gorgée de café et remercie Dieu encore une fois pour la personne qui a pensé que ce serait une bonne idée de verser de l'eau chaude sur des grains de café. Savait-elle à cet instant-là quel service elle rendait à l'humanité tout entière ?

« Je suis inondé d'appels des médias. Tout le monde veut des interviews. Ils veulent que j'écrive un livre. Une société m'a même demandé d'être mannequin pour ses sous-vêtements. C'est sans arrêt et complètement dingue, et je n'arrive pas à m'y faire.

— Comment vous contactent-ils ?

— D'une façon ou d'une autre, ils ont réussi à obtenir mon numéro de portable. »

Pendant qu'il prononce ces mots, un appel entrant fait vibrer un téléphone sur la table basse.

« Ça, ça va être le premier d'au moins cent appels aujourd'hui.

— Eh bien, ça ne va pas aller. Cela ne vous dérange pas que je prenne le téléphone et que je gère les appels pour vous ? »

Il hésite, jetant un œil sur le téléphone avec une telle soif que je sens mon cœur s'adoucir envers lui.

« Je vous en achèterai un nouveau et m'assurerai qu'elle a le nouveau numéro », dit Muncie.

C'est tout ce que le capitaine a besoin d'entendre.

« Prenez-le. Il est à vous. »

Je prends le téléphone sur la table basse.

« Il a un code ?

— Zéro cinq vingt-cinq. »

Je l'écris dans le calepin que j'ai toujours sur moi. Je dors avec sous mon oreiller. Il contient toutes les informations les plus importantes sur mes clients. Mes frères et ma sœur me taquinent à propos de mon calepin, mais bien des détails qui y sont inscrits sont ultraconfidentiels, et je ne les garderais jamais sur un smartphone qui peut être facilement piraté. Nous avons eu un séminaire à ce sujet l'année dernière. Cela m'a fichu une frousse incroyable, ainsi qu'à tous ceux avec qui je travaille. Nous sommes bien nombreux à nous mettre au papier et stylo depuis.

Le capitaine John West est mon seul client en ce moment. Les patrons de l'entreprise où je travaille étaient si excités de le décrocher qu'ils se sont pliés en quatre pour que d'autres s'occupent de mes clients et que je puisse donner toute mon attention à l'homme du jour. Après dix minutes en sa présence, je veux m'en débarrasser.

Mais je ne vais pas le faire pour deux raisons. Premièrement, tout le monde dans ma profession vendrait son âme pour prendre ma place en ce moment, et deuxièmement, Ava m'a demandé de m'en occuper, alors je vais le faire. J'adore Ava. Elle a rendu mon frère Éric plus heureux que jamais, et il n'y a rien que je ne ferais pas pour elle. C'est une affaire importante pour elle – John est important pour elle. Elle a été amoureuse de ce mec pendant huit ans, dont plus de cinq à se demander où il était passé, tout en espérant qu'il reviendrait auprès d'elle.

Quand il est finalement revenu, elle était amoureuse d'Éric et ils envisageaient de passer leur vie ensemble. Je sais combien cela a été difficile pour elle de revoir John après tout ce temps. Je ne peux pas m'imaginer comment cela a dû être pour lui d'entendre qu'elle s'était fiancée.

« Pourquoi est-ce que vous me fixez du regard ? » demande-t-il d'un ton bourru, me faisant sursauter.

Je réalise, avec horreur, que j'étais en effet en train de le fixer.

« Je suis désolée », murmuré-je.

Il se frotte le visage.

« Est-ce que je me suis encore coupé en me rasant, Muncie ?

— Pas cette fois-ci, capitaine.

— Je, euh, je vous prie de m'excuser. Je n'avais pas l'intention de vous dévisager.

— Vous l'avez déjà dit. »

Il a l'air de me rendre la pareille en profitant de l'occasion pour me regarder sans retenue.

J'essaie de ne pas dépérir sous l'éclat des yeux bleus les plus intenses que j'aie jamais vus, mais je flétris un tout petit peu, en attendant de découvrir quel nouvel enfer il me prépare.

« Vous êtes sûr que je ne me suis pas coupé en me rasant, Muncie ? »

Le capitaine de corvette rit.

« Non. C'est bon. »

Je jette un coup d'œil vers le capitaine et remarque que son air renfrogné s'est adouci un tant soit peu, pas au point de pouvoir appeler cela un sourire, mais peut-être l'esquisse d'un sourire.

« Votre frère a épousé mon Ava. »

Et voilà, on en vient à l'épine dans le pied.

« Oui, c'est ça.

— Il est comment ? »

Oh, bon sang. Je ne m'attendais pas à ce qu'il me demande ça et je n'ai aucune idée de quoi répondre.

« Est-ce une question difficile ? Je suppose que vous le connaissez depuis pas mal de temps.

— Toute ma vie, en fait. »

Il se penche en avant, plein d'intensité et de colère froide. Je n'arrive pas à trouver une autre façon de décrire l'énergie qu'il dégage.

« Mon capitaine… »

La mise en garde de Muncie est ignorée.

« C'est… C'est un type bien, un des meilleurs gars que je connaisse. Il ferait tout pour tout le monde, donnerait sa chemise. »

Je déteste le cliché, mais il convient – et c'est vrai en plus. Dans une crise, Éric est la première personne que j'appellerais.

« Qu'est-ce qu'il fait comme travail ?

— Des investissements haut de gamme.

— C'est quoi, des investissements haut de gamme, bordel ?

— Cinq millions de dollars ou plus. »

Vu son air de dégoût, j'éprouve le besoin d'en dire plus.

« Il peut passer une année entière à enquêter sur un placement potentiel, tout ça pour que la commission des acquisitions le refuse. C'est un travail très complexe. »

À en juger par son expression, cela ne diminue en rien le dégoût.

« Ça doit être une sacrée façon de gagner sa croûte.

— Il aime ça. »

J'inspire à fond et me dis qu'il me faut prendre le contrôle de ce rendez-vous.

« Revenons aux demandes des médias.

— Il a quel âge ?

— M'avez-vous fait venir ici pour parler de mon frère, capitaine West, ou êtes-vous intéressé par mes services professionnels ? »

Je me force à le regarder droit dans les yeux et à ne pas le laisser voir qu'il m'intimide.

Il me fixe du regard pendant un long moment avant de cligner des yeux.

« Les deux, je suppose.

— Je ne suis intéressée que par les questions professionnelles, si cela ne vous dérange pas. Alors que je compatis à votre situation, j'aime mon frère, et cela ne me semble pas juste que je parle de lui avec vous. »

Il n'aime pas ce que je dis, mais tant pis. Je suis là pour faire un travail, pas défendre mon frère.

« Vous compatissez à ma situation ? Vraiment ?

— Mon capitaine… »

Nous remarquons tous deux le ton d'avertissement de Muncie.

« Oui, je compatis à votre calvaire, et comme le reste de l'Amérique, je suis profondément reconnaissante du rôle que vous avez joué dans la traduction en justice d'un terroriste au prix d'importants sacrifices personnels et physiques. »

Il commence à applaudir, lentement et de façon dramatique.

Mon visage s'enflamme, ce qui me rend furieuse. La dernière chose que je veux, c'est qu'il remarque qu'il m'affecte.

« Vous avez répété ce petit discours dans l'avion en venant ?

— Non. »

J'aimerais lui donner un coup de poing et avoir malgré tout un travail après cela. Les associés étaient ravis quand je leur ai dit qui était mon client potentiel. *Décroche-le*, ont-ils dit, *et tu seras peut-être notre nouvelle associée.*

« Je viens de l'inventer à l'instant.

— C'est bien de voir que vous êtes capable de réfléchir vite.

— Je suis remarquable de ce point de vue, et c'est pourquoi je suis devenue l'une des meilleures jeunes professionnelles des relations publiques à New York. »

Son portable sonne, et c'est à ce moment-là que je me rends compte que je le tiens serré dans ma main. Tandis qu'il me regarde de son air intense et intimidant, je réponds à l'appel.

« Le téléphone du capitaine West. »

C'est un producteur de *NBC Nightly News,* qui veut fixer une date pour une interview.

« Laissez-moi prendre vos coordonnées et je vous recontacterai. »

Le nom et le numéro sont enregistrés dans mon fidèle calepin.

« Et vous êtes ? demande le producteur.

— Julianne Tilden.

— Vous travaillez pour le capitaine West ?

— Ne quittez pas. »

Je pose ma main sur le récepteur pour qu'on ne puisse pas m'entendre.

« C'est une productrice de NBC News. Elle veut savoir si je travaille pour vous. »

Il me fixe pendant un long moment, durant lequel je n'ai honnêtement aucune idée de ce qu'il pense. Il ne révèle rien.

« Dites-lui que c'est le cas. »

Je lui fais un bref signe de la tête et retourne à l'appel.

« Je représente le capitaine West pour toute demande des médias à partir de maintenant. Puis-je vous donner mon numéro pour que vous me téléphoniez directement ? »

Je récite mon numéro de travail et lui dis encore une fois que je vais la contacter plus tard. Je mets fin à l'appel et jette un œil sur mon nouveau client.

La première chose que je fais, c'est glisser le contrat de service de ma société sur la table.

« Avant d'aller plus loin, j'ai besoin que vous signiez ceci. »

Il se penche pour prendre le document, et une fois qu'il l'a étudié, il dit :

« Deux cents dollars de l'heure ?

— Je vous assure que je mériterai chaque centime.

— Ça, c'est vrai », murmure Muncie.

Je l'aime *vraiment* bien.

« Qui paie pour ça ? demande le capitaine West à Muncie.

— On s'en occupe. Signez le formulaire. »

Il le signe et me le tend.

« Qu'est-ce qu'on fait maintenant ?

— Maintenant, il nous faut parler de ce que vous êtes prêt à faire et ce que vous n'êtes pas prêt à faire.

— Si cela ne tenait qu'à lui, il ne ferait rien », dit Muncie.

Je ne détourne jamais mon regard du capitaine.

« Et pourquoi ça ?

— Je ne veux pas en parler, mais la Marine a décidé de faire de moi sa figure emblématique pour le recrutement. Moi, je veux juste prendre ma retraite et m'en aller vers de nouveaux horizons, mais ils ne vont pas me laisser faire.

— Le minimum qu'il puisse faire, c'est quoi ? demandé-je à Muncie.

— Ils ne nous ont pas donné de minimum. Ils veulent qu'il profite au maximum des opportunités qui lui sont offertes ; allez comprendre ce que ça veut dire. »

Je porte mon attention à nouveau sur le capitaine.

« Quelles sont vos limitations physiques ? »

Il me fusille du regard.

« Je n'ai pas de limitations physiques.

— Alors, vous pouvez voyager ?

— Oui, dit-il, les dents serrées.

— Voici ce que je propose… Nous réservons une tournée des médias de New York, y compris des émissions télévisées du matin, les nouvelles du soir, *late night*, et puis nous revenons ici et faisons la partie manquante, Los Angeles. »

Dès que je dis *partie manquante*, je m'en mords les doigts. Ce n'est pas parce que l'expression est incorrecte, mais je ne veux pas qu'il pense que je suis obsédée par ce qu'il a perdu. Et pourquoi penserait-il cela, au fait ? *Tais-toi, Julianne*. Je déteste cette voix intérieure qui me critique sans cesse. C'est la voix de ma mère.

Elle en a fait sa raison d'être, de critiquer mes moindres mouvements, jusqu'au jour béni où je suis partie à l'université à Barnard et où j'ai pu respirer pour la première fois de ma vie.

Il ne répond pas à ma suggestion.

Je m'éclaircis la voix.

« Est-ce que cela vous conviendrait ?

— Je suppose. »

Je jette un œil vers Muncie, qui hausse les épaules comme pour dire : *Je n'en sais rien, moi, ce qu'il faut faire avec lui*. Super. Cela fait des mois qu'il s'occupe de lui, et il n'en a pas la moindre idée. Quelles sont les chances que je sache, moi ?

J'ouvre mon calepin et enlève le bouchon de mon stylo à gel préféré.

« Voyons ce dont vous voulez parler et ce dont vous ne voulez pas parler.

— Je ne parlerai pas du raid, de la mission, ni de rien qui ait rapport avec Al Khad.

— C'est ce qu'ils vont vouloir savoir.

— Bien que le camp d'Al Khad ait divulgué la vidéo du raid, la mission reste secrète en ce qui nous concerne. Je ne suis pas libre de parler des détails, et même si je l'étais, je ne le ferais pas.

— Pouvez-vous parler de comment c'était d'être déployé pendant plus de cinq ans ?

— Ouais. C'était merdique.

— Il vous faudra dire plus que ça.

— Qu'est-ce que vous voulez que je dise de plus ?

— Ce que vous avez fait pendant tout ce temps ? »

J'ai cette question en tête depuis la toute première fois que j'ai entendu son histoire et comment il a été déployé le jour où l'organisation d'Al Khad a détruit par attentat-suicide un bateau de croisière, tuant quatre mille personnes innocentes. Ma belle-sœur Ava, qui était sa concubine à l'époque, a attendu cinq ans à San Diego pour qu'il rentre, avant qu'elle ne retourne à New York pour recommencer sa vie.

« On a cherché Al Khad.

— Vous l'avez cherché où ? »

Il réfléchit, donne l'impression de décider de ce qu'il devrait dire.

« Notre recherche s'est étendue à plusieurs pays qui sont hostiles aux Américains, alors il a fallu nous infiltrer et nous fondre dans la population locale pour obtenir des informations. Ça a pris du temps et de la patience, entre autres.

— Quand vous vous êtes engagé dans la Marine, saviez-vous qu'il vous faudrait peut-être être déployé aussi longtemps sans donner de nouvelles à vos proches chez vous ?

— Mis à part la compagne que je n'étais pas supposé avoir, je n'avais pas de proches chez moi, et c'est la raison pour laquelle on m'a choisi pour l'unité au départ. Dans une interview, tout ce que je peux dire c'est que je n'avais pas de proches chez moi. Je ne peux pas dire que j'avais une petite amie.

— Qu'est-ce que cela peut faire maintenant ? demandé-je. Ce n'est plus un secret.

— C'est important. Je ne veux pas l'entraîner dans tout ça.

— Oui, c'est vrai. »

Je respecte le fait qu'il la protège, même maintenant.

« Je suis d'accord qu'il vaut mieux ne pas éveiller la curiosité à propos d'elle. La presse serait impitoyable dans ses efforts pour la localiser et l'interviewer.

— Ce qui dérangerait et perturberait votre frère. »

De nouveau furieuse, je le fusille du regard.

« Ce serait dérangeant, perturbant et indiscret pour *Ava*. Je suis sûre que vous serez d'accord avec moi pour dire qu'elle a déjà assez enduré. »

Muncie laisse échapper un son qui est peut-être un rire, mais il tousse rapidement pour le cacher.

« Je suis d'accord, dit John. Ava a assez enduré, et c'est entièrement de ma faute. »

Mon cœur se brise un peu pour lui, parce que même s'il essaie de le cacher, la douleur d'avoir perdu Ava est aussi évidente que ses yeux bleus, ses pommettes saillantes et ses lèvres sexy.

Que Dieu m'aide, mais le fait est que ce gars est sexy – et complètement interdit pour tellement de raisons qu'il me faudrait des jours et des jours pour les énumérer toutes dans mon calepin.

CHAPTER TROIS

JOHN

Elle est plus forte qu'elle n'en a l'air. J'aime qu'elle n'encaisse pas sans me dire mes quatre vérités en face. Ça fait plaisir à Muncie, aussi. Il croit que je ne l'entends pas ricaner. Dès que j'en aurai l'occasion, je vais lui rappeler ce que veut dire le mot *insubordination*.

Je ne vais pas me montrer trop dur avec lui, malgré tout, parce que je serais perdu sans lui. Pas que je puisse jamais le lui faire savoir. Il est déjà impossible. C'est pathétique, non, que l'officier attribué par la Marine pour s'occuper de moi soit devenu mon ami le plus proche ? Sans lui, je me serais tué à petit feu à l'alcool après qu'Ava m'a dit que c'était fini entre nous, qu'elle allait épouser *Éric*.

Est-ce vraiment possible de haïr un mec qu'on n'a jamais rencontré ? Parce que je le hais pour me l'avoir prise. Oui, je sais que c'est irrationnel, injuste et ridicule. Et pourtant… je le hais.

Apparemment, je viens d'embaucher sa sœur pour me représenter auprès des médias.

J'en vois bien l'absurdité.

« Alors, c'est quoi, le plan ? lui demandé-je.

— Je vais commencer à rappeler ceux qui vous ont appelé, en me concentrant d'abord sur les marchés de New York et de Los Angeles. On s'intéresse beaucoup à vous, alors je vais privilégier les émissions les plus cotées.

— Et le timing ? demande Muncie.

— Je pense que nous partirons pour New York dans les quinze jours. »

New York. Ava habite à New York. La dernière fois que je lui ai parlé, c'était quelques jours avant son mariage, mais elle a néanmoins promis de m'appeler au retour de son voyage de noces. Je ne suis pas sûr de quand elle rentre. Je voudrais demander à Julianne quand est-ce qu'ils reviennent, mais j'ai déjà posé trop de questions sur eux.

Est-ce qu'Ava acceptera de me voir pendant que je serai à New York, ou est-ce trop espérer ? Quelles sont les règles de notre nouvelle « amitié », je n'en ai aucune idée. Ai-je le droit de la contacter, lui dire que je serai en ville et lui demander si elle veut qu'on se voie ? Ou est-ce que ce serait aller trop loin ? Je ne le sais pas, et ne pas savoir me rend susceptible et irritable.

Bon sang, qu'est-ce que je raconte ? Rien que de respirer me rend irritable depuis que j'ai perdu Ava. Chaque jour il faut que je me répète que mon seul choix est de continuer, parce que l'alternative la détruirait. Et je ne vais pas lui faire ça.

« Voici ce qui m'inquiète, dit Julianne : vous ne pouvez pas passer dans une de ces émissions et ne rien dire.

— Je vous l'ai expliqué. Il y a des limites à ce que je peux raconter.

— D'accord. La mission elle-même est à proscrire, mais vous pouvez certainement parler du côté émotionnel de ce que vous avez enduré. »

Je lève les yeux au ciel.

« Sérieux ?

— Oui ! Les gens sont intéressés par ce que vous avez vécu. »

Elle tourne les pages de son carnet.

« Vous avez perdu deux amis dans le raid, n'est-ce pas ? »

Je serre les dents pour ne pas péter un plomb.

« Oui.

— Vous pouvez en parler ?

— Vous voulez que j'utilise mes amis morts pour augmenter les cotes d'écoute ?

— Non, je veux que vous racontiez une histoire que les gens veulent entendre.

— Je ne vais pas les utiliser comme ça.

— Au lieu de penser que vous les utilisez, pourquoi ne pas vous dire que vous utilisez votre plateforme pour sensibiliser le public à leur sacrifice ? »

L'idée de parler de Jonesy ou Tito me rend malade. J'essaie encore de comprendre que j'ai perdu les deux hommes qui étaient comme des frères pour moi après toutes ces années passées ensemble à nous entraîner, nous préparer et à être déployés. Malgré notre proximité, même eux ne savaient pas pour Ava. Personne ne savait à propos d'elle. Si mes supérieurs avaient appris que j'avais une compagne, j'aurais pu faire face à des sanctions disciplinaires sévères, alors j'ai tout fait pour la garder très, très loin de ma vie militaire.

Je réalise maintenant tout le tort que je lui ai causé en la gardant isolée. Après mon déploiement, elle n'avait ni soutien, ni informations. Je me suis senti tellement coupable de la laisser que j'en étais malade, sachant que j'allais être parti indéfiniment et qu'elle aurait des questions auxquelles personne ne pourrait répondre.

« Qu'êtes-vous en train de penser ? demande Julianne, me soutirant à mes pensées.

— Je pense à Ava. »

Ma confession la dérange, mais tout à son honneur elle dit :

« Quoi, à propos d'Ava ?

— Ce que je lui ai fait était terrible. J'y pense tous les jours, à chaque instant. »

Dès que les mots m'échappent, je regrette d'avoir révélé autant à quelqu'un que je viens tout juste de rencontrer, mais en ce qui concerne Ava, je n'ai jamais pu me contrôler.

« Pourquoi vous l'avez fait ?

— Je l'aimais. Elle m'aimait. »

Je ne peux pas lui dire qu'Ava était la première personne à m'avoir jamais vraiment aimé, que j'étais complètement incapable d'abandonner un sentiment que jamais auparavant je n'avais ressenti.

« Tout ce qui s'est passé était de ma faute. Je n'ai pas été honnête avec elle, et ça me tue de savoir ce que je lui ai fait endurer. »

Comment fait-elle, cette femme, pour arriver à me faire parler si librement ?

Muncie me fixe du regard, l'air aussi surpris que moi par ma diarrhée verbale.

« Vous avez tous deux beaucoup souffert. Avez-vous quelqu'un qui vous aide ?

— Il a été dirigé vers un spécialiste ESPT, mais il ne l'a pas encore appelé, dit Muncie, ce qui lui vaut un regard noir de ma part.

— Je ne suis pas en état de stress post-traumatique. J'ai le cœur brisé. »

Le regard sympathique que me lance Julianne me met en colère.

« On a fini, alors ?

— Comme vous voulez.

— Très bien, alors. »

J'ai envie de me tirer loin d'elle et de sa sympathie, mais comme tout le reste ces jours-ci, ça me prend au moins cinq minutes pour me hisser, trouver mon équilibre, placer les béquilles et sortir de la pièce. Je vais dans la chambre d'à côté, ferme la porte et m'assieds sur le lit, épuisé par le petit effort que cela prend d'aller d'une pièce à l'autre.

Les kinésithérapeutes me disent que je vais être en pleine forme d'ici peu ; va savoir ce qu'ils veulent dire par là. Ils m'assurent que la torture journalière sur le tapis de course va accélérer les choses, et c'est la seule raison pour laquelle je me l'inflige. Si je suis condamné à continuer à marcher sur cette Terre, je suis déterminé à le faire sans les béquilles que j'en suis venu à mépriser.

J'ai dit à Julianne que je pouvais gérer la tournée des médias, parce que je veux le faire et en être débarrassé. Mais après trente minutes en sa présence, je suis inquiet. Je me demande si j'aurai l'endurance nécessaire pour la suivre.

JULIANNE

« Ne soyez pas vexée, dit Muncie après que John a quitté la pièce. Il était gentil, là.

— Je ne suis pas vexée.

— Eh bien, je suis vexé pour vous. Ce n'est pas le gars le plus facile du monde.

— Ce n'est pas grave. Je comprends qu'il a vécu l'enfer, et il est encore en train de digérer tout ce qui est arrivé dans le raid et avec Ava.

— Vous avez l'air d'être quelqu'un de bien, Julianne.

— Oh. Merci. J'essaie.

— Cela me ferait une peine terrible de le voir vous démolir. Vous n'êtes pas obligée de prendre ce travail si vous ne le voulez pas. On trouvera quelqu'un pour s'occuper de lui. Je me rends compte que vous êtes dans une position difficile étant donné que votre frère a épousé Ava.

— Ce ne sont pas les meilleures circonstances pour commencer une nouvelle relation professionnelle. Je vous l'accorde. Néanmoins, il me semble que je peux rendre les choses plus faciles pour lui, et j'aimerais avoir l'occasion d'essayer. »

Je ne mentionne pas que décrocher le capitaine West comme client m'a mise sur la voie rapide pour devenir associée dans mon entreprise. Ils n'ont pas besoin de le savoir.

« Et pourquoi ne le ferais-je pas, après tout ce qu'il a donné pour notre pays ?

— Faites vos prières, dit Muncie, ses lèvres dessinant un sourire. Il ne faudra pas me dire que je ne vous avais pas prévenue.

— Je vous suis reconnaissante de votre franchise, capitaine Muncie, mais j'ai l'habitude des clients difficiles. »

Il pouffe de rire.

« Il y a difficile, et puis il y a lui.

— Pourquoi travaillez-vous avec lui s'il vous est si antipathique ? »

Muncie a l'air étonné par la question.

« Je ne le trouve pas du tout antipathique. »

Il s'arrête.

« Non, attendez, ce n'est pas vrai. Parfois, je le trouve antipathique, en fait ; par exemple quand il est malpoli avec quelqu'un qui essaie de l'aider. »

Il me désigne de la main pour illustrer ce qu'il vient de dire.

« Ça, ça m'agace. Mais en général ? Travailler pour lui et avec lui est le plus grand honneur de ma carrière. Ce que les autres et lui ont fait pour détruire Al Khad ? C'est absolument extraordinaire.

— Je suis tout à fait d'accord, et j'ai hâte de relever le défi de travailler avec lui. Il a une histoire importante à raconter, et je veux l'aider à la raconter de la meilleure façon possible.

— Il vous faut savoir qu'il ne fait tout cela que parce que la Marine lui impose ce cirque avant de lui permettre de prendre sa retraite. Le nombre de recrutements a augmenté considérablement depuis que le camp d'Al Khad a divulgué cette vidéo, et la Marine veut profiter de cette vague de popularité aussi longtemps que possible. »

Pour une raison quelconque, cela me met en colère.

« Alors, en gros, ils se servent de quelqu'un qui a déjà tant sacrifié.

— C'est plutôt qu'ils y voient une opportunité.

— Je pense néanmoins que c'est d'une injustice impensable qu'ils le forcent à faire quelque chose qu'il ne veut pas faire avant de le laisser prendre sa retraite.

— Toute cette histoire est devenue plus importante que la Marine, plus importante que lui. On ne peut aller nulle part sans que des gens veuillent l'arrêter, le remercier et lui parler. Cela va arriver, qu'il fasse le tour publicitaire ou non. Alors, du point de vue de la Marine, autant qu'elle en tire profit.

— Je ferai de mon mieux pour rendre le processus aussi indolore que possible pour lui.

— Quelle est l'étape suivante ?

— Demain, je veux passer du temps avec lui à considérer les questions qu'on risque de lui poser et à préparer ses réponses.

— Il va *adorer*.

— J'imagine qu'il préférerait être prêt plutôt que désagréablement surpris, mais si je me trompe, merci de me le faire savoir.

— Vous n'avez pas tort, mais il ne va pas être facile à coacher.

— Que vous le croyiez ou pas, je ne suis pas surprise de l'entendre. »

Muncie rit.

« Vous avez du cran, Mlle Tilden. Je le reconnais. »

Je mets mon calepin, mon portable et le téléphone de John dans mon grand sac et me prépare à partir.

« Appelez-moi Julianne. Et je suis la plus jeune de quatre enfants, commandant Muncie. Les trois autres enfants étaient des triplés. Il m'a fallu avoir du cran très tôt dans la vie pour les remettre à leur place.

— Waouh, c'est cool. Et moi, c'est David ou Dave.

— Ça se passe beaucoup mieux maintenant que quand nous étions enfants et qu'ils se liguaient constamment contre moi. »

J'ajoute un sourire pour qu'il sache que ce n'était pas aussi dur qu'on pourrait le croire.

« Maintenant, ce sont mes meilleurs amis.

— C'est sympa quand ça arrive, hein ?

— C'est sûr. Eh bien, je suppose que je vous passerai un coup de fil demain et on prendra rendez-vous pour faire un peu de travail ensemble.

— Bonne idée.

— C'est ma première fois ici. Vous pourriez recommander quelque chose à faire de mon temps libre ?

— Allez voir l'Hôtel del Coronado et la plage là-bas, ainsi que Balboa Park, ou le célèbre zoo de San Diego. »

Je retrousse mon nez.

« Les zoos me rendent triste. Je ne supporte pas de voir les animaux en captivité.

— Alors, j'imagine que Sea World est hors de question ?

— C'est juste.

— Mission Beach et Belmont Park sont amusants, et il y a une superbe promenade derrière votre hôtel avec de nombreux restaurants et boutiques. Il faut absolument manger mexicain pendant que vous êtes ici, si vous aimez ça. C'est ce qu'il y a de meilleur.

— J'adore ça. Je n'y manquerai pas. Merci pour vos suggestions.

— Pas de problème. N'hésitez pas à m'envoyer un SMS si vous voulez que je vous recommande un restaurant.

— D'accord. »

Il m'accompagne jusqu'à la porte.

« Merci encore d'être venue jusqu'ici et de le prendre comme client.

— Pas de problème.

— Vous dites ça maintenant…

— Tout va bien, Dave. Je vous contacte demain matin. »

Pendant que je marche vers l'ascenseur, j'appelle un Uber pour me ramener à mon hôtel. Mes pensées sur la réunion avec John et le travail que je dois faire pour le préparer à faire face aux médias se bousculent dans mon esprit. Comme je l'ai dit à David, j'ai déjà eu des clients réticents, mais jamais quelqu'un tout à fait comme John.

Je suis dans l'Uber quand mon téléphone sonne. Je réponds à l'appel de ma sœur, Amy.

« Salut.

— T'as le temps de parler ?

— Ouais. Je suis en train de rentrer à l'hôtel.

— Alors, tu l'as rencontré ?

— Oui, oui.

— Il est comment ?

— C'est une question compliquée.

— Qu'est-ce que tu veux dire ?

— Il avait beaucoup de questions sur Ava et Éric.

— Non !

— Si.

— Qu'est-ce que tu as dit ?

— Je lui ai dit qu'ils étaient heureux ensemble.

— Waouh, quelle situation difficile. Il t'a carrément posé la question ?

— Pour être honnête, en gros c'était l'Inquisition.

— Oh, mon Dieu. Éric serait dans tous ses états s'il le savait.

— Et c'est pourquoi nous n'allons pas le lui dire, Amy. T'as compris ? C'est mon client. Je ne devrais même pas être en train de parler de tout ça avec toi.

— Mais si, tu devrais, et je ne le répéterai jamais. Ne t'inquiète pas. Alors, c'est quoi, le plan ?

— Je vais lui organiser une tournée des médias de New York et Los Angeles et essayer de faire en sorte qu'il en arrive au bout sans tuer personne, ni les journalistes ni moi.

— Il est vraiment si menaçant ?

— Euh, ouais, en quelque sorte.

— Jules ! Tu n'es pas obligée de faire ce boulot ! Si le gars te fait peur, désiste-toi.

— Aucune chance que je me désiste. Le décrocher comme client, c'est le coup du siècle, et il ne me fait pas peur. C'est juste qu'il est intimidant. C'est tout.

— Est-ce qu'il est aussi beau en vrai que sur les photos ?

— Euh, mieux ?

— Waouh, dit Amy avec un grand soupir. C'est difficile à croire. J'espère avoir la chance de le rencontrer pendant que vous serez à New York.

— On verra comment ça se passe. Il n'est pas exactement ce que j'appellerais sociable.

— J'adorerais le rencontrer quand même. Quand est-ce que vous revenez à New York ?

— Probablement vers la fin de la semaine prochaine.

— Ah, tant mieux. C'est ennuyeux, ici, entre toi qui es partie, Ava et Éric en lune de miel et Rob et Camille qui sont partis faire leur campagne électorale. »

Notre frère Rob tente de se faire élire au Congrès, et Éric et Amy vont diriger la campagne quand Éric sera revenu de sa lune de miel. L'automne va être occupé pour notre famille.

« Appelle des amis. C'est une bonne occasion de les voir.

— Je suppose.

— Pourquoi tu as l'air si déprimée ?

— Je ne sais pas. Je n'ai pas été dans mon assiette dernièrement.

— Pourquoi tu ne viens pas ici passer du temps avec moi ? J'ai une chambre d'hôtel énorme, et il y a une piscine incroyable. On pourrait jouer à faire les touristes quand je ne travaille pas. Allez, viens, Amy ! Ce serait vraiment super !

— Ça pourrait être sympa.

— Je réserve ton vol.

— Attends ! Laisse-moi vérifier que je peux prendre des congés. »

Elle est comptable dans une des grosses entreprises d'experts-comptables de la ville.

« Je te ferai savoir.

— Dépêche-toi. J'ai besoin de toi ici.

— Je te rappelle. »

Elle raccroche, mais je suis remplie d'excitation à l'idée qu'elle puisse peut-être me rejoindre à San Diego. M'occuper du capitaine Grincheux ne me semblera pas aussi terrible si Amy est ici pour m'amuser entre les diverses contraintes professionnelles. Est-ce que je viens vraiment de penser au plus grand héros d'Amérique en tant que capitaine Grincheux ? Je ris doucement toute seule, ce qui fait que le conducteur Uber me jette un regard bizarre dans le rétroviseur.

« Une photo drôle », lui dis-je, comme si cela lui importait.

Il n'en a rien à faire.

Si mes frères ou ma sœur étaient là, ils me demanderaient pourquoi j'ai ressenti le besoin de lui dire de quoi je riais. Je ne sais pas pourquoi ! Je suis comme ça, c'est tout. Je parle aux gens. Je suis sympa avec eux. Si cela fait de moi quelqu'un de bizarre, alors tant pis.

De retour à l'hôtel, je décide d'aller m'asseoir près de la piscine pendant un moment. Si Amy va venir, je préfère faire les choses touristiques avec elle plutôt que toute seule. D'ailleurs, après la matinée que je viens de passer, un petit peu de relaxation me fera du bien. Je mets un bikini bleu marine bordé d'un liseré blanc, qui est un de mes préférés, avec un ample cache-maillot et un grand chapeau de paille. Je jette dans un fourre-tout de la crème solaire, un magazine, mon calepin, mon iPad, mon téléphone portable et le téléphone de travail que je suis obligée d'avoir avec moi à tout moment, enfile une paire de tongs et sors en cette journée de trente degrés en Californie du Sud.

Dans l'ascenseur, une petite fille et sa maman me disent bonjour.

« J'adore ta robe, dis-je à la fille.

— Merci, dit-elle. Ton chapeau est joli.

— Merci. Tu vas à la plage ? »

La petite secoue la tête.

« Au zoo. Je suis très excitée de voir les girafes.

— Ohhh, profite bien. Dis-leur bonjour de ma part. »

Ça la fait rire, et sa maman me sourit. Je me demande si elle aussi pense que je suis bizarre.

La piscine est pratiquement désertée, probablement parce qu'il fait vraiment chaud. J'ai bavardé avec le barman hier soir pendant que je dînais, et il m'a dit qu'il a fait une chaleur exceptionnelle cet été.

Je dois être bizarre pour de bon parce qu'il ne peut jamais faire trop chaud pour moi qui suis quelqu'un qui a toujours froid. Je souffre dans la climatisation glaciale pendant l'été et j'en pâtis encore davantage pendant les hivers new-yorkais.

Je pourrais m'habituer au climat de la Californie du Sud. Pour commencer, j'aime follement les palmiers. Ils symbolisent les vacances pour moi, alors j'essaie d'imaginer comment ce serait de vivre dans un endroit où il y a des palmiers. Me sentirais-je en vacances tous les jours ? Je me le demande…

Pensées profondes par Julianne Tilden. Peut-être que mes frères et ma sœur ont raison et que je suis bizarre.

Seule sur ma chaise longue avec personne autour, je n'ai rien d'autre à faire pour le reste de la journée que de rattraper le retard pris avec mes mails de travail et rédiger des notes sur la réunion d'aujourd'hui avec des questions potentielles à pratiquer pour le capitaine.

Je laisse vagabonder mon esprit.

Je n'arrête pas de penser aux questions qu'il avait sur Ava, et à la douleur dans ses yeux bleus éthérés quand il me les a posées. Et oui, je viens vraiment de décrire ses yeux comme éthérés. Ils ont quelque chose d'un autre monde. Je n'ai jamais vu cette couleur chez un autre être humain. J'essaie d'imaginer Ava en étudiante universitaire de vingt et un ans qui rencontre ces yeux-là dans un bar minable en dehors de la base militaire, et qui s'en trouve changée à jamais.

Si je l'avais rencontré dans d'autres circonstances, il m'aurait probablement touchée de cette façon-là. Mais dans les circonstances présentes, je n'ai le droit d'avoir que des pensées professionnelles à propos de lui, même si mon côté « réparateur » veut faire tout ce qui est en mon pouvoir pour l'aider à reconstruire sa vie.

« Ce n'est pas ton travail, Julianne. »

J'imite le ton le plus glacial, le plus aristocrate de ma mère, me réprimandant de la même façon qu'elle le ferait si elle était au courant des pensées que j'ai à propos de mon nouveau client, qui, il se trouve, est aussi l'ex petit ami, perdu de vue depuis longtemps, de ma nouvelle belle-sœur.

Cela dit, ma mère a perdu toute crédibilité avec nous depuis qu'elle s'est mise avec le prof de tennis de son club et a quitté mon père l'été dernier. Quel cliché, quelle hypocrite ! Elle nous a élevés tous quatre en nous faisant constamment la morale sur le respect, l'honneur et la vérité, et puis elle met en scène une fin dramatique à son mariage – et à sa famille – en ramenant ce type à une réunion de famille ?

Tous ces mois plus tard, je n'arrive toujours pas à croire qu'elle ait fait une telle chose.

Mais je refuse de revivre ce cauchemar-là. J'ai mis assez de temps comme ça pour arriver à digérer tout ça. Je ne l'ai revue que deux fois depuis, une fois par erreur à Bloomingdale's et une fois volontairement quand elle a demandé si elle pouvait passer à mon appartement pour « parler ». Je suis vraiment une imbécile de l'avoir laissée venir chez moi pour essayer de « s'expliquer ». J'ai tenu trente minutes avant de lui demander d'arrêter de parler et de s'en aller de chez moi.

C'est trente minutes de plus que ce que mes frères et sœurs lui ont donné depuis son « coup », comme on l'appelle. Rien que de penser à ce jour-là me rend malade, alors j'essaie d'éviter.

Est-ce mieux de penser à cela que de penser que l'ex d'Ava est incroyablement sexy ?

Je ne sais pas ce qui est pire, en fait.

Mon portable sonne, ce qui m'évite d'avoir à y réfléchir davantage. Je prends l'appel d'Amy.

« Quel est le verdict ?

— C'est bon. Je serai là demain après-midi. J'ai acheté un billet aller, jusqu'à ce qu'on sache combien de temps on reste.

— C'est super ! Je suis si contente que tu viennes.

— Moi aussi, Jules. Merci de m'avoir invitée. J'en ai vraiment besoin, de ce voyage.

— On va s'amuser comme deux petites folles. Envoie-moi ton itinéraire, et je viendrai te chercher à l'aéroport.

— Tu n'as pas à venir me chercher. Je te retrouverai à l'hôtel.

— Ça marche. Je laisserai une clé pour toi à l'accueil au cas où je sois sortie quand tu arrives.

— À bientôt.

— Bon voyage. »

J'ai à peine raccroché que mon téléphone de travail sonne avec la sonnerie qui est programmée pour mon patron, Marcie.

« Bonjour, quoi de neuf ?

— C'est ce que je veux savoir. Comment s'est passée la réunion avec le capitaine West ?

— Bien. Il a signé le mandat de représentation. Je vais bientôt le rencontrer à nouveau pour commencer à le préparer. Ça ne va pas être de tout repos.

— Comment ça ?

— Il est un peu… On pourrait dire rustre. Cela va nécessiter pas mal de coaching pour qu'il soit prêt. Je vais prendre rendez-vous avec lui pour la fin de la semaine prochaine pour qu'on ait le temps de le préparer.

— Devrais-je envoyer des renforts ? S'il a besoin de coaching pour les médias, on ferait peut-être bien de prendre un expert.

— Je ne pense pas qu'il apprécierait. Il me tolère déjà à peine.

— Ça a l'air d'un type bien, dites donc. »

Je veux immédiatement défendre cet homme que je ne connaissais pas encore ce matin.

« Il a beaucoup souffert, Marcie. Plus que la plupart des gens ne réalisent.

— Ça veut dire quoi, exactement ? »

C'est là que ça se complique. Elle n'a aucune idée du fait que ma nouvelle belle-sœur est l'ex de John. Personne ne sait à propos d'Ava, et si cela ne tient qu'à moi, personne ne le saura jamais. Tout ce que sait Marcie, c'est qu'on m'a contactée suite à une recommandation d'une amie du capitaine. Elle ne m'a jamais demandé qui était l'amie, et je n'ai pas non plus pris l'initiative d'en parler.

Dois-je vraiment lui expliquer cela ? Apparemment, oui.

« En plus d'avoir été déployé pendant presque six ans, il a perdu sa jambe et ses deux meilleurs amis dans le raid, sans parler du fait qu'il a perdu son anonymat depuis la divulgation de la vidéo. Ça fait beaucoup, plus que beaucoup.

— Ça m'inquiète que vous ayez à vous occuper toute seule d'une situation de cette ampleur, Julianne.

— C'est gentil de vous soucier de moi, mais j'ai la situation en main, et si j'ai besoin d'aide, j'en demanderai.

— Oui, surtout. Je n'ai pas besoin de mauvaise surprise avec quelque chose d'aussi hautement visible. »

En bruit de fond, je l'entends croquer des Tums. Elle les mange comme des bonbons, tandis que nous autres, nous spéculons sur le temps qu'elle mettra à faire une crise cardiaque ou un AVC. Cette femme, c'est le stress personnifié, et c'est en fait un soulagement d'être loin d'elle, de l'autre côté du pays, pendant un temps. Être près d'elle m'angoisse.

Mon estomac me fait mal, comme presque toujours quand je parle à Marcie.

« L'assistante du capitaine West m'appelle. Il faut que je prenne le coup de fil.

— D'accord, et tenez-moi au courant.

— Oui, oui. »

Je raccroche et inspire à fond plusieurs fois pour décompresser après lui avoir parlé. Elle me rend dingue. Quand je lui ai dit qu'une amie m'avait recommandée au capitaine West, elle était tellement choquée qu'elle en est restée bouche bée. Elle a essayé de me convaincre de passer la recommandation à l'un de nos employés qui a plus d'ancienneté, mais j'ai insisté pour m'en occuper moi-même.

Est-ce que cette situation me dépasse ? C'est certain. Suis-je déterminée à en faire un succès énorme pour mon entreprise et moi ? Absolument.

Maintenant, je n'ai qu'à convaincre mon client grincheux de se mettre au diapason.

CHAPTER QUATRE

JOHN

J e ne faisais jamais de cauchemars avant le raid. Maintenant, j'en fais presque toutes les nuits. Je me réveille en nage après avoir revécu l'horreur de voir Tito et Jonesy se faire abattre. Je ne rêve pas de ma blessure à moi. Je rêve des deux hommes qui ont été à mes côtés pendant des années. Nous avons survécu à la formation des commandos SEAL et célébré ensemble les jours de fête quand nous étions de service.

Perdre l'un d'entre eux aurait été horrible. Perdre les deux est insoutenable.

Des larmes contenues brûlent mes yeux mais je ne leur cède pas, de peur que si je commence, je ne pourrai jamais arrêter le flot. Tito. Jonesy. Ava. Les trois seules personnes que j'aie jamais aimées sont parties, et ce néant me dévore comme un ventre vide que toute la nourriture du monde ne pourrait remplir.

Je ne me suis jamais senti aussi seul, et pour quelqu'un qui a passé toute sa vie seul, ce n'est pas peu dire.

Je m'assieds et bascule mes jambes vers le bord du lit. Chaque fois, je dois me rappeler que ma jambe gauche est partie. J'attrape la prothèse et la remets maladroitement pour que je puisse me lever et aller pisser sans avoir à m'appuyer sur mes béquilles.

J'ai menti à Julianne hier. Je ne devrais pas faire une tournée de presse officielle alors que j'essaie encore de regagner mes forces. Les choses les plus ordinaires sont une vraie bataille pour moi. Mais je veux en finir. Je veux faire tout ce qu'il me faut pour pouvoir prendre ma retraite et retrouver une vie privée. Alors, j'accepte ce qu'elle me dit, ainsi que les exigences de mes supérieurs, avec en tête ce but unique.

J'ai terminé ma kinésithérapie. Ils ont fait ce qu'ils pouvaient pour moi, et le reste, comme ils m'ont dit, va prendre du temps. Mon médecin m'a expliqué que ça pouvait prendre un an pour me remettre complètement de l'infection qui m'a presque tué. Au moins, je suis arrivé au point où je peux tolérer la prothèse et y mettre mon poids sans éprouver une douleur atroce dans le moignon. À cause d'une faiblesse généralisée, je continue à utiliser les béquilles pour ne pas tomber et aggraver la situation. Perdre la jambe aurait déjà été suffisamment pénible, mais l'infection qui a eu pour conséquence trente jours d'immobilité dans un lit d'hôpital a rendu les choses mille fois pires.

Je me hisse, prends une minute pour m'assurer que je ne vais pas tomber, et puis avance doucement et avec précaution vers la salle de bains et puis la cuisine pour de l'eau glacée que je bois debout près du frigidaire. La porter exigerait une main de libre, ce que je n'ai pas. Muncie m'a trouvé une bouteille à eau avec une anse, mais elle est dans la chambre, et ce serait un trop gros effort d'aller la chercher. Alors, je bois l'eau avant de me déplacer vers le fauteuil relax dans le salon. J'allume la télé, à la recherche de quelque chose d'abrutissant pour aider à passer le temps jusqu'à l'aube.

C'est devenu ma routine depuis que les cauchemars ont commencé. Une fois que je suis réveillé, je ne peux plus me rendormir, alors je n'essaie même plus.

Je meurs d'envie d'être avec Ava. Je ne peux pas penser à l'endroit où elle est, ni à ce qu'elle doit faire avec son nouveau mari, alors je me force à me rappeler comment elle était avec moi, comme je l'ai fait pendant les six années de mon déploiement. Je pensais alors à elle constamment, et c'est une habitude difficile à changer maintenant que je n'ai plus le droit de penser à elle de cette façon-là.

Elle est mariée. Peut-être que si je continue à me répéter sans cesse ces mots, je finirai par comprendre qu'elle a en fait épousé quelqu'un d'autre.

Mais qu'est-ce que j'aurais voulu qu'elle fasse ? Qu'elle reste les bras croisés à m'attendre pour toujours ? Elle l'a fait pendant cinq ans avant qu'elle ne puisse plus continuer. Plus que tout le reste, ce détail me brise le cœur encore une fois. Après quatre ans et demi, nous avions presque attrapé Al Khad. Nous étions tout près, plus près que jamais, et puis nous ne savons comment, il a réussi à nous échapper encore une fois, ce qui a eu pour résultat six mois de plus à tourner en rond avant que nous l'ayons finalement trouvé et capturé.

Si seulement nous l'avions pris la première fois. Je serais rentré à la maison avant le délai de cinq ans qu'Ava s'était imposé, et elle n'aurait jamais rencontré Éric. Elle serait ici même, à mes côtés, où elle est supposée être – c'est-à-dire, si elle avait choisi de me pardonner la terrible épreuve que je lui ai infligée.

Je voudrais qu'il y ait une pilule que je puisse prendre pour ne plus penser aux choses qui ne peuvent plus jamais être réalité. Je ne me fais pas du tout d'illusions sur le fait qu'Ava se réveille un jour et soudainement décide qu'elle n'a pas épousé le bon mec. Il était là pour elle alors que je ne l'étais pas. Je veux le détester pour cette raison, mais comment puis-je ? C'est la vérité, et pourtant je donnerais tout pour arriver à un résultat différent.

Si seulement les médecins pouvaient me donner un ordre d'idée de combien de temps il me faudra pour me remettre des mes blessures émotionnelles. Quelque chose me dit que ça va prendre beaucoup plus longtemps que le rétablissement physique.

Je trouve un vieil épisode de *Frasier* et me force à m'intéresser à l'émission, avec l'espoir que les pompeux frères Crane arrivent à étouffer les voix dans ma tête. En fait, je ris deux ou trois fois, ce que je prends comme un signe qu'il y a peut-être encore de l'espoir pour moi. Alors qu'un épisode se transforme en deux et puis trois, mon esprit vagabonde vers Julianne Tilden.

Je me dis que c'est mieux de penser à elle qu'à Ava, mais est-ce vraiment le cas ? C'est la nouvelle belle-sœur d'Ava, ce qui est plutôt gênant à mon avis. Mais Ava m'a assuré que Julianne était excellente dans ce qu'elle fait et une personne fort sympathique, aussi. Qu'est-ce que j'aurais dû dire ? *Non, ne m'envoie pas ta nouvelle belle-sœur ?* J'ai besoin de l'aide que Julianne va me donner, et puisqu'Ava elle-même n'est pas disponible pour faire le travail – et il y a de fortes chances qu'elle y serait peu encline –, sa recommandation de Julianne est la meilleure option.

Je ne suis pas affligé au point de ne pas remarquer que ma nouvelle publiciste est magnifique dans le genre distante et aristocrate. Elle me rappelle les épouses des amiraux. Comme elles, elle était tirée à quatre épingles avec chaque mèche blonde en place et un maquillage si bien fait qu'elle avait l'air de ne pas en porter du tout. Non seulement elle est belle, mais elle est aussi intelligente, efficace et dévouée à son travail, des qualités qu'elle partage avec Ava. Je me souviens qu'Ava m'avait parlé des clients avec lesquels elle travaillait et combien elle aimait les aider à créer un message qui trouve un écho chez les gens.

Et je suis de nouveau avec Ava…

J'aimerais tellement pouvoir faire quelque chose, peut-être du spiritisme ou une lobotomie ou un traitement par électrochocs, n'importe quoi pour réorienter mes pensées. Si je croyais qu'une de ces choses-là m'aiderait, je les ferais en un clin d'œil pour être soulagé des souvenirs douloureux qui me tourmentent.

Je me force à prêter attention à la télévision et regarde encore quelques épisodes de *Frasier*, avec gratitude envers les acteurs talentueux qui captivent mon attention et la gardent pendant quelques heures. Tout à coup, les rayons du soleil pénètrent l'appartement, et je réalise que je me suis endormi à un moment donné. Je suis reconnaissant des quelques heures de plus de sommeil, même si j'ai raté mon heure normale de gym. Il va falloir que j'essaie d'y aller plus tard. Tandis que je m'assieds pour m'étirer, j'entends la clé de Muncie dans la porte.

C'est énervant comme il est ponctuel : il assume ses fonctions tous les matins à 9 h précises.

« Oh, bonjour, vous êtes levé.

— Ça fait un bout de temps. »

Je prends le café qu'il me tend.

« Merci.

— Vous n'avez pas dormi ?

— Si. Un peu.

— Il faut que vous appeliez le psy, capitaine. Il pourra peut-être vous donner quelque chose pour vous aider à dormir.

— Je n'en veux pas, je n'en ai pas besoin. »

J'ai arrêté de prendre les médicaments pour la douleur parce que j'avais peur de devenir accro. Après tant de semaines à l'hôpital, la dernière chose que je veux ou dont j'ai besoin, c'est un autre médecin ou une autre pilule.

« La mélatonine que vous m'avez achetée m'aide. Restons-en là.

— Comme vous voudrez. Julianne aimerait vous rencontrer à 11 h aujourd'hui. Est-ce que ça vous convient ?

— Euh, laissez-moi vérifier mon emploi du temps. »

Il me lance son légendaire regard cinglant. Il me regarde souvent comme ça, et c'est presque drôle de dire des choses qui vont le provoquer. Je m'amuse comme je peux maintenant.

« Je lui dirai que 11 h, c'est très bien.

— D'accord.

— Vous avez faim ?

— Bah non.

— Il faut manger.

— Je le sais. »

Nous avons cette même conversation plusieurs fois par jour. Mon appétit est une chose de plus qui n'est pas revenue à la vie. On me dit que ça va arriver, un jour ou l'autre. En attendant, je me force à manger pour devenir plus fort, mais rien ne me fait vraiment envie.

« Je peux aller vous chercher une omelette aux poivrons du snack-bar au bout de la rue. Ça vous a plu la semaine dernière. »

Pour qu'il se taise, je dis oui à l'omelette et pourtant j'ai l'estomac qui se retourne quand je me rappelle l'effort qu'il m'a fallu faire pour l'avaler la dernière fois qu'il m'en a acheté une. Dans ma vie d'avant, j'avais un appétit vorace pour la nourriture et le sexe, mais maintenant, ni l'un, ni l'autre n'ont le moindre intérêt pour moi.

Un des médecins m'a dit que je manquerais d'appétit pendant quelque temps parce que j'ai passé tellement longtemps à ne subsister qu'avec une nutrition liquide que mon corps a oublié comment manger normalement. Tout comme je dois rééduquer mes muscles, en temps voulu mon envie de nourriture reviendra aussi, du moins c'est ce qu'ils disent. Ce n'est pas encore arrivé. J'espère que je regagnerai tous mes appétits tôt ou tard, mais pour l'instant je n'ai faim ni de nourriture, ni de sexe.

Pas que je puisse m'imaginer jamais avoir envie de quelqu'un d'autre qu'Ava, mais je suppose qu'à un moment donné il me faudra passer à autre chose et essayer de nouveau avec quelqu'un d'autre, et pourtant mon cœur appartiendra toujours à Ava.

Rien que de penser à passer à autre chose provoque une douleur intense dans ma poitrine. L'espoir d'une existence avec elle m'a gardé en vie pendant que nous étions séparés. Sans elle, je me sens comme un voilier qui a perdu son gouvernail en difficulté sur une mer hostile.

Retrouverai-je jamais mon chemin ? Je ne le sais pas, et le fait de ne pas savoir ne fait qu'aggraver le sentiment de vide que j'éprouve.

Muncie revient peu après avec des plats à emporter pour nous deux.

Nous mangeons en silence – ou plutôt il mange et je picore avec le manque d'enthousiasme habituel. Il s'éclaircit la voix.

« Les gars de l'unité nous ont contactés. Ils aimeraient vous voir, si vous êtes en état de recevoir des visites. »

Les hommes avec qui j'ai passé six ans sont comme des frères pour moi, mais aucun d'entre eux n'est aussi proche de moi que l'étaient Tito et Jonesy. Voir les autres sans avoir mes deux meilleurs amis présents serait comme verser de l'acide sur une plaie purulente.

« Pas pour l'instant.

— Ça vous ferait peut-être du bien de les voir. »

Son regard se pose sur moi.

« Je pense qu'ils en ont besoin autant que vous, capitaine. Ils ont besoin de voir que vous allez bien. »

Je suis tellement loin d'aller bien que je pourrais rire de ce qu'il dit, mais c'étaient mes hommes, et j'étais leur commandant, et il a raison. Muncie peut se comporter comme un chien avec un os quand il a quelque chose en tête, et il a l'air de s'en foutre complètement que je sois son supérieur hiérarchique quand il me pousse à faire les choses que je ne veux pas faire. Sachant cela, je dis :

« Organisez-le pour une date avant notre départ pour New York. Seulement les gars. Personne d'autre.

— Oui, mon capitaine. »

Est-ce mon imagination, ou est-ce qu'il a l'air tout content de lui ? Salopard. Il a de la chance que j'aie tellement besoin de lui.

Après manger, je vais prendre ma douche, me raser et m'habiller en pantalon de survêtement et T-shirt à manches longues à col tunisien. Si je dois rencontrer encore Mary Poppins, au moins je serai propre et présentable. Quand je suis habillé et que je porte des chaussures de course, ce qui me frappe, c'est que si on n'était pas au courant que j'ai perdu ma jambe gauche depuis la cuisse, il n'y aurait pas moyen de savoir que je suis amputé, sauf si je décidais de partager cette information. Il n'y a que les béquilles que je garde près de moi qui indiquent que quelque chose ne va pas.

Je m'assieds sur le lit pour attendre les dix dernières minutes avant que Julianne arrive, épuisé par l'effort requis juste pour prendre ma douche et m'habiller. Je reconnais le cercle vicieux à l'œuvre ici – j'ai besoin de nourriture pour regagner mes forces mais je n'ai pas d'appétit, ce qui rend le parcours jusqu'au rétablissement complet d'autant plus difficile.

On me dit qu'il me faut de la patience, que les choses redeviendront « normales » à un moment donné, mais ce n'est pas vrai. Ma version de la « normalité » est partie, mariée à un autre mec et en voyage de noces, et elle m'est perdue à jamais.

Jusqu'à maintenant je n'avais pas compris à quel point c'était épuisant d'avoir le cœur brisé, parce que je n'avais jamais été amoureux jusqu'à ce que je rencontre Ava. Maintenant que je sais comment on se sent quand on perd la personne qu'on aime, j'espère ne plus jamais tomber amoureux. Ça n'en vaut pas l'agonie totale si les choses ne marchent pas.

Muncie frappe à la porte.

« Êtes-vous présentable ?

— Ouais. Entrez. »

Il ouvre la porte, me voit assis sur le lit et fait un inventaire visuel, me passant en revue comme il le fait si adroitement.

« Julianne est là. Vous êtes prêt ?

— Je suppose. »

Je me hisse et mets en place les béquilles tout en m'assurant de distribuer mon poids sur la prothèse comme ils m'ont expliqué en physiothérapie.

Aujourd'hui, Julianne porte une veste rose avec une jupe noire et les mêmes chaussures à talon sexy qu'elle portait hier. Ses cheveux sont attachés, son sourire amical et accueillant.

« Bonjour, dit-elle.

— Bonjour. »

Je suis décidé à ne pas être un connard fini avec elle aujourd'hui puisqu'elle fait le travail que je lui ai demandé de faire, même si je n'ai aucune envie de m'occuper de tout ça. Ce n'est pas de sa faute, ça. Et je ne veux pas qu'elle aille dire à Ava que je suis un salopard, alors il faut que je n'en sois pas un.

« Je me suis dit qu'on devrait passer du temps aujourd'hui à considérer les questions qu'on va certainement vous poser et à préparer vos réponses. Cela vous va ?

— Oui. »

Non, je veux dire non, ça ne me va pas. Je ne veux pas en parler du tout. Je veux prendre ma retraite, acheter une cabane dans les montagnes et être seul.

« J'aimerais également enregistrer cette session pour que nous puissions la réviser plus tard et revoir tout ce qui a besoin d'être ajusté. Cela vous convient ?

— Je suppose. »

Ne se laissant pas décourager par mon manque d'enthousiasme, elle installe son iPad sur une table pour me filmer et puis retourne s'asseoir, en croisant les jambes. Il se trouve que je remarque une fois de plus que ce sont de belles jambes, lisses et musclées, comme si petite elle avait fait du sport ou maintenant s'adonnait à la course à pied ou à la danse.

Pourquoi est-ce que je pense à ses jambes, putain ? Peut-être parce que c'est mieux que les autres choses qui tourmentent mon cerveau confus.

« Je vais les poser sans suivre un ordre quelconque, en commençant par le déploiement de six ans. Quand vous vous êtes engagé dans la Marine, vous avait-on dit que c'était possible que vous soyez déployé pendant si longtemps ?

— Pas au départ, non. On me l'a dit plus tard quand j'ai été affecté à une unité d'élite qui s'entraîne précisément pour ce genre de mission.

— Quand vous avez entendu parler de l'attaque sur *l'Étoile des hautes mers*, avez-vous immédiatement été informé que vous alliez être déployé indéfiniment ?

— Oui, je l'ai été.

— Et c'est comment, de vivre une vie plutôt normale qui est complètement chamboulée par quelque chose dont vous n'étiez pas du tout responsable ?

— Ça vous secoue et c'est difficile, mais c'est la raison pour laquelle nous nous entraînons et nous nous préparons. On espère que l'entraînement ne servira jamais, mais quand ça arrive, on fait ce qu'il faut, peu importe le coût personnel. Il ne s'agit pas de vous personnellement à ce moment-là. Il s'agit de la mission, jusqu'à ce que la mission soit accomplie. »

Elle me regarde avec considération.

« C'est une très bonne réponse. Nous devrions l'apprendre par cœur.

— Je n'ai pas besoin de mémoriser la vérité.

— C'est néanmoins le genre de chose que nous recherchons. »

Elle consulte ses notes.

« Je sais que vous ne pouvez pas donner de détails sur la mission elle-même, mais pouvez-vous nous dire quoi que ce soit sur les lieux où vous étiez et ce que vous avez fait pendant tout ce temps ?

— On était sur le terrain, à suivre leur trace.

— Est-ce que cela veut dire vivre dans des tentes et manger des repas tout prêts pour les militaires ?

— La plupart du temps. Parfois, on s'abritait dans des grottes. D'autres fois, on était logés avec des troupes déployées à l'avant. On mangeait de la vraie nourriture quand on était dans un camp.

— Pouvez-vous parler de ce dont vous vous souvenez du raid sur le camp d'Al Khad ? »

Je préférerais ne jamais plus penser à cette nuit-là, mais ce n'est pas une option. La Marine retient mes papiers de retraite jusqu'à ce que je complète cette tournée des médias, alors plus vite j'aurai fini avec ça, plus vite je pourrai continuer ma vie, telle qu'elle est maintenant.

« Je me souviens avoir été vraiment excité de l'avoir finalement trouvé. On a failli plusieurs fois, la dernière fois au bout de quatre ans et demi, mais cette fois on savait qu'on l'avait pour de bon. Pendant l'assaut, le plus dur était de suivre toutes les étapes pour être sûrs de ne pas rater notre coup d'une façon ou d'une autre. Tout le monde était plein d'énergie et prêt à se lancer, alors attendre la nuit a rendu la journée très longue. »

Julianne semble à peine respirer pendant qu'elle m'écoute, buvant mes paroles. Je ne peux pas nier que l'intérêt qu'elle porte à mon histoire et à moi me donne une certaine énergie. Je n'appellerai pas ça de l'excitation, ce serait lui accorder trop d'importance. Mais ça me fait sans aucun doute ressentir… quelque chose.

« Je me souviens d'avoir réalisé que mes deux amis les plus proches avaient été touchés et puis d'avoir été touché moi-même. Après ça, tout est plutôt flou. J'ai tout de suite su que c'était grave à cause de la quantité de sang que je perdais. Heureusement, l'équipe m'a vite sorti de là, mais mes amis n'ont pas eu autant de chance. »

Elle consulte ses notes.

« Les capitaines de corvette Daniel Jones et Miguel Tito ont été tués pendant le raid. »

Entendre leur nom fait rayonner la douleur dans tout mon être. La vie sans Jonesy et Tito est presque aussi inimaginable pour moi que la vie sans Ava. Je hoche la tête en réponse à sa question, serrant les dents contre le mal.

« Cela faisait longtemps que vous les connaissiez ?

— Nous avons fait l'école d'aspirants-officiers et l'entraînement des commandos SEAL ensemble. Ils étaient pratiquement des frères pour moi.

— Je suis vraiment désolée que vous les ayez perdus.

— Merci. Moi aussi, je le suis. C'étaient des officiers exceptionnels, des leaders qui étaient source d'inspiration et les meilleurs amis qu'on puisse espérer avoir. »

Je suis mortifié quand ma voix se brise en prononçant ces derniers mots.

« Voulez-vous faire une pause ? » demande-t-elle avec la sympathie qui m'a irrité hier.

Je n'en veux pas, ni venant d'elle, ni de personne.

Je secoue la tête. Je préfère en finir plutôt que de faire traîner les choses.

« Après le raid, vous avez perdu la jambe et puis avez souffert d'une infection qui vous a mis dans le coma pendant tout un mois. Quand vous vous en êtes remis, vous avez appris que l'organisation d'Al Khad avait dévoilé votre identité. Comment c'était pour vous ?

— C'était... »

Les semaines qui ont suivi le coma sont aussi floues. J'étais malade et faible, et j'essayais de me faire à l'idée que j'avais perdu ma jambe et mes amis. Mon seul but à ce moment-là était de redevenir assez fort pour revoir Ava.

« C'était choquant de réaliser que tout le monde connaissait mon nom et mon visage et que les gens étaient intéressés par moi. Nos opérations sont forcément tenues secrètes, et c'est pourquoi parler de tout ça va à l'encontre de toutes mes croyances.

— Alors, pourquoi en parlez-vous ?

— La Marine pense que c'est une opportunité de faire la lumière sur les sacrifices que nos membres font dans l'intérêt de la sécurité nationale.

— Je comprends que le recrutement a fait un bond depuis que la vidéo a été divulguée. Ressentez-vous de la fierté à l'entendre dire ?

— La Marine a été généreuse avec moi. Elle m'a donné une carrière et une vie que je n'aurais jamais pu m'imaginer en grandissant dans l'assistance publique. Je lui en serai toujours reconnaissant, et j'espère que s'il y a d'autres jeunes gens qui cherchent leur voie dans la vie, ils considéreront la Marine et les nombreuses opportunités qui leur y sont offertes.

— J'imagine que c'est aussi assez choquant de passer de citoyen privé à une figure publique pratiquement d'un jour à l'autre.

— Vous avez raison. C'est très bizarre d'être reconnu en public, mais les gens ont été aussi extrêmement gentils. Ils me remercient de mon service à la nation et de mon sacrifice. C'est agréable de se sentir apprécié pour ce qu'on a fait.

— Avez-vous eu des nouvelles des familles de *l'Étoile des hautes mers* ? »

Je jette un œil vers Muncie, qui hoche la tête.

« Vous avez reçu des lettres d'elles. Elles sont dans les enveloppes dont vous n'avez pas voulu vous occuper. »

Je fais un geste vers lui avec mon pouce.

« Ce qu'il vient de dire.

— Il va vous falloir lire ces lettres pour être prêt à en parler quand on vous posera la question. Je suspecte que ce sera une question assez fréquente.

— Je vais les lire.

— Quand vous avez été déployé, avez-vous laissé quelqu'un de cher derrière vous ? »

La question allume en moi un feu de rage. Comment ose-t-elle me demander ça ? Et tandis que je m'apprête à le lui dire, je comprends ce qu'elle est en train de faire. Elle me prépare à faire face à cette question quand elle sera posée. J'avale ma rage et me force à garder une expression neutre.

« Non. »

Dans aucune circonstance les médias ne doivent apprendre l'existence d'Ava. Ils s'en donneraient à cœur joie à lui détruire sa vie, et je ne peux pas permettre que cela arrive.

« Pour information, votre réaction à la question était un signe très clair que vous mentiez.

— Je ne m'y attendais pas.

— Eh bien, maintenant, vous vous y attendrez, et si vous voulez garder secret cet aspect-là de votre vie, il vous faudra réagir différemment.

— Je vais y travailler. »

Me demander de ne pas être émotionnel à propos d'Ava, c'est comme me demander de ne pas respirer. Ce serait peut-être moins douloureux en fait de cesser de respirer que de dompter mes émotions en ce qui la concerne, mais je vais le faire pour la garder en sécurité. Il n'y a rien que je ne ferais pas pour la garder aussi loin que je peux de ma nouvelle notoriété.

« Je suis désolée de vous contrarier, mais je me suis dit que vous préféreriez que cela vienne de moi plutôt que d'être pris de court dans une interview. »

Elle a raison. Bien sûr que je préfère. Je fais un bref signe de la tête.

« Y a-t-il d'autres questions ?

— Pourquoi ne faisons-nous pas une petite pause avant de continuer ?

— Très bien. »

Je me lève avec difficulté et sors de la pièce, fermant la porte de la chambre derrière moi. Je m'allonge sur le lit et ferme les yeux, épuisé par la nuit presque blanche et l'impact de devoir revivre des choses que j'aimerais mieux oublier. Dans la pièce d'à côté, j'entends Julianne qui parle à Muncie, mais ça ne m'importe pas assez pour que j'essaie d'entendre ce qu'ils disent.

Je suis tellement lessivé, putain.

Je ferme les yeux, juste une minute.

CHAPTER CINQ

JULIANNE

Je fixe la porte fermée de la chambre à coucher, me sentant mal de l'avoir contrarié.

« J'étais obligée de lui poser cette question.

— Je le sais, et lui aussi.

— Il le sait vraiment ?

— Il sait que vous ne faites que votre boulot. »

Je me demande ce qu'il fabrique dans la chambre et s'il va revenir pour que l'on continue. Pendant que j'attends, je fais défiler mes mails sur mon téléphone, réponds à deux ou trois demandes de collègues et vois un message plus long de Marcie dont je m'occuperai plus tard. Je réponds à un message d'Amy, qui est à l'aéroport John F. Kennedy pour le vol vers San Diego et est excitée par le voyage.

Je te vois bientôt !

J'ai hâte.

Je suis contente qu'elle soit ravie de son escapade, et je suis impatiente de la retrouver. L'avoir ici rendra ce travail difficile mille fois plus facile pour moi que ce ne le serait sans son soutien. Cela a toujours été le cas pour moi : mes frères et ma sœur plus âgés représentent la sécurité et la sûreté pour moi. Alors que nous nous sommes battus comme tous les frères et sœurs en grandissant, j'ai toujours su que n'importe lequel d'entre eux tuerait pour me défendre et vice versa.

Je jette encore un œil vers la porte fermée de la chambre à coucher.

« Vous pensez qu'il va revenir ? »

Muncie se lève de son poste à la table de salle à manger.

« Laissez-moi vérifier. »

Il frappe à la porte, et comme il n'y a pas de réponse, il frappe à nouveau avant de passer la tête dans la pièce.

« Il dort, et on devrait probablement le laisser faire. Il ne dort pas beaucoup la nuit.

— Je me sens coupable.

— Pourquoi ?

— C'est comme si je jetais du sel sur ses blessures, ou quelque chose comme ça.

— J'étais surpris qu'il en dise autant tout à l'heure. C'est plus que ce que je l'ai entendu dire depuis le temps que je travaille avec lui, des mois et des mois. Accordez-vous le crédit qui vous revient. Vous êtes douée pour ce que vous faites, et vous avez raison de le préparer pour ce qu'on va certainement lui poser comme questions.

— Cela fait plaisir à entendre. Merci de votre aide. »

Je rassemble mes affaires et les fourre dans mon énorme sac.

« Je suppose qu'on s'y remettra demain. En plus, je devrais avoir un itinéraire pour vous deux d'ici là. »

J'ai passé des heures hier soir à répondre aux messages des producteurs des plus grandes émissions de la télé.

« Il va sans dire qu'il suscite beaucoup d'intérêt.

— Je m'en doutais. »

Je baisse la voix, de peur qu'il entende notre conversation.

« Ma plus grande inquiétude est que cela puisse empirer les choses pour lui d'une façon ou d'une autre. Il semble… fragile. »

À peine ai-je prononcé le mot que je le regrette.

« Ce n'est pas ce que je veux dire…

— Vous n'avez pas tort à ce propos. Il est fragile à bien des égards, mais je crois qu'il a compris que le mal était fait puisque tout le monde connaît son nom et son visage, alors autant qu'il en tire profit au point où il en est. Une fois qu'il sera à la retraite, il pourra accepter certains des contrats publicitaires qu'on lui a offerts. Cela lui assurera un bel avenir financièrement.

— Je ne peux pas l'imaginer dire oui à ce genre de chose.

— Peut-être pas maintenant, mais il le fera. Au bon moment et si l'offre lui plaît. Il serait fou de ne pas accepter. »

C'est peut-être vrai, mais bien que je ne le connaisse que depuis vingt-quatre heures, je ne peux concevoir un seul scénario où il deviendrait le vendeur d'un produit quelconque. Je sais déjà qu'il n'est pas du genre à faire de l'argent grâce à sa notoriété vu les circonstances dans lesquelles il l'a acquise.

« Je vous contacte demain matin.

— D'accord. Vous avez réussi à visiter la région un peu hier ?

— Pas encore. Ma sœur va venir passer quelques jours. On fera ça ensemble.

— Vous allez vous amuser.

— C'est sûr. Je vous envoie un texto demain.

— À demain, alors. »

Je rentre à mon hôtel, où je passe quelques heures à éplucher des mails et à répondre aux questions de mes collègues qui se sont chargés de mes autres clients pour que je puisse me consacrer exclusivement au capitaine West. S'il y a une couche sous-jacente de tension dans la correspondance avec mes confrères, je suppose qu'il faut s'y attendre quand un chargé de compte junior est désigné pour représenter un client si prestigieux. J'ignore les sous-entendus désobligeants et réponds à leurs questions, alors que le nœud dans mon estomac me rappelle sans cesse combien je suis dépassée par les événements.

Néanmoins, je suis déterminée à vraiment cartonner avec cette campagne pour pouvoir dire aux gens de mon bureau de se faire une raison.

Je passe une heure à mettre au point l'itinéraire de notre tournée des médias à New York. Nous commencerons par *The Tonight Show Starring Jimmy Fallon* et puis nous ferons les émissions télévisées du matin, *Live with Kelly & Ryan* et *The View*. Il est aussi invité à participer aux grandes émissions du soir, y compris *The Late Show with Stephen Colbert, Late Night with Seth Meyers* et *The Daily Show with Trevor Noah*.

À Los Angeles, il sera l'invité d'*Ellen, The Talk, Jimmy Kimmel Live!* et du *Late Late Show with James Corden*.

J'ai la tête qui tourne un peu lorsque je me rends compte de l'importance que cela va prendre et que maintenant j'appelle les producteurs des plus grandes émissions télévisées de l'industrie par leur prénom.

Julianne Tilden, c'est moi. Je représente le capitaine John West.

Vous allez voir comme les portes vont s'ouvrir en grand. Tout le monde veut une interview avec le héros américain qui a participé à la défaite du terroriste le plus recherché du monde. Et si on veut le capitaine, il faut passer par moi.

Je me lève pour m'étirer et je fais une petite danse de joie, remplie d'excitation pour la tournée des médias, même si mon client ne veut rien en savoir. C'est son problème, pas le mien. À peine ai-je cette pensée que je suis prise d'une peur irrationnelle, celle de voir tout cela se transformer, d'une façon ou d'une autre, en une énorme pagaille et que tout le monde s'en prenne à moi.

Non, cela ne va pas arriver. Il porte encore l'uniforme et représente la Marine des États-Unis. Il le fera avec honneur et distinction, du moins je l'espère.

À peine plus d'une heure avant qu'Amy doive atterrir, je décide d'aller la chercher. Je prends une douche à toute vitesse, et m'habille en jean, un T-shirt sans manches et un pull que j'attache autour de ma taille au cas où il y aurait une climatisation glaciale. Je trouve dans ma valise une paire de sandales à plateforme rayées, les enfile, attrape ma clé d'hôtel et me dirige vers le lobby, où le portier appelle un taxi pour moi.

Je suis en route pour l'aéroport quand Amy m'envoie un texto me disant qu'elle a atterri dix minutes plus tôt que prévu.

J'arrive !

J'étais avec Amy, Rob et sa femme, Camille, le week-end dernier avant de partir pour San Diego, mais j'ai l'impression qu'il s'est passé un mois depuis, et j'ai hâte de voir Amy. Sa présence m'apportera le soutien dont j'ai besoin en ce moment, et ce sera sympa d'avoir quelqu'un avec qui faire du tourisme, aussi.

Nous nous mettons d'accord pour nous retrouver dans la zone de retrait des bagages, et je suis en train d'étudier les visages qui descendent l'escalator quand elle apparaît. Je lui fais signe de la main, et elle sourit pour m'indiquer qu'elle m'a vue.

Il y a plein de monde, alors je suis obligée de me retenir et d'attendre quelques minutes pendant qu'elle se fraye un chemin jusqu'à l'endroit où je l'attends. Et puis nous nous serrons l'une l'autre comme si nous ne nous étions pas vues depuis un mois.

« Je suis si heureuse que tu sois là.

— Tu ne peux pas savoir comme je suis heureuse d'être ici. »

Elle n'avait qu'un bagage de cabine, alors nous sortons pour trouver un taxi qui nous ramène à l'hôtel.

« Ahhh, il fait si chaud, mais pas une chaleur désagréable comme à la maison.

— Je sais. Je pourrais m'habituer tellement vite à ce climat.

— J'ai hâte qu'il fasse plus frais à New York. L'humidité est tellement affreuse.

— Qu'est-ce que tu as envie de faire ?

— Ce que tu veux.

— Il y a une promenade sympa derrière l'hôtel qu'on peut faire cet après-midi.

— Ça me semble très bien. »

Nous arrivons à l'hôtel quelques minutes plus tard et prenons l'ascenseur jusqu'à ma chambre.

Amy traverse la pièce pour admirer la vue de la ville de San Diego et l'océan au loin.

« Tu as fini de travailler pour aujourd'hui ?

— Ouais. Pour l'instant, c'est le matin que je travaille avec… »

Je ne suis pas sûre de comment l'appeler.

« John ?

— Oui. Je ne sais jamais si je dois l'appeler John ou capitaine West ou capitaine Grincheux. »

Elle pousse un grognement en riant.

« Le capitaine Grincheux ? »

En me mordant la lèvre, je hoche la tête, angoissée de dire à ma sœur que j'ai pensé à lui en ces termes.

« Il est vraiment triste par moments.

— Le pauvre. Il a en a vu des vertes et des pas mûres. Perdre six ans de sa vie, sa jambe, la femme qu'il aimait et sa vie privée. Il me fait beaucoup de peine.

— Moi aussi. Bien sûr. C'est juste qu'il est si… *amer*. C'est le seul mot auquel je puisse penser pour décrire son attitude générale. J'ai peur que cela transparaisse dans chaque interview qu'il fera.

— Si ça arrive, ce ne sera pas de ta faute.

— Je veux que ça se passe bien pour lui. Je veux que les gens comprennent le calvaire qu'il a dû supporter et ne le voient pas comme un connard énervé, amer, au cœur brisé.

— C'est un connard ?

— Parfois. Mais je me dis qu'il a de bonnes raisons de l'être.

— Néanmoins il ne devrait pas s'en prendre à toi.

— Je crois qu'il ne se rend même pas compte de ce qu'il fait. C'est juste qu'il est si… Je ne sais pas comment le décrire. Il est incroyable-ment beau, intense et sexy. Je vois très clairement pourquoi Ava était dingue de lui. Mais il a aussi un côté sombre, et j'ai peur que ce soit ce qu'il montrera au reste du monde quand il sera à la télé. Ce n'est pas vraiment l'image que la Marine veut que nous donnions avec cette campagne, et si elle n'est pas satisfaite, cela ne présagera rien de bon pour moi.

— Hmm, je vois ce que tu veux dire. Pourquoi tu ne lui dis pas carrément : "Écoutez, je sais que vous avez passé un sale moment, mais je suis sûre que vous ne voulez pas étaler votre linge sale à la télé-vision nationale, alors pourquoi vous ne me laissez pas vous aider à fabriquer une image qui va convenir à ce que l'on fait ici, et quand on aura fini, vous pourrez redevenir râleur et maussade ?" »

Je la fixe, stupéfaite.

« Quoi ? C'est une bonne idée. Tu le sais.

— J'essaie simplement de m'imaginer dire ça à un client et comment ça pourrait être reçu.

— On s'en fiche de comment c'est reçu. Il t'a embauchée pour faire un boulot, et maintenant il faut qu'il te laisse le faire.

— L'officier qui s'occupe de lui, le commandant Muncie, mourrait de rire si je lui disais ça. Il lui a fallu supporter sa mauvaise humeur beaucoup plus longtemps que moi.

— Tu as juste besoin de faire passer le message pour pouvoir faire le travail pour lequel tu as été engagée.

— Bon, assez parlé de lui. Je n'ai pas à penser à lui et sa mauvaise humeur jusqu'à demain.

— Super. Allons boire un coup. »

———

Du jour au lendemain, John devient le roi de la réponse à mot unique et de la non-réponse.

« Parlez-moi de votre enfance.

— Pourquoi ?

— Les gens sont intéressés. Ils veulent savoir d'où vous venez.

— Je ne viens de nulle part.

— Alors, on vous a laissé tomber du ciel et vous avez atterri dans un nid quelque part ? Ou peut-être êtes-vous issu de frai comme les poissons? Cela aurait plus de sens, en fait. »

Je n'ai jamais de ma vie parlé à un client – ni personne, d'ailleurs – comme je lui parle à lui. J'ai envie de le gifler, ce qui est également nouveau pour moi.

Muncie fait son truc où il tousse-pour-cacher-un-rire, subterfuge qui fait maintenant partie de mon train-train quotidien avec ces deux-là.

Quant à John, il semble réaliser qu'il m'énerve, alors il continue, devient d'encore plus mauvaise humeur, si cela est possible.

« Commandant Muncie. »

Je ne détourne jamais le regard du capitaine Grincheux.

« Peut-être devriez-vous informer la Marine que le capitaine West n'est pas prêt à dévoiler son histoire au public, parce qu'il ne veut pas faire le travail nécessaire pour préparer les questions qu'on va lui poser.

— Comment est-ce que je ne coopère pas ?

— Vous ne répondez pas aux questions.

— Je ne comprends pas pourquoi je dois parler de mon enfance alors que l'histoire est sur comment j'ai participé à la capture d'Al Khad.

— Cela fait partie de l'histoire générale de votre vie, et pour une raison qui m'échappe, les gens sont intéressés par votre vie.

— Ma vie n'est pas si intéressante que ça – ou du moins ne l'était pas jusqu'à ce que les larbins d'Al Khad divulguent cette vidéo.

— Laissez-moi juger de ce qui est intéressant et ce qui ne l'est pas.

— Et si on interdisait les questions sur mon enfance ?

— Alors, il vous faudra parler plus du déploiement, de la mission, de la perte de votre jambe et de vos plans pour l'avenir. Qu'est-ce qui est le pire ?

— L'enfance. »

Je suis immédiatement curieuse à propos des détails de son enfance.

« Je sais combien cela est difficile pour vous…

— Ah oui ? Vraiment ? »

Il a raison.

« Non. Je ne le sais pas, dis-je en soupirant. Mais j'essaie de vous aider à fabriquer un message que vous pouvez apporter à ces interviews. Et si vous m'aidiez à le faire, pour qu'on n'en parle plus et que vous puissiez ensuite redevenir râleur et maussade ? »

Muncie n'essaie même plus de cacher son rire cette fois.

John se redresse un peu, il se peut que ce soit pour riposter. Ou peut-être simplement pour me virer. À ce stade, je ne suis pas sûre de ce que je préférerais.

« Elle a raison, vous savez, dit Muncie. Vous pouvez faire ça maintenant ou être désagréablement surpris par les questions qu'ils vous poseront devant les caméras.

— Ou je pourrais simplement dire "Allez vous faire foutre" et refuser de faire quoi que ce soit.

— C'est ce que vous voulez ? »

Mon cœur se serre à l'idée qu'il refuse de faire la tournée que j'ai passé des heures à organiser pour lui. Si je dois faire marche arrière et tout annuler, mon nom sera sali auprès des producteurs qui sont probablement déjà en train de promouvoir son passage à la télévision.

« Oui, bordel, c'est ce que je veux ! Je veux prendre ma retraite, putain, et qu'on me foute la paix.

— Pour faire quoi ?

— Je ne sais pas. Rien ?

— Et vous pensez que ce sera bien pour vous, vu tout ce qui s'est passé ? De vous asseoir seul dans une pièce avec rien d'autre à faire que de penser à toutes les façons dont votre vie a déraillé ?

— Ce serait mieux que ce qu'on fait. »

Bizarrement, cela me fait mal.

« Ah oui ? Vraiment ? »

Il me fusille du regard comme pour dire que tout serait mieux que d'avoir affaire à moi, même être seul avec ses pensées traumatisantes.

Bon, d'accord. Je range mon calepin dans mon sac.

« Alors, ça y est ? Vous jetez l'éponge comme ça ? »

C'est à mon tour de le fusiller du regard.

« Savez-vous que je n'ai jamais de ma vie eu envie de frapper un autre être humain jusqu'à présent ? Et ce n'est pas peu dire puisque j'ai grandi avec des frères et sœurs plus âgés qui adoraient me tourmenter. »

Il avance sa mâchoire.

« Allez-y. Donnez-vous-en à cœur joie.

— Je ne vous donnerai pas la satisfaction de pouvoir dire aux gens que j'ai mis un coup de poing à un héros de guerre américain blessé. »

Cela me vaut un rire sincère, et ça le transforme complètement. Je me surprends à le fixer, comme s'il avait soudain commencé à parler couramment russe.

Puis il me choque encore plus.

« Et si on se tirait de là un peu ? Qu'en dites-vous ? »

J'en suis étourdie au point de ne savoir que dire. Il veut aller quelque part ? Avec *moi* ?

« Waouh, j'ai finalement trouvé comment lui clouer le bec, Muncie.

— Peut-être qu'elle est tout simplement surprise de voir que vous êtes capable de sourire et d'être gentil ? »

Ai-je déjà mentionné que *j'adore* David Muncie ? Merci, mon Dieu, pour cet homme.

John remue sa main devant mon visage.

« Allô, Julianne, ici la Terre. Vous êtes là ? Vous m'avez entendu ?

— Je vous ai entendu. Ce que je ne comprends pas, c'est pourquoi.

— Pourquoi je propose d'aller ailleurs avec vous ? »

Je hoche la tête.

« Parce que j'ai entendu dire que vous vouliez voir les attractions de San Diego, et Muncie, étant lui-même assez nouveau dans la région, vous a donné les attrape-touristes. Je me suis dit que vous aviez peut-être envie de voir le vrai San Diego.

— Et vous voulez être celui qui me le montre ?

— Bah, ouais, je suppose.

— Pourquoi ? Vous ne m'appréciez même pas.

— Quand est-ce que j'ai dit que je ne vous appréciais pas ?

— Euh, le tout premier jour, lorsque vous étiez à peine capable de me dire bonjour et que vous m'avez regardée comme si j'apportais la peste chez vous au lieu de l'aide que vous aviez demandée. »

Muncie pousse un grognement et puis tousse, ce qui lui vaut un autre regard noir de son patron.

« Je n'ai pas fait ça. »

Je penche la tête et lève un sourcil, lui faisant savoir que je ne me fais pas avoir par ses conneries.

« OK, peut-être que j'ai fait ça un peu, mais ce n'est pas à cause de vous. C'est l'ensemble. Je ne voulais rien de tout ça, moi.

— Alors, votre stratégie, c'est de tirer sur le messager, ou dans ce cas, la personne qui est en train d'essayer de vous aider à gérer une situation que vous ne vouliez pas, mais dans laquelle néanmoins vous vous trouvez ?

— Quelque chose comme ça. »

Il me regarde droit dans les yeux pendant un long moment, pendant lequel je peux à peine respirer tandis que j'attends de savoir ce qu'il va dire.

« Je vous demande pardon de vous avoir traitée de la sorte. Vous avez tout à fait raison, ce n'est pas de votre faute, et je vous ai demandé de m'aider. J'ai été un emmerdeur fini, et j'en suis désolé. Est-ce qu'on peut faire table rase et repartir à zéro ? »

Waouh, je ne l'ai pas vue venir, celle-là. Pour la deuxième fois en autant de minutes, je me retrouve bouche bée.

Puis il sourit – un vrai sourire sincère –, et j'ai l'impression d'être Alice au pays des merveilles qui tombe dans le terrier du lapin. Ce que ce sourire fait à son visage déjà incroyablement beau est impossible à décrire avec des mots.

« *S'il vous plaît* ? »

Je sors de la stupeur causée par ce sourire pour réaliser qu'il attend ma réponse. Après avoir éclairci ma voix, je hoche la tête.

« OK. »

Et puis je me souviens d'Amy.

« Ma sœur est ici. J'aimerais qu'elle vienne avec nous, si cela ne vous dérange pas.

— Pas de problème. On ira tous ensemble. D'accord, Muncie ?

— Oui, mon capitaine. Tout ce que vous voudrez, mon capitaine.

— Arrêtez avec vos conneries, Muncie.

— Dès que vous arrêterez avec les vôtres. Mon capitaine. »

John attrape ses béquilles et se lève avec difficulté, prenant une seconde pour trouver son équilibre.

« Attendez qu'il voie son prochain rapport d'évaluation. Le mot insubordination sera bien mis en valeur. »

Malgré ses mots, cela a l'air de l'amuser et il est plus décontracté que je ne l'ai jamais vu jusqu'à présent, comme si avoir apaisé les tensions avec moi l'avait soulagé d'un fardeau.

« Je vais me changer, et puis on pourra aller chercher votre sœur. Muncie va nous conduire.

— Bon, d'accord, je vais la prévenir. »

Il se dirige vers la chambre à coucher, et j'attends que la porte se referme derrière lui pour me tourner vers Muncie.

« Qu'est-ce qui vient de se passer, là ? demandé-je à voix basse.

— Je n'en ai aucune idée, mais je ne vais pas poser de questions, et vous ne devriez pas non plus.

— Peut-être qu'il en a ras le bol d'être de mauvais poil.

— Ce serait un vrai miracle. Je reconnais que c'est grâce à vous.

— Pourquoi ? Je n'ai rien fait.

— Vous ne le laissez pas faire. C'est énorme.

— En fait, c'est plutôt mortifiant. Je suis toujours respectueuse envers mes clients. Mais c'est juste qu'il me rend…

— Exaspérée ? Furieuse ? Dingue ? »

Je pouffe de rire.

« Tout cela.

— Je compatis, croyez-moi. »

Muncie jette un œil vers la porte fermée de la chambre à coucher.

« Mais je compatis avec lui, aussi. Avec tout ce qui s'est passé, je reconnais le mérite qu'il a de se lever le matin. »

Clairement, Muncie respecte l'homme pour lequel il travaille, même s'il ne l'aime pas toujours.

J'envoie vite fait un texto à Amy : *Lève-toi et fais-toi belle. On sort voir les attractions avec le capitaine et son aide, Muncie. Ne pose pas de questions. Prépare-toi, c'est tout !*

Elle répond tout de suite. *Euh, OK, mais des questions, j'en ai ! Tout comme moi.*

Je suis de plus en plus curieuse.

PRÉPARE. TOI.

Elle répond avec un émoji qui rit. Dieu merci elle sera là pendant cette sortie. Je serais une boule de nerfs s'il n'y avait que Muncie pour me protéger de *l'autre*. Amy jouera un rôle sécurisant pour moi rien que par sa présence. Ça a toujours été comme ça pour moi en ce qui la concerne. Si Amy est là, je me sens mieux. C'est aussi simple que cela.

La porte de la chambre à coucher s'ouvre, et John en émerge, portant un jean bien usé, un polo blanc avec l'insigne de la Marine sur la poitrine et une paire de Nike noire qui a l'air toute neuve.

« Prête ? »

Il s'est coiffé et a toujours la même expression détendue qui m'a stupéfiée auparavant. Qui est cet homme, et qu'a-t-il fait du capitaine Grincheux ?

J'arrivais à gérer le grincheux. Cette version de lui, au contraire, est dangereuse. Je ne sais pas trop pourquoi je pense cela. Mais c'est comme ça.

« Ai-je le droit de me changer, moi aussi, ou avez-vous l'intention de me traîner dans les rues de San Diego en uniforme ? » demande Muncie.

Je ne l'ai jamais vu habillé autrement qu'en uniforme.

« On peut passer chez vous.

— Waouh, merci. Vous voulez prendre le fauteuil ? »

Muncie montre d'un geste un fauteuil roulant plié que je n'avais jamais remarqué auparavant, niché dans un coin près de la porte.

« Non, dit John rapidement. On y va. »

Nous nous dirigeons vers la porte, et Muncie est le dernier à sortir. Il ferme la porte à clé tandis que John et moi allons vers l'ascenseur. Je marche lentement pour aller à sa vitesse.

« Muncie m'a dit que vous étiez contre les zoos ? dit-il pendant que nous attendons l'ascenseur.

— Je ne supporte pas de voir les animaux en captivité, même quand on s'en occupe bien. Cela me fait de la peine, c'est tout.

— Je me sens pareil. Que pensez-vous des phoques dans leur milieu naturel ?

— Les phoques sont si mignons. Si je pouvais avoir un phoque comme animal de compagnie !

— Alors, il faut qu'on se rende à La Jolla Cove d'abord.

— Qu'est-ce qu'il y a, là-bas ?

— Des phoques, des lions de mer et d'autres choses amusantes. »

L'ascenseur arrive, et nous nous y engouffrons tous les trois pour descendre jusqu'au niveau du hall d'entrée. Son appartement est dans un immeuble qui fait de la publicité pour des résidences meublées. Je me demande s'il y vivait avant d'avoir été déployé ou s'il vient d'y emménager, mais je ne dis rien. J'ai appris à choisir mes questions judicieusement avec lui.

La Toyota Highlander SUV de Muncie a un permis de stationnement pour handicapés accroché au miroir.

« Asseyez-vous à l'avant, dit John.

— C'est bon. Je vais me mettre à l'arrière avec ma sœur. »

Il monte à la place du passager, et Muncie range ses béquilles à l'arrière, leur routine semblant bien rodée et efficace.

Pendant le court chemin jusqu'à l'hôtel, John montre quelques bars et restaurants qu'il dit avoir fréquentés quand il habitait ici auparavant. Je suppose que cela veut dire qu'Ava en faisait autant.

Il fait un signe de la main vers un immeuble couleur sable.

« C'est là que nous vivions. »

Il ne dit plus rien après cela, et je me demande si ça lui fait mal de voir l'endroit où il a vécu avec Ava. Je déteste l'idée qu'il souffre encore plus.

Quand nous arrivons à mon hôtel, John se tourne vers moi.

« Mettez des chaussures de sport si vous en avez. Les rochers peuvent être glissants.

— D'accord. Je vais faire vite.

— Prenez votre temps, dit-il. On n'est pas pressés. »

J'attrape mon énorme sac qui sert aussi de cabas de travail et saute de la voiture. À l'intérieur, je prends l'ascenseur jusqu'à mon étage et entre dans ma chambre pour y trouver Amy habillée d'une robe mignonne avec ses cheveux foncés coiffés en queue de cheval et un pull noué autour de sa taille.

« Ils ont dit de porter des chaussures de sport si on en a. »

Elle retrousse son nez avec dégoût.

« Je ne vais pas porter des chaussures de sport alors qu'il fait vingt-six degrés.

— On va voir des phoques et des lions de mer.

— Je vais m'y risquer avec des sandales. »

Tandis que j'essaie de décider quoi porter pendant cette sortie inattendue, elle se pose sur l'un des deux lits *queen size*.

« Alors, c'est quoi, cette histoire ?

— Je ne sais pas. On se disputait sur quelque chose, et tout à coup il a dit : "Et si on se tirait de là un peu ? Qu'en dites-vous ?" Au début, j'étais si surprise, je ne savais pas quoi dire. Et Muncie était pareil, je le voyais. »

Je me mets en short avec un haut léger à fleurs, en espérant ne pas donner l'impression d'avoir essayé trop dur d'être belle, et je me fais une queue de cheval avant de me badigeonner avec de la crème solaire et de passer la bouteille à Amy.

« Je suis sûre qu'il s'agit plus de m'empêcher de lui poser des questions auxquelles il n'a pas envie de répondre que d'un désir altruiste de me faire découvrir San Diego comme il faut pendant que je suis là. »

J'arrête de bouger et me mets devant Amy.

« Comment tu me trouves ?

— Bien. Pourquoi ?

— Je veux juste m'assurer que je ne donne pas l'impression de m'être mise sur mon trente-et-un, ou quelque chose comme ça.

— Tu portes un short et un haut.

— Je sais ce que je porte, Amy !

— Pourquoi tu paniques ?

— Je ne panique pas.

— Si, si.

— Mais non ! »

Je vais dans la salle de bains pour me brosser les dents et je défais ma queue de cheval, peigne mes cheveux et la refais. Et lorsque je remarque que mes mains tremblent, je suis obligée d'admettre qu'Amy a raison. Je *panique*. *Pourquoi* est-ce que je panique ?

Je sors de la salle de bains et trouve Amy là où je l'ai laissée. Elle continue à m'étudier avec méfiance.

« Je panique parce que John est sympa… Il… Ce n'est pas un con.

— OK… Et alors ?

— Rien. C'est juste qu'il est différent, et je ne… »

Exaspérée par moi-même, par elle, et surtout par lui, je lève les bras au ciel.

« Je ne sais pas pourquoi je panique.

— Oh. Mon. Dieu.

— Quoi ? »

Je suis en train de jeter mon téléphone, la clé de ma chambre, du chewing-gum, des lunettes et de la crème solaire dans un plus petit sac.

« Julianne. »

Mes frères et ma sœur ne m'appellent *jamais* comme ça. Jamais. Je suis toujours Jules ou Juju ou un autre diminutif de Jules, mais jamais Julianne.

Je me tourne vers elle.

« Qu'est-ce que tu fais ?

— Euh, je me prépare à sortir ?

— Ce n'est pas ce que je demande, et tu le sais. *Qu'est-ce que tu fais ?*

— Mon travail ? »

Elle me fait les gros yeux, pour que je sache que la non-réponse ne marchera pas.

« Tu ne peux pas avoir de sentiments pour cet homme, Jules. Tu ne peux pas, c'est tout. »

Les mots me frappent comme un coup de poing au ventre, et volent le souffle de mes poumons. Cela me prend quelques secondes pour récupérer.

« Je n'en ai pas ! La plupart du temps, je ne le supporte pas.

— Et le reste du temps ?

— J'ai de la peine pour lui. »

En toute honnêteté, c'est la vérité.

« Il a vécu un enfer. »

Amy se lève et vient à moi, mettant ses mains sur mes épaules et me forçant à la regarder.

« Tu ne peux pas faire *ça* avec lui. Tu *ne* peux *pas*. Tu m'entends ?

— Je n'y songe pas, à *ça*. C'est mon client.

— C'est l'ex d'Ava. »

Je me libère de son étreinte.

« Je sais qui il est, Amy. Je n'ai pas besoin que tu me le dises.

— T'en es sûre ?

— Tu fais exprès de me faire chier ?

— Pas du tout. J'essaie de t'empêcher de faire quelque chose de très, très stupide.

— C'est-à-dire ?

— Te permettre d'avoir des sentiments pour un homme qui est totalement interdit.

— Il faudrait que je sois morte pour ne pas compatir avec lui vu ce qu'il a enduré.

— La sympathie, c'est très bien, et personne n'a plus de sympathie que toi. Mais c'est tout ce que ça peut être. Dis-moi que tu en es consciente.

— Bien sûr que je le suis. Bon, allons-y avant qu'ils pensent qu'on ne les rejoint plus. »

Troublée par la conversation, j'attrape mon sac et me dirige vers la porte, en espérant qu'Amy me suive. La perturbation ne me quitte pas.

Je n'ai pas de sentiments pour lui.

C'est un client, et il ne sera jamais rien de plus.

CHAPTER SIX

JOHN

Muncie et moi écoutons une radio de chroniques de sport en attendant Julianne et sa sœur. Après des mois à passer pratiquement toute la journée avec lui, je vois bien que quelque chose le travaille.

« Quoi que ce soit, allez-y, dites-le.

— De quoi ?

— Ce que vous mourez d'envie de dire.

— Je n'ai pas de commentaire à faire, c'est plutôt une question. »

Exaspéré, je fais un signe de la main pour encourager Muncie à se lancer et me demander ce qu'il veut.

« C'est quoi, l'idée de la sortie ?

— J'avais simplement envie de quitter l'appartement pour une raison autre qu'un rendez-vous médical.

— C'est tout ce que c'est ?

— Qu'est-ce que ça pourrait bien être d'autre ? »

Il hésite, ce qui n'est pas son genre. Il est devenu habile à dire ce qu'il pense avec moi, ce que j'apprécie d'habitude – pas que je puisse dire ça à ce casse-couilles insubordonné.

« Vous êtes différent avec elle.

— Hein ? Différent avec qui ?

— Julianne. Elle vous atteint.

— Elle m'énerve avec ses questions sans fin.

— Vous savez aussi bien que moi qu'elle ne fait que son boulot et essaie de vous préparer pour une tournée des médias pour laquelle vous n'êtes vraiment pas prêt. Mais ce n'est pas ce dont je parle.

— Et si vous me disiez de quoi vous parlez, alors ?

— Je n'en suis pas exactement sûr. Il y a un changement en vous depuis qu'elle est là.

— Ce qui est différent, c'est qu'on me force à faire quelque chose que je ne veux pas.

— Non, ce n'est pas ça. Il faut que j'y réfléchisse davantage. Je vous en parlerai plus tard.

— Oui, c'est ça.

— Les voilà. »

La sœur de Julianne est un peu plus grande qu'elle et a les cheveux bruns, mais les deux femmes ont une allure et une carrure similaires. Elle est plantureuse comme Julianne, mais au premier coup d'œil je vois qu'Amy est plus réservée que sa petite sœur plus extravertie.

Elles montent à l'arrière.

« David Muncie, John West, voici ma sœur, Amélia Tilden. Tout le monde l'appelle Amy.

— Ravie de vous rencontrer tous les deux, dit Amy.

— De même, réponds-je. Je suis heureux que vous ayez pu vous joindre à nous aujourd'hui.

— Moi aussi. Je suis excitée de voir San Diego. Et merci beaucoup de votre service et dévouement à la nation.

— De rien. »

On me le dit souvent, et je ne me lasse jamais d'entendre que les gens apprécient ce que nous avons fait, et pourtant ça me fait drôle que les gens sachent quel rôle j'y ai joué. J'aurais voulu qu'ils ne sachent jamais.

Après un bref arrêt à l'immeuble de Muncie pour qu'il puisse se changer et quitter son uniforme, nous nous dirigeons vers la côte.

« Qu'avez-vous le plus hâte de voir, Mesdames ?

— La plage, dit Amy.

— Et les phoques, répond Julianne.

— Oui, les phoques aussi, ajoute Amy.

— Et je veux du bon tex-mex », dit Julianne.

Je pouffe de rire.

« Le tex-mex, c'est au Texas. Ici, c'est tout simplement du mexicain.

— Vous avez raison, je reconnais mon erreur. Où peut-on en trouver ?

— Chez Roberto. C'est le meilleur qu'il y ait. On ira y faire un tour après avoir vu les phoques. »

Je m'imbue du paysage familier du seul endroit où je me sois jamais senti chez moi. Je perçois la vue différemment après mon déploiement et après Ava. Maintenant, je ne sais pas où est ma place, ou s'il y aura jamais un endroit où je me sentirai à nouveau chez moi.

Le psychologue que j'ai vu alors que j'étais encore à l'hôpital a répété maintes fois le besoin d'y aller pas à pas, littéralement. Ma priorité, c'était la mobilité, et doucement mais sûrement, j'y arrive. Avec la tournée des médias devant nous, je n'ai pas beaucoup pensé à ce qui se passera après ça. Resterai-je à San Diego, ou est-ce que ce sera trop pénible d'être ici à long terme sans Ava ? Je n'ai pas encore résolu la question. Alors que l'idée d'une cabane perdue dans les montagnes me plaît, être tout le temps seul, non.

J'espère trouver les réponses avant d'être obligé de prendre des décisions concernant ma vie à venir. Je toucherai tout de suite ma retraite de la Marine, donc je n'aurai pas à travailler, sauf si j'en ai envie. Cela peut sembler idéal comme ça, mais je m'inquiète d'avoir trop de temps libre pour ruminer, alors je vais peut-être chercher un travail. À un moment donné.

Je me suis engagé dans la Marine après avoir été dans le pétrin quand j'étais gamin. J'ai tout de suite adoré la Marine. J'ai adoré la structure que je n'avais jamais eue, la camaraderie, les amis, la chance de voyager et, plus tard, l'opportunité d'entrer dans le corps des officiers. Ma carrière a dépassé toutes mes attentes, et j'ai aimé chaque instant jusqu'au jour où Al Khad a détruit *l'Étoile des hautes mers,* tuant quatre mille personnes et ruinant la vie de tant d'autres, y compris la mienne et celle d'Ava.

Maintenant, je veux juste que ce soit fini. Je veux être libre de toute obligation, pour pouvoir trouver ce que je vais faire du reste de ma vie.

Je donne l'ordre à Muncie de se diriger vers Ocean Beach. On montera vers le nord à partir de là.

« C'est tellement beau, dit Amy au premier aperçu du Pacifique.

— Ocean Beach, c'est le coin des hippies et des drogués. »

Un bref coup d'œil et je vois que ça n'a pas beaucoup changé pendant les années de mon absence. C'est plus occupé et développé, mais l'ambiance est égale à ce qu'elle a toujours été.

« C'est idéal pour observer les gens. »

À Mission Beach, la promenade toujours animée est bondée en cet après-midi de fin d'été. Les gens font du skateboard, du jogging, du roller et du vélo, et mangent aussi dans les restaurants qui longent le passage. Muncie est obligé de conduire lentement dans la circulation encombrée, s'arrêtant fréquemment pour laisser des gens traverser la rue qui va à la plage.

Nous nous dirigeons vers le nord, passant par Pacific Beach sur le chemin qui mène à La Jolla Cove, où nous commençons à chercher une place pour nous garer. Grâce à mon permis de stationnement de handicapé, nous arrivons à trouver une place près de la route principale. Bien que je déteste avoir ce putain de permis, je dois avouer qu'il rend les choses plus simples dans des moments comme celui-ci.

Pendant que les autres sortent de la voiture, je dois attendre que Muncie prenne mes béquilles à l'arrière. Je considère faire sans, mais l'idée de tomber devant Julianne et sa sœur me fait gracieusement accepter les béquilles de Muncie.

Les autres sont assez attentionnés pour marcher doucement et se mettre à ma cadence. J'essaie de ne pas être dérangé par ma lenteur. Si seulement ils savaient de quoi j'étais capable avant…

« Les phoques ont tendance à rester autour de Children's Pool, tandis que les lions de mer se rassemblent plus près des falaises.

— Comment on sait si ce sont des phoques ou des lions de mer ? demande Julianne.

— Les phoques font de petits bonds sur leur ventre sur la terre et ont tendance à être plus calmes, alors que les lions de mer ont des oreilles visibles, font du bruit et utilisent leurs nageoires pour se déplacer. »

Je fais un signe de la tête vers un banc.

« Je ne peux pas encore bien marcher sur le sable, alors je vous attendrai là. »

Je vois qu'ils sont réticents à me laisser seul. Je sors une casquette de sport de ma poche arrière et la mets, la baissant sur mon visage pour ne pas être reconnu.

« Allez-y. Je serai très bien là.

— Je vais rester avec vous. »

Julianne pousse un petit peu Amy vers la plage.

« Allez-y, les gars. Prenez des photos pour moi. »

Les sœurs échangent un regard bizarre avant qu'Amy et Muncie se dirigent vers la plage, alors que Julianne et moi, nous nous installons sur le banc. C'est un merveilleux après-midi chaud, et je lève mon visage vers le soleil. J'essaie de ne pas penser à la souffrance absolue que nous avons endurée pendant les jours sans fin passés à cuire sous un soleil sans pitié en Afghanistan et au Pakistan lorsque nous traquions Al Khad. Soit on cuisait, soit on gelait, du moins me semblait-il.

« Vous n'avez pas à faire la nounou. Vous devriez voir les phoques. Ils sont adorables.

— Amy prendra des photos pour moi.

— Vous n'aimez pas les balades ?

— Si, mais je n'en fais pas souvent comme je vis en ville.

— Vous devriez aller à Torrey Pines pendant que vous êtes ici. Je vous emmènerais bien, mais je ne suis pas vraiment prêt pour les randonnées pour l'instant. Avant, c'était une de mes activités préférées ici.

— Vous allez vous y remettre. Ça va prendre un peu de temps, c'est tout.

— C'est ce qu'on m'a dit.

— Est-ce que votre jambe vous fait mal ? »

Normalement, cette question m'énerverait. Mais elle ne me dérange pas, venant de Julianne. Pourquoi cela, je n'en sais rien. Peut-être que je me suis habitué à ses questions sans fin.

« Désolée, ce ne sont pas mes oignons. »

Elle a mal interprété mon silence, et cela fait que je me sens coupable.

« Pas de problème. Ça ne me dérange pas que vous posiez la question. Ça ne fait plus mal comme avant. Mon plus gros souci maintenant est la faiblesse persistante due à l'infection que j'ai contractée après avoir perdu ma jambe. J'ai été immobile pendant un mois, et les médecins me disent que ça peut prendre plus d'un an pour m'en remettre.

— Waouh.

— C'est pourquoi j'ai encore besoin des béquilles pendant que je redéveloppe la masse musculaire.

— Je suis désolée de tout ce que vous avez enduré et du fait que j'aggrave les choses rien que par ma présence.

— Ce n'est pas le cas. »

Je ne supporte pas qu'elle se sente comme ça à cause de moi.

« Ce n'est pas vous. C'est moi. »

Elle pouffe de rire.

« Si on m'avait donné un sou à chaque fois que j'ai entendu ça… »

Je me tourne pour mieux la voir.

« Les mecs vous disent ça à *vous* ?

— Tout le temps.

— Qu'est-ce qui ne va pas dans leur tête, putain ?

— Je pense qu'il s'agit plutôt de ce qui ne va pas dans la mienne. On m'a dit que je pouvais être un peu intense, comme vous vous en êtes probablement rendu compte.

— Vous êtes très bien.

— C'est gentil à vous, mais je ne cherchais pas des compliments.

— Je ne fais pas facilement des compliments. Je ne sais pas si vous avez remarqué, mais le charme n'est pas mon fort. »

Elle rit, comme je l'avais espéré.

« J'ai certainement remarqué.

— Je suis désolé, Julianne. J'ai été vraiment con, et… je suis désolé.

— Si j'avais enduré la même chose que vous, je serais probablement conne, aussi.

— Ce que j'ai vécu n'est absolument pas de votre faute, et ce n'est pas juste que je m'en prenne à vous.

— C'est OK. Sincèrement. »

Elle mordille sa lèvre inférieure, quelque chose que j'ai remarqué qu'elle fait quand elle réfléchit.

« Quoi que vous ayez envie de dire, allez-y, dites-le. Repartons à zéro, pour que nous puissions avancer sans plus de drames.

— Je suis entièrement d'accord, mais je me demande simplement…

— Quoi ?

— Si vous ne voulez vraiment pas faire la tournée, pourquoi ne le dites-vous pas tout simplement ? Ils ne peuvent pas vous forcer à le faire, non ?

— Non, pas vraiment.

— Alors, dites-leur que vous ne voulez pas le faire. »

Je lui jette un regard, le sourcil levé.

« Est-ce le genre de conseil que vous devriez être en train de me donner ?

— Je ne suis pas en train de penser à ma carrière maintenant, capitaine. Je suis en train de penser à ce qui serait le mieux pour quelqu'un qui a déjà vécu un cauchemar. J'aurais horreur d'être responsable d'une manière ou d'une autre d'avoir aggravé le traumatisme.

— Je m'appelle John, et c'est gentil à vous de vous en inquiéter.

— Si cela va rendre le reste pire, ne le faites pas, John. »

Elle est si sincère et vraiment adorable. Je lui souris, et sans avoir l'impression de me forcer. Pour la première fois depuis longtemps, j'ai l'impression que c'est naturel et agréable.

« Il y a une raison pour laquelle je ne leur ai pas dit d'aller se faire foutre avec leur tournée des médias.

— Laquelle ? »

Je prends un moment pour rassembler mes idées.

« Vous m'aviez posé une question sur mon enfance. »

Elle lève la main pour m'arrêter.

« Si c'est interdit, qu'il en soit ainsi. Vous n'avez pas à vous expliquer, ni auprès de moi, ni de qui que ce soit.

— Peut-être bien, mais j'aimerais vous en parler si vous voulez toujours m'écouter.

— Je veux bien. »

Elle plie sa jambe sous son corps et se tourne pour me faire face, me donnant toute son attention.

« Je ne sais rien sur mes parents. J'ai été élevé par une famille d'accueil qui a été obligée de me laisser quelques années plus tard quand le père a été atteint d'un cancer. Après ça, j'ai été balancé à droite, à gauche, et arrivé à l'adolescence, j'avais pris une mauvaise route. Je me suis retrouvé devant un juge d'instruction, qui m'a donné le choix entre la prison et l'engagement militaire. C'est comme ça que j'ai fini dans la Marine. Je ne peux m'imaginer ce que je serais devenu si je n'avais pas pris ce chemin-là. »

Je regarde en sa direction pour voir qu'elle boit mes paroles.

« Je fais la tournée pour tous les gamins comme moi qui sont peut-être perdus et essaient de trouver leur chemin. Si un seul gamin choisit la Marine plutôt que la taule, alors ça en aura valu la peine pour moi.

— C'est incroyable, dit-elle doucement. Que vous soyez prêt à vous infliger quelque chose d'aussi difficile parce que cela aidera peut-être quelqu'un d'autre. »

Je hausse les épaules devant des éloges que je ne veux pas.

« Je me dis que puisqu'on a dévoilé mon identité, autant en tirer quelque chose de bon.

— C'est vraiment admirable.

— Ce n'est pas la raison pour laquelle je le fais.

— Ce qui le rend encore plus admirable.

— Ne parlez pas de moi comme d'un héros, Julianne. Je n'en suis pas un.

— Comment pouvez-vous dire cela ? Le monde entier pense que vous êtes un héros.

— J'ai commis toutes sortes d'erreurs, comme tout le monde. Je suis aussi loin d'être parfait que quiconque puisse l'être. Regardez ce que j'ai fait à Ava. Il me semble que cela suffirait à ce que vous me haïssiez.

— Je ne vous hais pas, et elle non plus.

— Elle devrait. Je lui ai fait vivre un enfer.

— Elle ne vous déteste pas. Elle vous aimait. Elle vous aime probablement encore.

— Non. Ce n'est pas le cas. »

Je fixe l'océan infini.

« J'ai détruit la meilleure chose qui me soit jamais arrivée. »

Quand le reflet du soleil sur l'eau devient trop intense, je cligne des yeux et puis jette un regard vers Julianne.

« J'allais lui demander de m'épouser. À l'instant même où je serais rentré à la maison. C'était la première chose que j'allais lui dire. Et c'est presque arrivé. On l'a presque attrapé au bout de quatre ans et demi.

— Que s'est-il passé ?

— On n'est toujours pas sûrs, mais on pense qu'un de nos informateurs locaux a retourné sa veste. Quand on a attaqué le camp, Al Khad était parti depuis longtemps. »

Je cligne des yeux encore une fois et je me rends compte que je suis en train de la fixer du regard et d'absorber les détails de son joli visage.

« Je pense tout le temps à ce qui aurait pu être différent si ce raid s'était passé comme prévu. Je n'aurais peut-être pas perdu mes amis ou ma jambe. Je serais rentré à la maison avant la limite de cinq ans qu'Ava s'était donnée, et peut-être m'aurait-elle pardonné une fois que j'aurais eu l'opportunité de le lui expliquer. »

Je hausse les épaules.

« Je ne saurai jamais, mais je me demande ce qui serait arrivé.

— Je suis désolée que vous n'ayez pas eu l'opportunité de le lui demander.

— Ce n'est pas grave. Elle m'aurait probablement dit d'aller me faire foutre après avoir disparu de sa vie pendant presque cinq ans.

— Je ne pense pas qu'elle aurait fait ça. La première fois qu'on l'a rencontrée…

— Quoi ? »

Je suis immédiatement attentif, avide de tout ce qu'elle pourrait me dire sur Ava.

« Elle était encore loin d'aller bien en ce qui vous concernait. Cela a pris beaucoup de temps, de thérapie et d'amour. Ce n'est pas comme si elle avait déménagé à New York, rencontré Éric et vous avait oublié. Ce n'était pas du tout comme ça.

— Je suppose que je suis content de l'entendre, bien que vous preniez probablement des risques en me parlant d'elle.

— Un peu, mais je ne veux pas que vous pensiez qu'elle s'est facilement remise de vous. Quand elle a entendu parler du raid et a vu la vidéo, elle a été un désastre ambulant pendant des semaines, à se demander ce qui vous était arrivé. »

Je fais une grimace.

« J'étais à l'hôpital.

— Elle l'a appris beaucoup plus tard. Elle a pensé que peut-être vous ne vouliez pas la contacter.

— Je sais, et j'en suis vraiment mortifié. J'ai horreur de lui avoir fait ça.

— Le truc, c'est que ce n'est pas de votre faute. Si on en blâme les responsables, alors c'est clairement de la faute d'un terroriste qui a ruiné la vie de milliers de personnes, y compris Ava et vous.

— J'aurais dû lui faire assez confiance pour lui dire la vérité. Je regrette de ne pas l'avoir fait. J'aurais pu le lui dire. Elle ne l'aurait jamais répété à quelqu'un d'autre.

— Vous avez fait ce qui vous semblait juste à l'époque.

— Et Ava a payé un prix affreux pour ça.

— Elle a aussi eu la chance de vivre le grand amour. Deux fois. Quel pot, la saloperie. »

Elle me sourit en le disant, pour me faire savoir qu'elle blague.

« Ce n'est pas vraiment juste qu'elle ait connu ça deux fois alors que certains d'entre nous cherchent encore le premier. »

Je suis intrigué par le commentaire révélateur qui, venant s'ajouter à ce qu'elle m'a dit plus tôt, me conduit à me demander ce qui ne va pas avec les hommes de la ville de New York.

Un cri perçant venant du trottoir nous fait brusquement reprendre conscience du monde extérieur.

« Vous êtes ce commando de la Marine ! »

Une femme d'un certain âge m'a repéré et se rue vers moi, son iPhone à la main, prête à prendre une photo et faire tout un plat.

Julianne se lève, se mettant entre la femme et moi.

« Arrêtez. »

La femme s'arrête.

« Reculez.

— Je ne sais pas qui vous croyez être…

— Et vous alors ? Le capitaine West n'est pas disponible pour l'instant. Passez votre chemin. »

Je regarde tranquillement le spectacle, impressionné par sa façon compétente et ferme de renvoyer la femme, qui s'empresse de partir, coléreuse, en bafouillant des mots d'indignation. Je l'entends dire : « Quelle salope » avant de rejoindre son groupe, qui s'est tenu à l'écart, à observer la rencontre.

Julianne revient à sa place sur le banc.

« Alors… Où en étions-nous ?

— Vous me disiez qu'Ava était une saloperie qui avait du pot parce qu'elle a connu le grand amour deux fois et que vous, vous cherchiez encore le premier. »

Elle baisse les yeux, d'un air gêné.

« Oublions que j'ai dit cela. »

Je ris.

« Ça vous ferait plaisir, hein ?

— Vous n'avez pas idée à quel point j'aimerais pouvoir effacer ça.

— C'est trop tard, maintenant. Votre secret est dévoilé. Et en passant, merci d'être intervenue pour moi.

— Pas de problème. Les gens sont ridicules.

— Oui, souvent ils le sont. Je suis heureux que vous soyez de mon côté, Julianne. Je ne voudrais pas vous avoir comme ennemie.

— Je suis en effet de votre côté. J'espère que vous le savez.

— Je le sais. Je suis reconnaissant de tout ce que vous faites, et je promets que je serai moins con à l'avenir.

— Ce serait d'une grande aide, et au fait, tout le monde m'appelle Jules. »

Est-ce sa façon à elle de me dire que j'ai de l'importance pour elle ? Je n'en ai aucune idée, mais je suis honoré de faire partie de son cercle intime.

« Jules. »

Je l'essaie pour voir.

« N'en abusez pas, dit-elle, avec un petit sourire.

— Je vais essayer.

— John ?

— Oui, Jules ?

— Je veux juste dire… Je crois que la raison pour laquelle vous faites la tournée des médias est incroyable, et je suis certaine que cela va changer la vie de quelqu'un. »

Je suis démesurément touché.

« Merci. Je l'espère. »

Avant que je puisse penser à quelque chose d'autre à lui dire, je vois Muncie et Amy qui reviennent vers nous en parlant et en riant. Est-ce que Muncie… Pourquoi est-il trempé ?

« Que s'est-il passé ? » demande Jules quand ils nous rejoignent.

Amy rit si fort qu'elle arrive à peine à parler, alors que Muncie tient son T-shirt, qui est mouillé de la poitrine jusqu'en bas, loin de sa peau, comme si cela pouvait l'aider à sécher plus vite.

« J'ai pris une vague.

— C'était si drôle ! »

Amy a des larmes aux yeux à force de rire.

« Une minute on regardait les phoques, celle d'après, il était trempé de la tête aux pieds. »

Elle a à nouveau le fou rire.

« Et, je ne sais comment, elle a réussi à ne pas avoir une goutte sur elle, alors qu'elle se tenait tout près de moi. »

Amy rit comme une baleine.

« Heureux d'avoir pu vous divertir. »

Muncie a l'air amusé et agacé en même temps.

Amy essuie ses larmes.

« Ça, oui, vous l'avez fait.

— J'aurais bien aimé voir ça. »

Je le dis avec sincérité. Muncie passe tellement de temps à se foutre de moi que j'aurais vraiment pris plaisir à le voir se faire tremper par une vague.

« Personne ne le mérite plus que vous, commandant. »

Il me jette un regard noir.

« Je connais quelqu'un qui le mérite plus que moi. »

Touché. Je ris de son air féroce. À un moment donné, le gars est devenu un ami, et j'aime bien pouvoir lui lancer des piques comme ça en sachant qu'il me rend la pareille. Parfois, les gens ont du mal à être eux-mêmes avec des officiers supérieurs. Je me dis que j'ai de la chance que Muncie ne fasse pas partie de ceux-là. J'avais besoin de quelqu'un qui garde les pieds sur terre avec moi, et il est un cadeau du ciel. Pas que je puisse le lui dire. Pas encore, en tout cas.

« Qui veut manger ? » leur demandé-je.

Jules lève la main.

« Moi.

— On a besoin de vous déposer chez vous pour que vous vous changiez d'abord ? demandé-je à Muncie.

— Non, ça va.

— On s'assiéra dehors pour que vous puissiez sécher à l'air.

— Super. »

On retourne à la voiture, et j'essaie de ne pas remarquer le bruit mouillé et spongieux qui vient de Muncie.

Amy rit encore à en perdre les pédales.

Jules me jette un regard pour partager son amusement, et je sens un lien avec elle après la conversation qu'on a eue sur la plage. J'ai partagé davantage avec elle en ces quelques minutes que jamais avec personne d'autre, même Ava, qui n'a que tout récemment appris la vérité sur mon enfance. Je ne sais pas pourquoi j'ai ressenti le besoin de m'ouvrir à Julianne, mais maintenant que je l'ai fait, on dirait qu'on a atteint une sorte de compréhension mutuelle. Je suis content qu'elle sache pourquoi je fais la tournée et ce que j'espère accomplir. C'est bien mieux de la considérer comme alliée que comme ennemie.

J'espère simplement que je pourrai tenir ma promesse de changer mon attitude, qui a été nulle ces dernières semaines. Perdre Ava m'a presque tué. Je ne sais pas si je me remettrai jamais du coup que j'ai subi quand j'ai appris que c'était vraiment fini entre nous. Ce coup-là, en plus d'avoir perdu ma jambe et mes deux amis les plus proches, a fait de moi quelqu'un que je reconnais à peine. L'officier naval déterminé que j'étais, qui s'adonnait à fond à tout, y compris à l'amour, n'existe plus. Ce qu'il en reste est un homme aussi fragile qu'un nouveau-né, qui essaie de trouver son chemin dans un monde qui n'a plus de sens pour lui.

Pendant que je regarde le paysage sur le trajet vers Encinitas, je me promets de faire l'effort d'être agréable avec les gens qui essaient de m'aider à naviguer dans ce nouveau monde. Ce n'est pas de la faute de Muncie si le sort s'est acharné sur moi, et ce n'est certainement pas de la faute de Julianne.

Jules. Elle veut que je l'appelle Jules.

Je sens que quelque chose en moi se détend, comme le feraient des muscles après une séance d'entraînement ardue. L'effort que ça demande de m'accrocher à ma rage est en train de m'épuiser. Je baisse mon carreau et laisse l'air chaud me caresser. Pour la première fois depuis que j'ai repris connaissance à l'hôpital après avoir perdu un mois de ma vie à cause d'une infection, je suis heureux d'être en vie.

CHAPTER SEPT

JULIANNE

Quelque chose a changé sur ce banc près de la plage. Ce n'est plus le même homme. Il est amical, bavard, intéressant, curieux.

Je n'ai aucune défense contre cette nouvelle version de lui. Assise en face de lui pendant un déjeuner tardif chez Roberto, je veux m'attarder sur ce John, écouter la cadence de sa voix grave et pousser des soupirs de plaisir lorsque ses yeux s'illuminent quand quelque chose l'amuse. C'est le John d'Ava, avant que sa vie n'ait été changée à jamais par un terroriste. C'est l'homme pour lequel elle a attendu plus de cinq ans, en espérant chaque jour qu'il lui reviendrait.

Je dois admettre qu'au début de notre rencontre, je me suis demandé quel genre d'homme il devait être pour qu'elle l'attende si longtemps, sans informations sur l'endroit où il se trouvait tout ce temps-là. Maintenant, je comprends, et j'ai mal pour elle, pour lui, pour eux.

Après un repas délicieux, quelques Margaritas et une conversation passionnante sur San Diego, New York et Chicago, qui est la ville natale de Muncie, nous rentrons à l'hôtel. Je suis fatiguée, repue et…

confuse. Au cours de cet agréable après-midi de détente, je suis passée de quelqu'un qui avait peur d'être en la compagnie de John à quelqu'un qui veut l'entendre raconter davantage d'histoires, parler davantage de ses soucis, davantage de tout.

Du siège arrière du SUV de Muncie, Amy m'envoie un texto.

Qu'est-ce qui ne va pas ?

Je la regarde. *Rien ??*

T'es super silencieuse. Ce n'est pas normal pour toi.

Je pense, c'est tout.

On va en causer quand on arrivera à notre chambre.

D'accord, Maman.

Amy me fusille du regard, probablement à cause de la référence à maman.

« Vous aimez la bière, Mesdames ? demande John.

— Oui, oui, nous l'aimons, réponds-je pour toutes les deux.

— On devrait faire un tour dans les endroits qui font de la bière artisanale. C'est encore un truc pour lequel San Diego est connu.

— Ce serait sympa », lui dis-je.

Amy lève un sourcil en ma direction.

Je refuse de réagir. Je ne sais pas trop ce qu'elle est en train de penser, mais je le découvrirai bien assez vite.

Peu après, Muncie nous dépose devant la porte de l'hôtel.

Je me penche dans l'espace entre les sièges avant.

« Merci à vous deux pour cette journée magnifique.

— C'était fun, dit John. Ça faisait des années que je ne m'étais pas amusé comme ça, en fait.

— J'y ai vraiment pris grand plaisir, ajoute Amy. Merci de nous avoir montré votre ville.

— Il faut absolument qu'on vous montre l'Hôtel Coronado aussi.

— Avec plaisir. Je serai là vers 9 h 30 pour travailler.

— Je serai prêt. »

C'est dit avec un sourire chaleureux qui me frappe en pleine poitrine. Mon Dieu, que cet homme est beau quand il sourit.

Ils s'assurent que nous sommes à l'intérieur de l'hôtel avant de repartir. J'attends qu'Amy dise quelque chose, mais elle est silencieuse jusqu'à ce que nous soyons dans la chambre.

À l'instant même où la porte se referme derrière moi, elle se retourne brusquement.

« Il faut que tu le lourdes comme client. Tout de suite. »

JOHN

EN RENTRANT CHEZ MOI, ON SE TAPE TOUS LES FEUX AU ROUGE. Chaque fois que la voiture s'arrête, Muncie me regarde. Après la troisième fois, je le fixe à mon tour.

« Qu'est-ce que vous regardez ?

— Je me demande juste d'où vous venez.

— Hein ? »

Il a certainement entendu mon histoire assez souvent auparavant et sait que j'ai grandi dans plusieurs familles d'accueil en Californie avant d'atterrir à San Diego après m'être engagé dans la Marine. J'ai passé la plus grande partie de ma carrière ici, quand je n'étais pas déployé.

« Je n'avais jamais vu capitaine West, l'homme amical, amusant et souriant. Je n'avais vu que capitaine West, le bourru, salaud et amer. Ce mec… C'est une révélation. Je me suis demandé comment vous aviez réussi à trouver une femme qui vous attende pendant des années, mais maintenant je commence à comprendre pourquoi, si elle était avec ce mec-ci. »

Le souvenir d'Ava est une balle dans le cœur après une bonne journée. La meilleure journée que j'aie eue depuis longtemps.

Muncie me regarde à nouveau.

« Je suis allé trop loin ? »

Oui, mais j'essaie d'être plus sympa avec les gens qui m'aident, alors je suis indulgent.

« Non, ça va.

— Désolé.

— Pas de souci. »

Je regarde fixement par la fenêtre du passager pendant longtemps, et vois passer mes points de repère familiers, y compris l'immeuble où j'ai passé les plus belles années de ma vie avec Ava.

« Je suis désolé d'avoir été un connard avec vous. J'apprécie tout ce que vous avez fait pour moi, même si je ne le dis pas assez souvent.

— C'est un honneur de travailler pour vous, mon capitaine.

— Arrêtez avec les titres.

— Oui, mon capitaine. C'est un honneur de travailler avec et pour vous.

— Non, ça ne l'est pas, dis-je en riant. Et je m'appelle John. J'aurais dû vous dire il y a longtemps de m'appeler comme ça.

— Merci, mon capitaine. Euh, John. Merci. »

Au prochain feu rouge, il dit :

« Qu'est-ce qui a provoqué cette transformation miraculeuse ?

— Eh bien, euh, pendant que vous regardiez les phoques, je parlais à Jules et elle…

— Attendez. *Jules* ?

— Elle a dit que ses amis l'appelaient comme ça.

— Alors comme ça vous êtes *amis* ?

— Je ne sais pas. Je suppose. Au moins des collègues. En tout cas, c'était une conversation agréable et ça m'a aidé à… clarifier certaines choses pour moi. »

Muncie n'a rien à ajouter pendant qu'il tourne à droite vers l'immeuble qui est maintenant mon chez-moi, et pourtant mes affaires n'y sont pas. Tout ce qui reste de mes effets personnels est stocké chez Ava, en attendant que je lui dise où l'envoyer quand je serai installé quelque part de façon définitive. Je trouverai où ce sera une fois que j'aurai terminé cette tournée des médias qui pèse sur moi comme un nuage noir dont je n'arrive pas à m'abriter. Bien qu'avec Jules qui me guide dans le processus, j'aie une meilleure chance d'y survivre que je n'en aurais eu sans elle.

« Écoutez, dit Muncie quand on est garés à la place désignée pour mon appartement, je sais que vous avez vécu un enfer, et je suis content de vous voir vous en remettre un peu. Je le suis sincèrement.

Mais il faut que vous sachiez que devenir *ami* avec la nouvelle belle-sœur d'Ava est… Vous savez…

— Quoi ? »

Je ne suis pas sûr de là où il veut en venir.

« Vous ne pouvez pas tomber amoureux d'elle, mon capitaine, euh, je veux dire John. Vous ne pouvez pas y songer.

— Oh là, je n'y songe pas. Je ne suis pas du tout intéressé par ce genre de chose. »

Muncie lève un sourcil.

« Pas du tout ?

— Pas maintenant. J'ai des choses bien plus importantes dont me soucier, comme pouvoir me déplacer sans ces putain de béquilles et ne pas avoir l'air d'un imbécile à la télévision nationale.

— Vous serez super à la télé.

— Ça me fait plaisir que vous le pensiez.

— Les gens sont très investis en vous et votre histoire. Vous évitez les médias, alors vous n'avez aucune idée de combien les gens vous adorent. »

Ce qu'il dit me dérange.

« Je ne faisais que mon travail.

— Vous avez joué un rôle majeur dans la défaite de l'homme le plus recherché au monde, John. Je sais que vous aimeriez mieux faire semblant que rien de tout cela n'est arrivé, mais vous devez bien savoir que votre vie a été changée à jamais par cette vidéo. Autant accueillir à bras ouverts votre statut de héros et accepter que les gens vont vouloir vous remercier de ce que vous avez fait.

— Je ne sais pas trop comment me comporter.

— Vous trouverez. Mais faites attention avec Jules. Vous avez déjà eu le cœur suffisamment brisé pour toute une vie. J'aurais horreur de vous voir blessé à nouveau.

— Oh, là, là, Muncie. On parle de nos sentiments maintenant ?

— Ne faites pas le con. Vous savez de quoi je parle.

— Oui, et j'apprécie votre inquiétude, mais il n'y a pas de soucis à se faire. »

Le regard qu'il me jette me dit qu'il ne partage pas mon opinion, mais il a la sagesse de laisser tomber et sort pour aller chercher les béquilles. Nous nous dirigeons – lentement – vers l'intérieur et prenons l'ascenseur jusqu'à mon étage.

« C'est bon, je peux me débrouiller maintenant.

— Vous êtes sûr ?

— Absolument. Merci d'être venu aujourd'hui.

— Je me suis bien amusé. C'était sympa de voir San Diego à travers les yeux d'un initié. À demain matin.

— Super. »

En me penchant sur les béquilles, je tends le bras pour lui serrer la main.

« Merci beaucoup pour tout.

— Tout le plaisir était pour moi. »

Je ne me soucie pas de lui rappeler que s'occuper de moi n'est pratiquement jamais un plaisir. Au lieu de ça, je choisis de finir cette bonne journée sur une note positive, et je fais semblant de ne pas remarquer qu'il attend jusqu'à ce que j'aie ouvert la porte de mon appartement avant d'appuyer sur le bouton de l'ascenseur pour descendre.

Je suis complètement épuisé par la sortie, et après avoir utilisé les toilettes et m'être brossé les dents, j'enlève ma prothèse, prends une pilule pour la douleur et me mets en short de nuit avec un T-shirt propre. J'aimerais tellement prendre une douche, mais je suis trop fatigué et faible pour m'y risquer quand je suis tout seul. C'est pathétique que je ne puisse même pas prendre une douche sans avoir peur de tomber. Quand je pense à toutes les choses que je pouvais faire avant…

Il vaut mieux ne pas y songer.

Je prends mon téléphone, qui est branché sur un chargeur, sur ma table de chevet. Muncie m'en a procuré un neuf après que Jules a pris mon ancien. Il ne voulait pas que je sois sans moyen d'appeler à l'aide si j'en avais besoin. Le gars pense à tout.

Je n'ai aucune idée de qui paie pour les choses comme le nouveau téléphone et Jules, et je me rends compte que je m'en fiche. Si la Marine paie, je me dis qu'elle me le doit vu les sacrifices que j'ai faits pour mon pays. Bien que je le referais si c'était à refaire, même en sachant ce que je sais maintenant. Mettre la main au collet d'Al Khad et démanteler son organisation valait l'enfer et la douleur de perdre ma jambe, mes amis et l'amour de ma vie. Si je continue à me le dire, encore et encore, peut-être que je surmonterai ces pertes.

J'ouvre l'engin de recherche de mon téléphone et tape mon nom dans la barre de recherche, curieux de voir ce qui se dit sur moi après ce que m'a raconté Muncie. Plus d'un million de résultats s'affichent. Je suis complètement époustouflé par ce nombre. Je clique sur le premier résultat, une histoire que le *New York Times* a écrite sur le raid et la divulgation ultérieure de la vidéo qui a dévoilé mon identité ainsi que celle de l'un des rangers de l'armée qui ont été déployés avec nous. Il a aussi été gravement blessé et est toujours à l'hôpital, et c'est pourquoi c'est moi qui suis devenu le point de contact pour la tournée des médias.

L'article remarque qu'on sait peu de choses sur moi, ce qui est, bien évidemment, stratégique de ma part et de celle de la Marine. Les commandos SEAL apprennent dès le premier jour de leur entraînement que la discrétion est essentielle pour les protéger eux, leurs camarades et leurs missions partout dans le monde. Nos instructions sont de ne jamais parler à personne de ce que nous faisons, même pas à nos épouses ou époux. Dans l'unité à laquelle j'appartenais, nous n'étions pas supposés avoir d'épouse ou époux ou d'êtres chers, à cause de la possibilité de déploiements à long terme.

Nous nous étions engagés pour cinq ans dans cette unité, et cela faisait quatre ans et huit mois que j'y étais quand Al Khad a détruit *l'Étoile des hautes mers.* Quatre mois plus tard, attraper Al Khad n'aurait pas été mon travail. J'aurais été transféré à une autre unité et aurais été libre de demander Ava en mariage et de construire une vie avec elle.

Tout est question de timing, et j'ai eu deux opportunités ratées de peu. Si l'attaque s'était produite quatre mois plus tard, ou si nous avions réussi à capturer Al Khad après quatre ans et demi, je serais avec Ava maintenant, ou du moins j'aime penser que je le serais. Elle m'aurait pardonné les mensonges que j'avais racontés, une fois qu'elle aurait su que je n'avais pas d'autre choix que de mentir. Au lieu de ça, elle a épousé quelqu'un d'autre et est en lune de miel. Je ne peux même pas penser à ce qu'elle est peut-être en train de faire, ou j'en deviendrai fou.

À la place, je lis sur moi-même jusqu'à ce que je tombe dans un sommeil agité accablé par des rêves d'Ava et de Jules.

CHAPTER HUIT

JOHN

Après quelques heures de travail avec Jules le matin, Muncie me conduit à un déjeuner avec mon unité. Nous avons choisi un tripot dans le centre de San Diego, loin de la base où il serait facile d'être reconnu. Selon mes directives, Muncie a réservé une salle privée et a demandé aux employés d'être discrets. Bien entendu, ça leur a mis la puce à l'oreille sur le fait que quelque chose d'important – si on peut m'appeler *important* – était en train d'arriver, et ils bourdonnent de curiosité sur l'identité de leur client.

Quand l'hôtesse me voit, son visage devient blême sous le choc.

« S'il vous plaît, lui dis-je doucement, n'en faites rien. »

Heureusement, elle chasse le choc et se remet.

« Par ici, capitaine. »

Elle nous conduit à une pièce à l'arrière dont il faut connaître l'existence pour la trouver.

« J'espère que cela vous convient.

— Oui, merci.

— C'est un plaisir de vous recevoir dans notre établissement. Merci de votre service à la nation. »

Je lui fais un petit sourire et hoche la tête en signe de reconnaissance. C'est tout ce que j'arrive à faire.

Tandis que je prends mon courage à deux mains et entre dans la pièce où une grande table a été mise pour douze, Muncie lui parle de ceux qui vont nous rejoindre.

« On a besoin de deux places de plus. »

Je le dis plus doucement cette fois-ci.

« S'il vous plaît, mettez-en deux de plus.

— Oui, capitaine. »

Il se tourne pour s'occuper de ma demande.

J'ai hâte de voir mes gars, et j'en ai peur aussi. Bien que je ne l'aie jamais dit à personne, j'ai le sentiment de ne pas avoir été à la hauteur pour eux parce que Jonesy et Tito ont été tués dans le raid. Non, ce n'est pas moi qui ai tiré les cinq coups qui les ont tués, mais c'est moi qui les y ai conduits, et leur perte est ma responsabilité. J'ai contacté leur famille, leur ai fait savoir que j'aimerais les voir s'ils veulent bien de moi, mais je n'ai pas eu de nouvelles. L'offre n'a pas de date limite, et j'ai veillé à ce qu'ils le sachent, eux aussi.

Nous avons entrepris ensemble un voyage incroyable, passé des années à traquer Al Khad, et, sans conteste, le raid qui a eu pour résultat sa capture a été un succès retentissant. Nous l'avons eu après cinq ans à le chercher. Nous avons capturé le terroriste le plus recherché au monde. Mais parce que nous avons perdu deux des nôtres ce faisant, nous ne le voyons pas comme le même succès retentissant que le reste du monde.

Je pose mes béquilles contre le mur, déterminé à me tenir debout sans elles pour accueillir mes gars. J'espère seulement ne pas tomber ou me couvrir de ridicule d'une manière ou d'une autre. Je veux qu'ils me voient comme le même leader déterminé que j'étais, et pourtant ce type-là n'existe plus.

L'un après l'autre, ils arrivent : Phillips, Barker, Griff, Tonka, Dunlevy, Martinez, Soares, Turner, Blankenship, Roland. Grands, petits, blancs, noirs, hispaniques, nous sommes un fatras de nationalités et milieux. Certains d'entre eux sont comme moi, des produits du système des familles d'accueil. Dunlevy, un nageur de haut niveau dans son équipe du lycée, a eu de gros ennuis dans sa dernière année de lycée quand il s'est fait prendre en train de vendre de la cocaïne. Comme moi, il a choisi la Marine plutôt que la prison. Aujourd'hui, c'est un adjudant et il a une carrière brillante devant lui, s'il choisit de rester dans la Marine – ou d'ailleurs, même si ce n'est pas ce qu'il choisit de faire.

Je rends l'étreinte qu'il me donne tout en me tapant fort dans le dos, en espérant qu'il ne me cassera pas. Je ne suis plus le garnement coriace que j'étais autrefois, et je suis sûr qu'il le voit. Rien n'échappe à Dunlevy, ce qui avait fait de lui un atout incroyable pour moi pendant le déploiement.

Quand il me lâche, je suis choqué de voir qu'il a les larmes aux yeux.

« Ça fait tellement plaisir de vous voir, capitaine. Vous nous en avez donné, des soucis.

— Désolé de vous avoir fait subir ça. »

Dunlevy fait une grimace et secoue sa tête blonde.

« J'ai passé quelques mois durs pour plein de raisons. Comment ça va ?

— Pas trop mal. Je commence à m'habituer à la jambe de bois et j'espère me débarrasser complètement des béquilles d'ici peu. C'est le coma qui m'a vraiment baisé.

— Ça va faire du bien aux gars de vous voir debout, actif et en voie de rétablissement. »

Cela fait plaisir à entendre. Après tout, c'est la raison pour laquelle je suis là.

« Où est Pops ? »

Jimmy Popovicci, un second de quarante-quatre ans, est le plus ancien membre de notre équipe et mon homme de toutes les situations, pratiquement.

Dunlevy secoue la tête, l'expression sombre.

« Il a disparu. Personne n'a de ses nouvelles depuis qu'on est revenus. »

Après le débriefing, tout le monde a eu soixante jours de congés, qui viennent juste de se terminer.

Je digère la nouvelle, l'estomac noué.

« Il ne doit pas supporter la perte de Jonesy. »

Jonesy était comme un fils pour le vieux loup de mer qu'était le second.

« On a tous du mal. Je ne suis presque pas venu, sachant que Tito et lui ne seraient pas là. »

Il cligne des yeux pour retenir ses larmes et ça me prend aux tripes. Voir ce guerrier, cet homme qui a tué de ses mains nues, retenir ses larmes me prend aux tripes.

« Faut-il que je m'inquiète de Pops ?

— Honnêtement, je n'en sais rien. »

Nous n'avons besoin, ni l'un, ni l'autre, de mentionner que c'est extrêmement inhabituel pour Pops de ne pas communiquer avec ce groupe d'hommes, qui a toujours été ce qui se rapproche le plus d'une famille pour lui.

« Je vais en mission de reconnaissance, dit Dunlevy.

— Tenez-moi au courant.

— Ouais, bien sûr. Ça fait vraiment plaisir de vous voir, capitaine. Faut que je m'habitue à vous appeler comme ça.

— Je suis encore en train de m'habituer à l'entendre. »

J'ai été promu de capitaine de corvette à frégate, puis capitaine O-6 pendant le déploiement. Quand je suis entré dans la Marine en tant que matelot, je ne rêvais même pas d'atteindre un jour ce rang.

J'ai quelques minutes pour parler avec chacun des gars, qui sont tous émus de me voir après s'être inquiétés de savoir si j'allais m'en tirer. J'ai horreur de leur avoir infligé ça.

Des serveuses entrent, des pichets de bière à la main, ainsi que des plats de nachos et d'ailerons de poulet. Les gars poussent des cris d'appréciation.

Je jette un regard vers Muncie, qui est debout près de la porte, prêt à aider si nécessaire. Je lève le pouce en signe d'approbation. Il sourit et hoche la tête.

« Venez nous rejoindre, Dave, s'il vous plaît. »

Je vois bien qu'il est réticent quand il marche jusqu'à la table pour trouver une place. Je lui suis reconnaissant de ne pas choisir l'un des deux sièges dont il sait que je les veux vides. Au lieu de ça, il traîne une autre chaise jusqu'à la table, et le personnel de service l'installe rapidement.

« Les gars, voici le capitaine de corvette David Muncie, qui a le mauvais rôle de s'occuper de moi suite à… bah, tout. C'est un mec bien, alors soyez gentils avec lui. »

Les autres disent bonjour à Muncie et se mettent à table. Ils parlent, rient, ont le moral au beau fixe, ce qui fait plaisir à voir. On a vu plein de trucs dingues là-bas, et je m'inquiétais de savoir comment ils iraient à la maison. Ils semblent aller aussi bien que possible. Ils en ont l'air. Il n'y a pas moyen de savoir ce qui se passe à l'intérieur, là où ils portent les blessures de ce que nous avons enduré ensemble.

Quand tout le monde est assis, je me lève, prenant une seconde pour m'assurer que mes jambes ne vont pas me lâcher.

Les autres se taisent, conditionnés à la fermer lorsque leur leader veut leur attention.

« Je veux simplement vous dire merci, à vous tous, d'être venus aujourd'hui. Ça me touche beaucoup de voir vos gueules moches. »

Cela provoque des rires, comme je l'espérais.

« Je veux que vous sachiez que j'ai reçu tous vos messages pendant que j'étais à l'hôpital, et ils étaient très importants pour moi. Savoir que vous étiez à mes côtés m'a aidé à traverser le pire. Je suis désolé de ne pas avoir été capable de voir qui que ce soit jusqu'à présent.

— Pas de souci, capitaine, dit Blankenship. On est juste contents de vous voir sur deux pieds et pas en train de servir d'engrais à l'herbe. Vous nous avez fichu une sacrée frousse, là.

— Ouais, j'en suis désolé. »

Je jette un œil sur les deux chaises vides à ma gauche.

« Je leur ai demandé de mettre deux places pour Jonesy et Tito. Ça ne semble pas juste de nous rassembler sans Pops et eux. »

Je prends une minute pour me ressaisir et calmer mes émotions.

« Je vais devenir un peu poétique maintenant et citer Shakespeare. J'espère que vous me le pardonnerez, mais ça résume plutôt bien les choses pour moi, et j'espère qu'il en sera de même pour vous. »

Après m'être éclairci la voix, je me lance dans le speech de *Henry V* du jour de la Saint-Crispin que j'ai mémorisé hier soir :

« *À compter de ce jour jusqu'à la fin du monde,*
Sans que de nous on se souvienne
De nous, cette poignée, cette heureuse poignée d'hommes, cette bande *de frères.*
Car quiconque aujourd'hui verse son sang avec moi
Sera mon frère. »

Le silence tombe sur le groupe habituellement turbulent.

« Je n'ai jamais eu de frères dans ma famille. Je vous ai, vous tous, et ça, c'est l'histoire d'une vie. Alors que nous poursuivons nos destins séparés, j'espère que vous savez que vous n'allez pas vous débarrasser de moi comme ça, et moi…. Moi, je suis extrêmement reconnaissant de faire partie de vous, ma bande de frères. »

Je lève mon verre.

« À nous, à ce que nous avons fait. Qu'on ne l'oublie jamais. »

Quand je m'assieds, Roland commence un applaudissement qui devient vite une ovation qui me met les larmes aux yeux. Mes émotions, comme toujours ces jours-ci, sont à fleur de peau, et menacent de m'anéantir d'une seconde à l'autre. D'une façon ou d'une autre, je parviens à me maîtriser, même lorsque les applaudissements continuent pas mal de temps. Ils ne s'arrêtent que quand le personnel de service entre avec des pizzas, des burgers, plus d'ailerons de poulet et des carafes de bière remplies à nouveau.

Muncie avait raison. J'avais besoin de ça. Voir les gars comble un vide en moi que je ne savais pas être là jusqu'à ce que je sois à leurs côtés. Alors qu'ils se jettent sur la nourriture comme les sauvages qu'ils sont, mon regard se pose malgré moi sur les deux places vides, et je me souviens des amis que je porterai dans mon cœur pour le reste de ma vie.

Je ne peux pas encore penser à eux sans une prévisible explosion de douleur qui me mettrait à genoux si j'étais debout. Le seul avantage de n'avoir aucune famille à moi est que je n'ai jamais eu quelqu'un que j'aimais assez pour pleurer sa perte. Il y a eu des moments pendant les derniers mois où la douleur d'avoir perdu mes deux meilleurs amis ainsi qu'Ava m'a tiré vers des jours noirs comme je n'en avais jamais connu auparavant.

J'ai résisté à cette force d'attraction au mieux de mes capacités, mais c'est une lutte quotidienne pour garder ma tête au-dessus du courant qui continue à m'entraîner vers les ténèbres. Parfois, je me demande si les ténèbres ne seraient pas un soulagement bienvenu, mais la peur de l'inconnu m'empêche de m'y laisser aller. Il faut que je me raccroche à l'idée qu'il y a encore de beaux jours devant moi, même si ma définition de « beaux » a été irrévocablement modifiée.

Les gars ne me laissent pas ruminer trop longtemps. Ils me soutirent à mes pensées en me cassant les couilles à propos de toute l'attention des médias que j'ai, la tournée des médias qui commence bientôt, les offres de promotion commerciale qu'on m'a faites et l'absurdité qui m'entoure. Être en leur présence, faire partie d'eux à nouveau, contribue grandement à réparer ce qui est cassé en moi.

Ils me donnent la force de faire face à la suite de mon chemin.

CHAPTER NEUF

AVA

L'Espagne est incroyable. La nourriture, les gens, les plages, l'architecture… C'est tout ce que j'espérais et tellement plus. Être avec Éric, c'est ce qu'il y a de mieux dans cette expérience incroyable. Avoir du temps ensemble, sans interruption, pour faire ce que bon nous semble est un cadeau après les quelques mois fous qui ont précédé notre mariage.

Tout serait parfait dans ma vie s'il n'y avait pas les rêves intenses et poignants que je fais sur John, qui me torturent avec des souvenirs que je pensais avoir relégués à leur place dans le passé. J'ai fait le premier d'entre eux la nuit de notre mariage, et j'en ai fait un autre chaque nuit depuis. Je me réveille en sueur dans les bras de mon mari après avoir rêvé de l'homme que j'aimais auparavant. À la différence de la plupart de mes rêves, je me souviens de ceux sur John dans les moindres détails.

Pendant les longues années de son déploiement, je rêvais occasionnellement de lui, mais pas comme ça. Presque tous mes rêves depuis mon mariage comprennent des rencontres passionnées, certaines qui sont arrivées dans notre vie passée et d'autres qui sont toutes nouvelles. J'ai l'impression de tromper Éric en faisant des rêves comme ceux-là avec un autre homme, et je ne comprends pas pourquoi cela m'arrive maintenant.

Parce qu'il est si intuitif, Éric voit que quelque chose me dérange, mais comment puis-je lui en parler sans lui donner une raison d'avoir des doutes sur ma dévotion totale à notre mariage ? Je *suis* complètement dévouée. Je l'ai choisi. Je l'ai épousé. Je *l'aime*. Cela me tuerait de lui faire de la peine de quelque manière que ce soit, surtout après tout ce qu'il a fait pour réparer mon cœur brisé.

Cela lui ferait un mal profond, alors je le garde pour moi tout en souhaitant contacter ma psychologue pour avoir son point de vue sur la chose. Mais ce n'est pas possible alors qu'Éric et moi passons chaque instant de chaque jour ensemble. Je ne sais pas comment je survivrai encore à deux semaines de cette torture. Les rêves sont en train de gâcher le voyage pour moi, et probablement pour Éric aussi.

J'ai la bouche sèche et les mains moites après un autre rêve intense qui a laissé d'autres parties de mon corps émoustillées de manière extrêmement inappropriée pendant que je suis couchée nue dans les bras de mon nouveau mari. J'inspire profondément, essayant de calmer le battement effréné de mon cœur et la panique qui s'empare de toutes les fibres de mon être.

La main d'Éric glisse le long de mon bras pour me faire savoir qu'il est réveillé.

J'espérais me recentrer avant d'avoir à lui faire face.

« Je voudrais que tu me dises ce qui se passe. »

Sa voix est aussi douce que les lèvres qui glissent sur ma joue.

« Autrement, je vais penser que ma femme est malheureuse, et ça, c'est inacceptable. »

Ma panique quadruple. Je ne peux ni respirer, ni penser, ni faire autre chose que de cligner des yeux pour retenir les larmes qui tout à coup inondent mes yeux. Je *ne* peux *pas* lui parler de ça. Je *ne* peux *pas*, c'est tout.

« Ava, ma chérie… S'il te plaît, dis-moi ce qui ne va pas. »

Il prononce les mots avec tellement de tristesse que ça me tue.

« Quoi que ce soit, on peut y faire face ensemble, mais il faut que tu me le dises. Autrement, je vais penser que tu regrettes de m'avoir épousé.

— Non », dis-je en versant une larme que je ne peux retenir malgré la meilleure volonté du monde.

Éric s'appuie sur un bras, et me tourne pour que je sois sur le dos.

Je couvre mes yeux de mon bras, pour essayer de gagner du temps.

« Amour, qu'est-ce que c'est ? »

Il va falloir que je le lui dise, ou il pensera que c'est lui, alors que ce n'est pas du tout ça.

« Ça va te faire de la peine. »

J'essuie les larmes qui coulent le long de mes joues malgré mon désir féroce de contrôler mes émotions dans notre intérêt à tous deux.

« J'ai déjà de la peine parce que je sais que tu en as. On est supposés être en train de célébrer et passer le meilleur moment de notre vie, mais je vois bien que quelque chose te dérange et cela depuis des jours. »

Je respire encore à fond, en essayant de trouver la force et le courage de lui dire la vérité et pourtant cela va nous faire de la peine à tous deux.

« Je fais des rêves.

— Regarde-moi, ma chérie. »

J'enlève le bras qui couvre mes yeux.

Il a le souffle coupé en me voyant ; je dois être pire que ce que je pensais. Sa main s'enroule autour de ma joue et son pouce balaye mes larmes.

« De quoi ? »

En fermant les yeux, j'inspire encore, me sentant malade et pleine d'un désespoir que je pensais avoir laissé derrière moi. J'aurais dû le savoir.

« John. »

Éric devient complètement immobile près de moi. Après un long moment, il dit :

« Quoi à propos de John ?

— *Tout* de lui. »

Mes rêves sont si intenses que je me rappelle l'odeur et la texture de sa peau, un détail que je choisis de ne pas révéler puisque c'est déjà assez difficile qu'il sache que je rêve de mon ex.

Éric se couche sur son oreiller, et regarde le ventilateur au plafond. Une autre longue pause suit avant qu'il dise :

« Est-ce que tu as pensé à lui dernièrement ?

— *Non ! Je ne pense pas à lui.* Je pense à *toi* et à *nous* et à notre lune de miel et notre vie. Je n'ai aucune idée de pourquoi cela m'arrive. »

Je suffoque lorsqu'un sanglot surgit de mon cœur.

« Viens ici. »

Il me prend dans ses bras.

« C'est OK.

— Non, ça ne l'est pas. J'ai fait ce qu'il fallait. Je t'ai épousé, et je te veux.

— Attends… Quoi ? Tu as "fait ce qu'il fallait" en m'épousant ? C'est comme ça que tu vois les choses ?

— Bien sûr que non. Ce n'est pas ce que je voulais dire.

— Mais c'est ce que tu as dit.

— Je t'en prie, ne change pas mes mots. Je suis déjà une loque comme ça, punaise. J'ai épousé l'homme que j'aime, l'homme qui m'aime. Point final.

— Si seulement c'était vrai, dit-il avec un long soupir.

— Qu'est-ce que ça veut dire, ça ?

— Nous savons tous les deux qu'il s'agit de bien plus que toi et moi. Lui aussi fait partie de ce mariage, qu'on le veuille ou non. »

Je m'éloigne de lui, ayant besoin de voir ses yeux quand je réponds.

« Non, il n'en fait pas partie. »

Éric me regarde, son expression étant triste et résignée.

« Ah non ? Allez, Ava. Ce n'est pas comme si tu avais soudainement décidé que tu ne voulais plus être avec lui. Des circonstances au-delà de ton contrôle te l'ont pris, et on n'arrête pas tout simplement d'aimer quelqu'un dans ces conditions. »

Un sentiment de désespoir s'abat sur moi.

« Je *ne* l'aime *plus*. C'est *toi* que j'aime. »

Ses doigts enlacent les miens et il amène ma main à ses lèvres, balayant ma peau d'un doux baiser.

« S'il te plaît, ne le prends pas mal… mais je ne te crois pas.

— Comment peux-tu dire ça ? Je t'ai *choisi*. Je t'ai *épousé*.

— Oui, c'est ce que tu as fait, et j'en serai reconnaissant pour le reste de ma vie, mais le fait que tu m'aies choisi et épousé ne veut pas dire que tu ne l'aimes plus. »

Je suis sidérée de l'entendre dire cela et j'essaie désespérément de digérer l'idée qu'il pourrait avoir raison. Est-ce que j'aime encore John ? Je ne peux pas aimer John.

« Je ne veux pas de ce qui arrive. C'est supposé être *notre* temps ensemble. Il n'a pas sa place ici, lui.

— Ton cœur et ta tête en disent autrement.

— Éric, je t'en prie. Il faut que tu m'écoutes. »

Je me sens plus désespérée à chaque instant qui passe.

« Je ne veux pas rêver de lui. Je ne veux pas penser à lui, ni revivre les années infernales que j'ai passées à me demander ce qui lui était arrivé. Je ne veux pas de ça. Je te veux, toi et nous et *ça*. »

Je montre d'un geste la magnifique chambre d'hôtel à Séville.

« Tu sais ce que je veux, mais nous ne pouvons pas faire semblant que ça ne veut rien dire. »

Il me lance un regard, l'air aussi effrayé que moi, même s'il parle calmement.

« Nous devrions contacter Jess, dit-il, faisant référence à ma psychologue à New York, et prendre rendez-vous pour que tu lui parles.

— Maintenant ? Pendant que nous sommes ici ?

— Immédiatement. »

Je suis surprise par son ton sérieux et sa façon déterminée de tenir sa mâchoire, mais ce qui me frappe le plus, ce sont ses yeux qui reflètent de la douleur. C'est moi qui lui ai fait cela, et je ne le supporte pas.

« Éric…

— Quoi, ma chérie ?

— Je suis tellement désolée.

— Ne le sois pas, je t'en prie. Je savais que nous n'étions pas complètement sortis de l'auberge en ce qui concerne John.

— Ah bon ?

— Oui, oui. Quelque chose comme ça, ça ne se résoud pas du jour au lendemain. Tu n'as pas été dans ton assiette depuis que tu l'as vu à San Diego.

— Comment ? Mais si.

— Non, ma chérie, ce n'est pas le cas. Tu as un air torturé que tu n'avais pas avant de le voir, avant que tu sois obligée de lui dire que c'était fini entre vous. Je l'ai vu sur ton visage même le jour de notre mariage. »

En secouant la tête, je m'effondre en sanglots impuissants.

« Ce n'est pas vrai ! C'était le jour le plus heureux de ma vie !

— Je te crois, Ava. Je jure que c'est vrai. Je suis si content que tu m'aies choisi, putain. J'en suis reconnaissant tous les jours. Mais cette décision te coûte énormément à toi et à quelqu'un que tu aimes. Je ne l'oublie jamais. »

Je suis tellement bouleversée que je n'arrive pas à parler. Je peux à peine respirer à travers mes sanglots et les larmes qui continuent à couler. Ça ne peut pas être en train d'arriver. J'ai pris ma décision. J'ai laissé le passé derrière moi et me suis lancée dans un avenir des plus prometteurs quand j'ai épousé Éric. Comment peut-il penser que je veux quelqu'un d'autre que lui ?

Il me tient près de lui, me frottant le dos et passant ses doigts dans mes cheveux, jusqu'à ce que je me calme un tant soit peu.

« Contactons Jess, et après, nous verrons, d'accord ? »

Je hoche la tête en réponse à sa question, mais à l'intérieur je suis cassée, brisée encore une fois par une situation dont je n'ai jamais eu le contrôle, même quand je pensais l'avoir. J'ai maintenant de bonnes raisons de me demander si je l'aurai jamais.

CHAPTER DIX

JULIANNE

« Qu'est-ce que tu racontes ? Je ne vais pas le lourder comme client. »

Je balance mon sac sur la chaise d'hôtel tapissée austère et me tourne pour faire face à ma sœur.

« Pour commencer, as-tu la moindre idée de ce que cela veut dire pour ma carrière que j'aie réussi à le décrocher comme client ? *Tout le monde* le voulait.

— Super, alors que quelqu'un d'autre le prenne.

— D'où ça sort, tout ça ? »

Je suis sincèrement déroutée par la raison qu'elle pourrait avoir pour suggérer que je laisse tomber le plus gros client que j'aie jamais eu – et peut-être le plus gros client que j'aurai jamais.

« J'ai tous les producteurs de l'industrie qui se bousculent au portillon pour passer cinq minutes avec l'homme du moment. Pourquoi est-ce que je tournerais le dos à cela ?

— Parce que tu as des sentiments pour lui. »

J'en reste bouche bée et les yeux me sortent de la tête.

« Quoi ? »

Amy se penche pour être plus près de moi et parle lentement, comme si elle parlait à quelqu'un qui a du mal à comprendre l'anglais le plus simple.

« Tu. As. Des. Sentiments. Pour. Lui. »

Moi aussi, je me penche.

« Non. Je. N'en. Ai. *Pas.*

— Comme tu voudras. J'ai vu comment tu le regardais au dîner, et je ne t'ai vue avec ce regard qu'une fois auparavant. »

Le souvenir de la seule fois où je pensais être amoureuse est comme un coup de couteau dans le ventre.

« Arrête, murmuré-je.

— Je ne dis pas ça pour te faire du mal, Jules. Je le dis pour t'empêcher de te faire mal. Ce mec-là est interdit pour toi de toutes les façons possibles. Comme s'il était radioactif.

— Tu crois que j'ai besoin que tu me le dises ? »

Maintenant, je suis en colère. Il faut que j'atteigne quel âge pour que mes frères et ma sœur aînés réalisent que je suis capable de réfléchir toute seule ? Bientôt, j'aurai trente ans. Est-ce que ce sera assez vieux ?

« Je crois que tu as besoin de recul.

— En fait, non. Aujourd'hui, c'est la première fois que je pense qu'il n'est pas grincheux et mauvais.

— Aujourd'hui, tu as vu un autre aspect de lui, et ça t'a plu.

— Oui, c'est vrai ! Mais pas pour les raisons que tu penses. Parce que j'ai besoin qu'il ne soit pas grincheux et mauvais à la télé nationale. J'ai besoin de faire des progrès importants avec lui, et aujourd'hui, c'est arrivé. Ce que tu vois, c'est mon soulagement… et c'est *tout* ce que c'est.

— Si tu le dis. »

Elle sort sa lime à ongles et s'acharne sur son index.

« Je le dis, et je jure devant Dieu que si tu racontes à quiconque que je suis intéressée par lui autrement qu'en tant que client, je te tuerai de mes propres mains, tu m'as comprise ?

— Ne sois pas dramatique.

— C'est sûr, parce que ce ne serait pas dramatique de lâcher une bombe comme celle-là dans notre famille, hein ?

— Je suis contente que tu te rendes compte que ce serait une bombe.

— Dieu merci, t'es là pour me le faire remarquer. Autrement, je ne l'aurais jamais compris par moi-même.

— Je n'apprécie pas ton sarcasme.

— Ni moi ta présomption que juste parce que je l'aime bien comme client, je dois aussi l'aimer en tant qu'homme. »

Tout mon être est agité rien qu'à penser à l'avalanche de merde que ce serait si j'étais intéressée par lui autrement qu'en tant que client. Amy a raison à propos d'une chose : ça ne peut pas arriver. Jamais.

« Je vois pourquoi tu pourrais être sous son charme. Il est incroyablement beau, blessé de plus d'une façon et un héros national. C'est une combinaison à laquelle il est difficile de résister. Après avoir passé l'après-midi avec lui, je comprends pourquoi Ava l'a attendu si longtemps.

— Parlons de Muncie et toi. »

Elle arrête de limer et lève les yeux vers moi, les sourcils froncés.

« Quoi ?

— Tu n'es pas la seule à *voir* des choses.

— Je ne sais pas ce que tu penses avoir vu, mais on a bien rigolé quand il s'est fait tremper. Autrement, il n'y a rien à voir.

— Si tu le dis.

— Je le dis.

— Très bien. »

Je n'ai pas l'habitude de me disputer avec Amy. Plus maintenant. Lorsque nous étions gamines, et surtout quand nous étions adolescentes, nous nous querellions à propos de tout. Mais arrivées à la vingtaine, cela s'est arrêté tout à coup, et nous sommes devenues les meilleures amies du monde. Pareil avec mes frères. Oui, nous avons tous d'autres amis qui comptent énormément pour nous, mais nous quatre, nous sommes proches. Quand notre papa s'est présenté aux élections du gouverneur de New York, nous sommes devenus encore plus proches, serrant les rangs autour de la famille pendant que nous étions en campagne électorale. Et puis, lorsque ma mère a quitté mon père, mes frères et ma sœur étaient les seuls avec qui je voulais en parler. Avec Rob qui tente de se faire élire au Congrès cet automne, je pense passer pas mal de temps avec eux, à soutenir sa campagne. Ce n'est pas le moment de me fâcher avec Amy… ni avec mes frères.

« Écoute, j'apprécie que tu te fasses du souci pour moi, mais quand je te dis qu'il n'y a pas de quoi s'inquiéter en ce qui concerne John, je suis sincère.

— Je le sais. »

Quelque chose dans sa manière de le dire me met encore sur la défensive.

« Mais ? »

Elle hausse les épaules.

« Je sais ce que j'ai vu, Jules, et j'ai vu de l'intérêt pour l'autre. Dans les deux sens. »

Cela me fait rire.

« Il a du mal à me supporter.

— Ce n'est pas vrai. Il te regardait sans cesse, buvant tes paroles. »

Je secoue la tête parce que ce n'est certainement pas vrai. Ni possible.

« Au mieux, je dirais que nous sommes parvenus plus ou moins à une amitié réticente aujourd'hui, mais plus que ça… Non, c'est non.

— Fais attention à toi avec lui. Je ne suis pas en train d'essayer de t'énerver ni de gagner une bataille. Je te jure qu'il ne s'agit pas de ça. Je suis sincèrement inquiète.

— C'est bien noté, mais il n'y a pas de quoi se faire du souci. »

J'ai hâte de mettre derrière nous cette tension inhabituelle.

« Allons prendre un verre.

— Avec plaisir. »

Nous descendons au bar de l'hôtel. Je commande un bourbon, alors qu'elle prend une consommation fruitée au rhum. Pendant que nous dégustons nos boissons, nous parlons de tout sauf du sujet brûlant que nous cherchons à ignorer. J'étais sincère quand je lui ai dit que je n'étais pas intéressée par John de cette façon-là. Mais je n'arrête pas de penser à ce qu'elle a dit : que *lui* est intéressé par *moi*.

Cela ne peut pas arriver non plus.

———

Tout est différent le lendemain matin. Je vois bien que John fait un vrai effort pour travailler avec moi, répondre aux questions, se préparer pour la semaine prochaine. Muncie avait un rendez-vous dentaire, alors nous sommes seuls dans l'appartement de John. Je me dis que ce n'est pas important, mais tout ce que j'entends, c'est ce qu'Amy m'a dit hier soir. Sa voix couvre presque celle de John pendant que nous passons en revue ma liste de questions.

En plus de ce souci, je suis surprise par sa mauvaise mine. Il y a des valises sous ses yeux cernés de rouge, un début de barbe qui pousse sur sa mâchoire, ce qui est inhabituel parce qu'il est toujours bien rasé, et ses cheveux sont ébouriffés.

Après une heure à discuter de ses premières années dans la Marine, je décide de lui poser la question la plus importante.

« Vous allez bien ? »

Il me fixe d'un regard vide jusqu'à ce qu'il cligne des yeux.

« Oui, très bien. »

Je penche la tête et l'étudie. J'ai l'impression de le connaître un peu maintenant, et ce que je vois, c'est qu'il ne va pas très bien.

« Vraiment ? »

Baissant les yeux, il dit :

« Je n'ai pas beaucoup dormi cette nuit.

— Comment ça se fait ? »

Il hausse les épaules.

« J'ai du mal à dormir depuis quelques mois.

— Vous pouvez prendre quelque chose ?

— J'ai essayé plusieurs choses, mais ce n'est pas d'une grande aide. »

Je tapote ma lèvre, en essayant de penser aux remèdes dont on m'a parlé. Je suis comme ça. Je vois un problème, je veux le résoudre.

« Avez-vous essayé la mélatonine ? Mon frère Rob ne jure que par cela.

— Ouais. Parfois ça marche, parfois ça ne marche pas. »

Ses lèvres forment un petit sourire.

« C'est OK. Je finirai par y voir clair.

— Vous voulez aller vous reposer ? On peut s'y remettre plus tard. J'ai d'autres choses que je peux faire. »

Je n'en ai pas, en réalité, mais bon Dieu, il a une mine terrible.

« J'irais bien manger quelque chose. Vous avez faim ?

— Faim ou pas, je mange. »

Il rit en se hissant de sa chaise, trouvant un équilibre précaire sur ses béquilles.

« C'est bon à savoir.

— Pourrais-je vous demander quelque chose qui ne me regarde pas et n'a rien à voir avec les interviews ?

— Allez-y. »

Je regarde pendant qu'il se déplace lentement vers le plan de travail qui sépare son salon de sa cuisine pour prendre son portefeuille et ses clés. Maintenant que j'ai la permission de lui poser la question, je ne sais pas si je devrais.

Appuyé sur les béquilles, il m'étudie avec les yeux les plus bleus que j'aie jamais vus.

« Que voulez-vous savoir ?

— Combien de temps allez-vous avoir besoin des béquilles ? Je suis désolée si c'est quelque chose que je ne devrais pas demander. »

Il me fait signe d'aller vers la porte avant lui.

« Pas de soucis. Vous pouvez le demander. »

Je lui tiens la porte et puis la referme, en vérifiant qu'elle est fermée à clé. Nous avançons, lentement, vers l'ascenseur pendant que je me demande s'il va répondre à ma question. Une fois que nous sommes dans l'ascenseur en train de descendre, il me regarde.

« Je suis encore assez faible à cause de l'infection, bien que les médecins disent que je vais rebondir à un moment donné. C'est juste que ça va prendre du temps.

— Vous faites encore de la physio ?

— C'est fini, mais je suis supposé faire de l'exercice tous les jours parce que ça m'aidera, du moins c'est ce qu'on me dit. Tout ce que ça me fait, c'est que ça me crève.

— Mais ça ne vous aide pas à dormir ?

— J'ai été à la salle de sport de 2 h à 3 h du matin et j'ai dormi un peu après ça.

— Est-ce que vous devriez être, euh, à la salle de gym au milieu de la nuit, tout seul ?

— Probablement pas, mais je me dis que si je tombe, quelqu'un me trouvera au bout d'un moment. »

Il me lance un regard avec ses yeux bleus intenses.

« C'est mieux que d'essayer de dormir. J'ai, euh, je fais des cauchemars. »

J'essaie de ne pas réagir de façon excessive, mais tout ce que j'ai envie de faire à cet instant est de le prendre dans mes bras et l'y garder jusqu'à ce que le regard hanté de ses yeux soit remplacé par autre chose. N'importe quoi d'autre. Les mots d'Amy d'hier au soir résonnent dans ma tête, et j'ai envie de lui crier *ferme-la et laisse-moi tranquille*.

« À propos du raid ? »

En hochant la tête, il s'appuie contre la paroi du fond de l'ascenseur.

« Ça et puis me prendre une balle et voir mes amis se faire tuer, ainsi que de traquer Al Khad et essayer de trouver Ava dans des lieux où elle ne devrait pas être. C'est un gros mélange merdique qui m'assaille quand je dors. »

Je ressens ses mots – et sa douleur – au plus profond de moi-même, et j'ai du mal à réagir de manière appropriée, à garder ma distance professionnelle.

Surmontant ma gorge serrée, je sors de l'ascenseur et me rends compte que je n'ai aucune idée d'où nous allons ni de comment nous allons nous y rendre, alors je m'arrête pour le laisser montrer la voie.

« Il y a un café-restaurant une rue plus loin dans ce sens-là. »

Il utilise son menton pour indiquer la direction, et nous nous mettons en route au rythme lent qu'il donne et que je suis, freinant mon rythme new-yorkais rapide qui me vient naturellement pour ne pas le pousser à marcher plus vite que ce dont il est capable.

Cela nécessite une retenue que je ne pensais pas avoir en moi pour marcher doucement et contenir le besoin de le bombarder de questions sur ses rêves. Est-ce qu'il souffre de SSPT ? Est-ce qu'il se fait soigner ? N'a-t-il pas *quelqu'un* à qui il peut en parler ? Ne peut-on rien faire pour le soulager ? Dans mon monde à moi, il y a toujours *quelque chose* qu'on peut faire. Je n'ai encore jamais rencontré de problème auquel je n'ai pu faire face vaillamment, en y donnant le meilleur de moi-même jusqu'à ce que ce soit résolu. Résoudre les problèmes, c'est ma spécialité.

Cela prend quinze minutes de marcher jusqu'au bistrot, et le temps qu'on arrive, le visage de John, qui est devenu pâle avec l'effort, luit sous une fine couche de sueur.

Cela me fend le cœur pour lui. Sous mes pieds, j'ai l'impression que le sol bascule légèrement, me faisant perdre mon équilibre. Je ne peux pas laisser mon cœur se briser pour lui. Amy a raison. Me donner la permission d'avoir des sentiments pour lui autrement qu'en tant que client serait un véritable désastre à plusieurs niveaux. Mais il faudrait que je ne sois pas humaine pour ne pas compatir avec lui alors qu'il essaie de reconstruire sa vie.

L'hôtesse au bistrot, une femme d'un certain âge avec les cheveux gris et un visage gentil, s'excite quand elle réalise qui il est.

« Capitaine West, dit-elle le souffle coupé, c'est un grand honneur de vous recevoir. »

John est immédiatement gêné.

« Merci, mais si vous pouviez, vous savez, ne pas en faire tout un plat… j'apprécierais vraiment.

— Bien sûr, dit-elle d'un murmure complice, comme s'ils partageaient le secret maintenant. Suivez-moi. Je vais vous donner une table à l'arrière où on ne vous dérangera pas.

— Je vous en suis reconnaissant. »

Pendant que nous la suivons à travers le restaurant, tout s'arrête car d'autres le reconnaissent. John marche plus vite que je ne l'ai jamais vu bouger pour atteindre la sécurité de sa table. Et une fois que nous sommes assis, son apparence cireuse et moite m'inquiète.

Il boit rapidement la moitié du verre d'eau glacée que l'hôtesse met sur la table et semble avoir du mal à reprendre son souffle.

Je reste silencieuse et lui donne le temps nécessaire pour retrouver son équilibre. Je suis choquée de réaliser à quel point sa santé est défaillante. Bien sûr, je savais qu'il n'était pas encore rétabli, mais pour la première fois, je vois vraiment ses limites. Encore une fois, j'ai mal pour lui, et je m'en fiche que je ne sois pas censée éprouver cela. J'ai vu les photos de lui avant le déploiement. Le changement en lui est dramatique et émouvant.

Une serveuse apporte des tasses à notre table.

« Des cafés ?

— Oui, s'il vous plaît », dit John pour nous deux.

J'observe la serveuse, en remarquant comment elle essaie de ne pas sembler bêtement stupéfiée en sa présence. Elle est à deux doigts de prendre feu spontanément à force d'essayer de se contenir.

Je lève les yeux vers elle.

« Ne dites à personne qu'il est ici, s'il vous plaît.

— Oh, non, je ne ferais pas ça. »

Oh que si, vous le feriez. En fait, je parie qu'elle a déjà envoyé un texto à quelqu'un.

« Je reviens prendre votre commande dans un instant. »

Une fois qu'elle est partie, je jette un œil vers John et le trouve en train de me regarder.

« Quoi ?

— Merci d'avoir pensé à ça.

— Vous saviez qu'elle allait faire exploser ses médias sociaux dès qu'elle quitterait la table.

— Non, je ne le savais pas, mais vous, oui. »

Je hausse les épaules.

« C'est mon travail d'anticiper ces choses-là.

— Vous le faites bien. »

Mes clients m'ont fait certains compliments énormes au fil des années mais je ne peux pas dire que l'un d'entre eux m'ait touché autant que ces quatre mots venant d'un client qui *ne voulait pas* de mon expertise bien qu'il en ait besoin. Mon désir de le protéger de tout ce qui pourrait accroître sa douleur semble se multiplier de manière exponentielle à chaque heure que je passe avec lui. Toutes les personnes dans le bistrot voudraient être à ma place et avoir la chance de casser la croûte avec l'homme qui a participé à la défaite d'Al Khad.

Mais c'est moi qui ai la chance de passer ce temps avec lui. Je suis honorée d'avoir gagné sa confiance et de savoir qu'il aime ma compagnie. Ou du moins, il en a l'air.

La serveuse revient, et nous commandons tous deux l'omelette aux légumes avec du bacon de dinde et des muffins anglais.

Quand elle s'en va, je fais un grand sourire à John.

« Copieur. »

Il sourit aussi.

« Quoi ? Votre commande me mettait l'eau à la bouche.

— Ça sort tout droit de la famille Tilden, ça. Nous sommes constamment en train de copier les commandes des uns et des autres, pour tout, que ce soient les boissons, les vacances, tout ce que vous voulez. »

Mon téléphone sonne. C'est un texto de Muncie. *Où êtes-vous tous les deux ?*

On mange au bistrot.

Vous y êtes allés comment ?

À pied.

Oh, là, là. Comment va-t-il ?

Ça va.

Vous voulez que je vienne ?

Je ne pense pas que ce soit nécessaire sauf si vous en avez envie.

En envoyant ce texto, j'espère secrètement qu'il ne viendra pas.

« Qui est-ce ? demande John en touillant son café.

— Muncie, qui se demande où nous sommes passés.

— Ah, mon gardien. »

Le sourire qu'il ajoute indique l'affection qu'il a pour Muncie.

« Il a l'air d'un mec bien.

— C'en est un. C'est un champion pour avoir supporté mes conneries ces derniers mois.

— Je suis sûre que c'est un honneur pour lui de travailler avec vous.

— Ça me fait encore drôle que ce soit un honneur pour quelqu'un de travailler avec moi.

— Je veux bien le croire après toutes ces années à opérer de manière secrète et invisible.

— J'en ai horreur, dit-il doucement. Que tout le monde sache qui je suis. Je déteste qu'il y ait une vidéo du raid. Je déteste tout ça.

— Je le sais. »

Je mélange du lait et un édulcorant à mon café.

« Ma grand-mère nous disait qu'on ne choisit pas ce qui nous arrive dans la vie. On ne choisit que comment on y réagit.

— Votre grand-mère était une femme sage.

— Oui, c'est vrai. Elle est morte il y a dix ans. Elle me manque encore.

— Vous avez de la chance de l'avoir eue. Je me demande tout le temps si j'avais des grands-parents, tantes, oncles et cousins.

— Vous ne savez *rien* sur votre famille ? »

Il secoue la tête.

« Ça a dû être vraiment difficile en grandissant.

— Ce que vous n'avez jamais eu ne peut pas vous manquer, vous savez ? »

La question est posée d'un ton désinvolte qui dissimule la douleur plus profonde de ne pas savoir d'où il vient.

« Savez-vous, demande-t-il, que tout le temps que j'ai été avec Ava, je n'ai jamais pu lui dire quoi que ce soit sur mon enfance ou ma vie avant elle ? »

Pourquoi suis-je ravie de savoir quelque chose sur lui qu'elle n'a jamais su ? Je me dis que je suis sur une pente dangereuse, mais je commence à me dire que tout terrain est dangereux avec lui.

« Cela a dû être difficile.

— Ça oui. J'ai inventé une histoire, disant que j'étais le fils d'un général à la retraite, lui ai raconté que je venais de partout et nulle part, alors qu'en vérité j'étais pratiquement un délinquant qui avait rencontré de gros pépins en classe de terminale et s'était retrouvé devant un juge qui lui avait donné une chance.

— Qu'est-ce que vous aviez fait ? »

Je ne devrais probablement pas demander, mais j'en crève d'envie.

« J'ai aidé certains de mes abrutis d'amis à voler la voiture d'un autre môme pour se venger parce qu'il avait piqué la copine de l'un d'entre eux.

— *Oh, là.*

— Je sais, complètement stupide. J'ai eu un bol incroyable avec ce juge qui a vu en moi un gamin qui avait besoin d'être un peu encadré dans sa vie. Je dis tout le temps que ce juge et la Marine m'ont sauvé de moi-même. »

Notre petit déjeuner arrive, et nous nous mettons à le dévorer. Pendant que nous mangeons, je pense aux choses qu'il a partagées avec moi et à combien nos vies ont été différentes.

« Et vous, alors ? demande-t-il entre deux bouchées. Une délinquance juvénile dans votre passé ? »

Le sourire taquin qui accompagne la question fait des ravages en moi. Mon Dieu, que cet homme est beau, et quand il sourit…

Tout ce que je peux faire, c'est soupirer.

« Je n'ai jamais volé de voiture, si c'est ce que vous voulez savoir, mais on m'a attrapée à lancer des œufs sur des maisons à Halloween, une fois. Mon père m'a forcée à y retourner et nettoyer l'œuf sur chaque maison le jour suivant. Saviez-vous que le jaune d'œuf, c'est de la saloperie à nettoyer une fois sec ? »

Il rit – fort – et je suis encore une fois captivée par le changement que le rire opère en lui. J'aperçois l'homme qu'il devait être avant l'attaque terroriste qui a tout changé pour des milliers de gens, y compris lui. Cet homme-là était jeune, jovial, beau et fabuleux.

Une sensation désagréable m'envahit. Amy a raison. Je suis attirée par lui… et je l'étais même quand il était un casse-couilles grincheux. Je commence à avoir mal à l'estomac. Je pousse mon assiette vers lui.

En hochant la tête, je prends une petite gorgée de café et essaie de mettre fin à l'étourdissement fou que j'éprouve. C'est l'ex d'Ava.

Éric est si heureux avec elle. La dernière chose dont ils ont besoin l'un et l'autre, après tout ce qu'ils ont souffert, c'est que je développe des sentiments pour l'homme qui leur a fait vivre un enfer, même si ce n'était pas intentionnel de sa part. Amy a mille pour cent raison. Cela ne peut pas arriver. Sauf que c'est déjà fait. Je ne sais pas quand ni comment… Mais les sentiments existent, bien que je ne le veuille pas.

Cela dit, pour être juste envers moi-même, comment est-ce que quelqu'un pourrait ne pas être bouleversé par lui, son histoire ou son effort vaillant pour continuer malgré une perte dévastatrice ?

Tous des points valables, Jules, mais bon sang, reprends-toi !

Après avoir fini son petit déjeuner, John attaque ce qui reste du mien et en mange la plus grande partie avant de concéder sa défaite.

« Je ne peux pas avaler un morceau de plus. Je crois que je n'ai pas autant mangé depuis des mois.

— Ça va vous aider à vous refaire une santé. »

Il se frotte le ventre.

« Et un bide. »

D'après ce que je peux voir, il est tout en muscles sans un gramme de trop sur le corps. Une fois que tous ces muscles-là auront regagné toute leur force, il sera à nouveau magnifiquement puissant. D'ici là, notre temps ensemble touchera à sa fin, et ce sera mieux ainsi.

« C'est pour moi, dis-je lorsque l'addition atterrit sur la table.

— Pas question. Je la prends.

— Vous avez payé pour nous tous hier soir. »

Posant ses coudes sur la table, il se penche vers moi ; sa voix est basse.

« Vous savez ce qui se passe quand vous êtes un capitaine de frégate dans la Marine et êtes déployé pendant près de six ans ? »

Je suis forcée de me pencher pour pouvoir l'entendre.

« Non, quoi ?

— Vous mettez de côté beaucoup d'argent. Je vous l'offre. »

Je soutiens son regard un peu plus longtemps que nécessaire.

« Merci. »

Il me regarde droit dans les yeux sans cligner de l'œil.

« C'est moi qui devrais vous remercier de tout ce que vous faites pour moi. Vous offrir le petit déjeuner, c'est la moindre des choses. »

Je veux qu'il redevienne un connard. Ce type-là, je savais comment le gérer. Celui-ci... Je suis complètement sans défense contre le guerrier humble, vulnérable, blessé, qui doucement mais sûrement est en train de pénétrer mon cœur.

CHAPTER ONZE

JOHN

Malgré la nuit pratiquement blanche, la journée s'annonce belle. Après la sortie pour prendre le petit déjeuner avec Jules, nous sommes retournés chez moi et avons bien avancé avec sa liste apparemment sans fin de questions potentielles auxquelles il me faudra peut-être faire face pendant la tournée des médias. Pendant que nous suivons le processus, je trouve qu'il est plus facile de parler des choses que normalement j'évite.

J'essaie de me rendre à l'évidence que je dois donner aux grosses huiles de la Marine ce qu'ils veulent pour que je puisse, moi aussi, obtenir ce que je veux plus rapidement : ma retraite à taux plein avec prestations complètes. Après, je n'ai aucune idée de ce que je ferai, mais je n'ai pas besoin de le savoir aujourd'hui.

En fin d'après-midi, le manque de sommeil commence à me peser. Je suis sûr qu'elle veut retrouver sa sœur.

« Et si on allait à l'endroit qui fait la bière artisanale demain après le travail ? lui demandé-je.

— D'accord, ce serait sympa. »

Je ne veux pas qu'elle s'en aille, mais je ne veux pas non plus être égoïste et l'empêcher de voir sa sœur. Je suis également attentif à ce qu'a dit Muncie à propos de rester professionnel avec Jules, vu qui est sa nouvelle belle-sœur. Au moment où me vient cette pensée, je me rends compte que c'est la première fois que j'ai pensé à Ava depuis des heures, ce qui doit être un record.

C'est entièrement grâce à Jules qui est un rayon de soleil dans le paysage sombre qu'est devenue ma vie depuis que j'ai quitté l'hôpital et perdu Ava. Jules est infiniment joyeuse et optimiste, deux caractéristiques que j'incarnais avant que la vie ne me donne un coup de pied dans les boules.

Muncie est parti il y a une heure pour un rendez-vous sur la base navale. Contempler une autre nuit seul me rend agité et anxieux, mais je vais m'en sortir. Quel choix ai-je ? Je vais passer beaucoup de temps seul à l'avenir. Il faut que je m'y habitue.

« J'ai vérifié les messages sur votre téléphone hier soir. »

Jules me tend une feuille de papier qu'elle a déchirée de son calepin omniprésent.

« Il y a vraiment plein, plein de gens qui veulent vous parler de sponsoring, possibilités de publication, promotion de produits, opportunités de présentations. Ils vous veulent pour tout ce qu'on pourrait imaginer.

— Dieu merci, c'est vous qui vous en occupez maintenant. Qu'est-ce que vous allez leur dire ?

— Je vais les rappeler et leur faire savoir que le capitaine West prendra en considération les opportunités futures une fois qu'il aura complété l'imminente tournée des médias. Cela vous va ?

— Oui, je suppose. Mais ne leur donnez pas trop d'espoir. Je ne suis pas sûr de ce que je vais faire une fois que la Marine en aura fini avec moi. »

Dans l'avenir immédiat, je me vois bien temporairement à New York et Los Angeles. Après ça, c'est un grand vide avec un énorme point d'interrogation. Vais-je rester ici à San Diego, ou disparaître dans un coin perdu d'Idaho ou d'un autre endroit quelconque où personne ne me connaît ? Je n'en ai aucune idée.

Il fut un temps, avant le déploiement, où ne pas savoir ce qui allait arriver aurait été qualifié d'aventure. Ces jours-là sont finis. Je croyais avoir un plan pour le reste de ma vie après la Marine, mais ce plan-là a volé en éclats le jour où Ava m'a dit qu'elle se préparait à épouser quelqu'un d'autre.

Le frère de Jules.

Souviens-toi de cela. Ava est la femme du frère de Jules, et pendant que je regarde Jules rassembler ses affaires et ranger son calepin dans son énorme sac à main, je me dis que je ne peux jamais, jamais, *jamais* penser à Jules en tant qu'autre chose qu'une collègue et amie.

Elle ne peut pas être mon rayon de soleil. Quelqu'un d'autre peut peut-être le devenir un jour, mais ça ne peut pas être elle, peu importe combien je la trouve jolie, combien sa présence me rassure, combien j'aime sa compagnie.

Ça. Ne. Peut. Pas. Arriver.

C'est l'histoire de ma vie, dernièrement. C'est comme si je n'avais pas le droit de vouloir quelque chose de plus que de survivre au jour le jour.

Quand elle est prête à partir, elle se tourne vers moi.

« Qu'est-ce que vous avez prévu pour le reste de la journée ?

— Euh, pas grand-chose. Un autre tour à la salle de sport et peut-être une sieste.

— Vous voulez dîner avec Amy et moi plus tard ? »

Bon Dieu, oui, je le veux. Si Amy y va aussi, ce ne sera pas déplacé, non ? Ce n'est pas comme si j'allais à un rendez-vous amoureux avec Jules. Il y a tellement longtemps que je ne suis pas sorti avec quelqu'un que je ne sais même plus ce que c'est, un rendez-vous amoureux.

« Euh, d'accord. Ce serait sympa.

— On prendra un Uber et on sera là vers 18 h 30 ? Ça marche ? »

Cela me donnera trois heures pour faire mes exercices, une sieste et me préparer.

« Super. Je vous attendrai en bas. »

Son sourire éblouissant sort tout droit d'une publicité pour le dentifrice.

« À tout à l'heure. »

Elle s'en va, en emportant toute l'énergie de la pièce avec elle. J'ai horreur de me retrouver seul avec mes pensées. C'est ce qu'il y a de pire. Toutes les mauvaises choses défilent dans ma tête, l'épouvantable attaque sur *l'Étoile des hautes mers*, les années de privation et de désespoir à traquer Al Khad, la perte de mes deux amis les plus proches, la fameuse blessure qui a pris ma jambe, les semaines sans fin à l'hôpital et la rencontre déchirante avec Ava qui m'a brisé. Je revis tout, encore et encore, comme un film d'horreur qui n'en finit jamais.

Dans mon armoire à pharmacie, il y a assez de médicaments contre la douleur pour tuer un cheval. Cela ne prendrait pas tant pour tuer un homme dans un état de santé précaire qui pèse quatre-vingt-deux kilos alors qu'il en faisait cent deux il n'y a pas si longtemps. Et puis je pense à Ava et aux années qu'elle a sacrifiées à attendre que je rentre à la maison, et au bonheur qu'elle a trouvé, même si elle n'a pas eu le *happy end* que j'avais imaginé pour elle… et moi. Je ne peux tout simplement pas la priver de cela, parce qu'elle serait dévastée si je m'ôtais la vie.

Je ne le ferai pas, mais j'aime un peu trop y penser. Je pense au doux soulagement de la torture de ces quelques derniers mois que cela apporterait, sans parler de tous les mois qui m'attendent pendant lesquels il me faudra apprendre à vivre sans la seule femme que j'aie jamais aimée. Je ne peux m'imaginer un jour aimer quelqu'un d'autre comme j'ai aimé Ava.

Je n'ai même pas une photo d'elle. Tout ce que j'ai laissé derrière moi quand j'ai été déployé est en entreposage. Je n'ai que mes souvenirs d'elle et de nous, et du moment le plus heureux de ma vie. Ces souvenirs me nourrissent. *Heureux* n'est pas un mot que j'ai utilisé pour décrire la plus grande partie de ma vie, mais les années passées avec elle, j'ai nagé dans le bonheur. Il n'y a pas de meilleure façon de les décrire.

Tout ce que j'ai à faire, c'est fermer les yeux, et je me retrouve immédiatement dans cette vie-là, vivant dans l'appartement que nous avons partagé, me dépêchant de rentrer à la maison après le travail pour ne pas louper une seconde avec elle. Nous faisions tout ensemble : les courses, la cuisine, le ménage, les lessives, la randonnée, du vélo. Nous passions des week-ends entiers au lit, nous faisant livrer les repas pour nous nourrir pendant que nous nous dévorions l'un l'autre. Bon Dieu, que ça me manque. Faire tout et rien avec elle me manque.

Je ne sais que faire de moi-même sans elle, surtout dans cette ville où nous avons vécu ensemble. C'était notre fief, notre chez-nous, et maintenant je ne sais plus où je suis chez moi, ni si je me sentirai jamais chez moi avec quelqu'un d'autre, comme c'était le cas quand j'étais avec elle. Je n'avais jamais eu de vrai chez-moi jusqu'à ce que j'en aie un avec elle.

En plus de mon chagrin d'amour qui continue, ma jambe manquante me fait un mal de chien, probablement à cause de la brève marche que j'ai faite avec Jules. Rejetant l'idée du tapis de course, je me hisse et quitte ma chaise. Même ça, c'est un calvaire. Je vais à la salle de bains et trouve les pilules qui enlèvent la douleur, pendant un court moment en tout cas. J'ai arrêté de les prendre alors que j'étais encore à l'hôpital parce que j'avais peur de devenir accro. Calé sur les béquilles, je prends deux pilules et les fais descendre en mettant ma bouche sous le robinet. Ce sont des pilules pour chevaux, putain, alors il faut que j'avale plusieurs fois pour les faire descendre, et elles brûlent un chemin jusqu'à mon estomac.

Je déteste prendre des pilules, surtout les grosses qui me donnent un haut-le-cœur et puis me rendent l'esprit flou et déconcentré, mais la douleur est considérable. Comment, me demandé-je, une jambe qui n'est plus là peut-elle continuer à faire si mal ? Ils appellent ça la douleur fantôme : mon cerveau n'a pas encore compris que la jambe n'est plus là. Je me traîne jusqu'à la chambre et m'assieds sur le lit, épuisé de toutes les façons possibles. Je ne peux qu'espérer que les médicaments commencent à faire effet bientôt, soulagent ma douleur et me permettent de me reposer sans cauchemars.

Je ne suis pas un homme religieux, mais s'il y a un dieu quelque part là-haut, j'espère qu'il trouve en son cœur de la pitié pour moi.

J'en ai assez de la douleur. Je n'en peux plus.

JULIANNE

LE DÎNER AVEC JOHN ÉTAIT UNE GRAVE ERREUR, SURTOUT AVEC AMY qui observe mon moindre mouvement… et ceux de John. Il a apporté une grande enveloppe contenant des lettres des familles de *l'Étoile des hautes mers*.

« Je ne pense pas y arriver tout seul, alors je me demandais si vous deux seriez peut-être prêtes à m'aider.

— Bien sûr. »

Au vu des autres émotions que j'ai en sa présence, je ne suis pas certaine de pouvoir faire face à cet autre champ de mines, mais je le ferai pour lui, pour qu'il n'ait pas à le faire seul.

Nous sommes à un *steak house* dont il se souvient qu'il était bon quand il habitait ici auparavant, et une fois que nous avons commandé, nous plongeons le nez dans les lettres.

La première que je lis me déchire le cœur.

Cher capitaine West,

 Nous vous prions d'accepter ce message en témoignage de notre reconnaissance sincère pour le rôle que vous avez joué dans la capture de l'homme qui a tué notre fille, notre beau-fils et nos trois précieux petits-enfants.

Comment peut-on jamais se remettre de quelque chose comme cela ? Les gens n'y arrivent pas, je suppose, mais d'une façon ou d'une autre ils trouvent le moyen de vivre avec leur terrible douleur.

La suivante n'est pas beaucoup mieux…

Cher capitaine West,

 La nouvelle que les autres et vous avez réussi la mission de trouver et arrêter le monstre qu'est Al Khad est la meilleure chose qui me soit arrivée depuis ce jour affreux où mes parents furent tués à bord de l'Étoile des hautes mers.

Amy pousse un cri.

« Celle-ci est de Miles ! »

John lève les yeux de la lettre qu'il est en train de lire.

« Qui est Miles ?

— C'est le patron d'Ava à New York. Il a perdu sa fiancée et ses parents sur le bateau et a été très impliqué dans le groupe des familles. Il était supposé avoir fait le voyage avec eux, mais son père a eu peur pour sa santé, un problème de cœur. Miles les a encouragés à partir sans lui.

— Mon Dieu. »

John prend une grande gorgée d'eau. Il a refusé de boire de l'alcool, disant qu'il avait pris des cachets plus tôt dans la journée. Je veux savoir s'il souffre encore, mais je ne peux pas le lui demander.

« Tellement d'histoires, bon nombre d'entre elles que j'entends pour la première fois. Je n'ai jamais eu l'occasion de voir les reportages.

— Ils ont duré des mois, dit Amy. Vingt-quatre heures par jour.

— Je n'oublierai jamais cette douleur, dis-je. Pendant des mois, tous ceux que je connaissais avaient une expression peinée sur le visage après avoir réalisé peu à peu que nous n'étions en sécurité nulle part. D'abord le 11 septembre, et puis ça. C'était presque trop pour les gens. »

Amy hoche la tête.

« Oui, c'était exactement comme ça. C'était tout ce dont les gens parlaient, au travail et quand ils sortaient. J'ai sans cesse entendu la même chose : "J'espère juste qu'ils vont attraper le salopard qui a fait ça." Puisque vous avez raté tout cela, vous ne pouvez certainement pas savoir ce que ça veut dire pour les gens que vous l'ayez eu.

— C'est une perspective que j'avais vraiment besoin d'entendre. Bien sûr, je savais que les gens chez nous étaient avec nous et espéraient que nous allions l'attraper, mais entendre les histoires de ces familles est un rappel puissant de ce qui a été perdu ce jour-là. »

Il prend une autre gorgée d'eau.

« Je peux voir celle du patron d'Ava ? »

Amy la lui donne.

Je suis assise à côté de lui, alors je me penche pour la lire avec lui.

Cher capitaine West,

Je vous écris le lendemain du jour où la vidéo sur le camp d'Al Khad a été rendue publique et où le monde a appris votre nom. Emerson Phillips, ma belle fiancée intelligente, talentueuse et drôle, et ses parents Gary et Margaret Phillips, ont été tués dans l'attaque sur l'Étoile des hautes mers. J'étais supposé être avec eux, voyez-vous, mais quelques jours avant que nous devions commencer ce voyage que nous attendions avec impatience depuis des mois, mon père a eu ce que nous pensions, au début, être une crise cardiaque. J'ai immédiatement changé mes plans, retournant chez moi au Minnesota pour être avec ma famille. J'ai embrassé Emmie en partant, lui ai dit de bien s'amuser avec ses proches et ne l'ai jamais revue.

Il n'existe tout simplement pas de mots pour décrire la dévastation que c'est de perdre son âme sœur.

Visiblement touché par les mots qui viennent du fond du cœur de Miles, John frotte sa barbe naissante. Je me demande s'il pense à l'âme sœur que lui a perdue à cause d'Al Khad.

Depuis ce jour affreux, comme tant d'autres membres de la famille et amis de ceux qui ont été tués dans cette attaque si horrible, insensée et lâche, j'ai eu du mal à continuer sans les êtres chers que nous avons perdus. Les quelques premières années ont été un mélange de chagrin et d'incrédulité que quelque chose comme cela puisse même arriver. Après cela, la colère s'est installée, avec un besoin brûlant de punition quelle qu'en soit la forme. C'est ce que vous et les autres qui ont tant sacrifié pour amener devant la justice ce terroriste nous avez donné, finalement, et nous vous en serons éternellement reconnaissants.

Je ne peux qu'espérer que dans les jours et semaines à venir, vous trouverez du réconfort dans le fait de savoir que vous avez permis, à des milliers de personnes qui en avaient vraiment besoin, de tourner la page.

*Avec mes remerciements les plus sincères et ma reconnaissance
éternelle,*
Miles Ferguson
New York City

J'utilise une serviette pour essuyer les larmes au coin de mes yeux.
Je connais Miles, ai déjà entendu son histoire de nombreuses fois, mais
l'entendre dans ses mots à lui et sans fioritures suscite toutes mes
émotions.

John continue à se frotter la mâchoire, qui pulse sous la tension.

Je voudrais avoir le droit de tendre le bras et le toucher, mettre ma
main sur son épaule pour lui offrir tout le réconfort que je peux. Si
Amy n'était pas là, je le ferais, que j'en aie le droit ou non. Mais je ne
peux pas. Pas quand elle est réceptive à mes sentiments compliqués
pour cet homme, et qui le deviennent davantage avec chaque minute
que je passe en sa présence.

« J'espère que ça vous aide de savoir que ce que vous avez fait
avait autant d'importance pour les gens, dis-je doucement.

— Oui, ça aide. »

Sa voix est rauque, avec un émoi qu'il essaie dur de contrôler.

« Ça ne me rend pas mes amis ni ma jambe, mais ça m'aide de
savoir que ce n'était pas pour rien. »

Le serveur arrive avec nos salades, l'interruption nous tirant du
moment intense et nous ramenant subitement à l'instant présent.

Je jette un œil de l'autre côté de la table et je trouve Amy en train
de me regarder avec ses yeux qui voient beaucoup trop, et bien que je
sache que c'est mal de m'engager sur le plan affectif avec cet homme,
il semblerait que je ne puisse pas m'en empêcher. Il faut dire qu'il me
faudrait être un monstre sans cœur pour ne pas avoir de peine pour lui,
et je suis tout sauf sans cœur. Je suis le contraire de sans cœur, et c'est
pourquoi mes frères et ma sœur sont toujours après moi, disant que je
suis trop ouverte avec des gens que je connais à peine. Ils ont peur pour
la sécurité de ma personne, mais là, tout de suite, je me fais bien
davantage de soucis pour mon bien-être émotionnel. Après avoir lu ces

lettres et avoir vu la réaction de John à celles-ci, j'ai l'impression que mon cœur est passé au hachoir.

Je me force à manger la salade César, le petit filet mignon et le gratin dauphinois, mais la nourriture pourrait aussi bien être du carton car je ne sens que le martèlement de mon cœur, le sang qui court dans mes veines et le désir irrésistible pour John que je ne peux plus nier.

Je le veux comme je n'ai jamais voulu personne, et bien sûr, c'est le dernier homme au monde que je devrais désirer.

CHAPTER DOUZE

ÉRIC

Cela prend quelques jours pour convenir d'un moment où Jessica peut nous skyper. Quand finalement nous réussissons à la joindre, c'est le milieu de la nuit en Espagne. Cela nous va, puisque nous n'avons pas beaucoup dormi ni l'un, ni l'autre depuis qu'Ava m'a confessé son tourment. Je lui propose de la laisser lui parler en privé, mais Ava me demande de rester. Elle me tient fort la main pendant qu'elle dit bonjour à Jessica.

L'expression de Jessica est pleine d'empathie.

« Vous avez l'air mal en point, ma chérie. »

Ava cligne des yeux pour retenir ses larmes.

« On a eu quelques jours compliqués. »

C'est le moins qu'on puisse dire. Ce qui était supposé être le moment le plus heureux de notre vie a été la pire période de notre relation, à tourner autour de la grenade qui menace de faire exploser en mille morceaux tout ce qui existe entre nous.

Je suppose que j'ai été bête de penser qu'une fois qu'on aurait prononcé nos vœux de mariage, les problèmes que nous avions depuis le début disparaîtraient soudainement, nous laissant libres de continuer sur le chemin du bonheur sans les entraves du passé. Ouais, d'accord. Ça ne risque pas d'arriver, bien que nous l'ayons tous deux espéré.

Ava a apporté à notre mariage les profondes cicatrices laissées par sa relation avec John, et tout comme ce dernier le faisait avant le mariage, il occupe la place centrale dans notre relation.

« Dites-moi ce qui se passe. Votre texto a mentionné des rêves que vous avez eus ? »

Ava hoche la tête. Son malheur est palpable.

« Ils sont si intenses, dit-elle doucement. Et je me souviens de chaque détail, ce qui est inhabituel pour moi. Je ne me souviens presque jamais de mes rêves.

— Oh, là, là. Ça explique pourquoi vous avez l'air si ravagée alors que vous êtes supposée être en train de vous amuser et de célébrer.

— Il n'y a pas eu beaucoup de célébrations ces derniers jours. »

Ça, c'est bien vrai. Nous ne nous sommes presque pas touchés pendant ces jours atroces depuis qu'elle a confessé qu'elle rêvait de lui. Elle peut à peine trouver le courage de me regarder, et je panique, alors que j'essaie de rester calme pour elle. Je continue à me dire que c'est moi qu'elle a épousé, mais je ne peux pas oublier qu'il est encore là, au large – blessé et encore très amoureux de ma femme. Ce n'est pas d'une grande aide que son visage et son histoire soient partout quand je regarde en ligne.

C'est un héros national. Comment, me demandé-je encore une fois, puis-je rivaliser avec ça ?

« Parlez-moi des rêves, dit Jessica.

— Euh… Ava me jette un regard, sa souffrance étant visible.

— Vas-y, lui dis-je. Elle ne peut pas nous aider si elle ne sait pas ce qui se passe. »

Elle est mortifiée de devoir en parler devant moi. Je me rends compte qu'elle a le même air qu'elle avait ce jour horrible à San Diego quand il a fallu qu'elle dise à John qu'elle était tombée amoureuse de moi et que nous nous étions fiancés. J'avais espéré ne jamais plus voir cette version hantée, brisée d'Ava, mais nous y voilà.

Je ne peux pas rester assis et immobile pendant tout cela, bien que je veuille être là pour elle. Je lâche sa main et me lève, ayant besoin de bouger ou de faire quelque chose de l'énergie qui pulse dans mon corps. Que Dieu m'aide à ne pas balancer la chaise de bureau contre la porte coulissante comme j'en ai envie. Je me sentirais mieux si je cassais quelque chose, mais elle, ça ne l'aiderait pas du tout.

Ava est ébranlée par mon retrait soudain, mais je n'arrive pas à retourner à ses côtés. Je ne peux pas la réconforter pendant ce qu'on fait. Je ne peux pas, c'est tout.

« Je, euh… Je rêve que nous sommes de retour dans notre appartement de San Diego, et que nous habitons ensemble. »

Chaque mot lui coûte cher et enfonce un pieu dans mon cœur.

« Certaines choses sont vraiment arrivées, mais pour beaucoup, c'est nouveau.

— Parlons de ce qui est nouveau. »

Oh, bon Dieu, est-ce que nous sommes obligés ? Je ne suis pas sûr de pouvoir l'écouter.

« Je, euh… »

Ava me jette un coup d'œil avant de regarder Jessica sur l'écran de mon ordinateur portable.

Je me dis maintenant que j'aurais mieux fait de ne pas l'apporter, mais j'ai une grosse affaire en cours au travail, et j'ai besoin de me connecter tous les deux ou trois jours.

« Est-ce qu'on devrait demander à Éric de sortir pendant qu'on en discute ? demande Jess.

— Non, dit Ava du ton paniqué qui m'est devenu familier ces derniers jours. Je veux qu'il soit là. Je veux qu'il sache… »

Sa voix se brise.

C'est insupportable.

« Que voulez-vous qu'il sache, Ava ? demande Jess avec douceur.

— Combien je l'aime. »

Ava laisse tomber sa tête entre ses mains.

« Je l'aime tellement. Je ne veux rêver de personne d'autre que lui.

— Vous vous souvenez qu'on avait parlé du concept de choses en suspens qui restent à régler par rapport à John et son rôle dans votre vie ? »

Ava hoche la tête et essuie des larmes qui m'arrachent les tripes.

« On n'y a pas passé beaucoup de temps, mais on a parlé de comment les choses avec John donneraient peut-être l'impression de ne pas être terminées à cause de comment ça s'est fini entre vous : pas parce que l'un de vous n'aimait plus l'autre, mais à cause de circonstances hors de votre contrôle.

— Ne restera-t-il pas toujours des choses en suspens vu comment les choses se sont déroulées ? »

Je ne peux pas me taire alors que j'ai l'impression de lutter pour ma vie dans une bataille que je pensais déjà avoir vaincue.

« C'est possible, » concède Jess.

Fabuleux.

« Je… Je veux le laisser derrière moi, dit Ava. Je pensais l'avoir fait, et puis j'ai commencé à avoir ces rêves si intenses et réels que c'est comme s'il était là dans la pièce avec nous.

— Avez-vous des relations sexuelles avec lui dans les rêves ? »

Ma bouche devient sèche, et mes mains sont moites. C'est presque aussi pénible que le jour où il m'a fallu attendre qu'elle le voie. Non, c'est pire. C'est bien pire, parce que j'avais espéré avoir laissé tout cela derrière nous. J'aurais dû savoir.

« Ouais », dit Ava, brisant mon cœur et le sien.

J'entends le sien se rompre dans ce seul mot. Je la crois quand elle dit qu'elle ne veut pas de ça. Qui le voudrait, après tout ce qu'elle a enduré en ce qui le concerne ?

« Pourquoi est-ce que cela arrive, Jess ? demande Ava entre deux sanglots. Je pensais avoir laissé cela derrière moi. Je ne comprends pas.

— Le cerveau est une bête compliquée et mystérieuse, répond Jessica avec un soupir. C'est très difficile de comprendre le pourquoi de la chose, mais je suspecte qu'il occupe vos pensées, et c'est une manifestation de votre subconscient.

— Il n'occupe *pas* mes pensées.

— Vraiment ? Vous ne vous demandez pas comment il va depuis qu'il vous a fallu lui briser le cœur ? Ni comment il se remet de ses blessures ou comment se passe sa vie sans une de ses jambes, et vous n'êtes pas curieuse de comment il fait face à l'intérêt soutenu des médias pour son histoire ? Vous ne pensez à aucune de ces choses ? Parce que moi j'y ai pensé, et je n'ai jamais été amoureuse de lui. »

Ava essuie les larmes qui coulent le long de ses joues.

« Bien sûr que je me demande comment il va, mais comme ça, en passant. Je ne m'y attarde certainement pas.

— Ne prenez pas ça mal, Ava, parce que je ne le dis pas pour empirer la situation, mais comment est-ce possible que vous ne vous attardiez pas sur la dernière fois que vous l'avez vu ?

— Je n'en sais rien ! Je ne le fais pas, c'est tout. Peut-être que ça fait de moi une mauvaise personne, mais je ne peux pas penser à ça, sinon…

— Sinon quoi ? » demande Jess avec ce ton doux qui est si efficace.

Ava secoue la tête.

« Rien.

— Ava, chérie, il faut que tu le dises, ou tu ne seras jamais capable de laisser tout cela derrière toi.

— Je ne peux pas », dit-elle en pleurant silencieusement comme si elle avait peur de me laisser voir l'ampleur réelle de son tourment.

Je veux hurler lorsque je réalise combien elle s'est efforcée de me le cacher, à moi et à tout le monde. Si elle ne m'avait pas rencontré, elle serait avec lui à cet instant même, et non pas en Espagne avec moi. Peut-être que j'ai été dans ma propre forme de déni, mais c'est la première fois que cela me traverse l'esprit de manière si crue. S'il n'y avait pas d'Éric, John et elle seraient à nouveau ensemble.

Il me faut m'asseoir sur le canapé, de peur que mes jambes ne me lâchent si je reste debout.

« Dites-moi pourquoi vous ne pouvez pas penser à John, Ava.

— Parce que ! Ce ne serait pas juste. J'ai épousé Éric. Je l'aime, et je veux passer ma vie avec lui. Je ne veux plus vivre dans le passé.

— Quand vous dites que ce ne serait pas juste de penser à John, que voulez-vous dire par là ? »

Ava passe ses mains tremblantes dans ses longs cheveux foncés.

« Ce serait comme tromper Éric.

— Vous savez que ce n'est pas vrai, n'est-ce pas ? Ça ne compterait pas comme de la tromperie si vous vous permettiez de vous demander comment il va.

— C'est juste mieux si je ne pense pas du tout à lui.

— Vous n'avez pas accepté de rester en contact avec lui ?

— Ouais, mais pas régulièrement. De temps en temps.

— Mmmm...

— Quoi ? demande Ava.

— Je pense tout simplement que vous n'êtes pas réaliste, et laissez-moi finir avant de protester. Vous avez aimé cet homme pendant huit années. Pendant six d'entre elles, vous ne saviez pas où il était ni même s'il était vivant, mais vous êtes restée fidèle à vos sentiments pour lui. Ai-je raison ?

— Jusqu'à ce que je rencontre Éric et que je tombe amoureuse de lui.

— Alors, une fois que vous êtes tombée amoureuse d'Éric, vous n'avez plus eu de sentiments pour John ?

— Pas exactement, mais mes sentiments pour John ont changé après avoir rencontré Éric.

— Mais ils ne sont jamais complètement partis, n'est-ce pas ?

— Non, mais… cela ne veut pas dire… »

Elle me regarde par-dessus son épaule, comme pour évaluer les dégâts que font ses mots.

Je garde une expression complètement neutre, mais à l'intérieur… À l'intérieur, je saigne.

« C'est OK d'avoir encore des sentiments pour John, Ava. Vous ne faites rien de mal en les ayant ni en les reconnaissant. En les niant, vous leur permettez de proliférer dans votre subconscient, sans votre consentement ou votre contrôle.

— Si ces sentiments prolifèrent dans le subconscient d'Ava, est-ce que ça veut dire qu'il est ce qu'elle veut vraiment ? »

Ava se retourne sur sa chaise pour me fixer du regard, son expression transformée par le choc.

« Non, dit Jess, ce n'est pas ce que cela signifie. Ava est éveillée et consciente et pleinement dans le moment présent quand elle vous dit qu'elle vous aime, qu'elle vous a choisi et épousé parce qu'elle le voulait. Vous devriez la croire lorsqu'elle vous dit ces choses-là. »

Je regarde brièvement le sol.

« C'est juste que je ne peux pas m'empêcher de me demander…

— Quoi ? demande Ava, d'un ton désespéré et perdu. Qu'est-ce que tu te demandes ?

— Si tu m'as épousé parce que tu le voulais ou que tu te sentais obligée. »

Ava pousse un cri et me regarde avec horreur.

« Éric…

— Écoutez, vous deux… »

À ce stade, Jess doit avoir l'impression d'être témoin du déroulement progressif d'un désastre.

« Nous avons besoin de nous asseoir ensemble à votre retour et essayer d'avancer. La situation dans laquelle vous vous trouvez est presque sans précédent, du moins ça l'est dans ma pratique de thérapeute. Il n'y a pas de plan d'action tout fait qui énonce clairement comment vous devez procéder à partir d'ici. Il va vous falloir préparer ce plan vous-mêmes, et nous pouvons le faire ensemble, mais cela va nécessiter un travail assidu.

— O-OK, dit Ava. Je-je vous ferai savoir quand on est de retour à New York.

— Oui, merci, et appelez-moi si vous avez besoin de parler encore avant cela.

— Nous le ferons.

— Accrochez-vous, et faites attention de ne pas dire des choses qui ne peuvent pas être retirées. Ce n'est qu'un obstacle. Tout ira bien. Cela va juste demander du temps, de la persévérance et du travail. Personne ne nous dit jamais à quel point le mariage peut nécessiter du travail. »

Jessica espère probablement que nous n'allons pas devenir fous avant de rentrer à la maison, et j'apprécie ce qu'elle essaie de faire. Mais le truc avec Ava et moi, c'est que ça a toujours été facile entre nous. Enlevez les facteurs extérieurs auxquels il nous a fallu faire face, et il n'y a eu que perfection, du moins c'est ce que je pensais.

Mais qui sait maintenant ?

Ava termine l'appel avec Jess sur Skype, et nous vivons un silence douloureux pendant plusieurs minutes.

Je m'éclaircis la voix, me forçant à m'asseoir un peu plus droit.

« Je crois que nous devrions rentrer à la maison.

— Maintenant ? »

Je hoche la tête.

« Mais nous avons encore deux semaines… C'est notre lune de miel.

— La lune de miel est finie, tu ne crois pas ?

— Non ! Ce n'est pas fini. Sauf si tu le veux.

— Ce n'est pas ce que je veux, mais ça… C'est trop, Ava, et être ici ne fait que rendre les choses plus difficiles. C'est comme si les beaux paysages se moquaient de nous parce que tout va de travers.

— Je n'aurais pas dû te le dire, à propos des rêves. »

Je la regarde, incrédule.

« Si, t'aurais dû.

— Non. »

Elle secoue la tête, les lèvres serrées.

« Je n'aurais pas dû. Ça allait mieux quand tu ne savais pas.

— Je savais que quelque chose n'allait pas plusieurs jours avant que tu me dises ce que c'était. N'oublie pas que je te connais mieux que quiconque, et si tu crois que je ne voyais pas que quelque chose te torturait, alors c'est que tu ne me connais pas très bien, *moi*.

— Je suis désolée, dit-elle doucement, ses yeux rouges se remplissant encore de larmes. Je suis tellement, tellement désolée de tout cela.

— Ne le sois pas. Nous allons trouver notre chemin, mais je ne peux pas le faire ici. Je ne peux pas, c'est tout. Je veux rentrer à la maison.

— OK. »

Elle a l'air si démoralisée, je l'entends à sa voix aussi, et je me sens très mal de lui faire ça.

« Rentrons. »

CHAPTER TREIZE

JULIANNE

Après encore quelques jours à pratiquer de façon intense les questions et réponses, j'ai l'impression que John est finalement prêt. Nous partons pour New York demain matin par un vol militaire affrété que Muncie a arrangé pour que John n'ait pas à prendre de vol commercial. Il a demandé la permission pour qu'Amy et moi puissions les accompagner et a semblé surpris de recevoir l'approbation qu'il me communique par téléphone.

« Ça montre bien que la Marine est prête à donner au capitaine West tout ce qu'il veut, maintenant, dit Muncie.

— Tant qu'il participe à leur cirque.

— C'est vrai.

— Comment va-t-il ? »

Muncie m'a appelée tôt ce matin pour me dire que John ne se sentait pas bien et aimerait prendre sa journée. Amy et moi avons passé la journée à Coronado, où nous avons visité le fameux hôtel et nous nous sommes assises sur la plage pendant quelques heures alors que des avions militaires allaient et venaient de la base proche. Toute la journée, je me suis demandé s'il était vraiment malade, en avait marre de moi ou avait le cœur gros après avoir lu les lettres chargées d'émotion. Et s'il est vraiment malade, quel effet est-ce que cela aura sur le voyage ainsi que sur les interviews qui commencent après-demain ?

« Il semble aller mieux. Il est décidé à vous emmener, Amy et vous, visiter une brasserie artisanale avant que nous repartions, si vous en avez toujours envie.

— Bien sûr, avec plaisir.

— Super, on passe vous prendre dans une heure.

— On sera prêtes. »

Je raccroche et jette un œil sur Amy qui brosse ses cheveux après les avoir séchés au séchoir.

« Alors, il se sent mieux ? demande-t-elle.

— C'est ce qu'a dit Muncie. Ils seront là dans une heure pour aller à la brasserie artisanale.

— J'espère qu'il y aura à manger. J'ai une faim de loup.

— Moi aussi. »

Nous nous organisons et sommes prêtes devant l'hôtel quand Muncie gare son SUV devant les portes principales, pile-poil à l'heure. S'il y a des avantages à travailler avec des membres de l'armée, la ponctualité en fait certainement partie.

Je suis assise derrière John, alors je ne peux pas voir son visage, et je demanderais volontiers à Amy qu'elle me fasse un rapport par texto, mais je ne peux pas prendre le risque de la relancer sur les maintes raisons pour lesquelles je ne devrais pas me soucier de l'expression de John. Alors, il me faut attendre d'être arrivée à notre destination pour le regarder moi-même.

« Il y a quelque chose comme soixante-dix brasseries dans la région de San Diego, dit John, rompant le silence. Je vous emmène dans celle que je préférais quand j'habitais ici, mais si vous demandiez à cent personnes, elles citeraient toutes une différente comme leur favorite. Je me dis que vous vous en fichez un peu de comment est fabriquée la bière, Mesdames. Je peux le dire sans trop m'avancer ?

— Tout à fait, dit Amy, mais nous aimons la boire. »

Les deux hommes rient.

« Dans ce cas, on va sauter la visite de la brasserie et aller directement à leur salle de dégustation dans le quartier de la Petite Italie où l'on peut également manger. Cette branche-là de leur opération a été ajoutée pendant que j'étais parti, alors ce sera ma première fois, aussi.

— C'est parfait, dit Amy. Nous sommes toutes deux affamées.

— Ce n'est pas de la grande cuisine, mais on me dit que c'est bon.

— On n'a pas besoin de grande cuisine. »

Amy me jette un coup d'œil, et je vois qu'elle se demande pourquoi je suis si taciturne.

Je ne suis pas taciturne. Je panique. Dès que je l'ai vu assis du côté passager du SUV, mon corps entier s'est mis à vibrer avec une conscience aiguë de sa présence. Je voudrais pouvoir l'arrêter, mais ce n'est pas quelque chose que je peux contrôler – ou ignorer. Quand il s'est mis à parler, la vibration s'est intensifiée au point que j'ai l'impression que quelqu'un m'a branchée sur un réacteur nucléaire ou quelque chose d'aussi puissant.

Amy a raison. Je devrais le lourder comme client et ne plus jamais m'approcher de lui. J'essaie de m'imaginer vraiment le faire. D'une part, je perdrais mon travail, et la plupart de mes nouveaux contacts médiatiques feraient une croix sur moi pour avoir abandonné la tournée que j'avais organisée. Mais mon estomac commence à vraiment se tordre à l'idée d'abandonner John, qui en est venu à me faire confiance et à s'appuyer sur moi pour le guider à travers le labyrinthe des quelques semaines à venir.

Je ne peux pas le laisser tomber. Je ne peux pas, tout simplement.

Mon téléphone vibre avec un texto d'Amy. *Qu'est-ce qui ne va pas ? On dirait que tu vas tomber dans les pommes.*

Rien ne va, et il n'y a rien que je puisse faire.

Rien, réponds-je.

Tu me racontes des conneries.

Je la fusille du regard.

Elle me fusille du regard à son tour, me voyant comme seule une sœur le peut. Normalement, j'adore la relation proche que je partage avec mes frères et ma sœur. Mais cette relation pourrait être en danger si je permets à ces sentiments naissants pour John de se développer. Il faut que cela s'arrête. Tout de suite.

J'inspire à fond avant de relâcher mon souffle lentement, doucement, pour qu'Amy ne m'entende pas.

Ma famille a trop d'importance pour moi pour risquer sa réproba-
tion. J'entends déjà Éric. *Avec tous les hommes sur la planète, il t'a
fallu le choisir, lui ?* Et il aurait mille pour cent raison. Sans
mentionner la carrière pour laquelle je me suis crevé le cul. Marcie
serait dans tous ses états si elle savait que le plus gros client que nous
ayons jamais attrapé fait vibrer mon corps de désir quand il est là – et
même quand il ne l'est pas. Tout ce que j'ai à faire, c'est de penser à
lui, et tout mon être devient complètement zinzin.

Ça suffit, Julianne. Arrête ça tout de suite. Je me dispute moi-
même jusqu'à ce que nous arrivions à notre destination. Puisque je suis
du même côté de la voiture que John, je lui tiens sa portière et lui passe
les béquilles que Muncie a prises dans le coffre.

Une fois debout, John se place sur les béquilles et puis me jette un
coup d'œil. Son regard rencontre le mien et je sens le tourment qui
vient de lui. C'est viscéral et me frappe comme un poing dans le
ventre.

« Ça va ? »

Il hoche vite la tête, mais il ne va pas bien, et je veux savoir
pourquoi. Que s'est-il passé depuis la dernière fois que je l'ai vu qui
lui a fichu un coup ? Et mon Dieu, il s'est fait couper les cheveux, ce
qui ne fait que le rendre encore plus séduisant, si c'est même
possible.

Nous autres, nous le suivons, avançant à son rythme qui semble
plus lent qu'il ne l'était l'autre jour lorsque nous avons fait le tour du
pâté de maisons pour aller prendre le petit déjeuner. A-t-il régressé à
cause de cette sortie ?

Une fois à table dans l'intérieur caverneux de l'espace restaurant,
John suggère que nous commandions la dégustation pour pouvoir
essayer toutes les sortes de bières.

Je ne veux ni à manger, ni de la bière, ni rien d'autre que des informations sur ce qui lui arrive. Mais je ne peux pas demander, pas avec
Muncie et Amy présents et ma sœur qui me fait un interrogatoire sur
tout ce que je dis et fais. Et si elle rentre à la maison et dit à nos frères

que j'ai le béguin pour mon client ? J'ai un nœud à l'estomac. Elle n'a pas intérêt, ou je serai obligée de la tuer.

« Tout va bien, Jules ? » demande John, me regardant de l'autre côté de la table avec ses yeux bleus perçants.

Je sens de la chaleur partout, comme si le soleil venait de sortir de derrière les nuages et avait décidé de briller directement sur moi.

« Euh, ouais. Tout va bien. Et vous ?

— Mieux, maintenant », dit-il, en gardant son regard puissant fixé sur moi.

Que veut-il dire par là ? Mon Dieu, mon esprit s'emballe et mon cœur bat si vite que j'ai peur d'être peut-être en train de faire une sorte de crise d'anxiété. Je me lève et réussis à faire tomber ma chaise dans ma hâte de fuir.

« Désolée », murmuré-je aux gens à la table suivante, qui ont manqué de peu d'être frappés par ma chaise volante.

Après avoir remis la chaise, j'attrape mon sac et dis aux autres, sans en regarder aucun en face, que je reviens tout de suite.

Je sais qu'ils me regardent tous comme si j'étais folle. Je suis sûre que je dois en avoir l'air. Je supplie en silence Amy de rester à la table et de ne pas me suivre. Bien entendu, c'est trop espérer. Elle me talonne quand je sors. L'air frais du soir me fait prendre conscience que mon visage brûle de mille feux, d'embarras et de désespoir. J'ai presque trente ans, et je n'ai jamais ressenti quelque chose qui avoisine ce que j'éprouve quand il me regarde avec ses yeux qui semblent voir jusqu'à mon âme.

Amy me prend le bras et essaie de me forcer à la regarder.

« Mais qu'est-ce que t'as, punaise ?

— Je ne sais pas. Je commençais à me sentir malade.

— Tu n'es jamais malade. Jamais. Qu'est-ce qui se passe, Jules ? »

Je la repousse.

« J'ai le droit de me sentir malade même si je ne suis jamais malade. »

J'engloutis de grandes bouffées d'air frais, en espérant que cela puisse me guérir de ce dont je souffre.

« Tu crois honnêtement que tu me dupes ? Je sais exactement ce que tu as, et c'est pour cette raison que je t'ai dit de partir pendant que tu en avais encore le temps. »

Je suis tentée de me disputer avec elle, de lui demander de quoi elle parle, mais ce serait stupide. Nous savons toutes deux exactement de quoi elle parle.

« Je ne peux pas, murmuré-je le plus doucement possible.

— Si, tu peux. Il le faut.

— Je ne peux vraiment pas, Amy.

— Tu peux trouver un autre boulot.

— Si je laisse tomber ce client maintenant, je ne travaillerai jamais plus dans cette industrie. Mais ce n'est pas la raison. »

Elle croise les bras et me fusille du regard.

« Pourquoi tu ne peux pas, alors ?

— À cause de lui. À cause de ce qu'il a souffert. Il a perdu tous ceux qui avaient de l'importance pour lui, Amy. Il m'a fait confiance – et c'est une confiance durement gagnée. Si je l'abandonne maintenant, il se retrouvera seul à patauger dans tout ça, et je ne peux pas le laisser faire ça. Ils le boufferaient. »

Ma gorge entière se serre quand mes émotions prennent le dessus.

Ce n'est pas quelque chose que je fais. Je ne deviens pas émotionnellement impliquée avec mes clients. La plupart d'entre eux ne méritent pas mon implication émotionnelle. Mais celui-ci…

Je compte sur ma grande sœur, qui a toujours les réponses dont j'ai besoin.

« Qu'est-ce que je vais faire ? »

Elle met un bras autour de moi et m'emmène loin des gars du service de voiturier.

« Tu vas faire ton travail… et rien que ton travail. »

Je hoche la tête. Je peux le faire.

« Tu es une femme intelligente. Tu sais aussi bien que moi que ce serait un désastre aux proportions épiques, alors il faut y mettre fin avant que cela aille plus loin.

— Je sais. Je voudrais tellement savoir comment arrêter ça. »

Je lui prends les bras.

« *Comment* faire pour l'arrêter, Ames ?

— Reviens en arrière, à quand tu ne pouvais pas le sentir. Tu te souviens comme tu l'avais nommé : le capitaine Grincheux ? Rappelle-toi cette version de lui chaque fois qu'il te faut te souvenir de la raison pour laquelle ce n'est pas une bonne idée de lui permettre d'être plus qu'un simple client.

— Un simple client. »

Je répète les mots en espérant qu'ils imprègnent mon cerveau.

« Oui, je peux le faire.

— Il *faut* que tu le fasses. Il faut absolument.

— Je vais le faire. Il faut me croire. Je ne veux pas me sentir comme ça. C'est la dernière chose que je veux au monde.

— Continue à te le dire. Dès que tu en as besoin. Et reste loin de lui, punaise, quand tu ne travailles pas. Si ça ne marche pas, pense à Éric et Ava et ce qu'ils en diraient. »

Leurs noms sont une éclaboussure d'eau froide sur mon visage qui me fait réfléchir. J'ai été moi-même témoin de leur tourment, causé entièrement par l'homme qui fait vibrer mon corps de désir.

« Ouais, d'accord.

— Prends une minute pour toi. Ressaisis-toi. Je m'occupe des gars.

— Merci, Amy. »

Elle serre mon épaule et puis s'en va, s'engouffrant dans le restaurant pour trouver des excuses pour moi.

Un des valets s'approche.

« Pardon.

— Oui ?

— Le gars avec qui vous êtes, celui avec les béquilles ? Est-ce le commando de la vidéo ? »

Les yeux du jeune homme brillent dans l'attente de ma réponse.

Ça, ici, c'est la raison pour laquelle John a besoin de moi.

« Non, ce n'est pas lui, mais on le prend pour lui tout le temps. »

Son visage s'assombrit.

« Oh, mince. J'étais tellement sûr que c'était lui. »

Je secoue la tête, respire à fond et essaie de trouver la sagesse qui m'a guidée tout au long de ma vie et ma carrière. Je connais la différence entre le bien et le mal. Nos parents nous ont rabâché ces leçonslà pendant qu'on grandissait, avec des attentes ambitieuses de succès académique et professionnel. Chacun d'entre nous a atteint ce succès, et je refuse d'être celle qui va décevoir les autres.

Mes sentiments pour John seraient dévastateurs pour Éric, et j'aime trop mon frère pour lui faire mal de cette façon-là. Je prends encore quelques respirations profondes, essayant de me calmer avant de retourner à la table. Quand je suis aussi prête que jamais, je retourne à l'intérieur, malgré mon estomac qui continue à se tordre. J'espère que j'arriverai à manger quelque chose.

« Désolée. »

Je me demande si le ton joyeux que j'essaie de prendre est convaincant.

« Il m'a fallu répondre à un appel en sortant des toilettes. Qu'est-ce que j'ai loupé ? »

Muncie lève un verre plein de bière brune.

« La bière a été servie. »

Je jette un œil sur la collection de six petits verres de dégustation laissés à ma place, avant d'oser regarder brièvement John.

Il m'étudie à sa manière, avec son regard intense qui en dit long, ce qui a dû faire de lui un commando SEAL efficace. Il ne rate jamais rien.

« Laquelle tu aimes ? demandé-je à Amy, avec un besoin désespéré de regarder n'importe où sauf vers John.

— La bière blonde. »

Elle montre du doigt le verre qui contient la bière la plus claire.

« Je n'arrive pas à boire la plus forte.

— Je serais heureux de vous en débarrasser », dit Muncie.

Amy sourit et pousse les trois verres à l'extrémité droite de sa dégustation de l'autre côté de la table, vers lui.

« Doucement, marin, dit John. C'est vous qui conduisez.

— Pas de soucis. Je ne vais pas boire beaucoup. »

La vibration est si forte, elle me fait siffler les oreilles. Que ne donnerais-je pour savoir comment faire cesser ces réactions involontaires ! J'essaie d'ignorer la vibration et les frissons, mais le désir me fait battre fort le cœur et me rend les mains moites, ce qui ne m'arrive jamais. J'étudie le menu, essayant de trouver quelque chose qui me plaise. J'avais une faim de loup il y a une heure. Maintenant, l'idée de manger me donne des nausées.

« Qu'est-ce que vous prenez, tous ? »

Les gars veulent des burgers, et Amy considère une salade César au poulet.

Mon téléphone et celui d'Amy sonnent avec des SMS entrants.

Elle pousse un cri.

« Oh, mon Dieu.

— Quoi ? »

J'ai presque peur de ce qu'elle va dire.

« Rob nous a textées toutes les deux pour dire qu'Éric et Ava rentrent avant l'heure d'Espagne.

— Pourquoi ? »

Les doigts d'Amy survolent le clavier en répondant à Rob.

« Il ne le dit pas. »

Tout à coup, toutes les deux nous semblons réaliser où nous sommes et avec qui. Amy pose son téléphone sur la table, à l'envers.

« Désolée. Je n'ai pas réfléchi.

— Ne soyez pas désolée, dit John. J'espère qu'ils vont bien, tous les deux.

— Moi, aussi, dit Amy.

— Je vous en prie, vérifiez vos messages, dit John. Maintenant, nous voulons tous savoir ce qui se passe. »

La serveuse revient à notre table, et nous commandons le dîner. Je prends la César, en espérant que j'arriverai à l'avaler.

Avec la bénédiction de John, Amy prend son téléphone.

« Rob dit qu'Éric ne lui a pas dit pourquoi ils rentraient. Juste qu'ils seront à la maison demain matin. »

Pourquoi couperaient-ils court à la lune de miel qu'ils ont planifiée avec un soin méticuleux et attendaient avec impatience depuis des mois ? Je suis remplie d'angoisse quand je considère les différentes réponses possibles à cette question.

Je n'ai aucune idée de comment j'arrive à tenir l'heure suivante. Je suis tellement rongée par l'anxiété et le désespoir, et mes oreilles…

Les vibrations continuent sans cesse, et maintenant ma peau s'y est mise, devenant chaude et irritable. Si je ne savais pas exactement ce qui en était la cause, je penserais avoir une forte fièvre.

Une fois de plus, John insiste pour payer, et nous sortons derrière lui du restaurant. Je remarque les têtes qui se tournent lorsqu'il passe. Un homme commence à se lever pour lui parler, mais je secoue la tête pour le décourager. Il me lance un regard noir en se posant à nouveau sur sa chaise. Dehors, nous attendons que le voiturier apporte le SUV de Muncie.

Le même voiturier qui m'a déjà approchée pousse un cri.

« C'est bien *lui*. Je le savais. Il a perdu une jambe dans le raid. C'est pour ça qu'il a des béquilles. »

Je me tourne vers lui.

« Laissez tomber et occupez-vous de vos affaires.

— Pourquoi vous m'avez menti ? »

Heureusement, la voiture arrive avant que je sois obligée de m'expliquer.

« De quoi il parlait ? » demande John une fois que nous sommes dans la voiture.

Cette fois, je suis assise derrière Muncie, alors je peux voir le côté gauche du visage de John.

« Il vous a reconnu et allait faire une scène.

— Ah, d'accord, alors merci d'être intervenue.

— Pas de soucis.

— Donc demain matin, dit Muncie, nous viendrons vous chercher vers 7 h, si ça vous va. »

Le rappel du voyage imminent à New York, pendant lequel je serai constamment auprès de John, me retourne l'estomac qui est déjà dérangé. J'éclaircis ma voix et me force à confirmer le plan.

« Et merci de m'avoir invitée », dit Amy.

Muncie lui sourit dans le rétroviseur.

« Tout le plaisir est pour nous, mais il vous faut remercier le capitaine. Les grosses huiles lui donnent tout ce qu'il veut en ce moment. Ajouter une amie au vol est la moindre des choses qu'ils puissent faire pour lui.

— Merci à vous deux, dit Amy.

— Content que vous soyez là. »

John semble fatigué et stressé.

Il doit certainement redouter ce voyage, l'attention, le tout. Sa notoriété déjà grande va le devenir encore plus, et c'est la dernière chose qu'il veut.

J'ai fait le bon choix de rester à ses côtés et de m'efforcer de lui rendre les choses plus faciles à supporter. J'espère juste ne pas ruiner ma propre vie et ma carrière en ce faisant.

CHAPTER QUATORZE

JOHN

Jules n'est pas elle-même ce soir. Je suis tellement habitué à la Jules pétillante, optimiste, heureuse, que la voir de toute évidence contrariée me secoue. Je veux savoir ce qui ne va pas. Je veux aussi savoir pourquoi Ava a coupé court à son voyage de noces.

Ce ne sont pas mes oignons. J'en suis parfaitement conscient. Mais je veux savoir malgré tout. Y aurait-il un nuage au paradis, ou est-ce que l'un des deux est malade ? Plus que tout, je veux savoir qu'elle va bien. Je me suis éloigné quand elle me l'a demandé, mais ça ne veut pas dire que je n'en ai plus rien à faire. Si seulement c'était aussi simple que ça.

En arrivant à leur hôtel, les sœurs nous disent bonne nuit et me remercient encore pour le dîner.

« À demain matin de bonne heure, dit Muncie.

— On sera prêtes », répond Amy.

Jules sort de la voiture et s'engouffre dans l'immeuble sans se retourner.

Amy court après sa sœur, les portes se refermant derrière elle.

« On a dit quelque chose qui n'allait pas ? demandé-je à Muncie en quittant le parking de l'hôtel.

— Qu'est-ce que vous voulez dire ?

— Jules n'était pas en forme ce soir, dès l'instant où on est venus les chercher.

— Vous connaissez Jules assez bien pour déterminer qu'elle n'est pas en forme ?

— J'ai passé des heures avec elle ces deux dernières semaines. Elle n'était pas en forme. Quelque chose ne va pas.

— Et vous savez que ce qui ne va pas ou la tracasse ne vous regarde pas, n'est-ce pas ? »

Après une pause il ajoute : « mon capitaine ? »

J'éclate de rire.

« Il est bien trop tard pour éviter la punition pour insubordination.

— Dans ce cas, je devrais carrément y mettre le paquet et vous dire que vous la regardez comme un homme qui n'a pas mangé de steak en vingt ans et elle, ce serait un filet mignon. »

Ce mec a le don des mots. Je dois le reconnaître.

« Eh bien, puisque je n'ai pas mangé de "steak", ni aucune viande rouge d'ailleurs, en plus de six ans, il faudra me pardonner s'il m'arrive d'être attiré par une belle femme.

— Qui, il se trouve, est la nouvelle belle-sœur de votre ex.

— Oh, punaise, c'est vrai, ça ? J'avais oublié, alors merci de me le rappeler.

— Sarcasme à part, elle n'est pas le filet mignon auquel doit être destinée votre sauce. »

Je gémis.

« Ma *sauce* ? Sérieusement ? Voilà comment complètement ruiner une métaphore.

— Vous savez ce que je veux dire. »

Ouais, je sais, et il a entièrement raison. Mais je ne peux pas m'empêcher de me demander ce qui contrarie tellement Jules et si cela a quelque chose à voir avec moi.

« Si j'oublie de le dire à chaque heure de chaque jour… Merci pour tout. En toute sincérité.

— Je ne fais que mon travail, capitaine.

— Vous le faites exceptionnellement bien.

— Merci. Je suis heureux que vous soyez content de moi. »

Il s'arrête devant la porte d'entrée de mon immeuble, met la voiture en position parking et se hâte de descendre pour prendre mes béquilles.

Lorsque je me tiens debout, me reposant sur les béquilles, je tends le bras pour lui serrer la main.

« Vous avez également été un ami formidable quand j'en ai eu besoin. Merci pour ça, aussi. »

Il me serre la main.

« C'est un honneur et un privilège, capitaine.

— À demain matin. »

J'entre, conscient qu'il attend que j'arrive à l'ascenseur avant de repartir. Il ne manque en tout cas pas de dévotion à sa mission, et il se trouve que sa mission, c'est moi. Pendant que l'ascenseur me monte au quatrième étage, je pense à ce qu'a dit Muncie. Alors que je sais que le mieux est l'ennemi du bien en ce qui concerne Jules, j'ai besoin de savoir ce qui ne va pas et si elle regrette de m'avoir pris comme client.

Et si c'était le cas ? Devrais-je la libérer ? Bon Dieu, est-ce que ce serait même possible la veille de ce cauchemar médiatique qu'elle a organisé pour moi ? Je n'en ai aucune idée, mais je ne peux pas faire ce voyage avec elle sans savoir si j'ai fait quelque chose pour la contrarier. Il n'y a pas si longtemps, je la trouvais agaçante tellement elle était joyeuse, et je voulais qu'elle s'en aille. Depuis, j'ai découvert qu'elle offre beaucoup plus d'attraits que son extérieur optimiste. Si elle est contrariée, je veux savoir pourquoi. C'est aussi simple que ça.

Et aussi compliqué.

Dans mon appartement, je vais tout droit à la commode pour y prendre le téléphone que Muncie a laissé se charger. Je vérifie les contacts, mais n'y trouve pas listé le numéro de Jules. Je crois que je ne l'ai jamais mis dans les contacts de mon vieux téléphone.

Merde.

Attends, Ava m'avait envoyé le numéro de Jules. J'avais demandé à Muncie d'imprimer l'info qu'Ava m'avait envoyée par mail. Je retourne l'appartement pour essayer de le trouver et le repère dans un tiroir de la cuisine. Il y a le numéro dont j'ai besoin, avec le mot qu'Ava y avait joint.

Transparence complète. C'est la sœur d'Éric, mais elle est géniale dans son travail, et c'est vraiment une personne sympathique. Tu seras entre de bonnes mains avec elle.

Toutes ces choses sont vraies. Je veux envoyer un SMS à Ava et lui demander pourquoi elle a coupé court à son voyage de noces, mais je ne peux pas le faire. Je ne suis probablement pas supposé savoir qu'ils sont en train de rentrer. Et s'il y avait de l'eau dans le gaz entre les jeunes mariés ? Que se passerait-il alors ?

« Rien. C'est fini entre elle et toi, quoi qu'il se passe entre eux. »

Il faut que je continue à me le dire, parce que c'est la vérité. Elle a pris sa décision. Elle l'a choisi, lui. C'est sa femme. Et si elle changeait soudainement d'avis ?

Il me faut m'asseoir au bout du lit parce que cette possibilité m'étourdit. Ce n'est pas possible qu'elle ait changé d'avis.

Non ?

Je tape le numéro de Jules dans mes contacts et prépare un SMS.

C'est John. Est-ce que ça va ?

Je fixe des yeux les mots pendant cinq bonnes minutes avant d'appuyer sur le mot *Envoyer* et puis continue à fixer l'écran pendant encore cinq minutes, en espérant qu'elle réponde. Mais elle ne le fait pas. Le message indique qu'il a été transmis mais pas lu. Entre me lever pour me changer et me mettre en survêtement et T-shirt, et finir de faire ma valise pour le voyage, je résiste à la tentation de vérifier et revérifier le téléphone.

C'est même très bizarre d'avoir de nouveau un téléphone. C'était le pire avec le déploiement : être complètement coupé d'Ava, ce qui était nécessaire pour ne pas mettre en péril la mission d'aucune façon… et pour garder Ava en sécurité. Notre unité devait être prête à tout moment à disparaître aussi longtemps qu'il fallait pour boucler le travail. Maintenant, je peux l'appeler quand je veux, sauf que je ne peux pas parce qu'elle n'est plus mienne. C'est la femme de quelqu'un d'autre et elle m'est interdite pour toujours.

Peut-être ai-je commencé à un moment donné à accepter ce fait de ma vie, et c'est pourquoi Muncie m'a accusé de regarder Jules comme si elle était un filet mignon et moi un gars qui n'avait pas mangé depuis des années. Je ne sais plus les mots exacts mais ce qu'il a dit avant de tout gâcher avec son commentaire dégoûtant sur la sauce.

Je sors mon uniforme bleu de l'armoire, enlève une peluche et vérifie le vêtement qui a défini ma vie adulte, pour m'assurer que tout est en place. Satisfait, je l'enfile dans une housse à vêtements que je ferme et pose sur la valise qui contient tout le reste de ce qu'il me faut pour ma présente mission, la dernière que je ferai pour la Marine.

Dans la salle de bains, je pisse un coup – ce qui n'est pas facile à faire avec des béquilles –, passe un fil dentaire et me brosse les dents, me lave la figure et les mains. Ce n'est qu'à ce moment-là que je me permets de vérifier le téléphone pour voir si elle a répondu.

Elle a envoyé un texto. *Rien ! Tout va bien. À demain matin.*

Je ne la crois pas.

Prenant le téléphone avec moi, je m'assieds au bord du lit pour enlever la prothèse parce que mon moignon me fait un mal de chien. La plupart du temps, je dors avec parce que je ne supporte pas l'idée de ne pas pouvoir me casser d'ici si j'en avais besoin. Attribuez ça à des années passées à dormir dans des grottes et autres endroits précaires où il nous fallait être prêts à nous mobiliser en quelques secondes si nécessaire.

Je me mets au lit, me disant de laisser tomber avec elle. Il faut que je suive les conseils de Muncie et que je me souvienne de qui elle est – et qui elle ne pourra jamais être pour moi.

J'écarte toutes les raisons pour lesquelles c'est une idée effroyable et tape ma réponse.

Ce n'est pas vous qui m'avez dit qu'il nous fallait être honnêtes l'un avec l'autre ? Pourquoi vous mentez ?

J'efface la partie sur le fait qu'elle ment et puis appuie sur *Envoyer*.

Immédiatement, le message s'affiche comme lu.

Pendant que j'attends – et espère avoir – sa réponse, je peux à peine respirer. Suis-je allé trop loin en critiquant son manque d'honnê-teté ? Sera-t-elle franche avec moi, ou est-ce que je l'ai énervée ?

Je sursaute lorsque le téléphone sonne. C'est elle.

« Salut.

— Salut. »

Je l'entends à peine.

« Pourquoi vous parlez à voix basse ?

— Je suis dans la salle de bains. Amy s'est écroulée après trop de soleil et de cocktails.

— Ah, d'accord.

— Je, euh, je voulais vous appeler parce que… Eh bien, je suis désolée si je n'étais pas dans mon assiette ce soir. Cela n'arrivera plus. On a quelques semaines lourdes devant nous, et je suis prête à vous simplifier au maximum les choses.

— Ça vous a pris combien de temps pour trouver et répéter ce discours de conneries ?

— Ce ne sont pas des conneries. »

Elle semble blessée, et je déteste ça, mais ça ne m'empêche pas d'insister sur ce point.

« Si, des conneries. Dites-moi pourquoi vous n'étiez pas dans votre assiette ce soir.

— Cela n'a pas d'importance. C'est fini pour de bon maintenant, et je suis prête à aller me coucher et puis me rendre à New York.

— Ça a de l'importance. Ça a, euh, de l'importance pour moi si vous êtes contrariée, surtout si c'est de ma faute. »

Le silence complet.

« Jules ?

— Ce n'est pas de votre faute.

— Vous pouvez venir ici ?

— Quoi ? Maintenant ?

— Ouais. Maintenant.

— Non, je ne peux pas venir là-bas. »

La panique dans sa voix est égale à celle qui monte en moi. Je me rends certainement compte des nombreuses raisons pour lesquelles c'est une idée effroyable, lamentable, vraiment pas bonne du tout, mais je m'en fiche. J'ai besoin de la voir.

« Pourquoi vous ne pouvez pas ?

— Parce qu'il est presque minuit et…

— S'il vous plaît ? Je veux vous parler. Je viens vous retrouver.

— Non ! »

Après une seconde tendue, elle parle plus calmement.

« Ne venez pas ici, s'il vous plaît. »

Une autre longue pause s'ensuit, pendant laquelle je veux demander à quoi elle pense – et plus que tout, je veux savoir ce qui ne va pas.

« Je viens à vous.

— OK. »

Elle raccroche.

Je m'assieds, attrape ma jambe et la remets, grimaçant au moment du contact avec le moignon. Je veux une pilule contre la douleur, mais j'ai besoin d'avoir les idées claires quand elle arrivera. À boire. C'est ce qu'il me faut. Après m'être hissé pour me mettre debout et avoir pris un instant pour que ma jambe me lance en guise de protestation, je me rends dans la cuisine pour fouiller dans les placards.

Muncie a pensé à pratiquement tout, mais il n'y a pas la moindre trace d'alcool ici.

Tandis que j'attends l'arrivée de Jules, je me tiens dans la cuisine et essaie de me souvenir du moment précis où j'ai arrêté d'être obsédé par Ava chaque seconde de la journée et ai commencé à penser à Jules comme plus que la publiciste chargée de se battre avec les requins pour moi.

C'est le jour où nous avons parlé sur la promenade. C'est à ce moment-là que les choses ont changé entre nous – et pas seulement pour moi. Elle l'a senti, elle aussi. J'en donnerais ma main à couper. Les choses ont été différentes depuis, et c'est une différence bienvenue pour moi, puisque ça m'a soulagé des pensées terriblement douloureuses qui me tourmentaient depuis que ma vie m'a pété à la gueule.

Jules est littéralement – et au sens figuré – la pire personne *du monde entier* pour laquelle je puisse ressentir quoi que ce soit.

Néanmoins, je ressens *quelque chose*. Je peux me tromper, mais il me semble que c'est pareil pour elle, et je soupçonne que c'est la raison pour laquelle elle n'était pas dans son assiette ce soir.

Si je me trompe, qu'il en soit ainsi. J'ai survécu à bien pire, et même si je sais que je pourrais être en train de rendre les quelques semaines à venir extrêmement inconfortables pour nous deux, ça ne m'empêche pas d'ouvrir la porte quinze minutes plus tard. Cela ne m'empêche pas de me pousser pour la laisser entrer ou de m'imprégner de chaque détail en ce qui la concerne, de ses cheveux relevés jusqu'à son pantalon de gym qui lui colle à la peau avec le sweatshirt à fermeture Éclair, en passant par l'éclat rosé de ses joues et la façon dont sa poitrine se lève et se baisse, comme si elle manquait de souffle ou bien…

« Jules.

— John.

— Qu'est-ce qui ne va pas ?

— Je vous l'ai dit. Tout va bien.

— J'ai fait quelque chose de mal ?

— Non. »

Elle est si tendue, j'ai peur qu'elle se brise ou fasse quelque chose d'horrible, comme se mettre à pleurer.

Si je n'avais pas passé des *jours* en la présence de la Jules cool, compétente, inébranlable, je ne verrais pas la différence. Mais je la vois, et j'ai besoin de savoir si j'en suis la cause. Je fais un pas vers elle.

Elle recule d'un pas, se cognant contre le mur.

« Dites-moi ce que j'ai fait pour vous contrarier. »

C'est uniquement parce que je la regarde de si près que je remarque son pouls qui palpite dans le cou et comment ses yeux quittent les miens pour se poser sur mes lèvres.

Oh.

« Parlez-moi, Jules. »

Je mets de côté les béquilles et repose mon bras sur le mur près d'elle, en espérant que je ne vais pas tomber dans les quelques minutes qui viennent. J'ai le sentiment que si je commence à vaciller, elle m'attrapera. En fait, j'en mettrais aussi ma main à couper.

« Je ne peux pas. Vous êtes mon client et l'ex d'Ava et… je ne peux *pas*.

— Oubliez le fait que je suis votre client ou l'ex d'Ava et dites-moi ce qui vous a tellement mis les nerfs en pelote.

— *Vous* m'avez mis les nerfs en pelote ! C'est vous. Et je ne peux pas... »

Je ne sais pas ce qui me prend, mais je pose ma main droite sur son visage et l'embrasse. C'est un baiser assez platonique, par rapport à ce que peut être un baiser, que les lèvres et pas de langue. Pas pour l'instant, en tout cas. J'ai le sentiment que trop d'un coup la ferait fuir, et c'est la dernière chose que je veux.

Elle me rend le baiser avec des lèvres si délicieuses et tendres que je veux me noyer dans sa douceur. Jusqu'à ce qu'elle se retourne avec un gémissement qui me donne envie de hurler.

« Je vous en prie, John. On ne peut pas. »

Ses mains tremblent quand elle les pose sur mon torse pour m'empêcher de recommencer.

« Pourquoi pas ? »

Je me sens plus en vie en cet instant que depuis que je me suis réveillé à l'hôpital après avoir survécu à une infection qui aurait dû me tuer.

Elle me lance un regard cinglant.

« Vous savez pourquoi.

— Ava n'est plus dans ma vie. Elle s'est mariée.

— Elle a épousé mon *frère* !

— Je sais, mais ça ne veut pas dire qu'on ne peut pas...

— Si, c'est ce que cela veut dire. Vraiment.

— Jules. »

Je glisse mes bras autour d'elle et la blottis contre moi. Elle sent incroyablement bon, comme le soleil, les fleurs, l'air frais et la vie elle-même, et je veux la respirer tout entière. Je ne peux pas cacher ma réaction naturelle à être si près d'elle ni le soulagement que je ressens en réalisant que je ne suis pas en fait mort entre les jambes. Ça fait si longtemps, putain, que je n'ai pas touché une femme. Mais je ne veux pas n'importe quelle femme. Je désire cette femme-ci tellement que j'ai mal.

« Dis-moi que tu le sens aussi. »

L'attraction, l'attirance indéniable, le désir.

« Je… Je ne peux pas… »

Encouragé par le fait de savoir que c'est réciproque, je me blottis contre son cou, la faisant trembler. Je l'enlace plus fort.

« Doucement. Je te tiens. Accroche-toi à moi. »

Elle bouge avec hésitation, mais ses bras entourent ma taille, et je relâche l'inspiration profonde que je retenais pendant que j'attendais de voir ce qu'elle ferait.

Avec elle dans mes bras, je ne me suis pas senti si fort depuis des mois. Je n'ai aucune idée de combien de temps nous restons ainsi, nous raccrochant l'un à l'autre. Je veux plus. Je veux me sentir plus souvent comme je me sens quand elle est là : calme, optimiste, choyé. En sécurité. C'est de cette dernière que j'ai le plus envie après tout ce que j'ai vécu.

« Je… Je devrais y aller. »

Je lui caresse le dos avec des petits mouvements circulaires.

« Ne pars pas. Reste avec moi. »

Elle frissonne et se cramponne à moi.

Un sentiment de calme m'envahit et me surprend. Cela fait si longtemps que je ne me suis même pas rapproché d'un état de calme que je n'ai presque pas reconnu la sensation pour ce qu'elle est. Ma jambe me fait un mal de chien, mais je ne bougerais pour rien au monde.

« Tu devrais reposer ta jambe », dit-elle avec douceur.

J'adore qu'elle s'inquiète tant pour moi. Mis à part Ava, je n'ai jamais eu quelqu'un qui soit concerné par moi comme Jules, et ça m'a manqué.

« Ça va.

— Elle doit te faire mal.

— J'ai peur que si je te lâche, tu ne me laisses plus jamais te tenir comme ça.

— Si, je te laisserai.

— Promis ? »

Elle hoche la tête mais sans aucun plaisir.

Je la libère lentement, me tenant jusqu'à ce que je sois sûr de ne pas tomber. Je lui prends la main et marche doucement vers ma chambre, voulant m'allonger avec elle à mes côtés. Je m'en fiche si on ne fait rien de plus que parler et dormir. Je la veux simplement près de moi.

Je m'assieds au bord du lit.

Elle s'assied près de moi.

Je pose ma main sur son visage, savourant sa peau douce.

« Tu es magnifique.

— Tu es plutôt magnifique, toi aussi. »

Mes lèvres forment un petit sourire lorsque je me penche pour l'embrasser.

« Mets-toi à l'aise. »

Elle ôte ses tongs et s'allonge sur le lit.

Je me couche près d'elle et ouvre mon bras pour l'y inviter. Nous franchissons une limite après l'autre. Je le sais. Elle le sait. Nous le faisons malgré tout.

Avec sa tête sur ma poitrine et son corps chaud blotti contre le mien, je me détends alors qu'une partie de moi est tout sauf détendue. J'essaie d'ignorer le vrombissement continu du désir qui pulse dans mon corps, me rappelant combien de temps que ça fait qu'on m'a touché ou que j'ai touché quelqu'un.

Elle pose sa main sur mon abdomen.

« Tu n'es fait que de muscles.

— Ils me servent à peu de choses ces jours-ci.

— Tu retrouveras bientôt toute ta force. Cela va juste prendre du temps pour te remettre et guérir.

— C'est ce que me disent les médecins : que le seul traitement qui reste est le temps. C'est difficile d'être patient alors que je pouvais tout faire avant. Et maintenant, faire le tour du pâté de maisons m'épuise complètement.

— Je savais qu'on n'aurait pas dû faire ça. »

Je lui serre le bras.

« C'était très bien. Plus je ferai ce genre de chose, plus je serai capable de faire. C'est juste que je déteste…

— Quoi ?

— Qu'on se soit rencontrés alors que je suis dans cet état. Que tu ne me voies pas comme j'étais avant.

— De toute évidence, cela n'a aucune importance pour moi. Regarde où je suis à l'instant. Le dernier endroit où je devrais être sur la planète.

— Ça l'est ?

— Tu le sais bien. »

Ses lèvres forment un petit sourire.

« Et pourtant…

— Et pourtant…

— Une chose que j'ai apprise de tout ce que j'ai vécu, c'est que la vie est courte, et le bonheur difficile à trouver. Si on trouve quelqu'un ou quelque chose qui nous rend heureux, il faut l'apprécier à sa juste valeur. »

Elle gémit et frappe doucement sa tête contre ma poitrine.

« Tu n'es pas juste avec moi.

— Comment ça ?

— Tu fais en sorte qu'il me soit impossible de me souvenir des nombreuses, très, très nombreuses raisons pour lesquelles ce qu'on fait est une idée effroyable.

— C'est bien.

— Ce n'est pas bien. »

Je libère ses cheveux de leur attache et passe les doigts dans ses mèches.

« Bien et très, très bon.

— John…

— Quoi ?

— J'essaie de comprendre tout ça, mais je n'y arrive pas. Tu ne pouvais pas me sentir. Je ne pouvais pas te sentir. Comment on en est arrivés là ?

— Ce n'est pas que je ne t'appréciais pas. Je n'aimais pas la situation qui faisait que j'avais besoin de toi.

— Juste pour information, je ne t'appréciais vraiment pas. »

Je ris – fort.

« Je ne peux pas t'en vouloir. J'étais un connard. Mais pas à cause de toi. Ça n'a jamais été le problème. La première fois que je t'ai vue, je me suis demandé pourquoi Ava m'avait envoyé Mary Poppins, putain. »

Elle rit tellement qu'elle postillonne.

« *Quoi ?*

— T'étais juste si sainte-nitouche et parfaitement présentée. C'était ma première pensée. »

J'enlève ma main de ses cheveux, la glisse le long de son dos avant de faire le chemin inverse.

« Et puis j'ai réalisé que sous cet extérieur sainte-nitouche de Mary Poppins, il y avait une femme belle, sexy, intelligente, incroyable, attentive et bienveillante, et je voulais apprendre à mieux la connaître.

— Je ne peux pas croire que tu aies pensé à Mary Poppins la première fois que tu m'as vue.

— Crois-le, Poppy.

— Poppy ?

— C'est comme ça que je vais t'appeler à partir de maintenant. »

La conversation est légère mais elle affirme mon existence. Je suis encore là. Je peux encore éprouver du bonheur, de la joie, de l'anticipation et du désir. J'ai traversé les feux de l'enfer et à l'autre bout en suis sorti changé pour toujours. Mais je suis encore là – et elle aussi. Je la serre plus fort dans mes bras.

« Ma Poppy.

— Je suis terrifiée.

— *De moi ?* »

Cette possibilité m'horrifie.

Elle hoche légèrement la tête.

« Pourquoi ?

— Il te faut vraiment poser la question ? Juste être là avec toi de cette façon, c'est risquer ma carrière, ma relation proche avec mes frères et ma sœur, sans parler de mon amitié avec ma nouvelle belle-sœur, que j'aime beaucoup. Et je ne peux pas m'empêcher de me demander si…

— Quoi ?

— Si je suis simplement, tu sais…

— Je ne sais pas.

— Pratique pour toi. »

Le choc me rend sans voix.

« Ce n'est pas ça. Je le jure devant Dieu, la dernière chose que je voulais quand on s'est rencontrés, c'était d'être attiré par qui que ce soit. C'est arrivé comme ça, Jules, et c'est arrivé à cause de toi, pas parce que c'était pratique. C'est arrivé parce que tu es incroyable, pleine de compassion, sans peur et si douée pour ce que tu fais, putain – ce qui est extrêmement sexy. »

Elle inspire profondément et expire lentement.

« Dis-moi que tu me crois.

— Je veux te croire.

— Tu le peux. Je te jure que c'est la vérité.

— Et Ava, alors ?

— Quoi, Ava ?

— Ce n'est pas possible que tu t'en sois remis.

— Je ne crois pas que je me remette jamais de ce qui s'est passé avec elle ou de comment ça s'est passé. Elle, c'est un grand chapitre dans l'histoire de ma vie, et une partie de moi l'aimera toujours. Mais je ne peux pas l'avoir, et je n'ai d'autre choix que de l'accepter.

— Et si tu pouvais l'avoir ?

— Euh… Qu'est-ce que tu veux dire ?

— Eh bien, ils ont coupé court à leur lune de miel. Et si c'était parce qu'ils ont réalisé qu'ils ont fait une énorme erreur et qu'elle venait te chercher ? Que ferais-tu dans ce cas ?

— Ça n'arrivera pas.

— Et si ça arrivait ?

— Jules… As-tu jamais été amoureuse ? Vraiment amoureuse ?

— J'ai pensé l'être. Une fois.

— Que s'est-il passé ?

— Il a annulé notre mariage trois semaines avant le grand jour.

— Oh, bon Dieu. Je suis vraiment désolé, ma chérie. C'est affreux.

— C'était plutôt affreux. Il se sentait très mal. Il a pleuré quand il m'a dit qu'il n'était tout simplement pas prêt pour se marier, mais qu'il m'aimait plus que tout.

« — Il y a combien de temps ?

— Trois ans.

— Tu penses encore à lui ?

— Parfois. Pas autant qu'avant.

— S'il revenait et te suppliait de lui donner une seconde chance, qu'est-ce que tu ferais ?

— Honnêtement, je ne sais pas. J'ai imaginé ce scénario-là tellement de fois depuis que c'est arrivé, mais j'ai arrêté il y a pas mal de temps d'espérer que cela arrive.

— Alors tu sais comment c'est d'avoir une relation qui dérape et comment on n'est plus jamais tout à fait pareil après.

— Oui.

— Je ne passe pas mon temps à attendre qu'Ava m'appelle. Je te le jure, ce n'est pas ce que je fais.

— Mais si elle t'appelait ?

— Je m'attends à ce qu'elle me contacte à un moment donné. Ne serait-ce que parce qu'elle a stocké mes affaires.

— Et si elle t'appelait à cet instant et te disait : "John, je me suis trompée en épousant Éric. Me donneras-tu une autre chance ?" Que ferais-tu ?

— Ça n'arrivera pas. Tu étais à leur mariage. Tu me l'as dit toi-même, qu'ils sont heureux ensemble.

— Et si cela arrivait ?

— Je ne sais pas. »

Elle s'assied et passe sa main dans ses cheveux pour les remettre en place.

« Je vais y aller.

— Pourquoi ?

— Parce que j'ai l'impression que nous jonglons avec de la dynamite. Tu ne peux pas me dire que tu tournerais le dos à la femme de mon frère si elle changeait d'avis sur la personne avec qui elle veut être. Moi, je ne peux pas te dire que je ne voudrais pas encore de mon ex s'il se présentait soudainement chez moi. Ajoute à cela que tu es mon client, que j'aime mon travail et que permettre à quelque chose d'arriver entre nous pourrait mettre fin à ma carrière. »

Elle se lève, enfile ses tongs et refait un chignon avec ses cheveux.

« Et moi je n'ai rien à dire ? »

Les mains sur les hanches, elle me fixe du regard.

« Si.

— Avant de te rencontrer, je me noyais. Depuis que je t'ai rencontrée, je revis, et la seule chose qui a changé, c'est *toi*. T'es arrivée et grâce à toi tout va mieux. Peux-tu m'en vouloir si je veux davantage de la personne qui a fait ça pour moi ? »

Ses épaules perdent de leur rigidité.

« Ce n'est pas juste, ce que tu fais avec moi.

— Comment ça ?

— J'essaie de faire ce qu'il faut.

— T'essaies de faire ce qu'il faut pour tous les autres sauf nous deux. »

Je lui tends ma main.

« Reviens. »

Elle secoue la tête.

« Je ne peux pas. Il faut que j'y aille. Je te vois demain matin. »

Avant que je puisse formuler une réponse, elle a quitté la chambre. La porte de mon appartement se referme derrière elle une seconde plus tard.

Je retombe sur mon oreiller et expire. Je comprends complètement sa position, mais je suis néanmoins déçu. L'embrasser était incroyable, et pas seulement parce que je n'ai pas embrassé une femme en six ans, mais à cause de comment elle y a répondu et comment je me sentais pendant que ça se déroulait. Elle apporte à ma vie une légèreté qui manquait cruellement avant son arrivée, et maintenant que j'en ai eu l'expérience, cette sensation me manque énormément.

J'ai le cafard jusqu'à ce que je me souvienne qu'on va passer les quelques semaines à venir près l'un de l'autre. Peut-être que pendant ce temps, je pourrai la convaincre de nous donner une chance à tous deux d'être heureux.

CHAPTER QUINZE

JULIANNE

J e suis en vrac le lendemain matin, me démenant pour essayer de finir ma valise quand je ne suis pas en train de me sécher la tête, me maquiller pour cacher les cernes sous mes yeux ou consommer autant de jus de chaussette de l'hôtel que je peux avant de partir.

Amy n'a pas dit grand-chose depuis que le réveil a sonné à 6 h, mais ce n'est pas inhabituel pour elle. Ma sœur n'est certainement pas du matin.

« Tu as pris le shampoing de la salle de bains ? demande Amy.

— Ouais, il est dans mon sac.

— Je ne peux pas croire que tu collectionnes encore les shampoings d'hôtel.

— Pourquoi pas ? J'aime bien essayer de nouveaux produits.

— T'as encore dix mille bouteilles miniatures comme quand on était mômes ?

— Pas autant. »

Plutôt cinq mille, mais elle n'a pas besoin de le savoir. J'en fais don pour beaucoup aux refuges pour sans-abri. Les résidents adorent ce que je leur rapporte de mes voyages. Tant qu'Amy se concentre sur mon obsession pour les shampoings d'hôtels, elle ne demandera pas où j'étais hier soir.

Avant de partir, je lui ai envoyé un texto qui disait que je ne pouvais pas dormir et allais prendre un verre dans le bar de l'hôtel, au cas où elle se réveillerait et se rendrait compte que j'étais partie. Elle ne l'a pas encore mentionné, mais je suis sûre qu'elle va le faire, et cela me rend encore plus nerveuse que je ne le suis déjà.

Je n'arrive pas à croire que j'aie vraiment embrassé John. Doux Jésus. À quoi je pensais ? Je ne pensais pas, et là est le problème. Je n'aurais jamais dû y aller, ou lui dire ce que j'ai dit, ou l'embrasser. Je n'aurais *sans aucun doute* pas dû l'embrasser.

Sauf que… C'était un bon baiser, un baiser important. Mais d'avoir cédé à la tentation a empiré tout cela. Parce que maintenant que je sais comment c'est de l'embrasser, la seule chose à laquelle j'arrive à penser, c'est : est-ce que j'aurai l'occasion de l'embrasser encore ? J'inspire à fond et expire lentement, pour essayer de calmer mes nerfs, mes hormones et mon esprit qui s'emballe.

Je devrais être entièrement concentrée sur la tournée des médias qui commence ce soir à New York avec Jimmy Fallon et démarrera véritablement demain avec une semaine d'interviews dans toutes les grandes émissions du matin et de fin de soirée. Marcie m'a envoyé un mail dans la nuit – cette femme-là ne dort-elle jamais ? – demandant une mise à jour sur la tournée et réitérant encore une fois qu'elle veut rencontrer John à un moment donné. Croit-elle que je ne l'ai pas entendue les soixante-douze autres fois qu'elle a dit qu'elle voulait le rencontrer ?

De plus, un de mes clients habituels a un problème qui demandera mon attention pendant le vol, alors que je n'arrive à penser qu'aux lèvres de John et ses yeux et les muscles de son abdomen que j'ai sentis sous sa chemise. Je veux les voir. Les lécher.

Arrête, Jules. Arrête avec ça.

J'entends la douche se couper dans la salle de bains et balance mes derniers vêtements dans la valise. Je suis en train de la fermer quand

Amy sort avec une serviette autour de ses cheveux et une autre autour du corps.

« Est-ce que tu vas me dire où tu étais en vrai hier soir ? »

Je reste le dos tourné parce que l'expression de mon visage me trahit dès que je contourne la vérité. C'est un problème dont j'ai souffert toute ma vie.

« Je te l'ai déjà dit.

— C'est marrant, parce que je me suis réveillée, j'ai vu que tu étais partie, j'ai lu ton texto et puis j'ai décidé de te rejoindre au bar. Imagine ma surprise de voir que tu n'y étais pas. »

Putain, putain, putain de bordel.

« J'y étais. Et puis je suis allée faire un tour.

— Toute seule, dans le noir, dans un endroit que tu ne connais pas et où personne ne savait où tu étais ? Mon cul. »

Elle sait que c'est quelque chose que je ne ferai jamais à New York, alors ce n'est pas quelque chose que je ferai ici, non plus.

« T'as été chez lui ? »

Je plie et replie mes affaires, juste pour avoir une raison de garder le dos tourné.

« Pendant quelques minutes. Il avait un problème et avait besoin de mon aide.

— Quel genre de problème ?

— Le genre qui est entre mon client et moi.

— Alors, tu travailles après minuit maintenant ?

— Je fais ce que mon employeur m'a demandé de faire en m'occupant de ce dont il a besoin, quoi que ce soit.

— Tu me racontes des conneries grosses comme toi, ça ne me fait pas rigoler et tu joues avec le *feu.* »

Elle vient à moi, m'attrape le bras et me force à la regarder.

« Tu as lu le texto de Rob ce matin ? »

Je n'ai pas encore regardé mon téléphone, ce qui est également inhabituel pour moi. J'ai peur de ce qui pourrait m'attendre de mon client.

« Pas encore.

— Éric l'a appelé de Heathrow. La raison pour laquelle ils rentrent est qu'Ava fait des rêves intenses et détaillés de *John*, et ils sont tous deux si contrariés qu'ils ne veulent plus être en lune de miel. »

Le choc m'immobilise. *Quoi* ? Ava rêve de John et c'est ce qui a gâché leur lune de miel ?

« Rien à dire ? demande Amy, les sourcils froncés.

— Je… J'ai de la peine pour eux. Mais qu'est-ce que cela a à voir avec moi ? »

Maintenant, ses sourcils se lèvent avec incrédulité.

« Sérieusement, tu demandes ça ? Notre frère et sa femme sont si contrariés par ce type qu'ils rentrent de leur lune de miel deux semaines plus tôt. Toi, tu étais avec lui – toute seule – au beau milieu de la nuit, à faire Dieu seul sait quoi, après m'avoir confessé que tu as des sentiments pour lui, et tu ne vois pas le problème ? »

Je vois le problème. Je le vois trop clairement.

« Il n'y a pas à s'inquiéter en ce qui me concerne. Nous avons parlé, et c'est tout ce que nous avons fait. »

Son regard pointu me cible.

« Je ne te crois pas.

— Eh bien, ce n'est pas mon problème. Tu ferais mieux de t'habiller. Ils seront là dans vingt minutes. »

C'est inhabituel pour ma sœur et moi d'être en désaccord, ce qui donne à mon estomac encore une raison de me faire mal.

« Écoute-moi, Jules. Il faut que tu me comprennes quand je te dis de rester loin de lui, bordel. Tu te rappelles de quoi on a parlé quand maman a quitté papa ?

— On a parlé de beaucoup de choses.

— On a surtout parlé de comment les gens font un épouvantable gâchis de leur vie et puis, pendant qu'ils sont assis au milieu des décombres, ils se demandent comment ils en sont arrivés là. Tu te souviens de cette conversation ?

— Ouais.

— C'est ce que tu fais en te permettant cette *fantaisie* qu'il pourrait un jour être plus qu'un client pour toi. Si tu continues sur ce chemin, avant peu, tu te retrouveras assise au milieu de tes propres ruines, à te demander comment tu y es arrivée.

— Il n'y a pas de quoi s'inquiéter. »

Je prends un ton léger, insouciant.

« Il pleure encore Ava de toute façon.

— Il te l'a dit ?

— Oui, oui, pas qu'il en ait besoin. C'est évident qu'il se sent comme ça à propos d'elle vu sa manière de réagir dès qu'on prononce son nom. Je ne suis pas imbécile, Amy. Je connais les règles du jeu.

— N'oublie pas les règles du jeu, alors, peu importe combien les choses deviennent intenses dans les semaines à venir. Fais le travail et passe à ton client suivant. Si tu te lies à lui, tu le regretteras.

— C'est clair. Maintenant, habille-toi pour qu'on soit prêtes quand ils arrivent. »

Elle fait ce que je lui demande, mais je suis bouleversée par ce qu'elle a dit. Je me souviens très bien de cette conversation après que ma mère a quitté son mariage et notre famille de façon dramatique l'été dernier en demandant à son amant, plus jeune qu'elle, de venir la chercher alors que nous étions tous réunis à la maison pour la journée. C'était affreux, et ça n'a pas pris longtemps pour qu'elle regrette ses actions, surtout quand Éric a refusé de l'inviter à son mariage si elle insistait pour venir avec *l'autre*. Aux dernières nouvelles, le mec et elle « font une petite pause pour réévaluer leur relation ». Comme ils voudront ! Certaines choses sont irréversibles, et c'en est une.

Je me souviens aussi d'avoir eu de la peine pour elle parce que tout le monde était si en colère contre elle. Pas que je l'aie dit à qui que ce soit, mais c'est ce que j'ai éprouvé. Mes sentiments envers elle sont compliqués. Je n'approuve pas ce qu'elle a fait à mon père et à nous autres, mais je l'aime encore.

Amy me protège comme elle l'a fait toute ma vie, et je l'aime pour cela, même si je ne veux pas entendre la vérité alors que j'essaie de digérer tout ce qui s'est passé la nuit dernière. Cette heure que j'ai passée avec lui rejoue en boucle dans ma tête lorsque nous quittons notre chambre et descendons pour régler la note d'hôtel et attendre que les gars arrivent.

Je suis sur les nerfs, me demandant si cela va être bizarre avec

John, ou s'il va dire ou faire quelque chose qui alimentera les arguments qu'Amy est en train de bâtir contre moi.

La dernière chose au monde que je veux, c'est avoir des problèmes avec l'un de mes frères ou ma sœur. Amy a raison de s'inquiéter du risque de problèmes énormes, et j'aime à penser que je suis une personne intelligente qui ne fait pas de choses stupides dont je sais qu'elles seraient un cauchemar pour ma vie ou ma famille.

Et puis John arrive, et les vibrations commencent à nouveau, plus intenses qu'avant. Et lorsque je réalise qu'il est en uniforme, j'en perds presque tous mes moyens tellement il est beau, incroyablement beau. J'ai l'impression que quelqu'un me serre le cœur, et je peux à peine respirer lorsque j'aide Muncie à porter nos sacs avant de rejoindre Amy sur le siège arrière. Je veille à me mettre derrière John, pour ne pas être tentée de le regarder longuement.

Pendant le court trajet jusqu'à l'aéroport, qui est situé en plein cœur de San Diego, je vérifie mes messages, lisant celui de Rob en premier.

C'est vraiment une grosse mrd, les gars. Ils rentrent à la maison pcq Ava rêvait de John (trucs intenses apparemment) et ils sont tous 2 si contrariés qu'ils voulaient pas être là-bas. C'est quoi ce bordel ?

Même si Amy me l'a déjà dit, les mots de Rob illustrent encore la taille de l'enjeu – pour toutes les parties concernées.

Je jure de rester concentrée sur le boulot en question et non sur l'homme au centre du travail. Ce n'est qu'un client, comme tous ceux avant lui et ceux qui viendront après lui. Cet emploi m'a sauvée après qu'Andy a annulé notre mariage. Si je n'avais pas eu mon travail dans lequel me lancer à corps perdu, je n'aurais jamais survécu à la terrible déception, à la dévastation, ni au chagrin.

Je ne veux plus jamais de la vie me sentir comme je me suis sentie pendant les semaines qui ont suivi notre séparation, et c'est la direction que je vais prendre si je ne me ressaisis pas, bordel. Je ne suis pas une adolescente prise au piège d'un béguin pour le capitaine de l'équipe de foot. Il me faut arrêter tout ça pendant qu'il en est encore temps. L'enjeu est de taille, et le contrôle de soi est le thème de la journée.

Lorsque nous arrivons à l'aéroport, l'on nous conduit directement sur le tarmac, où un jet militaire se tient en attente. Un homme et une femme, tous deux en uniforme de la Marine, nous souhaitent la bienvenue et saluent John et Muncie avant de prendre nos sacs et nous escorter vers les marches.

J'ai volé en avion privé avec d'autres clients dans des engins plus luxueux, mais c'est mieux que les files d'attente aux contrôles de sécurité et le manque de place pour les jambes dans les vols commerciaux.

« Voici le maître de deuxième classe Matson, dit la femme, et je suis le premier maître Schroder. Nous allons nous occuper de vous pendant votre voyage, et nous aimerions dire que c'est un honneur de vous avoir à bord, capitaine West.

— Merci à vous deux. »

Ils nous proposent du café ou du jus d'orange.

Je demande du café et John en fait de même. Amy et Muncie veulent du jus.

« Est-ce que le wifi est disponible dans l'avion ? demandé-je avec espoir.

— Oui, oui. »

Schroder nous donne le mot de passe.

Il faut apprécier les petits bienfaits de la vie. Je peux m'occuper à travailler pendant le vol de quatre heures et trente minutes. L'effort de ne pas penser à *lui* me rendrait folle si je n'avais pas de travail sur lequel me concentrer.

Nous sommes tous quatre assis autour d'une table. Chacun de nos sièges a une ceinture de sécurité qu'on nous demande d'attacher pour le décollage, après quoi nos boissons seront servies.

Muncie regarde par la fenêtre.

« C'est une façon très civilisée de voyager.

— C'est certainement mieux que les C-141 et C-5.

— Sans blague. Les sièges en filets sont les pires pour les longs vols. »

John rit.

« Ils sont durs pour le cul. J'ai fait un vol de dix heures une fois dans un 141 avec un cercueil par terre entre les sièges. On nous a dit de ne pas mettre nos pieds dessus ni de l'utiliser comme table basse pendant le vol. »

Muncie rigole.

« C'est incroyable de devoir dire ça aux gens.

— Je pense qu'ils avaient déjà connu ça, des gens qui utilisaient les cercueils comme repose-pieds. »

Bien que j'aie le nez dans mon iPad, essayant de me concentrer sur mon mail, j'écoute ce qu'ils disent parce que je suis fascinée par chaque petit aperçu que j'ai de la vie que John a menée et des choses qu'il a vues. Ses expériences sont si différentes des miennes, alors je suppose que c'est tout à fait normal que je trouve cela intéressant.

Je sens qu'il me regarde, en espérant que je vais établir un contact visuel, mais je ne vais pas le faire. Je vais faire mon travail et garder mes yeux et toute autre partie de mon corps loin de lui.

L'uniforme fait des *ravages*, ou devrais-je dire, John fait des ravages en uniforme. Les gens vont tomber follement amoureux de lui pendant cette tournée. Il sera devenu une star énorme d'ici que ce soit fini et n'aura que l'embarras du choix d'une compagne. Qu'importe ce qu'est ce moment de folie entre nous, c'est voué à l'échec pour tellement de raisons, et le fait que sa vie va bientôt changer de façons qu'il n'imagine même pas n'est pas des moindres.

C'est mieux comme ça, ou du moins c'est ce que je me dis en répondant à des mails sur l'une de mes clientes les plus pénibles, une influenceuse d'Instagram avec cinq millions d'abonnés qui rend mes collègues dingues avec ses demandes incessantes. *Bienvenue dans mon univers, les gars.* Eh oui, ils ont désigné deux de mes collègues mâles pour s'occuper de ce que je fais habituellement à moi seule. Je leur donne quelques conseils pour gérer Drucilla et les préviens que je ne serai pas ravie s'ils merdent avec ce compte. La décrocher comme cliente était le plus beau coup de ma carrière avant que le capitaine West n'arrive.

Pendant que je m'inquiète de Drucilla et m'assure que ses besoins sont satisfaits, j'évite d'échanger avec John ou de le regarder sans cesse dans cet uniforme sexy à en crever. Je n'ai jamais été du genre à devenir dingue à propos d'un uniforme, mais chaque hormone en moi est en état d'alerte pendant que je me bats contre le désir ardent de boire des yeux cette vision de lui comme une imbécile assoiffée qui n'a jamais auparavant vu un homme sexy.

Mon appli Messenger sonne, annonçant un texto de lui. *Pourquoi tu m'ignores ?*

J'ai l'impression de m'être approchée trop près de quelque chose qui brûle. Je fais de mon mieux pour ne pas sursauter quand les vibrations dans mes oreilles noient le son des moteurs de l'avion. *Je ne t'ignore pas.*

Si, si.

Désolée, c'est juste que j'ai d'autres clients qui ont besoin de moi aujourd'hui.

Moi, j'ai besoin de toi aujourd'hui. Je panique à propos de tout ça.

Tu vas cartonner. Tu es prêt et l'uniforme est... Bon Dieu, comment le dire sans avoir l'air d'une élève de seconde en chaleur ?

Quoi ? Quelque chose ne va pas avec l'uniforme ? Je suis obligé de le porter quand je voyage pour la Marine.

Il n'y a RIEN qui n'aille pas avec.

Il ne répond pas tout de suite, et je fixe l'écran, en espérant presque influencer John par télépathie pour qu'il dise quelque chose.

Après ce qui me semble être une heure, je vois les petites bulles caractéristiques qui indiquent qu'il est en train de me répondre.

Alors tu AIMES l'uniforme ?

On pourrait dire ça...

Du coin de l'œil, je vois un sourire illuminer son visage, et je me retiens pour ne pas soupirer. *Je sais que c'est une situation très difficile, mais je veux que tu saches...*

QUOI ?! Qu'est-ce que tu veux que je sache ? Mon cerveau devient complètement dingue pendant que j'attends qu'il finisse cette pensée.

Que je me sens mieux que depuis très longtemps et c'est parce que je t'ai près de moi.

Je voudrais presque qu'il ne m'ait pas dit cela. Qu'est-ce que je peux bien répondre qui transmette de façon juste ce que ses mots me font ressentir ? Je ne peux pas me le permettre, alors je ne dis qu'une chose : *Merci.*

Non, merci à toi. Pour tout.

Tu ne me remercieras peut-être pas après quelques jours à New York.

Rien de ce qu'il y arrivera ne sera de ta faute. C'est la Marine qui est à blâmer pour tous les aspects négatifs de cette mission.

Au moins ce sera plus luxueux que la dernière. La Marine n'a pas regardé à la dépense en nous logeant au *Four Seasons*, punaise. J'ai dit à Marcie que je pouvais rester chez moi, et elle a dit que je devais faire ce que voulait la Marine, alors je reste à l'hôtel. C'est probablement aussi bien puisqu'il y a toujours des problèmes dont il faut s'occuper dans des tournées de cette ampleur – du moins, c'est ce que me disent des collègues qui en ont déjà fait. En plus du logement de première classe, ils ont donné à John et Muncie des cartes de crédit pour tous les frais qu'ils encourent, et quand Muncie a demandé quelle était la limite des dépenses, ils ont dit qu'il n'y en avait pas. Ça, m'a dit Muncie, est sans précédent en ses douze années dans la Marine.

Je reçois un autre SMS de John. *N'importe quoi serait plus luxueux que cette mission-là, mais tu as raison. Cet aspect-là sera sympa.*

Tu devrais essayer de te relaxer et de profiter de l'aventure. Tu mérites toute l'attention et les éloges que tu vas recevoir, et c'est une occasion pour toi de mettre en avant les sacrifices ultimes qu'ont faits tes amis ainsi que ceux que tes collègues militaires font au quotidien.

C'est vrai. J'ai hâte d'en avoir l'opportunité. Est-ce que tu vas m'éviter tout au long du voyage ou juste pendant le vol quand ta sœur te surveille avec son œil de lynx ?

Je ne t'évite pas.

Si tu le dis.

Ce qui est arrivé hier soir… J'ai presque peur de le mettre par écrit, en des mots qui pourraient être partagés, même si je sais qu'il ne ferait jamais cela. Mais j'ai appris à me méfier. *Ça ne peut plus arriver. Je suis désolée. Ce n'est pas parce que je ne le veux pas… C'est juste très compliqué, comme tu le sais.* Mon doigt survole le bouton *Envoyer* pendant un long moment avant d'appuyer. Une fois que les mots seront lancés, ils ne pourront être retirés, ou ne pas avoir été envoyés, dans ce cas.

Il ne répond pas, et je ne sais pas ce que cela veut dire. Pour l'instant, je décide que le mieux est l'ennemi du bien. Je lui ai dit la vérité et j'ai l'intention de m'y tenir. Tout ce que m'a dit Amy auparavant est vrai. Mes relations avec mes frères et ma sœur sont trop importantes pour que je les risque en jonglant avec la situation explosive que ce serait avec lui. Surtout qu'Éric et Ava ont des problèmes qui ont à voir avec lui et de ce fait ont coupé court à leur lune de miel.

La dernière chose dont ils ont besoin, c'est que je rende les choses encore plus compliquées pour eux en commençant à avoir des sentiments pour l'ex d'Ava, ou en agissant sur la base de ceux-ci.

Mais si je dois être complètement honnête avec moi-même – et à quoi ça sert de se mentir ? –, il me faut dire que quelquefois être altruiste me fatigue. Je suis constamment en train de m'inquiéter des sentiments des autres : de mes clients, mon patron, mes frères et ma sœur, mes amis. Quand est-ce que ce sera à mon tour de m'occuper de mes sentiments à *moi* ?

Pas maintenant, c'est sûr. Quand je pense à ce qu'Ava a enduré à cause de cet homme et comment elle s'est battue pour son *happy end* avec Éric, je ne peux absolument pas justifier le fait que ma bouche soit sèche, mon cœur s'emballe, mes oreilles bourdonnent avec ce son maudit, et que la seule chose à laquelle j'arrive à penser, c'est qu'il se sent mieux lorsque je suis là. C'est ce que je fais pour lui. Je lui donne quelque chose dont il a besoin, et…

Et je me portais mieux avant de le savoir.

Maintenant que je le connais mieux, tout ce que je veux, c'est qu'il se sente mieux par rapport aux pertes dévastatrices qu'il a souffertes. Je veux qu'il dorme toute la nuit sans les cauchemars qui le tourmentent. Je veux qu'il retrouve sa force autrefois redoutable et marche à l'aise sur la prothèse sans les béquilles qu'il déteste tant. Je veux qu'il soit heureux, parce que Dieu sait que cet homme mérite d'avoir autant de bonheur qu'il lui sera possible de trouver.

Je veux tout cela pour lui, mais je ne le veux pas aux dépens de tout le reste qui m'est cher, et ce serait le prix à payer pour entrer dans sa vie autrement qu'en tant que son représentant médiatique. C'est tout ce que je peux être pour lui, et il faut que cela nous suffise à tous deux.

Mais quand j'ose enfin lui jeter un regard de l'autre côté de la table, je trouve ses yeux incroyablement bleus en train de me fixer avec une intensité que n'a jamais eue envers moi aucun autre homme, même celui que j'ai failli épouser. Je réalise alors que, malgré le plan que j'ai mis en place pour que les choses restent platoniques entre nous, ça ne va pas être simple de convaincre John.

CHAPTER SEIZE

JOHN

Ça fait des années que je n'ai pas mis les pieds à New York, mais c'est exactement comme dans mes souvenirs : sale, bondé, embouteillé et vibrant, avec le genre d'énergie qu'on ne trouve nulle part ailleurs. C'est un truc de dingues. J'en prends plein les yeux par la fenêtre arrière du service de voiturage qui est venu nous chercher à Teterboro, l'aéroport à New Jersey où nous avons atterri.

« Ça fait du bien de rentrer », dit Amy lorsque nous traversons un des nombreux ponts qui mènent à Manhattan.

Je ne sais pas de quel pont il s'agit, mais elles doivent savoir. Ça ne m'importe pas assez pour que je pose la question. Cela dit, j'ai d'autres questions.

« Comment vous pouvez supporter de vivre ici ?

— Euh, bah, c'est chez nous, dit Amy. J'adore cet endroit. Je ne voudrais vivre nulle part ailleurs. »

Pendant que je regarde la ville défiler, les graffiti, les ordures, le chaos, je ne peux m'imaginer être tout le temps ici.

« Je deviendrais fou ici au bout d'une semaine ou deux.

— Vous vous y habitueriez, dit Amy.

— Ah non, alors.

— Je ne sais pas si je pourrais moi non plus, dit Muncie. Je comprends pourquoi les gens aiment visiter la ville, mais je ne crois pas que je puisse y vivre.

— Je ne pensais pas pouvoir, dit Jules avec hésitation. Au début. J'avais tellement peur d'aller quelque part toute seule pendant les six premiers mois.

— Ah bon ? »

Amy a l'air époustouflée.

« Tu ne l'as jamais dit. »

Jules hausse les épaules.

« Je ne voulais pas que vous pensiez que j'étais une poule mouillée.

— Raté. On le pensait déjà. »

Je veux la défendre. J'ai envie de dire qu'elle est tout le contraire d'une poule mouillée. Elle n'a peur de rien, autant que je sache, mais je soupçonne que ma défense ne serait pas bienvenue.

Jules rit et donne un petit coup de coude à sa sœur.

« Ferme-la. »

Elle n'a besoin ni de moi, ni de personne pour se défendre. Elle maîtrise la situation. D'ailleurs, elle a probablement l'habitude de se faire taquiner par ses frères et sa sœur, alors que moi je n'y suis pas habitué.

« Mais c'est vrai qu'on s'y fait au bout d'un moment, ajoute Jules.

— Pas moi. »

Il y a peu de choses dans cette vie dont je suis sûr, mais ça, c'en est une. Donnez-moi n'importe quel jour l'atmosphère détendue de San Diego à la place de ce zoo.

« J'aime qu'on puisse trouver tout ce qu'on veut, à tout moment de la journée, dit Jules. Tacos au beau milieu de la nuit ? Pas de problème. Sushis au petit déjeuner ? On a ça aussi. »

Je prends note du fait qu'elle aime les tacos au milieu de la nuit et les sushis pour le petit déjeuner.

« Et les pizzas ! dit Amy.

— *À en mourir.* »

Je sens les frissons de plaisir de Jules partout dans mon corps, y compris dans ma queue, ce qui me donne envie de crier « bienvenue à la fête » pour la deuxième fois en autant de jours. Elle m'a manqué, ma libido. Cela dit, ce n'est ni l'endroit, ni le moment, de manifester sa présence.

Dès que nous arrivons au *Four Seasons*, je suis plongé dans la réalité de ce que sera ma vie à partir de maintenant. Bon, en même temps, il n'est certainement pas désagréable de se faire surclasser à la suite présidentielle avec les remerciements de l'hôtel pour un travail magnifique. Je peux me faire à ça. Mais les regards fixes, les bouches bées, les cris silencieux, les demandes d'autographe, je vais mettre du temps à m'y habituer. Muncie m'a dit que les gros bonnets de la Marine se sont dit qu'on me ficherait la paix s'ils me mettaient quelque part comme le *Four Seasons*. Ils se sont trompés. Tout le monde a quelque chose à me dire, du portier qui nous souhaite la bienvenue, jusqu'aux gens de l'accueil, en passant par la femme qui se tient près de nous au comptoir et le gars qui nous monte nos bagages alors que nous lui disons que nous pouvons le faire nous-mêmes. Il n'en est pas question.

Nous prenons l'ascenseur jusqu'au cinquante et unième étage, et le type des bagages nous parle tout au long. J'attire l'attention de Jules et lève les yeux au ciel pour lui faire savoir ce que je pense du traitement de star. Je vois bien qu'elle a envie de rigoler, mais elle ne le fait pas. C'est une professionnelle accomplie, comme toujours.

« Par ici, capitaine West. »

L'homme porte un uniforme avec des boutons en laiton et des fioritures qui donnent l'impression que le mien est piteux. Peut-être que je pourrai trouver un boulot de portier d'hôtel quand j'aurai pris ma retraite. J'aime bien porter l'uniforme.

Il ouvre grand les portes d'une suite qui défie toute description. Je n'ai jamais rien vu de pareil, et ne suis certainement pas resté dans un endroit comparable. Je suis ébahi par des fenêtres qui doivent faire plus de trois mètres cinquante, le piano demi-queue, les meubles luxueux et la vue de toute la partie sud de Manhattan. Pendant qu'il nous fait visiter les terrasses, une chambre et une salle de bains de luxe avec une baignoire dont Jules dit qu'elle pourrait vivre dedans, j'essaie de ne pas penser à l'enregistrement de *Fallon* plus tard dans l'après-midi. Je suis en train de suivre ses conseils de prendre les choses comme elles viennent minute par minute et d'essayer de profiter de l'aventure.

« Vous pouvez l'utiliser pendant qu'on est là. »

J'essaie de ne pas imaginer Jules nue et couverte de bulles dans ma baignoire.

« Votre offre me tente. »

Je lui jette un coup d'œil à temps pour voir le regard perturbé que lui lance Amy.

« Je suis désolée, dit Amy, mais il faut que j'y aille. C'est le retour à la réalité demain. Il faut que je rentre à la maison et que je m'organise.

— On se reverra avant de rentrer ? »

Muncie semble plein d'espoir.

« Oh, euh, bien sûr. On peut arranger ça.

— Dînons ensemble bientôt. »

J'en fais la suggestion et pourtant je suis plutôt content qu'Amy ne soit bientôt plus là pour maîtriser Jules. Je n'aime pas quand on la maîtrise. J'aime comment elle était hier soir quand elle s'accrochait à moi et m'embrassait.

« Bonne chance ce soir et avec les autres interviews, John, et merci encore pour ce que vous avez fait pour nous tous. »

Amy me surprend quand elle se met sur la pointe des pieds pour m'embrasser sur la joue.

« Je t'envoie un SMS plus tard, dit-elle à Jules en sortant de la suite.

— Je, euh, je devrais m'installer dans ma chambre. »

Jules agrippe la poignée de sa valise.

« Il nous faudra partir à 16 h pour l'enregistrement. »

Il est à peine 14 h passées, l'heure de faire la sieste ou de caser une séance de gym. Je préférerais m'entraîner, mais je n'ai pas le temps de faire ça et aussi prendre une douche, et je ne veux pas passer à la télévision nationale avec une sale gueule.

« Vous voulez manger ? »

En plus de ma libido qui se réveille, j'ai aussi réellement faim.

« On peut faire monter un repas par le room service. »

Muncie sourit de toutes ses dents comme un dingue.

« C'est l'oncle Sam qui paie.

— D'accord. »

Jules lève le pouce en signe d'approbation.

« C'est une bonne idée.

— Je vais chercher le menu. »

Muncie nous laisse seuls dans la chambre immense qui comprend un lit king size que je regarde brièvement, souhaitant n'avoir que du temps et aucune des complications qui font que la chose la plus excitante qui m'arrive depuis longtemps est aussi la plus impossible.

Tout à coup, Jules semble réaliser où nous sommes, ce que je suis en train de penser, et que nous sommes seuls.

« Je devrais aller mettre mes affaires dans ma chambre.

— Ne pars pas. »

Elle baisse les yeux, inspire profondément et puis semble se forcer à me regarder.

« Je t'en prie, John, ne fais pas ça. Je ne peux pas, c'est aussi simple que ça, John. »

Je l'entends quand elle dit qu'elle ne peut pas. Mais je *vois* qu'elle le désire.

JULIANNE

Je suis bouleversée par ces quelques instants chargés d'émotion dans la chambre de sa suite quand je l'ai surpris à fixer du regard le lit king size comme un homme qui n'a pas eu de rapports sexuels pendant six ans. Il a dû y avoir quelqu'un pendant ces longues années, sûrement… Mais lorsque je me souviens de comment son cœur était brisé d'avoir perdu Ava, je suis certaine qu'il n'y a pas eu quelqu'un d'autre, et cette réalisation ne fait que charger le feu qui brûle fort en moi.

J'ai complètement perdu le contrôle de cette situation et il n'est même pas question de faire semblant qu'il en est autrement.

Trois mots montrant son besoin, sa faim – *ne pars pas* – m'ont déchirée et ont réduit à néant ma retenue. Je veux me jeter sur lui, l'enlacer et lui donner tout ce dont il aura besoin pour le reste de sa vie.

Je veux *tout* lui donner, et je n'en ai rien à foutre de toutes les raisons pour lesquelles ce serait la pire chose que je puisse jamais faire. Je me fiche d'Éric et d'Ava, de ma carrière, de ma réputation et de tout sauf ce dont il a besoin. Alors, ouais… j'ai plutôt perdu le contrôle.

Et ce dont j'ai besoin, moi, dans l'immédiat, c'est de *maîtriser* la situation pour que je puisse faire mon travail, punaise. J'emmène le plus gros client que j'aurai de ma vie passer au *Tonight Show* avec *Jimmy Fallon*, et il faut que je sois *à la hauteur*.

J'ai cette petite conversation avec moi-même pendant le court voyage jusqu'au centre Rockefeller, où l'émission est enregistrée dans l'immeuble de NBC. L'émission nous a envoyé une voiture – on a demandé à toutes les émissions de fournir le transport pour mon client qui est amputé, pas que je sois obligée de le leur dire, mais j'en ai fait la demande quand même.

Une des réalisatrices adjointes vient à notre rencontre dehors et nous conduit à toute allure à l'intérieur de l'immeuble. Elle est super professionnelle, même si je vois qu'elle panique. Je ne peux pas lui en vouloir. John, c'est quelque chose. Voici une femme qui s'occupe des célébrités pour gagner sa vie, et elle arrive à peine à rester calme en la présence de John. J'en viens à me demander si je n'ai pas sous-estimé à quel point cette tournée et sa réception vont être énormes.

Fallon nous souhaite la bienvenue à l'accueil, et bien que je n'aie jamais eu de client dans son émission auparavant, je soupçonne que cela soit inhabituel. John le présente à moi et à Muncie. Jimmy prend John dans ses bras, ses yeux brillants d'émotion lorsqu'il le remercie pour son service à la nation, son sacrifice et de nous avoir tous mis plus en sécurité.

Je vois que John est bouleversé par les mots chaleureux de Jimmy. Bon sang, même moi, j'en suis bouleversée, mais John garde son calme pendant qu'il dit bonjour aux autres employés avec des poignées de main et encore quelques étreintes d'Américains reconnaissants.

Je lance un regard vers Muncie et vois qu'il est aussi touché que moi par l'accueil.

Les employés déroulent le tapis rouge pour nous. Nous sommes conduits à une pièce pour patienter, où l'on nous gâte avec un grand assortiment de boissons, de snacks et produits pâtissiers.

John observe le tout d'un œil étonné.

« Mais c'est dingue.

— Faudra vous y faire, superstar. »

Muncie se sert un Coca et attrape une bouteille d'eau pour John.

« Jules ? Ils ont du thé glacé.

— D'accord, ça me va. »

J'ai le ventre plein après avoir déjeuné tard dans la suite, et je suis épuisée par la bataille que je livre avec mes émotions. Je n'ai pas l'habitude de me sentir comme ça. Même lorsque mon fiancé a annulé notre mariage, je ne me suis pas sentie tout à fait comme cela, comme si ce serait la fin du monde si je ne pouvais pas avoir ce que je voulais.

Les divers producteurs de l'émission viennent nous dire bonjour, remercier John de son service à la nation et d'avoir fait de leur show le premier arrêt de sa tournée. Une femme vient mettre de la poudre sur John pour qu'il ne brille pas sous les lumières.

Il fait la grimace parce qu'elle est aux petits soins.

« Ce n'est pas du maquillage, non ? »

Elle rit.

« Bien sûr que non. Je ne vous ferais jamais ça. »

Quand elle termine, elle dit qu'il nous reste dix minutes.

Encore une autre assistante vient nous chercher.

« C'est à vous. »

On indique à Muncie et à moi où nous pouvons nous installer pour regarder l'enregistrement. J'ai demandé à ce qu'on me permette de rester à proximité de John, au cas où. Au cas où il arriverait quoi, je n'en sais rien, mais j'ai fait cette demande partout où il va apparaître.

Tenant les deux béquilles dans une main, John se lève et prend ses repères. Il se tourne vers Muncie.

« Il est bien, l'uniforme ? »

Muncie se met debout, s'approche pour mieux le regarder, ajuste la cravate de John et balaye de la main une peluche sur sa manche.

« Vous êtes très bien, capitaine.

— Merci. »

Il me lance un regard en faisant la grimace.

« Bon, bah, je me jette à l'eau. »

Je lève les yeux vers lui.

« Vous n'allez pas vous noyer. N'oubliez pas de respirer pendant que vous êtes sur scène. Dites-vous que Jimmy et vous êtes en train de passer du bon temps dans son salon à bavarder comme de vieux amis. C'est tout ce que c'est. »

Il hoche la tête et m'offre un des ses rares sourires à pleines dents qui feront que toutes les femmes d'Amérique voudront son numéro de téléphone. Après ce soir, il me faudra le partager avec le monde entier, et je ne sais pas comment je me sens à propos de cela.

« Capitaine West. »

La réalisatrice adjointe lui fait signe.

« Nous sommes prêts pour vous. »

Nous la suivons sur la courte distance qui mène à la salle d'enregistrement. On dit à John où il faut qu'il se tienne jusqu'à ce qu'il soit annoncé.

Il donne les béquilles à Muncie.

« Vous êtes sûr ? »

La voix de Muncie est pleine d'appréhension.

Dieu merci il pose la question, parce que sinon j'allais le faire.

John hoche la tête.

« J'en suis sûr. »

Mon niveau de stress vient de passer de nucléaire à thermonucléaire. S'il tombe devant tous ces gens, il ne s'en remettra jamais – et moi non plus.

Jimmy est debout devant son audience, les mains jointes, vibrant d'excitation.

« J'ai le grand honneur ce soir d'avoir comme invité quelqu'un qui n'a pas besoin de présentations ici, ni ailleurs dans le monde, d'ailleurs. Il a passé, avec son équipe de commandos SEAL, plus de cinq ans à traquer l'homme le plus recherché de la planète, le capturant finalement dans un raid qui lui a valu sa jambe et a pris la vie de deux de ses amis les plus proches. Mesdames et messieurs, merci d'accueillir chaleureusement un vrai héros américain. Le capitaine. John. West. »

Alors que je retiens ma respiration, John fait un pas timide en avant, et puis un autre et un autre. Au bout du troisième pas, il a l'air confiant que son corps ne le trahira pas. Je saisis le bras de Muncie parce que j'ai besoin de me tenir à quelque chose pour ne pas m'évanouir, ni vomir, ni faire quoi que ce soit d'autre qui nous ferait honte, à mon client et à moi.

Muncie couvre ma main avec la sienne, et tous deux nous respirons à peine pendant que John sort sous un tonnerre d'applaudissements. Il n'y a tout simplement pas d'autres mots pour l'accueil qu'il reçoit. Les yeux de Jimmy, de John et de bon nombre des membres du public se remplissent de larmes. Punaise, Muncie et moi aussi avons les larmes aux yeux.

John est magnifique, gracieux, humble et de toute évidence bouleversé lorsque les applaudissements continuent sans relâche pendant de nombreuses minutes.

« Il a besoin de s'asseoir », me murmure Muncie.

Mon anxiété fait un bond encore une fois, et je suis prête à attirer l'attention de la réalisatrice adjointe quand John montre discrètement le canapé, et Jimmy fait un geste pour qu'il s'y installe.

Une fois qu'il est assis, je reprends la respiration que je retenais, mais je reste agrippée à Muncie.

« Je suis si heureux de vous avoir ici, dit Jimmy. Merci de nous avoir choisis comme premier point d'arrêt.

— C'est un plaisir d'être ici. Je suis un grand fan de l'émission. Et merci à tous pour cet accueil chaleureux. »

Jimmy se penche vers John.

« N'avez-vous *aucune* idée de combien les gens sont reconnaissants de ce que vous avez fait ?

— J'en ai une meilleure idée après cet accueil. »

John trouve le ton parfait tout en s'armant de son sourire mortel. *Mon Dieu*, ce sourire. J'entends presque chaque femme hétéro d'Amérique pousser un soupir, et tous les hommes gay remercier le seigneur du cadeau qu'est John West.

« Mais je veux tout d'abord dire que je n'ai pas fait cela tout seul. Il y avait beaucoup d'autres personnes impliquées, des personnes qui ont sacrifié tellement d'années de leur vie pour cette mission. Surtout le capitaine de corvette Daniel Jones et le capitaine de corvette Miguel Tito. »

Conformément à notre demande, leurs photos sont affichées sur l'écran quand il mentionne leur nom. Il a insisté sur le fait qu'on les mette en avant pendant cette tournée, et j'étais contente de m'assurer que l'on donne suite à sa demande.

Une autre salve d'applaudissements s'ensuit.

« C'étaient vos amis ? demande Jimmy.

— Mes amis les plus proches. Nous étions comme des frères.

— Toutes mes condoléances.

— Merci. Ça a été un coup dur pour toute notre équipe.

— Que pouvez-vous nous dire de l'effort de le trouver, *lui*. Je refuse de prononcer son nom.

— Je ne vous blâme pas. Si je n'entends plus jamais son nom de ma vie, ça me conviendra parfaitement. Tout ce que je peux dire de la mission, qui est encore classée, est que c'était un travail d'équipe impliquant toutes les sections des forces armées, la communauté du renseignement et le support de nos alliés. Personne ne fait ce que nous faisons pour recevoir ce genre d'attention. »

Il fait un geste de la main pour inclure le public et le plateau.

« En fait, parler de mon travail dans toutes sortes de forums publics va à l'encontre de tout ce qu'on m'a appris.

— Ça a dû être choquant de réaliser que l'ennemi avait dévoilé votre identité.

— Oui, oui. Je me suis réveillé après un coma d'un mois pour découvrir que j'étais connu aux USA et dans le monde entier. Il va sans dire, je vais mettre du temps à m'y habituer.

— Les gens sont extrêmement reconnaissants.

— Je le sais, et nous apprécions cela. Croyez-moi. J'ai eu des nouvelles des membres des familles de ceux qui ont perdu la vie sur *l'Étoile des hautes mers*. Leurs lettres m'ont si profondément touché.

Savoir que nous avons pu les aider à tourner la page… Il n'y a rien de plus important pour moi et pour tous ceux qui y ont contribué. »

Le public applaudit avec enthousiasme.

« Nous avons une surprise pour vous. »

Jimmy ne tient pas en place tellement il est excité.

Je lance un regard à Muncie.

« Qu'est-ce que c'est que ça ?

— Je me suis dit que vous seriez au courant.

— Non, non. »

De l'autre côté du plateau, je vois sortir Miles Ferguson.

« Capitaine West, je vous présente Miles Ferguson, qui a perdu sa fiancée, Emerson Phillips, et les parents de celle-ci, sur *l'Étoile des hautes mers*. »

Je suis dans tous mes états.

« Est-ce qu'il va pouvoir se lever ?

— Laissez-moi aller l'aider. »

Avec une efficacité tranquille, Muncie apparaît derrière John qui est sur le canapé, et lui tend les béquilles.

D'où je me tiens, je vois le regard reconnaissant que John lance à son fidèle collègue. Il se dresse avec effort pour serrer la main de Miles.

« Je vous remercie. »

Miles parle une fois que la foule se calme à nouveau.

« De la part de toutes les familles de *l'Étoile des hautes mers*, un très, très grand merci. »

Les larmes coulent le long de mon visage. Connaissant les deux hommes et sachant comment ils ont horriblement souffert, c'est incroyable de les voir ensemble. Je pensais savoir à quoi m'attendre pendant cette tournée, mais en regardant cette première apparition, je me rends compte que je n'en avais aucune idée.

CHAPTER DIX-SEPT

AVA

Après des heures sans fin à voyager, nous arrivons à l'appartement de Tribeca d'Éric, qui est devenu le nôtre quand j'ai emménagé avant le mariage. J'ai l'impression que c'était dans une autre vie, alors que cela ne fait qu'un mois. Pendant que je fais bouillir de l'eau pour faire du thé, plus pour me donner quelque chose à faire que parce que je veux la boisson, Éric disparaît dans la chambre, emportant nos deux valises avec lui.

Je suis en train de mélanger du miel au thé quand il sort, tirant sa valise qu'il venait d'emporter dans la chambre.

Mon cœur bat au ralenti, et l'anxiété pénètre chaque partie de mon corps. Je veux lui demander ce qu'il fait mais je n'arrive pas à former les mots.

« Je vais rester chez Rob pendant quelque temps. »

Non ! Ce mot unique est arraché de mon âme, mais je ne peux pas lui faire franchir l'énorme boule dans ma gorge. Je secoue la tête.

« Ce n'est pas pour toujours, et je ne suis pas en train de te quitter, Ava. J'ai juste besoin d'espace et d'un peu de temps pour réfléchir, et je ne peux pas le faire ici. »

Je veux le supplier de rester. Nous ne pouvons pas résoudre ce problème si nous ne sommes pas ensemble. Les larmes coulent le long de mon visage, mais je ne peux toujours pas parler à cause de la panique et du désespoir qui me tiennent en otage.

Il vient à moi, essuie les larmes de mon visage et m'enlace.

« Je suis tellement désolé de tout ça, Ava. Je t'aime, et je ne baisse pas les bras en ce qui concerne notre couple. Je te le jure. »

Il me tient longtemps contre lui avant de m'embrasser le front et de lâcher prise.

« Je te contacterai. »

Il est parti avant que je puisse trouver moyen de l'arrêter.

Je suis à genoux là où il m'a laissée, à pleurer et à l'appeler, mais il n'est pas là. Et il est parti chez Rob, qui est marié à ma sœur, alors cette dernière va se ramener en un rien de temps, j'en suis sûre.

Je ne peux pas revivre ça. Je ne peux pas, c'est tout. Je pensais avoir laissé derrière moi toute cette merde, et me voilà, encore une fois recroquevillée en boule par terre, sous le choc d'avoir le cœur brisé. Combien de fois peut-on avoir le cœur brisé avant qu'il ne puisse être reconstruit ?

Je ne sais pas si des minutes, des heures ou des journées entières passent pendant que je suis par terre à pleurer. J'entends sonner mon téléphone, et je l'ignore.

Il sonne encore, et je l'éteins. La seule personne dont je veux avoir des nouvelles est celle qui ne m'appelle pas. Je ne veux personne d'autre. Finalement, je me ramasse du sol, chancelle jusqu'à la porte pour la fermer à clé et retourne à la chambre, où je tombe sur le lit sans enlever les vêtements que j'ai l'impression de porter depuis une semaine. Le voyage du retour à la maison a été sans fin, dérangeant et la plupart du temps silencieux.

Je me fiche de tout et de tout le monde. Je veux juste qu'on me laisse seule. Je veux que ma tête à moi me laisse tranquille et arrête de tout aggraver. Je veux retourner en arrière au jour d'avant l'explosion de *l'Étoile des hautes mers*, au moment où ma vie avait un sens qu'elle n'a eu que rarement depuis.

Je prie pour que le sommeil m'emporte, mais j'ai beaucoup dormi dans l'avion, et mon corps n'a aucune idée de l'heure qu'il est. Après avoir tourné et viré, je me lève pour aller chercher un verre d'eau et prendre de l'Advil contre l'énorme mal de tête provoqué par toutes mes larmes.

J'ai horreur de me sentir comme ça, cassée, le cœur brisé, abattue, terrifiée. J'ai travaillé tellement dur pour rebâtir ma vie, tout cela pour me retrouver au point de départ, comme si tout ce dur labeur n'avait jamais eu lieu. Je pense à contacter Jess, mais il est tard à New York, et elle a des enfants.

Après avoir rempli à nouveau mon verre d'eau, je retourne au lit et de désespoir allume la télé, faisant tout pour me distraire du nouveau désastre implosant dans ma vie. Je veux qu'Éric rentre chez nous et me dise que tout ira bien, comme il l'a fait depuis le début. Grâce à lui, je me suis sentie en sécurité, protégée et à nouveau heureuse, jusqu'à ce que je gâche tout en faisant une fixation, bien que de manière subconsciente, sur mon ex.

J'aimerais mieux comprendre comment marche le cerveau. Comme ça, je pourrais peut-être expliquer comment c'est possible que des pensées que je n'ai en fait jamais eues puissent ruiner mon mariage tout récent.

La télécommande en main, je change sans cesse de chaîne, la tête vide, en faisant à peine attention à ce que je vois jusqu'à ce que je tombe sur le seul visage que je ne peux pas oublier.

John est sur *Fallon* ce soir.

Je m'assieds dans le lit et ajuste le volume pour que je puisse entendre la publicité sur l'émission de ce soir. Il parle des hommes avec lesquels il a servi, et des nombreuses personnes qui ont contribué à traduire en justice le terroriste. Il est humble, gracieux, magnifique dans son uniforme et sur le point de devenir une star énorme, bien qu'il ne l'ait probablement pas encore saisi. Il va comprendre, après ça. J'espère que Jules est prête pour ce qui va arriver.

Fallon, qui a affaire à des célébrités au quotidien, est de toute évidence en admiration devant John, et à juste titre. La pub ne dure pas plus de trente secondes, mais c'est assez pour me déboussoler encore plus que je ne le suis déjà.

Après avoir passé presque six ans à me demander ce qu'il était advenu de cet homme, le voir à la télévision, vivant et allant bien avec le sourire aux lèvres pendant qu'il plaisante avec Jimmy Fallon, je me sens échaudée par ce qui aurait pu être, ce qui aurait dû être, et ce qui est.

Lui, ce n'est plus mon problème. Je lui ai dit que c'était fini entre nous le jour où je l'ai vu à San Diego. Je lui ai dit que j'étais amoureuse d'Éric, fiancée et que j'avais l'intention de me marier malgré sa réapparition. J'ai vu comme il était dévasté, j'ai goûté le sel de ses larmes et ai rapporté sa douleur avec moi en rentrant à New York, où j'ai apparemment fait un boulot de merde quand j'ai essayé de continuer comme si la terre ne s'était pas dérobée sous mes pieds, me laissant en chute libre.

Je l'aime encore.

Bien sûr que je l'aime encore. Il n'a jamais rien fait pour que j'arrête de l'aimer. M'a-t-il caché certaines choses, des choses que j'avais le droit de savoir ? Oui, il l'a fait, mais seulement parce qu'il y était obligé, pas parce qu'il le voulait.

Je l'aime encore, et j'aime encore Éric. C'est ce dernier qui s'est mis à genou et m'a demandé d'être la sienne, ce que John n'a jamais fait. C'est Éric qui s'est tenu devant nos familles et amis et a promis de m'aimer pour toujours. John n'a jamais fait cela. J'ai pris la meilleure décision possible dans une situation intenable, et je ne regrette rien.

J'ai pris la bonne décision en épousant Éric, même si j'ai encore des sentiments pour John. J'aurai toujours des sentiments pour lui, mon premier amour. Mais c'est avec Éric que je veux faire ma vie, et d'une manière ou d'une autre, il me faut le convaincre de cela. Je ne peux pas laisser ceci nous arriver. Je ne peux pas laisser notre mariage s'effondrer avant même qu'il n'ait eu l'opportunité de commencer. Je ne m'en remettrais jamais, de cela, et Éric non plus.

Je sors du lit et cours vers la douche, en arrachant mes vêtements. Debout sous l'eau chaude, je lave le voyage, le désarroi, les larmes, et en sors prête à me battre pour mon mariage. Je ne veux pas passer une seule nuit sans lui.

Sur le trottoir, je prends un taxi et donne l'adresse de ma sœur.

« Vite, s'il vous plaît. C'est un cas d'urgence. »

Le chauffeur de taxi appuie sur le champignon, et nous arrivons chez Rob et Camille dix minutes plus tard. Je donne au chauffeur un billet de vingt pour un trajet de neuf dollars.

« Merci. »

Je monte l'escalier en courant jusqu'au hall d'entrée et compose le numéro de leur appartement. Camille répond.

« C'est moi. Fais-moi entrer. »

Le signal sonore retentit, et je m'engouffre, montant en courant l'escalier jusqu'à leur appartement, où ma sœur m'accueille devant la porte.

« Tu n'aurais pas dû venir ici, Ava, dit-elle à voix basse.

— J'ai besoin de le voir.

— Il a dit pas ce soir.

— Mais…

— Ava. »

Ses yeux expriment son tourment.

« Il a dit non. »

Ce n'est pas possible. Il ne veut même pas me voir ? C'est pire que ce que je pensais. Il m'a laissée, en fait, malgré ce qu'il m'a dit. Hochant la tête devant ma sœur, je me tourne et redescends les escaliers, ignorant Camille qui m'appelle. Je me retrouve dehors et commence à marcher vers la maison qui n'est pas vraiment à moi. C'est celle d'Éric.

Si nous nous séparons, il me faudra déménager. Une fois de plus. Il me faudra recommencer. Une fois de plus.

Je ne sais pas si j'arriverai à faire l'une ou l'autre de ces choses à nouveau.

Pour une raison quelconque, je pense à une fille que j'ai connue au collège, qui s'est ôté la vie parce qu'elle pensait que le garçon qu'elle aimait s'était moqué d'elle. Plus tard, nous avons appris qu'il parlait de quelqu'un d'autre. Je n'ai pas pensé à elle depuis des années, mais pour une raison quelconque, elle est dans mes pensées ce soir. Peut-être parce que je comprends finalement comment elle a dû se sentir de savoir que le gars qu'elle voulait plus que tout ne voulait pas d'elle. Je n'ai jamais été dans cette position auparavant.

Je sais… Je devrais arrêter de chialer, hein ? Je n'ai été amoureuse que deux fois, et chaque fois, ils me désiraient autant que je les désirais.

Mais Éric ne veut plus de moi. J'ai bousillé notre couple, et pour la première fois, je comprends pourquoi cette fille de treize ans ne pouvait pas supporter cette douleur. Pourquoi c'était trop lourd pour elle. Ce n'est pas comme si l'amour pour l'autre disparaissait quand la personne arrête de nous aimer. Qu'est-ce que nous sommes censés faire de tous ces sentiments dont nous n'avons pas besoin ? Est-ce qu'ils s'assèchent comme le lait maternel quand le bébé n'en a plus besoin ? Ou restent-ils avec nous à jamais, nous tourmentant avec ce que nous avions et que nous avons perdu ?

Je marche longtemps, bien plus loin que chez nous et vers le chaos de *Times Square*, où je me fonds dans la folie des lumières, les gens et la circulation. Devant le *Marriott Marquis*, je lève les yeux et là, mon regard s'accroche à l'image géante de John, une promotion du *Tonight Show*. Je reste immobile et l'observe pendant un très long moment, absorbant les détails du visage que je n'ai jamais oublié et me demandant où il se trouve ce soir. Est-il proche d'ici ?

Et pourquoi est-ce que cela m'importe ? Ça aussi, c'est fini. J'ai fait ce qu'il fallait pour cela.

Debout au milieu de milliers de personnes, fixant le beau visage du premier homme que j'ai aimé de ma vie, je ne me suis jamais sentie aussi seule.

CHAPTER DIX-HUIT

JOHN

Cela aura été une des meilleures soirées de ma vie, et je ne m'y attendais certainement pas lorsque nous avons quitté l'hôtel plus tôt. L'accueil que j'ai reçu de Jimmy Fallon, des employés du *Tonight Show* et du public a stimulé ma confiance alors que la tournée que je redoutais commence. Peut-être que ce ne sera pas un véritable enfer.

Jimmy et son équipe de management nous ont emmenés au *Rainbow Room* pour prendre un verre et dîner après l'enregistrement. Je suis assis à côté de Jules, mais nous sommes entourés de gens, alors je ne peux pas lui demander comment elle pense que ça s'est passé ou ce que je devrais faire différemment la prochaine fois. Avec un peu de chance, elle sera d'accord pour faire un débriefing quand nous serons de retour à l'hôtel pour être sûrs que je serai prêt pour le *Today Show* demain matin.

Miles et sa compagne Skylar se joignent à nous. J'apprends qu'il est le patron d'Ava, et qu'elle était la colocataire d'Ava au début qu'elle était venue vivre à New York. Sky n'a pas grand-chose à me dire, alors je suppose qu'Ava lui a fait tout un discours sur les nombreuses façons dont je l'ai déçue. Je mérite tout le dédain que les amis d'Ava m'adresseront. J'ai été extrêmement injuste envers elle, même si je n'avais aucun choix en la matière.

J'aime bien Miles. Il a l'air d'un mec bien, et Jules de toute évidence les connaît bien tous les deux. Elle me dit à l'oreille qu'il avait les cheveux foncés avant que le bateau n'ait été attaqué. Ses cheveux sont maintenant presque tous gris, même s'il ne doit pas avoir plus de quarante-cinq ans, voire moins. D'une façon étrange, cela m'aide de rencontrer des gens dont la vie a été changée pour toujours en ce jour fatidique. Ça me donne l'impression d'être moins seul avec ma douleur à moi.

Les gens n'arrêtent pas de venir à notre table, voulant me parler. Une des réalisatrices adjointes est formidable quand il s'agit de les remercier de leur intérêt mais de leur demander de respecter ma vie privée et mon espace.

Si elle ne s'en occupait pas, Jules le ferait. Je n'en doute pas. Avec elle à mes côtés et les autres qui agissent comme tampon, je me détends quelque peu tandis que l'adrénaline de l'enregistrement commence à diminuer, me laissant fatigué mais pas si fatigué que je veuille partir. Sous la table, je donne un petit coup à Jules.

« Ça va ?

— Ouais.

— Tu ne dis rien.

— J'observe tout ça. Ce n'est pas tous les jours que je mange et bois avec Jimmy Fallon.

— Je pensais que tout ça, c'était la routine pour une publiciste de haut niveau comme toi.

— Ah ! J'aimerais bien. Je n'ai jamais rien fait de pareil, ce que je ne devrais peut-être pas te dire. Tu vas peut-être me licencier pour prendre quelqu'un avec plus d'expérience.

— Jamais. T'es exactement ce dont j'ai besoin, Poppy. »

Elle me fait un petit sourire personnel et je fonds.

« Tu crois que ça s'est bien passé ? Avec Fallon ?

— T'étais incroyable. Les pubs pour l'émission de ce soir ont dû être diffusées, parce que mon téléphone n'arrête pas, avec des réalisateurs qui veulent ajouter leurs émissions à ta tournée.

— C'est ce qui te dérange ? C'est trop ?

— Non, bien sûr que non. C'est très bien. Mais je ne vais rien ajouter à la tournée. Tu en fais assez comme ça.

— Comme tu voudras. C'est toi le patron. »

J'étends mon bras derrière elle, et elle sursaute lorsque ma manche effleure son cou.

« Désolé.

— Je, euh, je devrais retourner à l'hôtel et m'occuper de ces demandes. »

Est-ce que c'est ça, ou est-ce qu'elle veut s'éloigner de moi ? Je suspecte que c'est ce dernier point.

« Pas pour l'instant. On va y aller bientôt. »

Elle reçoit un texto qui la fait se raidir.

Je sais que je ne devrais pas lire ses SMS privés, mais je le fais quand même et je vois le mot de Rob disant qu'Éric reste chez eux.

Jules tape une réponse brève. *Pour combien de temps ?*

Pas sûr.

Ce n'est pas une bonne nouvelle.

Pas bonne du tout.

Éric a *quitté* Ava ? Ça, non. Ils viennent de se marier. Que diable a pu les séparer si rapidement ? Je veux poser la question à Jules, mais je ne suis pas supposé savoir ce qui se passe, alors je ne demande pas. Je me dis que ce ne sont pas mes oignons. Ava a fait son choix, et quoi qu'il arrive entre eux deux, il n'y a pas de retour en arrière pour nous deux.

Je me penche plus près de Jules.

« J'ai besoin de te parler ce soir. »

Elle me regarde.

« De quoi ?

— Je te le dirai quand on sera rentrés à l'hôtel. Garde quelques minutes pour moi, si tu veux bien. »

Je suis un connard manipulateur, parce que je sais qu'elle le fera. Je suis son client, après tout. Mais je ne pense pas aux affaires. Je veux juste passer plus de temps avec elle. Je veux lui parler, apprendre à mieux la connaître, entendre parler de sa vie et comprendre ce qui est le plus important pour elle.

J'ai quelques semaines avec elle avant que nous partions chacun de notre côté et retournions à notre vie normale, même s'il n'y a plus rien de normal en ce qui concerne ma vie à moi. Quoi qu'il en soit, je ne veux pas que cette opportunité avec elle m'échappe. Je veux profiter à fond du temps que nous aurons ensemble ici et à Los Angeles pour la convaincre de me donner une chance.

Ce n'est pas ce qu'elle veut, et je comprends pourquoi, mais si j'ai appris une chose au cours des six dernières années de ma vie, c'est celle-ci : je me fiche de ce que pensent les autres. Je sais que c'est facile pour moi de dire ça parce que je n'ai pas de parents, de frères et sœurs, ni personne d'autre qui se soucierait de mes relations. Elle oui, et ça rend les choses compliquées pour elle.

Alors que je respecte cela, ce n'est pas compliqué pour moi. J'ai donné six ans de ma vie, ma jambe, mes deux meilleurs amis et la femme que j'aimais, pour servir mon pays. Je ne dois rien à personne. La prochaine phase de ma vie sera à propos de moi et ce que je veux.

C'est elle que je veux.

Je veux apprendre à mieux la connaître. Je veux d'autres baisers comme ceux que nous avons partagés, et je veux me sentir comme quand elle est là : déséquilibré mais d'une bonne façon, incertain, excité d'entendre ce qu'elle a à dire, plein d'espoir.

Ce dernier point est énorme pour moi. Je n'avais aucune raison d'avoir de l'espoir après avoir perdu Ava, et maintenant j'en ai une. Et c'est entièrement grâce à elle.

Si elle croit que je vais laisser ce sentiment filer entre mes doigts, elle va bientôt se rendre compte que non.

JULIANNE

Il est presque 22 h quand nous retournons au *Four Seasons*. La chambre de Muncie est la première, et il dit qu'il nous verra demain matin.

Appuyé sur ses béquilles, John se tourne pour faire face à Muncie.

« Vous vous êtes renseigné pour la gym ? »

Muncie hoche la tête.

« Ils ont dit pas de problème de 5 h à 6 h du matin, mais après ça, il faut qu'ils ouvrent la salle à tous. Vous pourrez entrer avec la clé de votre chambre.

— Super. Merci d'avoir organisé ça.

— Pas de problème. Essayez de dormir un peu.

— Oui, oui. »

Je me dis qu'il me faut aller directement à ma chambre et faire semblant qu'il n'a pas demandé à me parler une fois rentré. Nous avons traité toutes les questions de travail qui ont besoin d'être réglées pour demain. Il sait que nous devons être de retour au centre Rockefeller pour le *Today Show* à 7 h 30. Il passe dans la première demi-heure après 8 h. Après cela, il passe dans *Kelly & Ryan.* Cela va être une matinée occupée, mais nous aurons le reste de la journée libre. J'ai l'intention d'utiliser ce temps-là pour rentrer chez moi, faire des lessives et prendre d'autres vêtements.

De quoi peut-il bien vouloir parler ?

Si je fais semblant de ne pas connaître la réponse à cette question, je peux me comporter comme si cela n'avait pas d'importance qu'il veuille passer plus de temps avec moi. Seul avec moi. J'avale ma salive pendant que nous marchons jusqu'au bout du long couloir où se trouve ma chambre, la dernière porte à gauche, juste à côté de la sienne.

« Tu viens une minute dans ma chambre ? demande-t-il.

— Je, euh, je ne devrais probablement pas. J'ai des choses à confirmer pour demain, de toute façon.

— Menteuse. »

Le mot est adouci par la courbe de ses lèvres et ses yeux qui brillent.

« Je ne mens pas !

— Si, si. Tout est confirmé depuis une semaine, et il n'y a rien à faire sauf se présenter aux heures convenues. »

Que puis-je répondre à cela ? C'est la vérité absolue.

« Entre une minute. »

Il sort sa clé électronique de sa poche, ouvre la porte et la tient pour moi, tout en gérant les béquilles.

Je suis paralysée, l'indécision me torturant. Je sais ce que je *devrais* faire. Et je sais ce que je *veux* faire. Je fais un pas en avant et puis un autre jusqu'à ce que je sois dans la chambre.

La porte se referme derrière moi avec un grand bruit sec qui retentit dans ce vaste espace.

John va au bar que l'hôtel a rempli avec tout ce qu'on peut imaginer et qu'il pourrait désirer. J'adore qu'ils le traitent comme un VIP de haut niveau. Il l'a bien mérité.

« Une boisson ? »

Je me dis que je peux boire encore un verre de vin avant de franchir la frontière dangereuse du monde des éméchés. J'ai clairement besoin de garder le contrôle de toutes mes facultés maintenant.

« Du vin blanc ?

— Tout de suite. Mets-toi à l'aise. »

J'enlève mes chaussures et me pelotonne sur le canapé avec mes jambes pliées sous mon corps.

Il vient à moi sans les béquilles, apportant un verre de vin pour moi et une bouteille de bière pour lui et, après avoir allumé la cheminée au gaz, s'assied près de moi. Il a enlevé sa cravate et son manteau et a ouvert les quelques boutons du haut de sa chemise.

« Un feu au mois d'août ? lui demandé-je, un sourcil levé.

— J'adore les feux. Les feux de joie, les feux de camp à la plage, les cheminées. Je n'ai jamais vécu dans une maison avec une cheminée, mais j'en ai toujours voulu une.

— Tu devrais en mettre une dans ta prochaine maison.

— C'est tout en haut de ma liste.

— Tu vas rester à San Diego ?

— Probablement. C'est le seul endroit où je me suis jamais senti chez moi, bien que ce soit différent maintenant. »

Sans Ava, c'est ce qu'il veut dire.

« Comment tu penses que ça s'est vraiment passé avec Fallon ? »

Je lui jette un coup d'œil.

« Il faut que tu me poses la question ? »

Il hausse les épaules.

« Ç'avait l'air de bien se passer, mais c'est dur à dire quand c'est toi qui est interviewé. C'est passé en une sorte de brouillard.

— Mais tu n'arrives vraiment pas à comprendre ? »

Ses sourcils se rejoignent en une expression adorable de confusion.

« Comprendre quoi ?

— Tu étais *magnifique*. Ils t'ont *adoré*, et tous ceux qui vont voir cela ce soir vont t'adorer aussi. Tu vas être une très grande star dorénavant.

— Je ne sais toujours pas comment je me sens à propos de ça.

— Ce serait bien de savoir, parce que c'est en train d'arriver. Mon téléphone – et le tien – ont sonné sans arrêt toute la soirée avec des appels de gens qui te veulent pour quelque chose. Je n'ai pas pris les appels ni écouté tous les messages parce que nous devons nous concentrer sur la tournée, mais par la suite ? Tu pourras faire tout ce que tu voudras, tu n'auras que l'embarras du choix.

— Je n'ai pas entendu les téléphones sonner toute la soirée.

— Je les ai mis en mode silencieux.

— Si ça va être comme ça, tu ne pourras pas me quitter après la tournée des médias. Je vais avoir besoin de toi bien plus longtemps. Je n'ai aucune idée de comment m'occuper de tout ça. »

Mon cœur s'emballe à l'idée de plus de temps seule avec lui. Mon cerveau dit à mon cœur d'y renoncer, mais apparemment le cœur a ses propres idées et regarde avec insistance dans la direction de John.

« Finissons les quelques semaines à venir et nous mettrons un plan en place à ce moment-là.

— Tu ne vas pas me laisser regarder l'émission tout seul, non ? »

Je jette un œil sur ma montre. Cela ne commence que dans une heure.

« Je vais la regarder avec toi, mais après il faudra que j'aille me coucher et toi aussi, si tu veux aller à la gym à 5 h. On a besoin que tu sois bien reposé pour passer à la télévision.

— La catastrophe, si j'ai des cernes.

— Exactement.

— Je veux juste dire… Merci pour toute la prépa que tu as faite avec moi. Sur le coup, je ne voyais pas vraiment pourquoi il nous fallait le faire, mais je comprends maintenant. Quand j'étais devant tout le monde ce soir, au moins je me sentais prêt à ne pas me couvrir de ridicule.

— Tu ne te serais jamais ridiculisé.

— Peut-être bien que si, sans tout le temps que tu as passé à me préparer.

— Je suis contente que tu penses que ça en valait la peine.

— Ça en valait vraiment la peine. »

À un moment donné, il s'est tourné pour me faire face, et il me donne toute son attention, ce qui est plus que ma volonté fragile n'arrive à supporter.

Il tend sa main vers la mienne et entrelace nos doigts.

Ma bouche devient sèche, et le bourdonnement dans ma tête si fort que je ne peux presque rien entendre d'autre que ce fracas.

« Je peux dire quelque chose d'autre ?

— John…

— Poppy… »

J'ai dû mal à ne pas gémir. Mis à part le pétrin avec mon ex-fiancé, je n'ai pas souvent eu de raison de sentir que la vie n'était pas juste. Avec cet homme assis à quelques centimètres de moi, me regardant avec les plus beaux yeux bleus que j'aie jamais vus alors qu'il me tient la main, je prends pleinement conscience de combien la vie peut être injuste. Si ce n'était pas pour Ava et Éric, je me jetterais à cœur perdu dans cette chose avec lui, quoi que ce soit. Au diable mon travail et la carrière pour laquelle j'ai bossé si dur.

Il me fait un grand sourire.

« Tu sais à quoi d'autre je pensais plus tôt dans la soirée ?

— Quoi ?

— Tu m'as posé toutes sortes de questions pointues, mais je n'ai pas eu l'occasion d'en faire de même avec toi. »

Je devrais défaire ma main de son étreinte et foutre le camp de là. Tout de suite. Mais je suis captivée par sa façon de me regarder et le petit mouvement subtil de son pouce sur ma main. Mon cœur bat si vite, j'ai peur de m'évanouir, de faire une crise cardiaque, de vomir ou de faire quelque chose d'aussi embarrassant.

« Qu-qu'est-ce que tu veux savoir ?

— Tout. »

J'inspire profondément et expire lentement. Cela n'aide pas à ralentir mon cœur galopant. J'engloutis le vin, ce qui ne fait qu'aggraver ma tête qui tourne.

« De quoi tu as le plus honte ? »

Autre que de tenir la main de l'ex d'Ava, l'homme qui lui a brisé le cœur et maintenant met en péril son mariage avec mon frère ? Je regarde nos mains jointes, en essayant de penser à quelque chose de pire que cela.

« Quand j'étais au collège et au lycée, j'ai été harcelée. »

Je ne parle jamais de cela.

Il fronce les sourcils.

« Par qui ?

— Une des filles vaches qui avait décidé que j'étais trop jolie, trop populaire, trop douée pour l'école et le sport, et que j'avais besoin qu'on me donne une bonne leçon. Elle était sans relâche.

— Et personne n'a rien pu faire ? »

Il a l'air consterné pour moi, ce qui fait que je l'aime encore mieux qu'avant.

« Mes parents m'auraient défendu à fond, mais je ne leur en ai pas parlé.

— Pourquoi pas ?

— J'avais peur que ça aggrave les choses. »

Avec sa main libre, il balaye une mèche de mes cheveux et la met derrière mon oreille, le toucher léger du bout de son doigt déchaînant une puissante vague de désir que je ressens partout. Je ne vais jamais survivre à cela. Il va détruire et faire de ma vie d'avant des cendres, et tout en sachant cela, je n'arrive pas à bouger, partir, courir. Ce qu'il faudrait pour fuir ce puissant piège qu'il m'a tendu.

« Qu'est-ce qui s'est passé ?

— En première, elle s'est fait violer et assassiner par un autre gamin avec qui on allait à l'école.

— Quoi ? Oh, putain. C'est atroce, même si elle était affreuse avec toi. Personne ne mérite ça.

— C'était terrifiant. Je la détestais, mais j'ai été profondément marquée par ce qui lui est arrivé.

— Mais bien sûr. Même après ce qu'elle t'a infligé, c'était malgré tout juste une gamine.

— Oui. »

Je suis soulagée qu'il comprenne, alors que tellement de personnes dans ma vie, qui savaient ce que m'avait fait Tori, n'ont pas compris mon chagrin envahissant à propos de ce qui lui était arrivé.

« Je me suis toujours sentie coupable de l'avoir haïe, et j'ai essayé de me racheter en donnant de mon temps aux centres de crise pour les femmes. J'organise aussi une collecte de fonds dans notre ville natale. J'ai l'impression que le moins que je puisse faire, c'est de m'assurer que les gens n'oublieront jamais son nom.

— Tu es incroyable, murmure-t-il. Que tu fasses ça pour quelqu'un qui faisait de ta vie un enfer en dit long sur qui tu es. »

Je secoue la tête.

« Ce n'est pas comme ça.

— Si, si. Faire abstraction de ce qu'elle t'a infligé pour faire en sorte qu'on se souvienne d'elle, c'est vraiment extraordinaire. Ce n'est pas tout le monde qui a la capacité de pardonner aux gens qui leur ont fait du mal comme elle t'en avait fait.

— Ça m'a aidée à me remettre de ce qui s'était passé, de faire quelque chose qui avait du sens.

— C'est extrêmement impressionnant.

— Nous avons collecté plus d'un million de dollars pour des refuges pour femmes et des programmes de ressources, et tout cela en son nom à elle.

— Je suis en admiration. Vraiment. Et je parie que la plupart des gens qui ont participé à l'effort n'ont aucune idée de comment elle t'avait traitée. »

Je hausse les épaules.

« Quelle importance maintenant ?

— C'est important. *Toi,* tu es importante. Tu es aussi belle à l'intérieur que tu l'es à l'extérieur. »

Avant que mon esprit enregistre ce qui se passe, il se penche vers moi et ses lèvres touchent les miennes. Par-dessus le bourdonnement, qui devient plus fort d'un instant à l'autre, j'entends les cellules de mon cerveau qui se détruisent et qui emportent avec elles toutes les raisons pour lesquelles je ne devrais pas laisser cela arriver avec John. Le désir l'emporte sur les cellules du cerveau, un désir si aigu, si intense qu'il a plus de poids que tout, même mon bon sens.

Ma main s'enroule autour de son cou, mon verre à vin vide tombe par terre, et mes lèvres s'ouvrent à sa langue.

Un gémissement semble venir du plus profond de lui tandis que ses bras m'enlacent, peut-être pour faire en sorte que je ne puisse m'échapper.

Je ne suis pas près de partir.

Ses lèvres sont affamées, voraces, dévorantes.

J'ai eu des petits copains depuis mes quatorze ans. On m'a embrassée – maintes fois. J'ai eu des rapports sexuels avec six hommes. Je n'ai jamais vécu quelque chose de même un tant soit peu similaire à comment c'est d'embrasser cet homme. Le goûter une fois, c'est être accro.

« Poppy, murmure-t-il quand nous reprenons notre respiration. Tu as le goût du paradis. »

Ce surnom me fait fondre. Tout à propos de lui me fait fondre.

Il revient à la charge pour un autre baiser, et je le lui donne. Je lui donnerais tout ce qu'il me demanderait. Ma résistance s'écroule comme un château de cartes, et même l'idée de ce qu'Éric dirait de me voir embrassant l'ex perdu d'Ava à le dévorer ne m'empêche pas d'incliner la tête pour trouver un meilleur angle. Je perds toute notion du temps et de l'endroit pendant que le baiser continue encore et encore. Je suis sous lui, le bâton dur de sa queue appuyé contre mon ventre, il serre mon cul à travers ma robe, et tout ce que j'ai envie de faire c'est d'enlever les barrières qui se dressent entre nous, et le besoin est plus fort que tout ce que j'ai jamais ressenti.

Ses lèvres effleurent mon oreille.

« Dis-moi d'arrêter et je le ferai.

— Ne t'arrête pas. »

Il lève la tête pour me regarder droit dans les yeux.

« Jules.

— John. »

Je suis provocatrice, déterminée. En cet instant, je n'en ai rien à faire des conséquences ou condamnations ou de qui que ce soit mis à part lui et moi, et ce qui, je réalise maintenant, était inévitable pratiquement depuis le jour où nous nous sommes rencontrés.

« Je ne veux pas que tu me détestes demain.

— Ça n'arrivera pas.

— Tu promets ?

— Je promets. »

Je vais peut-être me détester moi-même, mais je ne le détesterai pas, lui.

« On a besoin d'un lit pour ça. »

Il reste assis, et alors que je me lève pour lui offrir ma main pour l'aider à se mettre debout, j'attends encore que mon bon sens refasse surface, pour mettre fin à cela pendant qu'il en est encore temps. Mais je n'y mets pas fin. Au contraire, je prends sa main et marche à son rythme jusqu'à la chambre, où nous nous tournons l'un vers l'autre et nous regardons longuement, comme si nous étions tous deux en train de décider de quelque chose qui ne pourra pas être effacé une fois que cela sera arrivé.

« Tu peux dire non à tout moment. »

Il libère mes cheveux relevés et puis les balaye pour m'embrasser dans le cou.

« Je ne vais pas dire non.

— Dis-moi la vérité.

— Sur quoi ?

— C'est l'uniforme qui a fait pencher la balance ? »

Je ne m'attendais pas à rire à ce moment précis.

« Ça n'a certainement pas fait de mal.

— C'est bon à savoir. »

Je glisse mes bras autour de sa taille, voulant le toucher partout maintenant que je me suis donné la permission de l'avoir.

« Tu as dit que tu voulais la vérité…

— Mmm. »

Il descend la fermeture Éclair de ma robe tout en continuant à se blottir dans mon cou.

J'ai du mal à rester debout.

« Ce n'est pas que l'uniforme. J'étais si fière de te regarder donner l'interview plus tôt. J'ai cru que mon cœur allait exploser de fierté pour qui tu es et ce que tu as enduré. Que tu puisses encore être si incroyable après tout ce que tu as vécu… Il s'agit autant d'admiration que d'attraction.

— Tu me flattes. J'ai peut-être l'air bien, vu de l'extérieur, mais à l'intérieur c'est encore un peu la pagaille. »

Je prends dans ma main le visage qui m'est devenu si cher, et pourtant j'ai essayé de lui résister.

« Tu te débrouilles très bien.

— Je vais beaucoup mieux depuis que Mary Poppins est venue me rappeler à l'ordre. Je suis à nouveau plein d'espoir, et ça, c'est entièrement grâce à toi.

— Maintenant c'est toi qui me flattes. »

Il secoue la tête et utilise le bout de ses doigts pour pousser ma robe par-dessus mes épaules.

Elle tombe en un tas à mes pieds, me laissant vêtue seulement d'un soutien-gorge noir et du string assorti.

« Si sexy, putain, ma Poppy sainte-nitouche. Tu te rends compte à quoi ressemblent tes jambes avec des talons ? Ça devrait être illégal que tu te promènes en chaussures à talon devant un gars qui n'a pas eu de rapports sexuels depuis six ans. »

Encore une fois, il me fait rire, ce que j'adore parce que je ne peux pas être nerveuse pendant que je ris. Je m'attaque aux boutons de sa chemise, poussée par l'envie folle de le toucher comme il me touche.

« Attention avec les boutons, ma chérie. Je n'ai qu'une autre chemise d'uniforme avec moi. »

J'attrape l'ourlet de sa chemise de ville et de son maillot de corps et les passe tous deux au-dessus de sa tête, poussant un cri en voyant le panorama musculaire de sa poitrine et son abdomen. Je m'attendais à ce qu'il soit bien bâti, mais cela… C'est une œuvre d'art.

« *Punaise.*

— J'étais mieux avant. Je le serai encore. Un jour. »

Je déteste qu'il semble complexé par son corps alors qu'il n'a absolument aucune raison de l'être.

« Tu es beau.

— Je le serai. »

Je me penche en avant pour l'embrasser entre ses pectoraux ciselés.

« Tu es déjà la perfection même. »

Il défait l'attache de mon soutien-gorge, le pousse le long de mes bras et puis me tire à lui, collant ma poitrine à la sienne. Nous restons comme cela très longtemps, partageant le même air, absorbant l'importance du moment.

Une de ses mains descend jusqu'à mon cul pendant que sa queue dure s'appuie contre mon ventre.

Je brûle pour lui, et lorsque je lève les yeux vers lui, je vois le même feu émanant de lui mais dix fois plus fort.

Nous nous embrassons encore, ses lèvres et sa langue me ruinant pour quelqu'un d'autre que lui. Ce n'est que quand je sens que ses muscles commencent à trembler de l'effort de rester debout que je l'encourage gentiment à s'asseoir au bord du lit. Je me mets à genoux entre ses jambes, défais et enlève ses chaussures, et m'acharne sur sa ceinture ainsi que les crochets et attaches variés de son pantalon.

« La Marine fait exprès que ce soit difficile d'enlever les pantalons ? »

Le rire fait des miracles avec son visage.

« Ça ne m'étonnerait pas. »

Il prend la relève, se libérant rapidement avant de soulever ses hanches pour m'aider à lui enlever son pantalon et son boxer. Je fais exprès de ne pas ignorer complètement la prothèse, parce que je ne veux pas que ça l'inquiète. Pas maintenant. Lorsque sa longue queue épaisse surgit, je me lèche les lèvres, me réjouissant à l'avance. J'enroule ma main autour de sa base et le fais entrer doucement dans ma bouche.

Son inspiration profonde m'encourage à lui donner le plaisir ultime.

« Poppy… Je ne suis pas sûr de pouvoir contrôler ça. »

Je l'ignore et m'y mets dare-dare, le prenant aussi profondément que possible, jusqu'à ce que le gland épais force ma gorge.

Ses doigts se mêlent à mes cheveux.

« *Putain.* »

J'adore qu'après toute la douleur et la peine qu'il a souffertes, je sois celle qui lui apporte ce plaisir. Je me lance à fond avec ma langue, mes lèvres et ma main.

« Jules. Arrête. »

Je n'arrête pas. Au contraire, je suce fort et sens tout son corps se raidir la seconde avant qu'il jouisse fort, inondant ma bouche et ma gorge de son essence. Je prends tout, tout ce qu'il a à donner, franchissant une ligne qui ne pourra jamais être réinstaurée.

CHAPTER DIX-NEUF

JOHN

J e deviens presque aveugle de plaisir. Douce, belle, et si compétente, Jules arrête presque mon cœur de battre avec son enthousiasme. Je tombe en arrière sur le lit, en prenant de grandes inspirations tandis qu'elle continue à me nettoyer. Ma queue quitte sa bouche avec un bruit sec.

« Poppy. »

Elle embrasse mon abdomen, dessinant chaque muscle avec sa langue en remontant mon corps, prêtant attention à chaque bout de sein. Avant qu'elle arrive à mes lèvres, je bande déjà encore une fois.

« Oui ? »

Je l'enlace, passe mes mains sur son dos et plus bas pour tenir son cul sexy. Je n'ai aucune idée de pourquoi elle a changé d'avis et décidé de me laisser faire, mais je n'ai pas l'intention de la questionner.

« Merde.

— Quoi ?

— Je n'ai pas de capote.

— On en a besoin ?

— Euh, bah, à ton avis ?

— Tu n'as pas fait ça depuis des années, et moi je prends des contraceptifs de longue date. J'ai passé un examen médical il y a un mois, et je suis en bonne santé.

— C'est bon, alors. »

Je suis prêt à y aller après des années sans. Pendant des semaines après qu'Ava m'a quitté pour de bon, je me suis demandé si je voudrais jamais faire ça avec quelqu'un d'autre. Mais avec Julianne toute chaude et sexy dans mes bras, j'ai l'impression qu'Ava, c'était dans une autre vie. Une belle vie, mais je ne veux pas penser au passé maintenant, et ça, en soi, est un cadeau inestimable que Jules m'a donné.

« Tu ne peux pas savoir combien tu as fait pour moi. »

Je prends son visage dans mes mains. Je l'embrasse doucement, ne voulant pas lui faire peur avec la férocité du désir que je sens pour elle, et pas uniquement parce que je n'ai pas fait ça depuis tellement longtemps.

C'est *elle*. Elle est la seule raison pour laquelle je me sens prêt pour quelque chose comme ceci. Parce que c'est elle. Je ne sais pas si ma jambe manquante me rendra maladroit, mais si cela arrive, elle s'en fichera. J'en suis absolument certain. Je me sens en sécurité avec elle, confortable et protégé de la folie qui m'entoure ces jours-ci. Elle fait tampon, elle est mon abri de l'orage, et je veux lui montrer ce qu'elle est devenue pour moi.

Je n'ai pas la même force qu'avant, alors il me faut utiliser les mots pour obtenir ce que je veux alors que par le passé j'aurais pris les choses en main et l'aurais installée où je la voulais.

« Bougeons les oreillers. Je veux que tu sois confortable. »

Elle se lève, me tend la main et me soulève. Qu'elle le fasse instinctivement, sans faire de manières, me touche profondément. Elle sait de quoi j'ai besoin et s'assure que je l'ai, pas seulement ici, mais partout ailleurs. Un homme qui a vécu sans douceur et gentillesse pendant si longtemps pourrait très facilement devenir accro à ce type de compassion et d'attention.

Je rabats les couvertures, mon regard fixé sur son cul pendant qu'elle s'installe en premier. Le temps que je rentre à côté d'elle, j'ai un besoin désespéré d'être à l'intérieur d'elle. Mais il me faut d'abord m'occuper des préliminaires, alors que l'homme des cavernes affamé en moi s'en passerait bien pour aller droit à l'événement principal. C'est *elle*, l'événement principal, et si je rends l'expérience mémorable pour elle, peut-être qu'elle reviendra et en redemandera.

Nous nous pelotons comme des adolescents, sauf que c'est mieux parce que nous sommes nus dans le lit le plus confortable du monde.

Pendant que nous nous embrassons, elle passe ses doigts dans mes cheveux tandis que je remplis ma main de son sein rond, passant et repassant mon pouce sur le bout qui devient plus ferme sous mon toucher. Elle se tortille, essayant de se rapprocher, ce qui me convient parfaitement. Je la veux aussi près de moi que possible. Je me gorge de sa douceur, des caresses sexy de sa langue contre la mienne, de la délicatesse de ses lèvres, du parfum de ses cheveux et de sa peau.

Passant de ses lèvres à son cou élégant et puis plus bas aux doux bouts de ses seins, je lui donne de la tendresse tout en me battant contre ma bête intérieure qui veut *prendre, prendre, prendre* ce que Jules offre si volontiers. Bientôt, dis-je à la bête. D'abord je vais donner, et puis je vais prendre. Je voudrais pouvoir faire confiance à mes bras pour tenir mon poids, mais ce n'est pas le cas, alors je reste sur mon flanc pendant que je descends, prenant un sein et puis l'autre dans ma bouche tout en laissant ma main explorer son corps.

Elle ouvre les jambes pour me laisser entrer, m'encourageant avec un mouvement subtil de ses hanches et ses doigts qui se resserrent dans mes cheveux.

Je pousse le bout de tissu entre ses jambes pour libérer la voie et appuie un doigt et puis un deuxième dans la chaleur serrée et mouillée entre ses jambes, et j'adore comme elle pousse un cri sous l'impact. Utilisant mon pouce, je lui caresse le clito tout en suçant fort son téton.

Elle explose dans ma main, criant de plaisir, sa sensibilité me rendant fou d'elle. Il me faut plus.

« John, dit-elle en haletant. *Je t'en prie.* »

Ça fait très, très longtemps que je n'ai pas fait ça, mais je sais ce qu'elle veut, et je n'ai pas besoin de me faire prier.

« Mets-toi sur moi. »

Je veux que ce soit parfait pour elle, et je ne fais simplement pas confiance à mon propre corps pour ne pas me décevoir. J'ai maintenant une raison de plus pour travailler dur à la gym pour retrouver la force d'être tout ce qu'il lui faut au lit.

Je me mets sur le dos, et quand elle me chevauche, je réalise qu'elle a enlevé son string, ne laissant rien entre nous.

Ses mains sont plaquées à mon poitrail, ses yeux sont dans les miens, et l'émotion qui va et vient entre nous est puissante. Je ne peux qu'espérer qu'elle la ressente autant que moi.

« Je m'excuse d'avance si c'est bref. »

Je lui offre un sourire espiègle.

« Je me ferai pardonner la prochaine fois.

— Je ne m'inquiète pas et tu ne devrais pas non plus. »

Elle bouge pour me prendre à l'intérieur d'elle, se baissant lentement, sa tête retombant en arrière et sa bouche s'ouvrant sur un cri silencieux qui envoie une bouffée de chaleur à ma bite. Dieu, qu'elle est belle et sexy et sensible et… Lorsque ses muscles internes se resserrent autour de moi, il me faut me mordre la lèvre pour m'empêcher de perdre le contrôle trop vite.

Mes mains retombent sur ses hanches, s'agrippant à elle tandis qu'elle impose une cadence exigeante, presque comme si elle essayait de me briser.

Son regard rencontre le mien. Je vois le défi, l'intrépidité, le sexe et le désir dans ses yeux. J'y vois la joie, le plaisir, et la joie de vivre qui fait tellement partie de qui elle est. Je me suis agrippé à ces qualités en elle, et elles sont devenues mon radeau de sauvetage dans les mers houleuses. Je fais glisser mes mains sur son dos jusqu'à ses épaules, la ramenant à moi. J'ai besoin de l'embrasser, de sentir ses seins contre mon torse.

Je la surprends et moi aussi quand je nous retourne et finis de l'embrasser.

« Ça, alors. Je ne pensais pas pouvoir faire ça. »

Son sourire illumine son visage.

« Tu peux tout faire. »

Je la pénètre, lui donnant tout ce que j'ai en une poussée profonde.

« J'y crois grâce à toi. »

Elle écarte encore plus les jambes et soulève ses hanches pendant que ses mains longent mon dos pour aller saisir mon cul.

C'est uniquement parce qu'elle a atténué mon désir plus tôt que je peux la suivre. Je suis décidé à la faire jouir à nouveau avant de me laisser aller au besoin qui me fait courir vers une culmination spectaculaire.

« Touche-toi », lui dis-je d'un ton bourru, voulant le faire moi-même, mais n'étant pas encore capable de faire plusieurs choses à la fois.

Elle met la main là où nous sommes joints tandis que je baisse la tête pour rouler son téton entre mes dents. La combinaison a l'effet désiré, et quand elle se resserre autour de ma queue, je suis cuit. Je viens si fort que je vois des étoiles. Le plaisir est du plus profond, chauffant le sang qui coule dans mes veines et enflant mon cœur d'émotions que je ne pensais jamais revivre.

« Poppy. »

Je nous retourne encore pour ne pas l'écraser avec mon corps fatigué.

« Oui ? »

Elle s'étale sur moi, ses cheveux chatouillant mon torse tandis que des répliques de plaisir se propagent en nous deux.

« C'était formidable.

— Mmm, c'est sûr.

— Ça va ?

— Oui, oui. Et toi ?

— Mieux que depuis longtemps. »

Maintenant que j'ai le droit de la toucher, je n'arrive pas à m'arrêter. Mes mains bougent sur sa peau douce, apprenant par cœur chaque creux et vallée, chaque poignée de cul sexy et de cuisse musclée.

Elle tremble lorsque des frissons se dessinent sur la surface de sa peau.

Je bande en elle.

Elle rit, et le son de sa joie est la plus douce des musiques que j'aie jamais entendues. Puis elle lève la tête et s'étire pour voir le réveil.

« C'est presque l'heure de l'émission.

— M'en fous. »

Je serre ses fesses et m'enfonce en elle comme le taureau en chaleur que je suis. Les vannes sont ouvertes, littéralement, et maintenant que ma libido est de retour, je veux baiser jusqu'à ce que je ne puisse plus bouger, jusqu'à ce qu'elle ait trop mal pour me prendre, jusqu'à ce que j'assouvisse le désir qui brûle si fort en moi qu'il risque de me ravager.

« Non, tu ne t'en fiches pas. Laisse-moi, et je vais chercher la télécommande.

— Je ne te laisserai partir que si tu reviens exactement là où tu es maintenant.

— D'accord. »

Elle sourit en m'embrassant.

Je la laisse partir et me mets sur mes coudes pour pouvoir la regarder circuler dans la pièce. Ses seins sont plus gros que je m'y attendais, et ils rebondissent quand elle bouge. Sexy à en crever.

La télécommande est derrière la télé. Elle la dirige vers la télévision et met la chaîne locale de NBC. J'oublie qu'elle habite ici et sait tout sur New York. Mon cœur se serre avec inquiétude. Qu'est-ce que nous ferons quand je serai rentré à San Diego et qu'elle aura repris sa vie à New York ?

Arrête. Ne t'emballe pas. T'as encore des semaines pour te rendre indispensable à elle. À cet instant, cela devient le but principal de cette tournée des médias : me rendre indispensable à elle.

« T'as promis de revenir. »

Avec un grand sourire, elle revient à son poste sur moi.

« Euh, ce n'est pas exactement où tu étais. »

Elle bouge ses hanches et me prend jusqu'au bout.

« Mieux ? »

En poussant un cri, je dis : « beaucoup mieux. » Être en elle, c'est comme toucher le paradis.

« Je n'arrive pas à voir la télé », dit-elle.

Lui tenant les hanches, je pousse plus fort en elle.

« Tu n'as pas besoin. Tu y étais. Tu l'as vu en *live*.

— Je veux le voir », dit-elle en rigolant.

Je nous tourne pour nous mettre sur le flanc, l'un face à l'autre, ma queue encore profondément ancrée en elle.

Je ne sais pas où je trouve la force de faire cette gymnastique sexuelle et je me demande si je vais payer demain avec des courbatures. Et alors, on s'en fiche. Ça en vaudra tellement la peine.

« Mieux ? »

Elle hoche la tête, mais me fixe moi et non la télévision, sa main sur mon visage alors qu'elle m'embrasse.

L'émission commence avec de la musique et des publicités. J'entends mon nom, mais je garde mes yeux fixés sur elle, la baisant lentement mais profondément, ma main sur son cul pour la garder exactement où je la veux. Je ne devrais pas être capable de le faire, mais pour une fois mon corps coopère, et je ne pose pas de questions. C'est si bon. Je veux juste que ça continue aussi longtemps que possible.

Nous écoutons le monologue amusant de Jimmy pendant que nous nous embrassons et nous touchons et bougeons ensemble en une danse érotique. Mon cœur se serre quand je me souviens de ma peur de tomber lorsque j'ai pris la décision spontanée de laisser les béquilles à Muncie.

« J'étais si fière de toi d'être sorti en marchant, murmure-t-elle contre mes lèvres.

— J'ai eu la trouille de ma vie de tomber et me rendre ridicule.

— Personne ne se serait jamais douté que tu n'étais pas calme, et tu étais tellement sexy dans cet uniforme. Toutes les femmes d'Amérique aimeraient être à ma place maintenant. »

Je ris.

« Tais-toi, va.

— Fais-moi taire. »

Je plonge ma langue dans sa bouche et la baise plus fort, bougeant au rythme de ma propre voix qui vient du téléviseur. Je me fiche complètement de l'interview et de tout sauf du plaisir que je trouve dans ses bras. J'ai été privé de plaisir depuis si longtemps que j'en suis goulu, plus brute avec elle que je ne devrais l'être, mais je ne peux pas m'en empêcher.

« Jules. »

J'arrête de l'embrasser pour prendre un grand bol d'air.

« C'est si bon, toi… Tu es tellement bonne, tellement bonne. »

J'enfouis mon visage dans son cou et la respire profondément, voulant me noyer dans sa senteur.

Elle enfonce le bout de ses doigts dans mon dos, me faisant savoir qu'elle y est presque.

Cette fois, je veux être maître de son orgasme. Je tends la main pour caresser son clito, la taquinant et puis arrêtant plusieurs fois, jusqu'à ce qu'elle me griffe presque le dos, me suppliant de la soulager. Je la taquine encore un peu plus avant de finalement lui donner ce qu'elle veut.

Elle crie en jouissant, et je ne peux qu'espérer que Muncie est assez loin de nous pour ne pas l'entendre.

Je la pénètre puissamment, encore et encore, surfant sur la vague du plaisir jusqu'à ce que je ne puisse plus me retenir. Je resserre mes bras autour d'elle et je jouis fort, au même moment que Jimmy fait venir Miles pour me faire une surprise.

Nous restons longtemps silencieux pendant que nous écoutons l'interview et redescendons sur Terre du nuage que nous avons trouvé ensemble.

« Tu as aimé rencontrer Miles ? »

Sa main fait de petits cercles calmants sur mon dos. Il y a si longtemps que personne ne m'a touché comme ça. Je veux que cette nuit dure éternellement.

« Oui, il a l'air d'être un gars formidable.

— Son histoire est si triste. Il était dingue d'Emerson.

— Ça se sentait dans sa lettre. Est-ce qu'il a rencontré Sky par Ava ?

— Oui. Elle a arrangé leur rencontre, en fait. Elle est devenue très proche de Miles en travaillant avec le groupe des familles.

— Sky ne m'aime pas beaucoup.

— Ce n'est pas ça… »

Elle se mord la lèvre comme si elle hésitait à combler mes lacunes.

« C'est quoi, alors ?

— Sky et Ava vivaient ensemble à l'époque où Ava essayait très fort de se remettre sur pied. Ce n'est pas comme si elle avait quitté San Diego et laissé sa vie là-bas derrière elle sans jamais se retourner. Il y a eu beaucoup de nids de poule sur la route du bonheur avec Éric. »

Je descends ma main de son épaule à sa main et puis remonte dans le sens inverse. Sa peau est si douce et si lisse. C'est comme de la soie.

« Est-ce qu'ils viennent d'en rencontrer un autre à cause de moi ? »

Après une longue hésitation, elle dit :

« Je peux te demander une faveur ?

— Tout ce que tu voudras.

— On peut ne pas parler d'eux ? Je ne peux pas parler d'eux et aussi faire ça. »

Elle nous montre tous deux du doigt.

« Il faut que je garde cela séparé, ou je suis susceptible de perdre ce qui me reste de ma tête.

— Je comprends. Je suis désolé si je t'ai mise mal à l'aise.

— Tu me rends très mal à l'aise. »

Ses lèvres forment un petit sourire.

« Je n'ai jamais rien fait de pareil. Je n'ai aucune idée de comment gérer les répercussions possibles.

— Ma douce Poppy. Toujours une bonne fifille.

— C'est triste mais vrai. Je ne sais pas être autrement.

— Je sais que c'est peut-être égoïste de ma part de le dire, mais pour une fois, je veux que tu t'occupes de toi plutôt que de tous les autres. Je veux que tu penses d'abord à *toi*.

— C'est gentil de ta part de vouloir cela pour moi, mais il m'est très difficile de penser d'abord à moi quand les gens que j'aime seront blessés par mes actions. »

Et il s'agit là précisément du cœur de notre dilemme.

CHAPTER VINGT

ÉRIC

J'ai beau essayer, je ne peux pas échapper à ce type. Je ne veux pas parler du désastre qu'est devenu mon mariage, alors Rob nous prend à tous deux des bières froides et nous nous installons pour regarder la télévision. Qui est sur le *Tonight Show* ? Nul autre que l'homme du moment, le seul visage dans le monde entier que je ne supporte pas de voir maintenant.

Il est accueilli comme un héros, ce qu'il mérite sans aucun doute, mais cela me rend encore plus malade que je ne le suis déjà.

Rob prend la télécommande sur la table basse et renverse presque sa bière dans sa hâte de changer de chaîne.

« Laisse-le. »

Peut-être que cela fait de moi un masochiste, mais je ne peux m'empêcher de me sentir curieux à propos de lui, et pourtant je voudrais qu'il parte pour ne jamais revenir.

Rob m'observe avec circonspection.

« T'es sûr ? »

Je hoche la tête. Je ne suis plus sûr de rien, mais quel mal ça peut faire de le regarder à la télé ? La foule l'acclame pendant cinq minutes entières.

Fallon en a les larmes aux yeux.

John, qui est incroyablement impressionnant en uniforme, n'a aucune idée de comment réagir à l'accueil des membres du public reconnaissants.

Je regarde avec un sentiment de défaite en moi.

« Je n'avais aucune chance.

— Ce n'est pas vrai.

— Si, si. Regarde-le. Toutes les femmes d'Amérique vont le vouloir après ça. Comment je peux rivaliser avec ça, avec ce qu'elle avait avec lui ?

— Tu n'as pas à rivaliser avec lui.

— Ah non ? Ma femme faisait des rêves pornographiques de lui pendant qu'on était en *lune de miel*, putain. »

Je tourne l'alliance que je m'habitue encore à porter au doigt, me demandant si elle sera partie avant que je m'y sois fait.

« Je ne fais pas le poids si elle fait des rêves sexuels de lui, c'est clair. »

Cela va à l'encontre de tout ce que je crois d'être parti loin d'elle. Je suis un gars qui reste et fait le boulot, mais dans ce cas… Il fallait juste que je me tire de là avant que je dise ou fasse quelque chose qui nous briserait à jamais.

« Ce n'est pas vraiment juste de lui en vouloir de ses rêves, mon pote. Elle n'y peut rien, comme toi tu ne peux rien avec tes rêves.

— Je rêve d'elle – et d'elle seule.

— Je dis quand même qu'elle ne peut être tenue responsable de choses hors de son contrôle.

— Alors, ça ne te ferait rien si Camille commençait soudainement à baiser son ex dans ses rêves ?

— Ça ne me plairait pas, mais je ne lui en voudrais pas.

— Oui, c'est ça, va. Parle-moi quand ça t'arrivera vraiment, et fais-moi savoir comment tu te sens à ce moment-là.

— Tu vas la repousser à être en colère contre elle pour une chose qui en réalité n'est pas arrivée.

— Elle est déjà partie.

— Mais non, elle ne l'est pas ! Elle était là il y a une heure pour te voir, et toi tu l'as rejetée.

— Je ne veux pas la voir. »

À un moment donné pendant le voyage de retour interminable pour rentrer, j'ai commencé à me mettre en colère, et maintenant la colère est tout ce qui reste.

« Éric, tu commets une énorme erreur.

— L'énorme erreur est arrivée le 3 juillet. »

Le jour de notre mariage était le plus beau jour de ma vie, mais même ce jour-là, je savais que quelque chose n'allait pas. J'ai choisi de l'ignorer parce que j'obtenais ce que je voulais le plus au monde. Depuis, j'ai appris qu'ignorer des problèmes évidents peut tout aggraver.

Rob me fixe, son visage blêmissant sous le choc.

« Tu ne crois pas ce que tu dis.

— Si, si. La seule raison pour laquelle elle a été jusqu'au bout, c'est Brittany. »

Il secoue la tête, complètement incrédule.

« *Quoi* ? Qu'est-ce qu'elle vient faire dans tout ça, cette pétasse, bordel ?

— Si elle ne m'avait pas fait ce qu'elle m'a fait, Ava aurait annulé le mariage après l'avoir vu, lui. »

Je fais un mouvement de la main vers la télévision, où l'homme du jour est vénéré sur *Fallon*.

« T'as perdu la tête, putain. Ce n'est absolument pas vrai.

— Si, ça l'est. »

Je me sens bien, en fait, d'avoir finalement dit tout haut ce que je suspecte depuis pas mal de temps maintenant.

« Elle ne me ferait jamais ce que m'a fait Brittany. Elle savait que ce n'était pas une mince affaire pour moi de tenter ma chance avec elle, tout comme ça ne l'était pas pour elle de tenter sa chance avec moi. Elle aurait donné son bras droit plutôt que de m'infliger la même chose que Brit. »

Quand ma fiancée m'a ghosté, disparaissant de notre vie sans un mot, je pensais que ce serait la pire chose qui pourrait jamais m'arriver. J'avais tort.

« Elle me l'a même dit en Espagne. Elle a dit qu'elle avait fait ce qu'il fallait en m'épousant.

— Elle voulait dire ce qu'il fallait pour elle.

— Je n'en suis pas si sûr. Je soupçonne que ce qu'elle voulait vraiment dire, c'est qu'elle a fait ce qu'il fallait en ne m'infligeant pas une autre séparation effroyable lorsque son premier amour est rentré d'un déploiement de six ans et voulait se remettre avec elle. »

Je le fixe à la télé, ma mâchoire si tendue que j'ai l'impression qu'elle pourrait se briser avec l'intense pression qui monte en moi.

« Dès l'instant où elle est revenue à moi après l'avoir vu, elle a été vraiment changée.

— Comment ça ?

— Elle était hantée. Elle ne dormait pas, ne mangeait pas. Elle s'en fichait, du mariage. Elle a continué pour la forme, et je l'ai laissée faire parce que j'avais tellement peur de la perdre que je n'ai pas donné l'alarme. Je lui ai posé des questions. On en a parlé à Jess. On l'a mis au grand jour, et puis elle a persévéré avec le mariage et tous nos plans, mais elle n'était pas elle-même. Elle l'a fait parce que c'est ce que moi, et tout le monde attendions d'elle, pas parce que c'était ce qu'elle voulait.

— Je refuse de croire ça. J'étais là ce jour-là. J'ai vu à quel point elle était heureuse et comment elle te regardait. Elle ne faisait pas semblant.

— Non, c'est vrai. Elle m'aime vraiment. Je n'en doute absolument pas. Mais elle l'aime plus, lui.

— Éric, c'est de la folie, ça. Elle t'a épousé. Qui ferait ça s'il ne voulait pas être avec la personne pour le restant de sa vie ?

— Ava le ferait. »

Plus j'en parle, plus je suis sûr d'avoir raison.

« Elle a fait ce qu'il fallait, mais à quel prix ? Je l'aime. Vraiment. Mais je ne veux pas passer le reste de ma vie avec quelqu'un qui veut quelqu'un d'autre. Je ne peux pas faire ça.

— Tu ne devrais pas avoir à le faire ; si je la connais un peu – et je crois la connaître –, elle a tout simplement besoin de temps pour se remettre. Le timing de tout cela, qu'il soit revenu juste avant votre mariage et ait voulu la revoir… Cela aurait donné du fil à retordre à n'importe qui. Il faut juste que tu lui donnes le temps de se remettre les idées en place. Vous êtes heureux ensemble, tous les deux. Je l'ai vu de mes propres yeux.

— C'est ce que tu as vu avant qu'il revienne.

— Je l'ai vu après, aussi. Je l'ai vu le 3 juillet. »

Je veux le croire mais je ne vais plus me raconter de conneries. Il faut que je regarde la vérité en face, celle qui me saute aux yeux à la télévision et à la maison. Je ne peux pas faire semblant que ce n'est pas en train d'arriver, et pourtant j'aimerais peut-être bien.

Camille sort de leur chambre, le téléphone à la main.

« Je n'arrive pas à la joindre. Son téléphone va directement à la messagerie.

— Elle a dû l'éteindre, dit Rob.

— Je veux aller là-bas, vérifier qu'elle va bien.

— Tu ne vas pas y aller maintenant. Il est presque minuit.

— Je vais prendre un Uber. »

Ils vivent à un bout de Tribeca, et nous vivons à l'autre. La proximité de l'appartement de mon frère est la raison pour laquelle j'ai acheté mon loft. Cela, comme tout le reste, a été terni de manière définitive par les événements des quelques dernières années. Si mon mariage se termine, je vais vendre l'endroit de merde où se sont déroulés *deux* désastres.

« Si t'insistes pour y aller, dit Rob, j'irai avec toi.

— Je serais rassurée de savoir qu'elle va bien. »

Camille me lance un regard qui communique une déception et une inquiétude infinies. Elle était en rogne que je n'aie pas voulu voir Ava quand elle est passée plus tôt dans la soirée. Je pourrais m'excuser, mais je ne regrette pas. Pour une fois, je m'occupe de moi dans cette situation, plutôt que de penser d'abord à elle comme je l'ai fait depuis le jour où je l'ai rencontrée au mariage de Rob et Camille.

C'était vraiment mignon, des frères qui épousaient des sœurs. Même le *New York Times* a fait un article sur nous, les fils du gouverneur, dans leur carnet mondain.

Je me demande s'ils couvriront aussi le divorce.

CHAPTER VINGT-ET-UN

JULIANNE

Je me réveille seule dans le grand lit de John, l'odeur de son eau de toilette imprégnant l'oreiller que nous avons partagé pendant la nuit la plus spectaculaire de ma vie.

Au grand jour, je n'ai aucun regret. Je ne sais pas exactement ce qui m'est arrivé les quelques dernières semaines, mais quoi que ce soit, ça me va. J'ai rencontré un homme incroyable qui me fait ressentir des choses que je ne croyais pas possibles, ce qui me fait penser à Andy et à comment j'ai presque épousé quelqu'un qui ne me faisait rien ressentir comparé à ce qui arrive quand John entre, tout simplement, dans une pièce.

J'aimais Andy. Vraiment. Mais ça, avec John… C'est différent de tellement de façons que je suis encore en train de les comprendre après le meilleur sexe de ma vie. Ce n'était pas juste du sexe, cela dit. C'était la relation qui a fait que c'était différent, plus intime que rien n'ait jamais été. Pour moi en tout cas. Je sais qu'il a connu cela avant, mais pas moi.

Et maintenant que j'y ai goûté, je suis complètement accro.

Où est-il, en fait ?

Je commence à me lever pour voir s'il est dans l'autre pièce quand j'entends la porte se refermer d'un grand coup et un vacarme qui vient du salon.

Deux voix.

John et Muncie.

Merde !

Je saute du lit, attrape ma robe, mon slip et mon soutien-gorge par terre et vais dans la salle de bains, fermant la porte à clé. Je m'habille aussi vite que je peux avec des mains qui ne veulent pas coopérer, tout en essayant de trouver une histoire que Muncie pourra croire.

John m'a laissée utiliser sa baignoire.

C'est bien. Cela va marcher, après qu'il m'a entendu en parler hier.

Sauf qu'il est 6 h du matin…

Merde, merde, *merde* !

« N'allez pas là-dedans », j'entends dire John.

J'ai l'oreille collée à la porte.

« On a besoin d'une serviette. Vous saignez comme un cochon. »

Quoi ? Il est blessé ? Que s'est-il passé ?

« Utilisez ça. »

Est-ce que Muncie voit son uniforme éparpillé dans la pièce ? Mon Dieu, mes chaussures y sont et le verre à vin est probablement encore par terre, là où il est tombé pendant que nous en étions aux préliminaires sur le canapé. Merdouille !

Je penche ma tête contre le bois frais de la porte, en essayant de décider que faire. Je veux savoir ce qui est arrivé à John, mais je ne veux pas que Muncie me voie dans mes vêtements d'hier soir, qu'il fasse le rapprochement et se rende compte que je suis baisée de plus d'une façon.

Mon inquiétude pour John est plus forte que toute peur d'humiliation potentielle. J'ouvre la porte et sors de la salle de bains et puis de la chambre, comme si j'avais toutes les raisons d'émerger de la chambre de John dans mes vêtements d'hier. Et lorsque je vois le T-shirt ensanglanté pressé à l'arrière de la tête de John, je m'évanouis presque en réalisant qu'il est sérieusement blessé.

« Que s'est-il passé ? »

Muncie me regarde. Il fait le rapprochement en deux secondes mais très vite reporte son attention sur John.

« Il est tombé à la gym. »

John s'excuse dans le regard qu'il me lance.

« Ce n'est rien.

— Avons-nous besoin d'un médecin ? »

Muncie dit oui au même moment que John dit non.

« C'est bien ouvert. Il a probablement besoin de points de suture.

— Je n'ai pas le temps de faire des points de suture. Je passe dans le *Today Show* dans deux heures. »

Mon estomac se serre à cause du stress à l'idée d'avoir à contacter le *Today Show* pour leur dire qu'il ne va pas venir. Ils ne seront pas contents.

« Laisse-moi appeler l'accueil. Ils ont peut-être quelqu'un qu'ils peuvent faire venir.

— Ça vaut le coup d'essayer », dit Muncie.

Je passe l'appel. Quand je dis à l'accueil que la personne blessée est le capitaine West, elle se tient à l'attention et dit qu'elle va nous envoyer quelqu'un immédiatement. Je la remercie et passe l'information aux gars.

« Ils emploient du personnel médical ? demande Muncie.

— Probablement pour des choses justement comme celle-ci. »

Je fixe du regard le visage pâle de John. Je vois à la façon dont il tient sa bouche qu'il souffre et qu'il ne veut pas que nous le sachions. Il en a plus qu'assez des problèmes médicaux et des gens qui sont aux petits soins pour lui.

Je vais dans la salle de bains, mouille un des gants de toilette grand luxe et attrape une des serviettes, les rapportant dans la pièce principale où John est assis à la table de la salle à manger.

« Faites-moi voir ça. »

Je prends mon courage à deux mains pour ce que je vais peut-être découvrir.

Il enlève le T-shirt fichu, révélant une coupure de sept centimètres à l'arrière de la tête de John. Muncie a raison. Cela va nécessiter des points de suture. J'appuie doucement le gant de toilette contre la

coupure, la nettoyant alors qu'elle continue à saigner assez abon-
damment.

John lève les yeux vers moi.

« Je suis désolé.

— Ne vous inquiétez pas. C'était un accident. C'est la vie.

— Ça ira aujourd'hui. Je ne vous décevrai pas. »

J'ai envie de le prendre dans mes bras, l'embrasser et le tenir. J'ai
envie de lui dire qu'il ne pourra jamais me décevoir, mais je ne peux
faire aucune de ces choses devant Muncie, qui nous regarde comme
quelqu'un qui est tombé sur le scoop du siècle. Je le connais assez bien
pour savoir qu'il n'en soufflerait jamais mot à quelqu'un, mais je
déteste qu'il sache. Nous n'avons même pas eu un jour à nous pour
profiter de notre changement de statut, et déjà quelqu'un est au
courant.

Je m'occupe de John jusqu'à ce que la sonnette retentisse.

Muncie se précipite pour faire entrer le docteur, qui vient en portant
un sac médical démodé. J'estime qu'il a une bonne soixantaine d'années, avec des cheveux blancs et des sourcils blancs ébouriffés. Il se
présente : c'est le docteur Carey.

Le docteur évalue vite la situation.

« Il y a beaucoup de sang. Que s'est-il passé ?

— Je, euh, je faisais du jogging sur le tapis de course, me suis
emmêlé les pieds et suis tombé en arrière. »

En entendant cela, j'avale ma salive, en réalisant qu'il aurait pu se
faire bien plus mal. Et pourquoi est-ce qu'il faisait du *jogging* alors
qu'il peut à peine marcher sans les béquilles ?

Le docteur se met derrière lui.

« Laissez-moi jeter un œil. »

Je me pousse pour le laisser approcher, rassemblant les serviettes et
le T-shirt ensanglantés, et les roulant en boule. Tandis que le médecin
fait des examens neurologiques sur John, je me tiens près de Muncie
qui a l'air de se sentir aussi tendu que moi.

« Pourquoi faisait-il un jogging ? »

Je parle à voix basse, ne voulant pas que John nous entende.

« Je n'ai aucune idée d'à quoi il pensait.

— J'ai des obligations ce matin, dit John au docteur. Vous pouvez me rafistoler ?

— Ouais, mais il va vous falloir quelques agrafes, et je veux vous faire faire une tomodensitométrie juste pour m'assurer que vous n'avez pas d'hémorragie interne. »

John me lance un regard furtif.

« Est-ce qu'on a le temps ?

— On fera en sorte que oui. »

Je vais résoudre le problème. C'est mon boulot.

« Je vais passer quelques coups de fil, dit le docteur Carey. Voir si je peux vous faire entrer quelque part de très discret. »

Je suis immédiatement soulagée.

« Ce serait excellent.

— Je vous ai vu sur le *Tonight Show* hier soir. »

Le docteur Carey nettoie la plaie et applique des pansements papillon.

« Les agents de sécurité disent qu'il y a des gens qui campent dehors, dans l'espoir de vous apercevoir. »

Je regarde Muncie.

« Comment savent-ils qu'il est là ? » demande Muncie.

J'ai mal à l'estomac à cause du stress.

« Difficile de garder des secrets à l'ère des médias sociaux.

— Je vais organiser quelque chose pour que vous puissiez consulter sans être dérangé, dit Dr Carey.

— Merci, docteur. »

Quand il finit de s'occuper de John, je lui parle de notre emploi du temps du jour, lui donne mon numéro de téléphone pour qu'il puisse me faire savoir où nous devons nous rendre et à quelle heure.

« Nous sommes très reconnaissants de votre aide.

— C'est la moindre des choses que je puisse faire pour lui. Le fils de mon voisin et sa famille étaient sur le bateau de croisière.

— J'en suis vraiment désolée.

— C'est la pire chose que j'aie jamais vécue. Ce qu'a fait le capitaine… Ce qu'ils ont tous fait est si important pour tellement de personnes. Nous allons prendre soin de lui.

— Merci.

— Je vous appelle très bientôt. »

Une fois qu'il est parti, je retourne auprès de John, ayant hâte de l'aider de toutes les façons que je peux.

« Qu'est-ce qu'il disait ?

— Son voisin a perdu de la famille dans l'attaque sur le bateau.

— Oh. Waouh.

— De quoi avez-vous besoin ?

— D'une douche. Je suis couvert de sang.

— Vous avez besoin d'aide ?

— Non, ça va aller.

— Vous aurez peut-être la tête qui tourne, dit Muncie. Vous avez perdu beaucoup de sang.

— C'est bon, j'ai dit. Je serai prêt à l'heure de partir.

— Vous voulez manger quelque chose ? » demandé-je.

Il secoue la tête en se hissant pour se mettre debout, se penchant beaucoup sur la table.

« Juste du café. »

Je retiens ma respiration en le regardant reprendre ses esprits et marcher vers la chambre. Je n'expire pas jusqu'à ce que la porte se referme derrière lui avec un grand claquement.

Je veux lui courir après, être là pour lui, pour l'aider s'il en a besoin, mais il m'a bien fait comprendre qu'il ne veut ni mon aide, ni celle de Muncie.

Muncie jette un œil sur la porte fermée de la chambre.

« Il m'a appelé de la salle de gym. Il n'arrivait pas à se relever. Je crois qu'il est plus embarrassé qu'autre chose.

— Il n'a aucune raison de l'être.

— Essayez de lui dire ça. Je vais aller vite prendre une douche. Je serai de retour dix minutes avant qu'il nous faille être en bas. »

Ses yeux se baissent sur le sol, là où sont étalées sur la moquette mes chaussures à talon d'hier, près du verre à vin.

Je sens mon visage rougir de honte.

« À tout à l'heure, alors. »

Une fois qu'il est parti, je me demande si je devrais rester ou partir.

Je veux être sûre que John va bien dans la douche, mais je ne veux pas faire intrusion dans sa vie privée.

Au diable, je décide, en ouvrant la porte de la chambre et marchant jusqu'à la porte fermée de la salle de bains. Je n'entends pas encore couler la douche, alors je frappe.

« Tu as besoin de quelque chose avant que je parte ?

— Non, ça va. Merci. »

Je veux qu'il ait besoin de moi. Je veux qu'il m'invite à entrer et à prendre la douche avec lui. Je ne veux pas le laisser, surtout en sachant qu'il doit être contrarié par ce qui s'est passé. Mais je refuse de m'imposer à lui.

« OK, je reviendrai avec du café avant l'heure de partir. »

Il ne répond pas.

Je me force à me replier, prendre mes chaussures et mon sac et retourner à ma chambre à moi, alors que tout en moi veut rester avec lui.

JOHN

Si stupide, putain. C'est ce que je suis. Je n'avais pas à faire du jogging sur le tapis de course, mais ma nuit avec Jules a fait que je me sentais à nouveau puissant et fort, ce qui, je le sais maintenant, n'était qu'une illusion. Je ne suis pas fort. Je suis faible et pourri, et le corps que j'avais façonné en une machine bien huilée continue à me laisser tomber.

J'ai un mal de tête qui me tue, et je suis étourdi par la perte de sang. Pas une bonne façon d'être pour un amputé en train de s'habituer à une prothèse et qui a déjà des problèmes d'équilibre dont s'occuper.

Parce qu'il ne faut absolument pas que je retombe, je me tiens au rail dans la douche, en me lavant et me rasant d'une main. D'une manière ou d'une autre, j'arrive à ne pas me couper le visage, ce qui est une maigre consolation. J'ai perdu assez de sang pour aujourd'hui. L'eau dans l'évier est teintée de rouge, et je fais la grimace quand l'eau de la douche tombe sur la blessure. Dieu merci, c'est à l'arrière de ma tête, alors je ne suis pas obligé de passer à la télévision avec des pansements sur la figure.

Je reste debout sous l'eau chaude pendant longtemps, laissant les gouttes soulager les maux et douleurs de la nuit de plaisir et de la chute qui m'a ramené, littéralement, sur terre, me rappelant que je suis encore loin d'être en bonne santé.

Je déteste comment Jules m'a regardé avec compassion et sympathie. Je ne veux ces choses-là ni d'elle, ni de personne. J'en ai ras le bol de la compassion des gens. Je veux juste redevenir normal, quoi que cela puisse être ces jours-ci.

Entendre qu'il y a des gens qui campent devant mon hôtel, en espérant avoir l'opportunité de me voir, me fout la frousse en quelque sorte. Perdre mon anonymat en plus de tout le reste est encore une chose à laquelle il me faut m'adapter dans cette nouvelle vie.

Mes pensées retournent à hier soir, la meilleure nuit que j'aie passée en bien des années. Jules… Poppy, elle est incroyable et penser à elle me fait bander, et mourir d'envie de plus avec elle. Je me sens un peu coupable de ce que nous avons fait hier soir. Malgré tout ce qui est arrivé, je me sens encore fidèle à Ava, et coucher avec quelqu'un d'autre n'était pas une mince affaire pour moi.

Pas que je le regrette, parce que ce n'est pas le cas. Comment le pourrais-je alors que Jules est si formidable ? Elle me tient à cœur. Honnêtement. Est-ce comme ce que je ressentais pour Ava ? Non, ça ne l'est pas, mais ça ne veut pas dire que ça ne pourrait pas le devenir à un moment donné. Il ne faut pas que je me laisse emporter en ce qui la concerne. Cette situation est bien plus compliquée pour elle que ce ne le sera jamais pour moi. Je m'attends presque à ce qu'elle se dérobe à moi au grand jour quand elle n'aura pas bu une goutte d'alcool et réalisera quel grand pas nous avons fait hier soir.

Je sors de la douche et m'appuie contre le meuble-lavabo pendant que je m'essuie, inquiet de combien je me sens faible. Pouah, c'est la dernière chose qu'il me faut maintenant, bordel. C'est la dernière chose qu'il nous faut à nous tous, avec un emploi du temps chargé d'obligations à n'en plus finir. J'ai souffert d'une commotion cérébrale une fois au lycée pendant que je jouais au football et me suis heurté de front avec un joueur de la défense. Je n'ai pas l'impression que ma blessure courante soit aussi sérieuse que celle-là, et j'en suis soulagé.

Je me rends dans la chambre, ramasse mon pantalon d'uniforme par terre où il a atterri hier soir, et sors une chemise propre de l'armoire. Il faut que je demande à Muncie si nous pouvons envoyer celle d'hier au nettoyage. Il saura comment s'y prendre. Je me baisse pour prendre la chemise au sol, et la pièce bascule comme un tour de manège. Trébuchant, j'atterris sur le lit, où je prends quelques minutes pour respirer pendant le vertige.

Putain de merde !

Je m'en veux tellement. C'est un obstacle auto-imposé, et cela va compliquer une journée déjà compliquée.

Je me bats avec mes vêtements pour me vêtir, me recouchant sur le lit pour fermer la braguette de mon pantalon et boucler ma ceinture. Je transpire et j'ai des nausées lorsque j'en arrive à mettre les chaussettes et chaussures. Peut-être que c'est aussi sérieux que la commotion cérébrale que j'ai eue au lycée.

La porte d'entrée de la suite s'ouvre et puis se referme d'un claquement. C'est soit Jules, soit Muncie qui est revenu.

On frappe doucement à la porte de la chambre.

« John ? »

Jules.

« Entre. »

Elle ouvre la porte et me soumet à une inspection visuelle rapide dont je lui veux sur-le-champ.

« Je vais bien. Pas besoin de s'inquiéter. »

Elle vient me donner un café.

« Merci.

— T'es en rogne contre moi ? »

J'ai immédiatement les boules de lui avoir donné une raison de me poser cette question.

« Je suis en colère contre moi-même. »

Elle s'assied sur le lit près de moi.

« Comment ça se fait ?

— Je n'aurais pas dû essayer de faire du jogging. Je ne suis pas prêt pour ça, c'est clair.

— Pourquoi tu l'as fait ? C'est-à-dire, pourquoi t'as essayé ?

— Je veux être fort à nouveau. Comme je l'étais avant. Je veux que tu me voies de cette façon-là, pas comme ceci.

— John. »

Elle pose sa main sur ma figure et la tire un peu, pour que je la regarde.

« Quoi ?

— Tu veux savoir ce que je vois quand je te regarde ?

— Pas vraiment. »

Lorsqu'on me coince, je redeviens le connard fini que j'étais quand elle m'a rencontré. La côtoyer m'a rendu moins bourru, mais ça m'a laissé sans défense en ce qui concerne Jules.

« Je vais te le dire quand même. »

Sa main plaquée contre ma joue, elle caresse mon visage d'un mouvement subtil de son pouce.

« Je vois la personne la plus forte que j'aie jamais rencontrée. Je vois un homme qui a tout donné au service de son pays. Je vois un homme qui a contribué à obtenir la justice pour des milliers de gens et tous ceux qui les aimaient. Quand je te regarde, je vois un guerrier féroce, un héros fort et sexy. Et c'est *tout* ce que je vois. »

Je suis bouleversé par ses mots gentils.

« J'aime comment tu me vois.

— J'aime comment je te vois, aussi », dit-elle avec un mouvement évocateur du sourcil qui me fait sourire.

Je penche mon front vers le sien, prenant plaisir au soutien qu'elle me donne si généreusement.

« Ce n'est qu'un contretemps. Je suis sûre qu'il y en aura d'autres, mais tu retourneras au point où tu en étais en temps voulu. Je le sais. S'il te plaît, n'accélère rien à cause de moi. Si tu as pensé ne serait-ce qu'une seconde qu'hier soir était moins que parfait pour moi, tu n'as pas assez confiance en toi. »

J'enroule ma main autour de son poignet.

« C'était parfait pour moi, aussi.

— Je voudrais qu'on n'ait pas de rendez-vous auquel se rendre.

— Tu ne peux pas savoir à quel point j'aimerais que ce soit le cas.

— Je crois que j'ai une petite consolation. »

Elle m'offre un sourire rassurant.

« Plus vite on finira, plus vite on pourra revenir ici se détendre. J'adorerais me prélasser dans cette magnifique baignoire que tu as.

— Ma baignoire t'appartient.

— Je peux te demander quelque chose ?

— Tout ce que tu voudras.

— Si tu as besoin de quoi que ce soit aujourd'hui, même si c'est t'appuyer sur quelqu'un quand tu ne te sens pas la force tout seul, appuie-toi sur moi. Je suis là pour tout ce dont tu as besoin, quand il te le faut.

— Ouais. »

Ma voix est rauque car mes émotions sont douloureusement à fleur de peau. À un moment donné pendant ces derniers jours, elle est devenue ma pierre de touche et mon roc. Il n'y a personne d'autre sur lequel j'aimerais mieux m'appuyer.

« Je peux faire ça. »

CHAPTER VINGT-DEUX

AVA

Je me réveille avec une gueule de bois, alors que je n'ai pas bu d'alcool depuis des jours. Les événements d'hier submergent mon esprit, me rappelant qu'Éric est parti, et que je suis seule. Encore une fois.

Bon, bah, pas complètement seule. Ma sœur dort près de moi, à l'endroit où devrait se trouver mon mari. Elle s'est imposée chez moi hier soir, refusant d'accepter ma réponse négative quand elle a insisté pour rester avec moi.

Rob, qui est venu avec elle, s'est excusé de l'obstination de sa femme.

« Pas de problème », lui ai-je dit, parce que, que pouvais-je dire d'autre ? Je voulais lui demander comment allait Éric, mais je sais déjà qu'il va aussi mal que moi.

Alors nous voici, Jour 2 après l'Apocalypse, à camper avec son frère et ma sœur qui sont mariés l'un à l'autre. Ce qui était autrefois une coïncidence si amusante semble être encore une chose à pleurer à la suite du désastre.

Je n'ai aucune idée de quoi faire de moi-même aujourd'hui. Il n'y a rien de prévu parce que je suis supposée être en lune de miel pour les deux semaines à venir. Je pourrais faire savoir à Miles et à mon responsable immédiat, Trévor, que je suis de retour en avance et prête à travailler s'ils ont besoin de moi. Mais si je leur dis cela, ils voudront savoir pourquoi nous sommes rentrés plus tôt que prévu, et je ne suis pas du tout disposée à répondre à ces questions.

Alors je ne les contacte pas.

Il n'y a qu'une personne que je veux, et il ne me veut pas. Plus maintenant. Son refus de me voir hier soir m'a choquée, alors que cela n'aurait probablement pas dû. Il a été inébranlable dans son amour pour moi, même dans ce chaos émotionnel dans lequel je nous ai maintenus depuis que nous nous sommes rencontrés. Pas une fois il n'a chaviré. Me rendre compte qu'il avait atteint ses limites, c'était comme être giflée par la réalité. Combien d'absurdités peut tolérer un gars de la femme qu'il aime avant qu'il dise que ça suffit ?

Apparemment, des rêves sexy de mon ex étaient la limite d'Éric, ce qui n'est pas vraiment juste vu que je ne peux pas exactement contrôler de quoi je rêve. Mais quand on ajoute cela à tout le reste que je lui ai fait souffrir en ce qui concerne John, ce n'est pas étonnant qu'il en ait assez de moi et mes drames incessants.

Punaise, moi aussi j'en ai assez de moi et mes drames incessants. J'en ai marre à en crever de tout cela. J'en ai marre à en crever de John et du cauchemar de son déploiement. Alors, je ne peux pas vraiment en vouloir à Éric de se sentir comme il se sent.

« Oh, t'es réveillée. »

Je jette un œil sur ma sœur.

« Ouais.

— Comment tu te sens ?

— Au top.

— Ava.

— Qu'est-ce que tu veux que je dise ? Je me sens comme une merde. Je suis censée être en lune de miel, et je suis au lit avec ma sœur. Je voyais pas ça comme ça.

— Qu'est-ce que je peux faire pour toi ?

— M'organiser une lobotomie ?

— Mis à part cela.

— Je n'en ai aucune idée.

— Je suis désolée que tu vives ça.

— Moi aussi. »

Je lui lance un regard.

« Merci d'être venue hier soir, mais je suis sûre que Rob et toi, vous avez des choses de prévues aujourd'hui. Tu n'as pas à faire du baby-sitting avec moi. Ça va aller.

— Je suis sûre que Rob a déjà annulé ses plans pour aujourd'hui, puisque son frère a besoin de lui.

— Il ne peut pas annuler ses plans pendant une campagne électorale pour le Congrès.

— Il le fera pour Éric. Tu sais comment ils sont proches tous les quatre. Amy et Jules sont de retour en ville, aussi. Elles vont certainement passer.

— Tu ne dois pas aller travailler aujourd'hui ?

— J'ai appelé en disant que j'étais malade.

— Tu n'as pas besoin de faire ça, Camille. Sérieusement. Ce n'est pas nécessaire.

— Je veux vous aider, vous deux, et Rob veut faire pareil.

— Il n'y a rien que ni toi ni qui que ce soit puisse faire. Éric ne veut même pas me parler.

— C'était hier soir. Je suis sûre qu'il aura changé d'avis maintenant.

— Je n'en suis pas si sûre. »

Elle tord sa bouche comme elle le fait quand elle se demande si elle devrait dire quelque chose ou non.

« Quoi que ce soit, vas-y, dis-le.

— C'est lourd, dit-elle doucement.

— Plus que mon nouveau mari qui me laisse ?

— Ouais. »

Elle se mord la lèvre et regarde le plafond pendant que j'essaie de ne pas lui crier de cracher le morceau, putain.

« Éric pense que tu ne l'as épousé qu'à cause de ce que lui a fait Brittany. »

J'entends ce qu'elle dit, et je comprends les mots, mais la notion est si choquante, si incendiaire, que je ne peux pas complètement la digérer.

« Comment tu sais ça ? arrivé-je à lui demander d'une voix qui est à peine plus qu'un souffle.

— Je l'ai entendu le dire à Rob hier soir. Rob a essayé de lui dire que c'était ridicule, mais Éric est convaincu que si ça ne lui était pas arrivé avant qu'il te rencontre, tu aurais annulé le mariage après avoir vu John à San Diego. »

Je n'ai aucune idée de quoi faire de cette information. *Comment* est-il possible qu'il pense cela ? Je n'ai pas, même l'espace d'une seconde, considéré annuler notre mariage.

« Je ne savais pas s'il fallait que je dise quelque chose. Je ne veux pas aggraver les choses.

— Comment est-ce que ça peut s'aggraver ? Il m'a laissée, ne veut même pas me parler et pense que je ne l'ai épousé que parce que j'avais l'impression de ne pas avoir d'autre choix. »

Et maintenant, que faire ? Je n'en ai aucune idée, et j'ai besoin d'aide professionnelle. Je ne peux pas démêler ce bazar toute seule. Je prends mon téléphone et envoie un texto à Jessica.

J'ai besoin de vous. Grand besoin.

Elle répond une minute plus tard. *Quelle heure vous convient ?*

Au plus vite.

Venez à midi. Je serai là.

Il est maintenant 10 h. Deux heures. Je peux m'en sortir pendant deux heures. *À tout de suite.*

« Je vais voir Jessica à midi, dis-je à Camille.

— Oh, c'est bien. Vraiment bien. »

Je ne sais pas si même la force de la nature qu'est Jessica pourra m'aider à réparer cette situation qui me semble fichue.

Je me lève pour prendre ma douche, et lorsque j'émerge de ma chambre, Camille a fait du café et un petit déjeuner. J'espère que les œufs qu'elle a utilisés sont encore bons. Je ne me souviens pas quand je les ai achetés.

Le café me brûle la langue et la gorge. Je le sens à peine. J'ai horreur de tout cela. J'ai horreur de me retrouver au même point que celui que je me suis battue si durement pour quitter quand j'ai déménagé de San Diego dans le but de commencer une toute nouvelle vie à New York. J'ai horreur de me sentir comme quand j'ai appris que John était en vie mais blessé et puis n'ai plus eu de nouvelles de lui pendant des semaines. J'ai horreur de me sentir comme je me suis sentie après l'avoir vu pour la première fois en presque six ans et avoir été obligée de lui dire que c'était fini entre nous, que j'avais quelqu'un d'autre et allais l'épouser. J'ai horreur de me sentir comme je me suis sentie lorsqu'il a pleuré et m'a suppliée de ne pas partir.

J'ai horreur, après tous les efforts que j'ai faits dans ma relation avec Éric et les plans que nous avons faits pour notre avenir, de me tenir encore une fois dans les cendres à me demander comment j'en suis arrivée là. Nullement intéressée par la nourriture, je joue avec mes œufs dans mon assiette et arrive à manger une demi-tranche de pain grillé couverte de gelée de raisins.

J'apprécie que Camille se rappelle que j'aimais le pain grillé avec de la gelée quand nous étions enfants et n'ait pas lésiné sur la gelée pour moi, en espérant que je mange quelque chose.

« Je sais que tu es contrariée et inquiète, mais il ne faut pas que tu le sois.

— Je ne peux pas m'en empêcher. Rob et moi, on vous aime. Ça nous fait mal de voir que vous avez mal. »

À un moment donné, ma petite sœur si parfaite qu'elle en était rageante est devenue une femme que je suis fière d'avoir comme amie.

« Je suis très touchée que tu sois venue hier soir et que tu sois restée. Mais il faut que je trouve seule la solution à tout cela.

— Je comprends. »

Elle prend une petite gorgée de café de son mug.

« J'espère juste que tu sais que tu peux m'en parler. Je ne répéterai jamais à Rob rien de ce que tu me diras sur Éric, quoi que ce soit. Je promets. Si tu as besoin de moi, je suis là.

— Je te ferai savoir, OK ? »

Elle hoche la tête.

« Si je n'ai pas de tes nouvelles, je vais m'inquiéter.

— Je te contacte plus tard. »

Avant de partir, elle fait la vaisselle et donne un coup d'éponge à la cuisine. Puis elle vient à moi et me prend dans ses bras.

« Tiens bon.

— J'essaie. »

Quand elle part, le son de la porte qui se referme fait écho à travers le vaste espace. J'ai adoré cet endroit la première fois que je l'ai vu, avec ses hauts plafonds et ses touches industrielles. Maintenant, il me semble que c'est un endroit où je ne devrais pas être. C'est son appartement, pas le mien, et il ne devrait pas avoir à le quitter. Plus tard, quand je contacterai Camille, je lui demanderai de dire à Éric qu'il peut rentrer. Je vais prendre un hôtel ou un appartement Airbnb ou quelque chose pour tenir jusqu'à ce que je décide quoi faire.

Je n'ai pas encore fini de déballer les boîtes de quand j'ai emménagé que je pense déjà à déménager. Je ne l'ai pas vue venir, celle-là.

J'ai à moitié perdu la tête le temps qu'un Uber me conduise au bureau de Jessica sur *Third Avenue*. D'habitude, les senteurs de l'épicerie fine sur la rue me mettent l'eau à la bouche. Aujourd'hui, elles ne font qu'ajouter à mes nausées.

Il était une fois, Jessica Trudeau m'a reconstruite. J'espère qu'elle pourra faire un de ses miracles encore une fois. Elle ouvre la porte par l'interphone, et je prends l'escalier jusqu'au troisième étage, où elle m'attend. Ses cheveux blonds et bouclés sont relevés avec une pince, mais ses lunettes caractéristiques œil de chat à imprimé léopard m'apportent un réconfort immédiat.

Je m'effondre en la voyant.

Elle me tient longtemps dans ses bras pendant que je pleure toutes mes larmes.

« Désolée », marmonné-je bien des minutes plus tard.

Elle me tend les mouchoirs en papier qu'elle a toujours prêts.

« Pas besoin de vous excuser. Je suis là pour ça. »

Une fois assise sur la chaise en face de moi, elle se penche, met la main sur la mienne.

« Que se passe-t-il ?

— Éric m'a laissée. »

Elle reste bouche bée sous le choc qu'elle n'essaie pas de dissimuler.

Normalement, j'aime bien qu'elle n'embellisse pas les choses. Aujourd'hui, sa réaction ne fait qu'accroître mon anxiété. Si elle est choquée, cela doit vraiment être mauvais signe.

« *Quoi* ?

— Dès qu'on est rentrés de voyage, il a fait sa valise et est parti chez Rob et Camille. Quand j'y suis allée hier soir, dans l'espoir de lui parler, il n'a pas voulu me voir.

— Ce n'est pas l'Éric que je connais.

— Je suppose que je l'ai finalement poussé à bout.

— En faisant des rêves sur lesquels vous n'avez aucun contrôle ?

Je hausse les épaules, me sentant impuissante et vaincue.

« Camille m'a dit qu'elle l'avait entendu dire à Rob que je ne l'avais épousé qu'à cause de ce que lui a fait son ex, Brittany. »

Jessica secoue la tête comme si elle ne comprenait pas.

« Comment ça ?

— Eh bien, vous vous souvenez comment elle l'a laissé dans des circonstances terribles, n'est-ce pas ? Apparemment, il pense que parce qu'il a vécu tout cela avant de me rencontrer, je n'aurais jamais mis fin à notre relation alors que c'était ce que je voulais. Mais ce n'est pas ce que je veux. »

J'ai à nouveau envie de pleurer.

« C'est *lui* que je veux. Je l'ai épousé. »

Jessica se met à l'aise sur sa chaise, clairement en train d'essayer de comprendre. Je sais comment elle se sent. C'est beaucoup pour moi, et c'est de ma propre vie qu'on parle. Pendant longtemps, elle ne dit rien, ce qui n'est pas son style. Je suis prête à lui demander à quoi elle pense quand elle se penche vers moi.

« Est-ce possible ?

— De quoi ?

— Que vous soyez allée jusqu'au bout avec ce mariage parce que vous ne supportiez pas de faire du mal à Éric comme l'avait fait Brittany ?

— Non, ce n'est pas possible ! Je n'ai pas pensé une seule fois à annuler le mariage.

— Peut-être pas consciemment, mais après que vous avez vu John, cela ne vous est pas passé par la tête que vous pouviez retrouver tout ce que vous aviez perdu avec lui maintenant qu'il était de retour et vous disait que rien n'avait changé pour lui ?

— Non. »

Je refuse même de considérer cette possibilité.

« Ce n'est pas ce qui est arrivé.

— Personne ne vous blâmerait, Ava, dit-elle doucement. Vous aimiez John cœur et âme. À aucun moment vous n'avez, ni l'un, ni l'autre décidé consciemment de mettre fin à votre relation. Aucun d'entre vous ne voulait que cela se termine. C'est tout naturel qu'une fois que vous l'avez revu, vous puissiez repenser les plans que vous aviez faits en son absence.

— Ce n'est pas ce qui est arrivé. Je suis l'épouse d'Éric. Je l'aime.

— Je le sais, Ava, mais…

— Pas de mais. Je veux Éric, et j'ai essayé de le lui dire. Comment suis-je censée sauver notre mariage s'il ne veut même pas me parler ? »

Jessica s'arrête encore longuement pour réfléchir.

« Éric a été un vrai guerrier dans tout cela, vous n'êtes pas d'accord ? Il a supporté des choses alors que d'autres hommes auraient pensé que c'était trop. Il est allé avec vous à San Diego pour que vous puissiez voir votre amour perdu. Il vous a soutenue tout au long du chemin dans une situation inimaginable. Son dévouement pour vous n'a jamais faibli.

— Je suis d'accord avec tout ça. Où voulez-vous en venir ?

— Cela ne vous dérangerait pas si je lui parlais seule ?

— Bien sûr que non. Je ferai tout ce qui est nécessaire pour résoudre les choses. Je veux qu'il sache…

— Que voulez-vous qu'il sache ?

— Que je l'aime. »

Les larmes coulent le long de mes joues. Je les essuie avec le nouveau mouchoir en papier qu'elle me tend.

« Que je le veux, lui. Et la nouvelle vie qui nous attend.

— Il va vous falloir lui vendre l'idée, Ava.

— Je pensais l'avoir déjà fait.

— Il n'en est pas convaincu. »

Elle a l'air de choisir ses mots avec soin.

« Je pense que vous serez d'accord quand je dis que votre relation avec Éric est venue plutôt facilement une fois que vous vous êtes donné la permission d'être avec lui. Il était agréable, compréhensif, et d'un grand soutien pour la situation dans laquelle vous vous trouviez lorsque le lieu où se trouvait John n'était pas connu. D'accord ?

— Il était très gentil envers moi pendant tout ça. Je ne dirai jamais le contraire.

— Diriez-vous qu'il était gentil envers vous à ses propres dépens par moments ?

— Que voulez-vous dire ?

— Jouez le jeu, ici… Imaginez que vous êtes Éric dans cette situation. Vous avez vécu le terrible calvaire avec Brittany et en sortez un homme changé. Vous êtes désabusé et amer à propos de ce qu'elle a fait et pas du tout intéressé par les autres femmes. Jusqu'à ce que vous rencontriez une femme incroyable au mariage de votre frère, et soudain, tout va mieux. Vous allez de l'avant plutôt que d'être tourné vers le passé, et la vie est belle encore une fois. Il n'y a qu'un petit problème : elle pleure encore un homme qui est parti depuis des années, et qui est peut-être en vie, peut-être pas. Nous savons que le plus probable est qu'il soit en mission vaillante au nom du pays, à traquer un terroriste. Je veux dire, vous ne pouvez même pas détester le gars.

« Alors, ce type-là est parti. Éric est ici, avec elle, et il tombe très amoureux d'elle et elle semble tomber tout aussi amoureuse de lui. Et puis, c'est l'apocalypse lorsque les commandos des forces spéciales attrapent le terroriste. Ça change tout. Tout d'un coup, elle est extrêmement nerveuse, se demandant ce qui est arrivé à l'homme qu'elle aime – au présent, pas au passé – et quand il n'y a pas de nouvelles, elle est de toute évidence en agonie à se demander ce qu'il est advenu de lui. Toujours, Éric reste à ses côtés, offrant son soutien, son amour et sa compassion. Puis les terroristes divulguent une vidéo qui montre son gars en plein milieu de tout cela, blessé, peut-être tué, mais personne ne sait avec certitude, et elle devient folle à attendre de savoir ce qui lui est arrivé.

« Toujours, Éric reste près d'elle, la tient quand elle pleure, utilise ses relations pour obtenir les infos dont elle a besoin et trouve que l'autre gars est en vie, sérieusement blessé, mais en vie. Et quand elle n'a pas de nouvelles du gars, et commence à penser qu'il l'a probablement oubliée, Éric l'aide à surmonter cet obstacle et reste inébranlable dans son dévouement envers elle, même lorsqu'il s'avère que le gars ne l'a pas oubliée et aimerait vraiment la voir. »

J'écoute Jess réciter ces événements avec un sentiment croissant d'appréhension. Qu'est-ce que je lui ai infligé ! Ce n'est pas étonnant qu'il en ait assez. Qui que ce soit d'autre serait parti il y a bien longtemps. Mais pas Éric. Il est resté, et comment je le remercie ? En faisant des rêves d'apparence réelle pendant que nous sommes en lune de miel.

« Comprenez-vous où je veux en venir ?

— Ouais, je comprends, et je ne le blâme pas de mettre fin à la relation. Il a été bête d'être resté aussi longtemps que ça avec moi.

— Ce n'est pas ce que je veux dire, Ava. Ce que je veux dire, c'est que c'est Éric qui a fait le gros du travail dans votre relation, et maintenant c'est votre tour. Si vous êtes sincère quand vous dites que vous n'aviez pas de doutes en l'épousant et n'avez même pas une fois considéré annuler le mariage, il va falloir que vous le convainquiez. *Vous* devez faire le gros du travail.

— Je suis prête à faire tout ce qu'il faut pour que ça marche avec lui, mais je ne peux rien faire s'il ne veut pas me parler.

— Je m'en occupe. »

CHAPTER VINGT-TROIS

ÉRIC

Je reçois un texto de Jessica disant que nous avons besoin de parler et que c'est urgent. Je ne veux pas lui parler, ni à elle, ni à personne. Je suis planqué dans la chambre d'amis de Rob et Camille, à essayer de faire du boulot. Je suis supposé être en lune de miel, alors on ne m'attendait pas au bureau aujourd'hui, mais j'ai allumé mon ordinateur portable parce que j'ai besoin de m'occuper pendant que j'essaie de ne pas perdre la tête. J'ai aussi des conneries à faire pour la campagne de Rob, ce que je suis censé commencer à diriger dès le mardi d'après la fête du Travail.

Mais ma concentration est nulle.

Je suis vraiment con. C'est ce qu'il faut retenir. Je n'ai rien appris de ce qui est arrivé avec Brittany, pas que je comparerai jamais Ava à elle. Ce que je n'ai pas appris, c'est de mettre des limites sur combien de moi-même je suis disposé à donner à quelqu'un d'autre. Encore une fois, je me suis donné à fond, et encore une fois, j'ai été échaudé. J'aurais dû partir en courant la première fois qu'Ava m'a parlé de John. Cela aurait été la chose la plus intelligente à faire après avoir entendu qu'elle n'avait pas vraiment tourné la page avec lui.

D'accord, ça faisait plus de cinq ans qu'il était parti à ce moment-là, mais autant qu'elle sache, il était encore en vie. J'aurais dû savoir qu'il rentrerait couvert d'une gloire qui ferait de lui l'homme le plus célébré de la Terre, et qu'il voudrait reprendre Ava. Bien sûr qu'il le voudrait. Tout le monde voudrait Ava.

Alors, c'est de ma faute, le bordel dans lequel nous nous trouvons. Je n'aurais jamais dû me laisser autant prendre, comme cela, par la magie d'être tombé amoureux d'Ava que j'en sois devenu incapable de voir les obstacles énormes entre notre *happy end* et nous.

Plus précisément, un certain capitaine John West. Pourquoi ne pas dire son nom ? C'est la troisième personne dans notre mariage, après tout, alors il mérite d'être annoncé et d'être en tête d'affiche aux côtés d'Ava et moi.

Le téléphone sonne, annonçant un appel de Jessica. Je ne le prends que parce que je me dis qu'elle ne va pas laisser tomber jusqu'à ce qu'elle me parle. Qu'est-ce que ça peut faire ? Ça ne changera rien en ce qui me concerne.

« Salut, Jess.

— Oh, Éric, je suis contente de vous avoir. Je me demandais si vous aviez peut-être le temps de venir me voir plus tard dans la journée.

— Tout seul ?

— Oui. »

C'est le seul scénario que je considérerais pour l'instant.

« Est-ce permis ? »

C'est la thérapeute d'Ava, d'abord et avant tout.

« Tout est arrangé. »

En d'autres mots, Ava a donné la permission à Jess de me parler. Comme elle voudra.

« Quand pourriez-vous venir ? »

C'est une conseillère en intervention d'urgence et elle ne prend pas beaucoup de rendez-vous pour pouvoir être disponible quand ses clients ont besoin d'elle. Je suppose qu'Ava et moi sommes la crise du jour.

« Dans une heure ?

— Ça marche. Vous avez l'adresse ?

— Oui.

— À tout à l'heure. »

Elle met fin à l'appel avant que je puisse changer d'avis.

Je regrette immédiatement d'avoir accepté de la voir, parce que cela veut dire qu'il me faut prendre une douche, m'habiller et quitter le sanctuaire que j'ai trouvé dans la chambre d'amis de mon frère. Le temps que je prenne machinalement ma douche, je suis épuisé. Mais j'ai dit à Jess que j'y serais, alors j'envoie un SMS à Rob pour lui faire savoir que je vais quitter la maison un peu et je sors en cette fin d'après-midi chaud et ensoleillé à New York.

Certaines personnes s'échappent de la ville en été, mais c'est mon moment préféré de l'année ici. J'adore faire de longues balades, manger dehors et prendre un verre sur les toits-terrasses. D'accord, il fait chaud et ça sent mauvais, mais il y a plus d'avantages que d'inconvénients pour moi. Aujourd'hui, tout me semble différent après qu'une autre relation m'a explosé à la gueule. Je n'en ai rien à foutre de l'été, des toits-terrasses et des cocktails. Je n'en ai rien à faire du boulot ni de la campagne de Rob ni de quoi que ce soit d'autre. Quelle importance, tout ça ?

J'attrape un taxi et dis au chauffeur d'aller à *Third Avenue*. J'utilise mon téléphone pour trouver l'adresse exacte et la lui donne. Puis je m'installe et regarde passer la ville sans voir grand-chose. Mon cerveau continue à retourner au matin en Espagne quand Ava m'a parlé de ses rêves.

Je sais qu'elle ne peut rien faire à propos de ce qu'elle rêve, mais entendre qu'elle rêvait de *lui*, qu'elle rêvait de *sexe* avec lui… Ça a brisé quelque chose en moi, et je ne suis pas sûr que cela puisse être réparé. Je ne suis pas sûr de vouloir le réparer.

Nous nous arrêtons devant l'épicerie au niveau de la rue, et je tends un billet de vingt au chauffeur. Les odeurs venant de l'épicerie me rappellent que je n'ai rien mangé de la journée. Peut-être que je m'y arrêterai une fois que j'aurai vu Jess. Elle me fait entrer avec l'interphone et m'attend devant son bureau.

« Merci d'être venu. »

Ma réponse normale serait de dire « pas de problème » ou « content d'être là » ou autre chose de ce genre qui serait un mensonge. Mais c'était difficile de venir, et je ne suis pas du tout content d'être là.

« J'ai vu Ava plus tôt. »

Je m'en suis douté, alors je n'ai rien à redire.

« Elle est contrariée que vous ne vouliez pas lui parler.

— Moi, je suis contrarié qu'elle rêve de son ex. Comme ça, on est tous deux contrariés au moins.

— Il faut que je sois honnête avec vous. Je m'attendais à ce que cela arrive après San Diego. »

Je suis confus.

« Vous vous attendiez à ce qu'il arrive quoi ?

— Que vous disiez stop. Je m'attendais à ce que vous annuliez le mariage.

— Ça, c'est drôle, parce que moi, je m'attendais à ce qu'elle, elle l'annule.

— Ah oui, vraiment ?

— Oui, vraiment. Ava, c'était une zombie après l'avoir vu, lui. La première semaine, elle n'avait pratiquement rien à me dire, et puis elle a semblé prendre son courage à deux mains jusqu'au mariage. Mais tout au long, j'attendais qu'elle me dise : "Je ne peux pas le faire". Ça ne m'aurait pas surpris.

— Je crois qu'elle serait surprise de vous entendre dire cela.

— Vraiment ? »

Je suis conscient de mon ton amer, mais comment suis-je censé me sentir ?

« Mes amis m'avaient dit de ne pas l'épouser.

— Ils ont fait cela ? »

Je hoche la tête, me souvenant de la sortie avec les gars que Rob a organisée avant le mariage.

« Mon frère avait rassemblé un groupe de nos amis. Je ne voulais pas enterrer ma vie de garçon de façon traditionnelle ou avec un week-end à Vegas, rien comme ça. Avec le recul, c'était probablement parce que j'avais peur de quitter Ava même pour quelques jours, à ce moment-là.

— Parce que vous aviez peur qu'elle change d'avis ?

— Entre autres. Elle était fragile. Vous l'avez vue après San Diego. Vous savez ce que je veux dire.

— Oui, je comprends. Alors, que s'est-il passé avec vos amis ? »

Cela me fait de la peine de penser à ça et à combien j'ai été stupide de ne pas les écouter.

« Je ne les avais pas vus depuis pas mal de temps, et aucun d'entre eux n'avait rencontré Ava. Je me suis confié à eux, en leur disant qu'Ava était avec John avant le déploiement, que personne ne le savait et combien c'était important de le garder pour eux. Une fois qu'ils ont entendu toute l'histoire, mon ami Rory a dit : "Mon pote, tu vas vraiment épouser cette nana, sérieux ?" Il voyait le désastre à l'horizon, mais j'ai refusé de l'écouter. Les autres n'étaient pas aussi directs que Rory, mais ils n'étaient pas en désaccord avec lui.

— Qu'est-ce que Rob en a dit ?

— Pas grand-chose. Il était dans une position bizarre, vu qu'il était marié à la sœur d'Ava. Ce n'était pas comme s'il pouvait m'encourager à annuler le mariage avec sa belle-sœur sans créer des problèmes dans son propre mariage. Mais avec le recul, c'est clair qu'il avait des réserves, lui aussi. Tous ceux qui étaient au courant de la situation en avaient probablement.

— Pas moi. »

Je suis surpris par sa façon ferme de dire ces deux petits mots.

« Si j'avais pensé qu'Ava faisait une erreur en vous épousant, je l'aurais dit. Je ne sais pas si vous l'avez remarqué, mais je ne tourne pas autour du pot avec mes clients. Si je les vois prêts à faire quelque chose qui va empirer ce qui les avait fait venir me voir pour commencer, je saute devant cela. Je n'ai pas vu le besoin de le faire dans ce cas. Avant votre mariage, Ava n'a donné aucune raison de penser qu'elle hésitait à vous épouser. Pas une fois elle n'a dit : "Jessica, que devrais-je faire ?" Elle n'a parlé que de combien vous étiez incroyable, d'un grand soutien, compréhensif. Elle a dit que sans vous, elle n'était pas sûre qu'elle aurait survécu au traumatisme de la réapparition de John dans sa vie. Plus tôt aujourd'hui, elle était assise exactement où vous êtes maintenant et elle m'a dit que tout ce qu'elle voulait, c'était d'être mariée à vous. »

J'écoute ce qu'elle dit et je comprends les mots, et pourtant je me sens… Je ne sais pas… Détaché de tout cela, comme si je regardais pendant que cela arrivait à quelqu'un d'autre. L'une des choses qu'Ava et moi avons aimées à propos de Jessica, c'était son approche pragmatique. Cela nous a aidés à traverser plus d'une crise, et cela a de l'importance pour moi qu'elle n'ait rien vu d'inquiétant avant le mariage, bien qu'elle ait eu une place au premier rang pendant tout ce drame.

« Ce dont je suis sûre, continue Jessica, c'est que vous ne pouvez pas sauver votre mariage si vous ne parlez pas à votre femme.

— Je ne sais pas si je veux sauver mon mariage. »

Voilà. Je l'ai dit. C'est sorti et ne pourra jamais être retiré, pas que je veuille retirer ce que j'ai dit. C'est la vérité.

« Je dois confesser… Je suis vraiment ébahie de vous entendre dire cela. Croyez-vous honnêtement qu'Ava veuille que toutes ces choses arrivent ?

— Je suis sûr que non. Qui le voudrait ? Mais quelque chose s'est brisé pour moi en Espagne, et maintenant… Je ne sais pas. Je ne sais pas, c'est tout.

— Voici ce que je sais, moi. Il y a quelques semaines, vous avez épousé la femme que vous m'avez dit aimer plus que la vie même. Vous l'avez épousée en toute connaissance de cause de son passé et de combien il avait été traumatisant pour elle. Vous l'avez épousée, sachant qu'alors qu'elle avait fait de grands pas en avant pour laisser derrière elle ce passé traumatisant, elle n'avait certainement pas fini le processus. Vous saviez exactement auprès de qui et à quoi vous vous engagiez. Alors, comment est-ce juste de décider maintenant que ce n'était peut-être pas ce que vous vouliez après tout ? »

La question me rend furieux.

« Vous voulez parler de ce qui est *juste* ? Il y aura *toujours* un autre homme dans mon mariage, dans le cœur de ma femme, dans notre vie. C'est juste, ça ? C'est *juste* envers moi ?

— Éric, vous le saviez avant de l'épouser. Vous saviez qu'il faisait partie de sa vie.

— Je ne savais pas qu'il allait être au lit avec nous ! Je n'avais aucune idée que cela allait arriver.

— Elle non plus.

— Écoutez, je comprends que vous êtes du côté d'Ava, ici… »

Elle lève la main pour m'arrêter.

« Oh, là. Je ne suis du côté de personne. Je veux que tous les deux, vous trouviez ce que vous voulez, et jusqu'à hier, c'était l'un l'autre, ou du moins je pensais que c'était ce que vous vouliez.

— Ça l'était.

— Et maintenant ?

— Je ne sais pas. »

Plein de désespoir, je regarde le sol. Je n'arrive pas à croire que je me retrouve encore dans cette situation de merde.

« Je ne sais tout simplement pas si je peux continuer. »

Je sens la déception qui émane d'elle, bien qu'elle ne dise rien pendant toute une minute.

« J'ai parlé de vous à mes amis. »

Levant la tête, je la regarde droit dans les yeux.

« Quoi ?

— Pas de noms ni de détails spécifiques, bien entendu. J'ai simplement mentionné que j'avais ce couple dans mon cabinet et que la femme affrontait des choses lourdes, et que son partenaire n'était rien de moins qu'incroyable dans sa façon de la soutenir et de l'aimer pendant tout le processus. Je leur ai dit que vous deux, vous m'inspiriez, mais surtout vous.

— Maintenant je me sens *vraiment* comme un connard.

— Vous n'êtes pas un connard, Éric. Vous êtes l'opposé. Mais si vous vous retirez de ce mariage, je pense que vous allez vous réveiller un jour et réaliser que vous avez commis la plus grande erreur de votre vie. Ava vous aime. Elle vous aime vraiment. Elle veut être votre femme et avoir la vie que vous aviez l'intention de passer ensemble.

— J'ai besoin de temps.

— OK.

— OK, c'est tout ?

— Que devrais-je dire d'autre ? Vous avez besoin de temps ?

Prenez du temps, mais n'en prenez pas trop. J'aurais horreur de vous voir le regretter plus tard. »

Je me lève pour partir.

« Éric ? Quand vous serez prêt, faites-le-moi savoir. J'aimerais que vous veniez consulter tous les deux ensemble. »

Hochant la tête, je passe la porte et descends les escaliers jusqu'au niveau de la rue. L'odeur de l'épicerie envahit mes sens et me retourne l'estomac. L'idée de la nourriture me dégoûte. Je rentre à pied, gardant la tête basse lorsque je traverse le centre-ville sur le chemin du retour à Tribeca. Je ne vois rien que le trottoir sale en couvrant des kilomètres tout en pensant aux choses que m'a dites Jessica, ainsi qu'à celles que je lui ai dites à elle.

Je devrais appeler ma femme, mais je n'ai aucune envie de lui parler, et c'est la première fois que je peux en dire autant depuis que je l'ai rencontrée il y a plus d'un an. Le week-end où sa sœur a épousé mon frère était le meilleur moment de ma vie depuis le désastre avec Brittany, et ce, grâce surtout à Ava. Nous avons été mis ensemble en tant que témoin et demoiselle d'honneur, et j'ai été attiré par elle dès l'instant où nous nous sommes rencontrés. Je pense à quand elle s'est saoulée pendant la réception et à comment je lui ai « sauvé la vie » avec ma pizza remède miracle. Nous avons passé la nuit ensemble dans sa chambre après le mariage, mais rien n'est arrivé. Pas cette nuit-là, en tout cas.

Je tombe amoureux vite. C'est mon modus operandi. C'est arrivé trois fois maintenant. La première fois, ça s'est éteint quand nous sommes allés à des universités à plus de trois cents kilomètres l'un de l'autre. La deuxième est devenue un désastre aux proportions épiques quand Brittany est sortie de ma vie sans même me laisser un mot. La troisième…

Je ne sais ni comment, ni si celle-là se terminera. Je ne sais pas, c'est tout.

CHAPTER VINGT-QUATRE

JULIANNE

Après qu'il est passé dans *Kelly & Ryan*, nous passons une heure dans une clinique où John reçoit trois agrafes dans sa blessure à la tête dont il dit qu'elle fait « mal comme un fils de pute ».

L'idée d'agrafes à la tête me donne des nausées, alors je l'encourage à garder pour lui les détails pour qu'on n'ait pas un deuxième patient à s'occuper. Je suis nulle en ce qui concerne les choses médicales. J'ai du mal à croire que je ne me sois pas évanouie plus tôt en voyant le sang pisser de sa tête.

Muncie nous en bouche vraiment un coin quand il nous dit dans la voiture pendant que nous retournons à l'hôtel qu'Amy l'emmène visiter la ville cet après-midi.

« Je ne suis jamais venu à New York avant, et elle l'a proposé. »

Il hausse les épaules, d'un air adorable et gêné.

« Vous voulez venir, vous deux ?

— Pas moi, lui dis-je. J'ai du travail à rattraper, et je vais rentrer vite fait à la maison et faire quelques lessives.

— Je vais prendre quelques cachets d'Advil et espérer que ce mal de crâne s'arrête.

— Peut-être que je devrais rester, dit Muncie. Au cas où vous auriez besoin de quelque chose.

— Non, vous êtes de repos, dit John. C'est un ordre.

— Vous êtes *sûr* ?

— Sûr et certain. Je vais me reposer pour le restant de la journée.

— Je peux revenir après un petit moment et passer vous voir.

— Allez vous amuser. »

J'adorerais voir arriver quelque chose entre Amy, cette petite fourbe, et lui. Elle ne m'a jamais parlé de ça. Je lui envoie un texto.

Il paraît que Muncie et toi avez un rendez-vous d'amoureux ?

Ce n'est pas un rendez-vous d'amoureux. Il n'est jamais venu ici avant. Je me suis dit qu'il aimerait voir quelques trucs.

C'est tout ce que c'est ?!?

Ouais. Comment tu vas ? J'ai vu J sur Fallon. *Il a tapé dans le mille.*

Oui, vraiment, et aujourd'hui sur Kelly & Ryan, *aussi.*

Tout le monde parle de lui au boulot. Les gens sont obsédés par lui.

Mon téléphone sonne sans arrêt. Il me faudra trois jours pour lire tous les messages, SMS et mails que j'ai reçus ces dernières 24 h.

T'as de quoi t'occuper, c'est sûr.

Si seulement elle savait… *Qu'est-ce qui se passe avec Éric ?*

Rob a dit qu'il ne voulait pas parler à Ava hier soir quand elle est allée là-bas pour le voir. C'est grave… Je suppose qu'ils ont tous deux vu Jessica aujourd'hui. Mais séparément. J'attends de savoir comment ça s'est passé.

Cela me fait mal à l'estomac. *Tu me tiens au courant ?*

D'accord.

Amuse-toi bien avec Muncie. J'inclus des émojis et reçois le doigt d'honneur, ce qui me fait rire.

« Putain de merde », dit John lorsque nous nous arrêtons à l'hôtel qui est entouré de gens et de la presse. Des centaines de personnes, peut-être des milliers. La police de la ville de New York est là, travaillant pour établir un périmètre, mais la situation est loin d'être maîtrisée.

« On a besoin de gardes du corps. »

Il n'y a aucune chance que je prenne des risques avec la sécurité de John en le soumettant à une foule dingue.

Muncie a l'air aussi paniqué que moi.

« Je vais voir ce que la Marine peut nous donner.

— On a besoin de gens qui connaissent cette ville et savent comment marchent les choses ici. Je vais demander à mon bureau d'organiser quelque chose. »

J'envoie vite un texto à Marcie en lui disant que nous avons besoin de sécurité pour John. *L'hôtel est encerclé de gens. Ai besoin d'aide, urgent.*

Elle répond vite. *Je m'en occupe. Vais envoyer quelqu'un de suite. Dépêchez-vous.*

« Comment va-t-on le faire entrer ? » demandé-je à Muncie, mes nerfs à fleur de peau à l'idée que des gens se ruent sur lui et le fassent peut-être tomber.

Le chauffeur parle.

« On peut faire le tour du pâté de maisons, le conduire à l'entrée de service. J'ai un pote qui y travaille. Je sais où c'est. »

Muncie baisse la fenêtre, juste assez pour appeler un des portiers qui aide les flics à essayer de contrôler le chaos.

« On va faire le tour pour prendre l'entrée de service. Faites que quelqu'un nous ouvre.

— D'accord. »

Le chauffeur appuie sur le champignon et nous sort de là, prenant le virage avec des pneus qui crissent.

« On a eu de la chance qu'il n'y ait personne à l'intersection. C'est très rare par ici. »

Tendu, John regarde par la fenêtre. Le pauvre gars est probablement choqué par cette foule. Je sais que moi, je le suis. Je ne peux que m'imaginer comment il doit se sentir.

« On a la crème de la crème de la sécurité que ma patronne, Marcie, est en train de contacter. »

J'aimerais le toucher, mais je ne le ferai pas avec Muncie dans la voiture. C'est déjà assez gênant qu'il sache ce qui s'est passé hier soir. Oh, Jésus. Il ne va pas le dire à Amy, non ? *Oh mon Dieu… J'ai* presque trente ans et je me retrouve au lycée. Comment ça se fait qu'elle est comme ça, ma vie ?

Tu sais exactement comment…

J'ai envie de dire à mon propre cerveau de la fermer. Comment vais-je avoir une minute avec Muncie avant qu'il parte ? Cela ne va pas arriver, alors je le texte. Il est assis à côté de moi, alors il n'y a aucune chance que John, qui est en face, puisse voir le texto.

Euh, c'est un peu gênant, mais s'il vous plaît… Ne dites rien à Amy. S'il vous plaît ? Je retiens mon souffle en attendant sa réponse.

Je ne le ferai jamais. Pas mes oignons.

Merci.

Je suis inquiet pour lui.

Je vais veiller sur lui.

« Vous parlez de moi, vous deux ? demande John.

— Non, disons-nous ensemble, Muncie et moi, ce qui en gros confirme que nous étions en effet en train de parler de lui.

— Je vais très bien. Je le jure.

— Nous vous croyons. »

Je lui souris chaleureusement. Je meurs d'envie de l'enlacer, de lui faire savoir que tout est OK, que lui est OK, qu'il a été formidable aujourd'hui, que je suis fière de lui, que je ferai tout ce qu'il faut pour le protéger. Si seulement on arrive à le faire entrer…

La porte de service s'ouvre, et le portier à qui Muncie a parlé devant l'hôtel, un homme qui s'appelle Brad, est là pour nous recevoir. La routine des béquilles se répète : nous les prenons, les passons à John et marchons lentement derrière lui pendant qu'il entre. Il bouge plus doucement qu'hier, alors je me demande s'il ne s'est fait mal qu'à la tête en tombant.

Muncie le voit aussi et me lance un regard inquiet.

« Bienvenue, capitaine West. Je m'excuse de la situation devant l'hôtel.

— Ce n'est pas de votre faute.

— Nous allons nous en occuper, capitaine. Et si je peux ajouter, vous étiez formidable hier soir sur *Fallon*.

— Merci. Content que vous le pensiez.

— *Tout le monde* le pense. Tous les employés en parlent aujourd'hui. »

Il nous conduit à l'ascenseur de service et nous escorte jusqu'au dernier étage, où il vérifie que personne ne nous guette pour se jeter sur nous, avant de faire signe de quitter l'ascenseur.

« C'est bon. »

S'appuyant sur ses béquilles, John lui tend la main.

« Merci, Brad.

— Tout le plaisir est pour moi, capitaine. Je vous remercie de votre service à la nation. »

Mon cœur enfle de fierté chaque fois que quelqu'un le remercie. Tout le monde devrait le remercier. Le monde entier a une dette de reconnaissance envers lui pour avoir capturé ce salopard de merde d'Al Khad. Nous nous arrêtons à la porte de Muncie.

« Soyez rentré pour minuit et utilisez un moyen de protection », dit John.

Je grogne en riant et puis tousse pour essayer de le camoufler, sachant que Muncie ne doit pas apprécier.

Le visage de Muncie devient rouge vif.

« Allez vous faire foutre. Mon capitaine. »

John s'écroule de rire, et le voir rire aux larmes est si irrésistible, si incroyable, que ni Muncie ni moi ne pouvons nous détourner. Nous ne l'avons jamais vu rire comme cela, et c'est tout à fait une révélation pour nous deux. Doucement mais sûrement, nous rencontrons l'homme qu'il était avant que sa vie ne change à jamais, et que Dieu m'aide, j'aime bien cet homme-là. Je l'aime vraiment beaucoup.

Quand il s'en remet, John dit :

« Sérieusement. Amusez-vous bien. Profitez de votre temps libre. Vous l'avez mérité.

— Merci. Je vous verrai tous deux demain matin. Appelez-moi si vous avez besoin de quoi que ce soit.

— Je n'aurai pas besoin de quoi que ce soit. »

Muncie entre dans sa chambre. Le claquement de la porte qui se referme derrière lui résonne dans le couloir comme un coup de feu.

John recule et puis a l'air de se rendre compte de ce qu'il fait.

Je ne sais pas si je dois demander s'il va bien, alors je ne dis rien. Je sens qu'il ne voudrait pas que je le fasse.

« Si je pouvais te prendre la main, je l'attraperais et te conduirais directement dans ma chambre. »

Ses mots, prononcés d'un ton bourru, sont la chose la plus sexy qu'on m'ait jamais dite.

« Tu me laisserais faire ?

— Oui. »

Ma voix n'est guère plus qu'un murmure. Je le suivrais n'importe où. Pendant que cette réalisation se fait en moi, je vis un moment de clarté dans le chaos de tout ce qui est arrivé ces derniers jours. Ma vie est en train de changer, peut-être pour toujours. Je laisse cela arriver en permettant que *ceci*, avec lui, arrive, et j'ai les yeux grand ouverts quant au prix potentiel que je vais payer pour avoir pris ce que je veux. Il sort la clé électronique de sa poche, la passe devant la porte et d'un geste m'invite à entrer avant lui.

J'avais honnêtement prévu de rentrer chez moi cet après-midi. J'avais prévu de faire des lessives, rattraper le retard dans mon travail et finalement lire les centaines de mails et de SMS que j'ai reçus. J'allais écouter ma messagerie vocale et commencer une liste d'offres à considérer par John une fois que la première tournée des médias sera finie. Au lieu de cela, je fais tomber mon sac et tends les mains vers lui au même moment que ses béquilles tombent sur le sol en marbre avec un grand fracas.

Le baiser est torride. Ses mains sont dans la veste de mon tailleur, tirant mon chemisier et touchant ma peau nue avant même que je puisse me rendre compte de ce qui se passe.

Sa tête. Il est blessé. Nous ne devrions pas. Je me tourne pour mettre fin au baiser.

« John, ta tête. »

Il appuie sa queue qui bande contre moi.

« Pas celle-là ! »

Je postillonne en riant.

« Je vais très bien. Tais-toi et embrasse-moi.

— Tu as une commotion cérébrale. T'es supposé te reposer.

— Poppy, murmure-t-il, ses lèvres douces dans mon cou et sa bite dure contre mon ventre. C'est une légère commotion cérébrale. S'il te plaît ? »

Je frissonne et ma volonté s'ébranle comme un château de cartes pris dans une forte brise.

« Seulement si tu me laisses faire tout le travail.

— Tout ce que tu veux. »

Une fois de plus, nous nous arrachons les vêtements l'un à l'autre comme des fous. Je n'ai jamais eu de sexe comme celui-ci. Cela a toujours été lent, doux et civilisé. Ceci n'est aucune de ces choses. C'est fou et sauvage, le désir passionné que j'ai pour lui me transformant en une version de moi-même que je n'ai jamais rencontrée auparavant. Il est tout aussi barbare, et le son du tissu qui se déchire ne fait que me rendre encore plus dingue que je ne le suis déjà.

Nous tombons sur le lit, jambes et bras enchevêtrés, et j'en oublie presque la commotion cérébrale qui ne le retient d'aucune façon.

« John, je m'exclame d'une voix haletante, entre les baisers les plus passionnés de ma vie, ta tête.

— Tout va bien. Embrasse-moi. »

De sa main posée derrière ma tête, il m'attire vers un autre baiser qui n'est que langues et dents et folie complète.

Je continue à penser que cela ne peut pas être vrai, que ce genre de chose n'arrive pas vraiment aux gens. C'est quelque chose qu'on voit dans les films ou qu'on lit dans les livres. Cela ne peut pas être en train de m'arriver à moi. Mais c'est la réalité, et c'est en train d'arriver, et c'est *divin*. Ses mains sont partout, sa bouche dévore.

Nous nous rencontrons comme deux comètes allant droit à la collision lorsqu'il me pénètre profondément, vite et brusquement.

Je jouis fort, criant du plaisir choquant qui me traverse, et je recommence à grimper l'échelle de l'excitation avant même de m'être remise du premier orgasme.

Il serre les dents autour de mon bout de sein tandis que ses doigts s'enfoncent dans la chair de mon cul. Nous transpirons tous deux pendant qu'il me défonce, sa grosse queue m'étirant jusqu'à ma limite absolue, mais je continue à le suivre, perdue dans ce moment qui me change pour toujours. Alors même que je suis emportée par un fort courant qui m'emmène loin de tout ce que j'ai jamais connu, j'ai la présence d'esprit de savoir que je ne me remettrai jamais de cet homme. Si cela ne se termine pas bien, je ne me relèverai jamais. Je ne me remettrai jamais de lui.

« Poppy, murmure-t-il, me tirant et me tenant si fort que je peux à peine respirer, viens avec moi. »

Je n'ai jamais rien ressenti d'aussi bon, d'aussi juste ou d'aussi parfait.

Alors que nous redescendons sur Terre après la plus grande euphorie, j'entends sonner mon téléphone avec la sonnerie que j'ai réservée à Marcie.

« Il faut que je prenne ça. »

Il me tient plus fort, ses muscles tremblants.

« Ne pars pas déjà.

— C'est ma patronne.

— Dis-lui que tu t'occupais de ton client. »

Cela me fait rire. Marcie sera furieuse si je ne prends pas son appel, mais je m'en fiche quand je suis allongée dans les bras de John, et que j'halète encore après les meilleures relations sexuelles que j'aie jamais eues.

« Je suis désolé d'avoir été brusque avec toi, dit-il après un long silence.

— Au cas où tu t'en serais pas aperçu, j'ai adoré. Mais tu étais supposé me laisser faire tout le travail.

— Tu pourras faire le travail la prochaine fois. »

Il a les yeux fermés, et son visage est libre de la tension qui fait tellement partie de lui.

Je lui caresse la joue, voulant lui apporter tout le réconfort et la paix que je peux.

« Ta tête te fait mal ?

— Un mal de chien.

— Laisse-moi me lever. Je vais te chercher des glaçons et des cachets contre la douleur.

— T'as pas à le faire.

— Je veux le faire. »

Il ouvre les paupières et me regarde avec les yeux les plus bleus que j'aie jamais vus, ainsi qu'avec la vulnérabilité qu'il essaie si dur de garder cachée.

« Je ne veux pas te sembler faible. »

Je ne peux m'empêcher de rire.

« Vu les événements récents, tu n'as absolument pas besoin de te soucier de cela.

— C'était bon pour toi ?

— Tu ne peux pas sérieusement me demander ça.

— Je te le demande sérieusement.

— C'était… un tournant dans mon existence. »

J'embrasse ses lèvres, ses deux joues, et son front.

« *Tu* es un tournant dans mon existence.

— Et c'est une bonne chose ?

— Il me semble que oui. »

Je suis tellement amoureuse de lui, plus amoureuse que je ne l'ai jamais été. Je devrais être terrifiée, mais je suis bizarrement calme. À presque trente ans, cela fait assez longtemps que j'existe pour savoir qu'une chose comme celle-ci est rare et spéciale, et j'ai l'intention de la traiter comme telle.

« Laisse-moi me lever. »

Il me libère, et après un arrêt rapide dans la salle de bains, je me rends dans l'autre pièce pour prendre de la glace dans le congélateur et les pilules contre la douleur qu'ils lui ont données à la clinique. Je les rapporte avec un verre d'eau. Il est exactement là où je l'ai laissé, couché sur son ventre, son dos musclé exposé avec les griffures rouges que j'y ai laissées. Ces marques me remplissent de satisfaction alors même que mon corps continue à trembler avec des répliques. Je veux le lécher, le mordre, le griffer. Je n'ai jamais eu de telles pensées avec un homme.

Mais celui-ci n'est pas n'importe quel homme. J'ai un peu peur de la force qu'ont prise mes sentiments pour lui. C'est comme se retrouver sur un train de marchandises avec des freins défaillants qui descend une grande côte. Même le fait de savoir que je me dirige vers un accident épique ne peut m'arrêter de sauter sur ce train et d'espérer pour le mieux.

« Prêt pour les glaçons ? »

Il grogne en réponse et prend les pilules que je lui tends, en les faisant descendre avec une gorgée d'eau.

Après avoir mis le verre sur la table de chevet, je pose la poche de glace improvisée sur l'arrière de sa tête et la tiens en place tout en utilisant ma main libre pour lui caresser le dos.

« Ça fait du bien. »

De longs moments passent en silence pendant que je tiens la glace en place et continue à lui masser le dos. Il est complètement détendu lorsque mon téléphone sonne à nouveau.

« Pouah, si je l'ignore encore une fois, je n'aurai plus de boulot. »

Il lève la main pour prendre le relais avec la poche de glace.

« Vas-y. »

Je cours chercher mon sac, que j'avais laissé tomber par terre en passant la porte. Je prends l'appel juste avant qu'il soit transféré à ma messagerie vocale.

« Marcie. Bonjour.

— C'est quoi, ce bordel, Julianne ? Pourquoi vous n'avez pas répondu à mon appel plus tôt ?

— Vous avez appelé ? Ça n'a pas sonné. »

Je fais une grimace en mentant. Je suis la pire menteuse du monde. Je suis vraiment nulle pour ça, c'est pourquoi je ne le fais jamais.

« Que se passe-t-il ?

— Je voulais que vous sachiez que la sécurité arrive. Ils vont couvrir l'entrée principale de l'hôtel pour essayer de procurer une couverture supplémentaire à cet endroit ainsi qu'à l'étage supérieur où va rester le capitaine West. »

Je réalise avec un sentiment désagréable que la présence de sécurité pourra sérieusement freiner nos activités en dehors du travail.

« D'accord.

— Je leur ai donné votre numéro au cas où ils aient des questions. S'ils appellent, répondez à votre téléphone, Julianne. »

Son ton me fait grimacer.

« Oui, oui.

— De plus, vous devez faire quelque chose avec les demandes qu'on vous a faites à propos du capitaine. Tout le monde essaie de vous contacter, et quand ils n'arrivent pas à vous avoir, ils appellent ici.

— Je m'en occupe.

— Vous êtes sûre de ne pas avoir besoin de plus de soutien du bureau ? »

Je n'ai jamais été plus certaine de quoi que ce soit.

« Absolument.

— Encore une chose… Victor Carlin le veut dans son émission.

— Non. »

Je déteste Carlin et toute son image "roi du choquant". Il n'est pas question que je soumette John à ce mec.

« Ce n'est pas une question, Julianne. Je lui dois une faveur. Je lui ai dit que je m'en chargeais.

— Vous n'auriez pas dû lui dire ça sans d'abord nous consulter. »

Dans le silence mortel qui s'ensuit, mon estomac fait des nœuds. Je ne lui ai jamais adressé la parole comme ça auparavant, et il n'y a aucun doute qu'elle n'apprécie pas.

« Faites que cela arrive. »

Ça raccroche. Il n'est pas question que John paraisse dans cette émission, punaise. Je me fiche de ce que lui a promis Marcie.

« Tout va bien ? demande John quand je retourne à la chambre après avoir tenu complètement nue une conversation avec ma patronne.

— Victor Carlin te veut dans son émission.

— Ce serait super. J'adorais l'écouter avant le déploiement. J'ai fait mettre la radio satellite juste pour pouvoir capter son émission. J'adorerais le rencontrer. »

Je fais la grimace et retrousse mon nez.

« Je savais qu'il devait y avoir quelque chose que je n'aimerais pas en toi. »

Il rit.

« Tu ne m'aimais pas, *moi*, quand on s'est rencontrés.

— Mais c'est tellement loin – il y a trois semaines. »

Son sourire me réchauffe le cœur parce que je sais qu'il n'a pas eu de quoi sourire depuis longtemps.

« Ta patronne veut que je fasse Carlin. Moi, je veux faire Carlin. On dirait qu'on l'emporte sur toi, Poppy. »

Et lorsqu'il m'appelle comme ça… Ça me tue. Je meurs.

« Je vais l'organiser, mais je ne suis en aucun cas responsable de ce qui arrivera, alors ne me blâme pas.

— Je n'y songerai pas. Je serais accroupi à pleurnicher dans un coin si je ne t'avais pas pour me défendre. »

Il me tire à lui, dans le lit, la poche de glace abandonnée par terre.

Quand il se blottit dans mon cou, j'en suis réduite à une chiffe molle. Il pourrait me demander n'importe quoi, je le lui donnerais.

« T'es si sexy, Poppy. Ta peau est comme de la soie, et tu sens si bon. Je veux rester dans ce lit avec toi pour le reste de ma vie. »

Chaque défense que j'aurais pu avoir s'effrite et redevient poussière. Ses mots et le mouvement doux, révérant de ses mains me ruine. *Je veux dire oui. Restons dans ce lit pour le reste de notre vie. Ne quittons jamais cette suite. Restons comme cela pour toujours.*

Si la dernière fois, c'était fou et sauvage, cette fois-ci, c'est tendre et doux. Mais c'est encore plus dévastateur à cause de sa façon de me regarder pendant que nous faisons l'amour. Lorsqu'il me regarde dans les yeux, j'ai soif de lui. Je le veux plus profond en moi. Je le veux si loin en moi qu'il ne puisse jamais repartir. Je le veux de façons que je n'avais pas imaginées possibles, et quand je pense que j'aurais pu épouser Andy et ne pas connaître ça, je me sens incroyablement soulagée.

Dieu merci je n'ai pas épousé Andy ou quelqu'un d'autre avant de connaître John.

Le soulagement est si bouleversant que j'en ai les larmes aux yeux.

« Je te fais mal ? » demande-t-il.

Je secoue la tête.

« Qu'est-ce qui ne va pas ?

— Rien du tout. »

Il ne comprend pas, et en l'ayant qui bouge en moi, il me manque assez de cellules du cerveau pour former une phrase cohérente. Je lui dirai plus tard, après. Ce qui se passe à l'instant nécessite toute mon attention alors que mon téléphone de travail sonne encore.

Mon portable personnel sonne avec des SMS. Je. M'en. Fiche. Moi, qui suis normalement enchaînée à mes téléphones, mon iPad, mon mail, mes médias sociaux, je n'en ai rien à faire de tout cela.

Bien que l'amour soit tendre et doux, la culmination est explosive. Nous nous accrochons l'un à l'autre comme à des bateaux de sauvetage dans une mer houleuse, et c'est ma dernière pensée avant de sombrer dans un sommeil profond.

CHAPTER VINGT-CINQ

JOHN

Je sais que je ne suis plus en Afghanistan. Je sais qu'Ava est partie et que je suis à New York, dans un lit avec Julianne. Je sais ces choses, même en dormant, mais j'ai des flash-back sur le déploiement, le jour où le bateau a été bombardé, et sur le moment où je me suis réveillé avec Ava et ai pensé à comment il ne me restait que quatre mois à faire avant d'être libre de reprendre la vie que j'avais mise en attente en acceptant la mission de cinq ans dans une des équipes les plus élitistes de l'armée.

C'était un honneur qu'on me le demande, un des moments les plus forts de ma vie de m'entraîner avec ces hommes incroyables, d'être prêt à être déployé au pied levé, si nécessaire. Mais après avoir rencontré Ava presque deux ans plus tôt, je voulais autre chose. Je voulais une femme, une famille et un vrai chez-moi. Je voulais une vie qui ne pouvait m'être arrachée sans prévenir.

À quatre mois près, j'aurais eu tout cela.

J'étais en train de regarder *SportsCenter* sur ESPN quand les diffuseurs ont interrompu leur émission avec un reportage sur l'attaque de *l'Étoile des hautes mers*. J'ai immédiatement mis CNN et, stupéfait, j'ai regardé la couverture journalistique pendant deux minutes avant que le téléphone ne sonne.

Je savais au fond de moi que c'était le coup de fil que j'espérais ne jamais recevoir de la vie. J'ai pris l'appel et ai entendu le mot unique qui a confirmé que mon existence, telle que je la connaissais, était finie.

« Partez. »

Sans répondre, j'ai raccroché.

« Qui était-ce ? »

Le visage d'Ava était pâle et touché par l'horreur qu'elle regardait se dérouler à la télévision.

Ils étaient en train d'estimer qu'il y avait au moins quatre mille personnes sur le navire, toutes probablement mortes.

J'aurais dû le lui dire. J'aurais dû le lui dire dès le départ et lui donner le choix. Et maintenant il était trop tard. J'ai mis mes mains sur ses épaules et j'ai absorbé les détails de son doux visage en essayant de le graver dans ma mémoire dans les quelques secondes qu'il nous restait.

« Je suis désolé, Ava.

— De quoi ? »

Elle semblait paniquer, comme si elle percevait le fait que c'était grave, même si elle ne savait pas exactement ce qui arrivait.

« Faut que j'y aille. »

Je l'ai embrassée, l'ai prise dans mes bras, lui ai dit que je l'aimais, et j'ai attrapé mon sac de secours dans le placard du hall d'entrée. Puis je suis parti, la laissant derrière moi, avec tout ce qui m'appartenait. J'ai pleuré tout au long du chemin jusqu'à la base, sachant qu'il se passerait beaucoup de temps avant que je la revoie. Je ne savais pas, dans ces premières minutes, comment j'allais survivre sans elle ni comment j'allais supporter de ne pas savoir si elle allait bien en mon absence. J'ai eu ce trajet de quinze minutes pour pleurer la perte de la vie telle que nous la connaissions et pour me préparer à la mission devant moi.

J'en suis venu à me détester moi-même pour lui avoir fait ça. Je me suis détesté autant que je l'aimais, elle. J'ai détesté le fait d'avoir été trop faible pour la quitter alors que je savais que j'aurais dû. J'ai détesté qu'elle reste seule sans soutien, sans informations, sans rien. J'avais fait un grand pari, et j'avais perdu. Celle que j'aimais plus que tout allait terriblement souffrir quand elle allait se rendre compte que je n'allais pas rentrer. C'était insupportable pour moi.

Pendant une seconde, rien qu'une seconde, j'ai pensé à refuser la mission. Ça aurait été la fin de ma carrière, mais j'aurais gardé Ava. En fin de compte, je n'y suis pas arrivé. Autant j'aimais Ava, autant je ne pouvais pas laisser tomber les hommes qui étaient comme des frères pour moi.

Je suis arrivé à la base, et la mission est devenue prioritaire. Le reste de mon rêve est en avance-rapide : le long vol inconfortable, les années sur la trace d'Al Khad, les nuits dans les grottes, les journées chaudes à en crever, les nuits à se geler, la bouffe dégueulasse, la solitude, la peur, la rage, l'agonie, le chagrin et l'amour sans fin pour Ava. Le coup raté au bout de quatre ans et demi, le raid sur le camp, la mort de Tito et Jonesy avant même que nous soyons dans le bâtiment, prendre une balle dans ma jambe, la certitude que j'allais mourir en perdant tout mon sang, supplier les médecins de ne pas m'amputer la jambe, sortir du coma, ma jambe partie, mon corps ravagé, trouver Ava, la voir, l'entendre dire qu'elle avait quelqu'un d'autre et qu'elle avait l'intention de l'épouser.

C'est un rêve barre oblique cauchemar qui joue en boucle encore et encore comme une sorte de drôle de version d'*Un jour sans fin*. Je l'ai déjà fait et comme par le passé, j'ai du mal à m'en libérer, à me réveiller et échapper aux images qui me hantent. Mais cette fois-ci, il y a une lumière qui n'y était pas auparavant. Elle est au loin, m'appelant à marcher vers elle. Si seulement je pouvais y arriver, j'aurais peut-être une chance. Mais ma jambe me fait mal, mon corps est fatigué, j'ai une douleur accablante à la tête, et la lumière est encore tellement loin.

Je me réveille en pleurs, en sueur, tremblotant.

Jules est là et me calme, essuyant mes larmes, me parlant de ce ton apaisé et compétent auquel je m'accroche comme si ma vie en dépendait. Elle me prend dans ses bras, et bien que je ne veuille pas de son réconfort, je n'arrive pas à le rejeter. Elle est la douceur, la sécurité et la gentillesse. Elle est la lumière qui m'attend de l'autre côté du cauchemar.

Je me tiens à elle, absorbant sa force et me l'appropriant.

Si plus tard on me l'avait demandé, j'aurais été incapable de dire combien de temps nous sommes restés ainsi. Il m'a fallu beaucoup de temps avant d'être assez calme pour pouvoir m'excuser auprès d'elle.

« Il ne faut pas. »

Je commence à m'éloigner d'elle.

« Je ne devrais pas…

— Chut. Arrête. Tout va bien. »

Elle me tient fort, si fort que je ne peux m'échapper, bien que je n'en aie pas l'intention.

Avec comme seul choix de rester, je m'effondre dans ses bras, en fermant les yeux. Mon visage est pressé contre ses seins, mais il ne s'agit pas de sexe.

Il s'agit de quelque chose de tellement plus important.

JULIANNE

Je suis secouée par cette chose qui est arrivée à John. J'étais endormie quand il a commencé à se débattre près de moi, et quand j'ai vu qu'il pleurait… Mon Dieu, mon cœur. Il vient d'exploser de compassion pour John, en réalisant qu'il vivait une sorte de flash-back. Je veux en savoir plus. Est-ce que cela arrive souvent ? A-t-il besoin de traitement ?

Il dort paisiblement maintenant, des heures plus tard, mais moi je suis bien éveillée, sur les nerfs, inquiète pour lui, et un petit peu soucieuse de moi-même alors que je tombe de plus en plus profondément dans cette chose avec lui, sachant pertinemment qu'il n'y aura pas de porte de sortie quand je toucherai le fond.

Je m'en fiche. Pour l'instant, en tout cas. Lorsque ce sera fini, je ne m'en ficherai pas, mais pour l'instant… Je suis la Jules féroce, intrépide, qui n'en a rien à foutre de tout ce qui n'est pas John et ce dont il a besoin, quoi que cela puisse être, quand il en a besoin.

Je sors du lit et mets le T-shirt qu'il portait sous son uniforme tout à l'heure. Il garde son odeur, et j'adore son odeur. Je n'ai jamais été la petite copine qui voulait porter les vêtements de son copain, mais peut-être que je le suis maintenant. Dans l'entrée de la suite, je trouve mon sac et attrape la trousse de toilette que je porte avec moi tout le temps, et l'emporte dans la salle de bains, où je passe le fil dentaire, me brosse les dents et mets mon appareil de protection dentaire. Eh oui, je porte encore ma plaque occlusale parce que l'orthodontiste m'a dit qu'il le fallait si je ne voulais pas avoir à nouveau les dents de travers.

Mon hygiène buccale terminée, je m'installe sur le canapé avec une bouteille d'eau, mon téléphone personnel, mon téléphone de travail, le téléphone de John et mon iPad. Je lis les centaines de SMS, mails et messages dans ma messagerie que nous avons reçus ces quelques derniers jours.

Je m'attaque d'abord à mon téléphone de travail, en établissant une liste de choses à faire qui me prendra une journée entière, et je réponds aux mails de collègues et réalisateurs voulant réserver John, même pour plus tard. Ils le prendront selon ses disponibilités. C'est une longue liste et elle comprend tous ceux qui ne sont pas inclus dans la tournée des médias initiale.

Sur son téléphone, je trouve des appels de plusieurs grandes marques de chaussures de sport et de vêtements, d'un éditeur de New York intéressé par sa biographie, d'une société de crèmes glacées qui veut qu'il devienne leur nouveau visage et du représentant d'une des agences d'artistes sur la côte ouest, demandant à le rencontrer la semaine prochaine quand nous serons là-bas.

Je ne peux tout simplement pas imaginer l'importance de ce qui l'attend. Le truc de la crème glacée n'est pas à faire, mais le reste m'intrigue. Je suis contente de savoir qu'il pourra faire tout ce qu'il voudra une fois qu'il aura pris sa retraite de la Marine et aura les moyens financiers de vivre comme un roi. Il ne mérite rien de moins.

J'allais juste couper son téléphone quand un SMS d'Ava arrive.

Mon cœur s'arrête alors que je lis les mots qu'elle envoie.

Salut. T'es réveillé ?

Je fixe l'écran pendant un très long moment, pas sûre de ce que je devrais dire ou penser. Pourquoi lui envoie-t-elle un texto au milieu de la nuit ? Où est Éric ? Je n'ai pas cliqué sur le texte, alors elle ne peut pas voir qu'il a été lu, mais il pourrait tout aussi bien être illuminé par les néons de *Times Square* vu l'effet qu'il a sur moi.

Ça doit être comme ça d'être touché par la foudre, d'être en train de marcher, en vous occupant de vos affaires, et puis d'être frappé par un éclair venant du ciel qui vous donne l'impression que chaque partie de votre corps a pris feu.

Quand je suis obligée de cligner des yeux, j'arrête le téléphone et le range dans mon sac. Il faut que je lui dise, à John, qu'elle a envoyé un texto, n'est-ce pas ?

Je reste assise dans le noir, étourdie, essayant de trouver ce que je dois faire.

Veut-elle qu'il revienne ? Est-ce pour cette raison qu'elle lui envoie des SMS à 3 h du matin ? Et si c'est le cas, que fera-t-il ?

La Jules féroce et intrépide ne se sent plus ni aussi féroce, ni aussi intrépide après avoir vu ce texto.

CHAPTER VINGT-SIX

JULIANNE

Je me réveille le matin au mouvement de sa main qui monte de ma cuisse à ma hanche, sous son T-shirt que je porte encore, pour venir s'enrouler autour de mon sein tandis que sa queue qui bande se met à l'aise entre mes fesses. Je me délecte de la chaleur charnelle de son toucher quand je me souviens du texto d'Ava.

« Qu'est-ce qui ne va pas ? demande-t-il derrière moi.

— Rien.

— Alors pourquoi t'es devenue tendue tout à coup ?

— Je ne le suis pas. »

Ma voix est aiguë et grinçante, comme elle le devient quand je mens. Si un membre quelconque de ma famille était là maintenant, il me le ferait remarquer. Quoique, vu avec qui je suis au lit, je suis profondément reconnaissante qu'aucun membre de ma famille ne soit là.

« T'as une drôle de voix, aussi. »

Avant que j'aie une seconde pour me préparer, il m'a mise sur le dos et a balayé les cheveux de mon visage. Et bon Dieu, que cet homme est sexy le matin avec un début de barbe sur sa mâchoire et l'éclat féroce de ses beaux yeux qui me regardent avec attention et inquiétude.

J'avale ma salive. Je ne peux pas lui mentir, et ne pas lui dire la vérité compterait comme mensonge. Je m'éclaircis la voix et me lèche les lèvres.

« C'est quoi, dans ta bouche ? »

Il bouge ma lèvre et éclate de rire.

« Tu portes une *plaque occlusale* ?

— Oui ! Qu'est-ce que ça peut faire ?

— T'as quel âge, Poppy ? »

Je prends mon air le plus têtu.

« Ça ne te regarde pas.

— T'as fini l'université, non ? Ne me dis pas que j'ai enfreint la loi, là. Ce ne serait pas une bonne chose pour ma réputation.

— Très drôle. Et s'il faut que tu le saches, je vais avoir trente ans le mois prochain.

— Et tu portes encore ta plaque occlusale. »

Ses yeux que j'aime tant dansent d'allégresse pendant qu'il se moque de moi à cœur joie, et ça ne me dérange même pas.

« T'es vraiment une bonne fifille. »

Il embrasse mon corps de haut en bas et je me retrouve étalée sur le lit avant que je puisse lui dire qu'il ne peut pas prendre ma chair s'il va se moquer de moi.

Qui est-ce que je cherche à leurrer ? Il peut avoir tout ce qu'il veut, et ce qu'il veut pour le moment c'est me lécher, me sucer et me mettre ses doigts jusqu'à ce que j'aie un orgasme en criant. Avant que je puisse digérer cette pensée, il est sur moi, dans moi, et me donne à nouveau l'expérience la plus palpitante de ma vie. Je reviens de mon deuxième orgasme en dix minutes lorsque je me souviens du texto d'Ava.

Il faut que je lui dise.

Je meurs à l'idée de lui dire, surtout alors qu'il est encore en moi, pulsant et me remplissant comme personne d'autre ne l'a jamais fait ni ne pourra jamais le faire.

« Douce Poppy, murmure-t-il contre mon cou. Tu es si parfaite.

Merci d'avoir été là pour moi hier soir. Je suis désolé de m'être mis dans un tel état. »

Je le touche partout où je peux l'atteindre, les cheveux, les épaules, le dos, le cul.

« Je t'en prie, ne sois pas désolé. Tu n'as jamais à être désolé avec moi.

— Il faut que tu t'enlèves ce truc de la bouche. Tu parles comme Elmer Fudd. »

Exaspérée et amusée, je sors d'un geste la plaque occlusale et la mets sur la table de chevet, en essayant de ne pas penser aux microbes avec lesquels elle entrera peut-être en contact. C'est la suite présidentielle au *Four Seasons*. Il n'y a pas de microbes ici, n'est-ce pas ?

« Content ?

— Ouais, je le suis, dit-il en souriant. Incroyablement heureux quand je m'attendais à ce que ce soit tout le contraire pendant cette tournée médiatique d'enfer. »

Il est heureux. Il sourit. Il est en paix.

Et moi aussi.

Je ne peux pas lui dire à propos de ce texto maintenant. Je ne peux pas, c'est comme ça.

———

Aujourd'hui, nous passons à la télévision dans *CBS This Morning*, où j'ai la chance de rencontrer la meilleure amie d'Oprah, l'incroyable Gayle King ! Je meurs d'émotion quand elle demande si je veux qu'on prenne un selfie ensemble. Après cela, nous sommes dans *The View*, où les dames vont devenir folles de John, et je repousse le monstre affreux de la jalousie qui veut les tabasser toutes pour avoir osé flirter avec lui.

Il est à moi, la bête veut crier, et pourtant ce n'est pas du tout la vérité. Elles l'adorent, et je devrais en être ravie, mais je suis contrariée pour des raisons qui m'échappent, même à moi.

Je reçois un texto d'une de mes amies de lycée, qui est en plein dans un divorce affreux. Dans notre chat de groupe, elle dit : *Si vous êtes célibataires, mesdames, restez-le. Les hommes sont dégoûtants. Ils sont tous épouvantables. Tous autant qu'ils sont.*

Le mien ne l'est pas. Je suis contente de moi en le regardant plaisanter avec Whoopi, Joy, Sunny et Meghan. Il me rend tellement fière avec sa façon de se comporter pendant les interviews. Il est calme, cool, confiant et posé. Personne ne devinerait jamais qu'il pleurait dans mes bras il y a moins de douze heures. Personne ne le saura *jamais*.

Sur le chemin de retour à l'hôtel, Muncie nous dit qu'Amy l'emmène à *Chelsea Piers* et demande si nous voulons y aller.

John me lance un regard qui fait fondre mon slip.

« J'ai mal à la tête. »

Apparemment, il ne parle pas de la tête qui est en haut de son corps.

« J'aimerais bien, mais il faut que je travaille, dis-je à Muncie. Vous allez vous amuser tous les deux. Les quais sont super. »

Plus tôt dans la matinée il m'a dit qu'hier ils ont visité le monument à la mémoire des victimes du 11 septembre, qu'il l'a trouvé inoubliable et incroyablement bouleversant.

Aujourd'hui, j'en prends la résolution, je vais rentrer à la maison *pour de vrai*. Je vais faire des lessives et reprendre des vêtements. Et à 14 h, comme si je n'avais rien d'autre de prévu, nous nous retrouvons à nouveau dans le lit de John à nous comporter comme si c'était la fin du monde si nous ne nous épuisions pas à force de faire l'amour.

Je n'ai jamais été plus heureuse de ma vie.

Pourtant, le secret que je ne lui révèle pas me harcèle comme un ongle sur une plaie ouverte. C'est mal de ne pas lui avoir dit, et maintenant, il s'est écoulé trop de temps. Si je le mentionne, il va vouloir savoir pourquoi je ne l'ai pas dit plus tôt. Je n'ai pas une bonne réponse à cela. Je ne peux tout de même pas dire que je l'ai caché parce que je ne voulais pas qu'il parle à Ava ou qu'il se remette avec elle ou qu'il fasse quoi que ce soit d'autre que ce qu'il est en train de faire à cet instant même.

« Tu me suis, Poppy ? » demande-t-il d'un ton bourru.

On ne devinerait jamais que cet homme a perdu sa jambe il y a quelques mois, a passé un mois dans le coma ou s'est infligé une commotion cérébrale hier. Son énergie est admirable, tout comme sa maîtrise de moi. Je n'ai jamais autant joui de ma vie qu'avec lui.

« Je te suis d'on ne peut plus près. »

La réponse lui plaît.

Je me dévoue à lui montrer combien je le veux, combien j'aime cela, combien je l'aime… lui. Oh, bon Dieu, ce n'était pas supposé arriver, mais comment faire autrement ?

Après, nous dormons comme des souches et nous nous réveillons beaucoup plus tard.

Il passe ses doigts dans mes cheveux.

« Je veux t'emmener quelque part.

— Où ça ?

— Je ne sais pas. C'est ta ville. Où devrions-nous aller ? Je veux essayer la pizza de New York que tu m'as vantée. »

Je ne peux pas l'emmener près de Tribeca, où j'habite près de mes frères. Je pense au restaurant Roma du côté du quartier nord-est de Manhattan, qui est un de mes favoris.

« Je sais exactement où aller, mais tu ne peux pas sortir en ressemblant à… Bah, à toi-même.

— On se fera accompagner par les gars de la sécurité. Ça ira. »

Je suis vraiment une nana, parce que l'idée de faire une sortie en amoureux avec lui me fait tourner la tête.

« Tu crois qu'on peut passer vite fait chez moi pendant qu'on est de sortie pour que je puisse prendre plus de vêtements ?

— Pas de problème. J'aimerais bien voir où tu habites. »

C'est un risque. Mon appartement est à distance égale de celui d'Éric et celui de Rob, mais quelles sont les chances que je les rencontre par hasard ? Pratiquement zéro. Nous ne nous présentons pas les uns chez les autres sans d'abord envoyer un texto pour nous assurer que ce ne sera pas un déplacement pour rien, et du reste ils savent que je n'y suis pas.

Nous prenons la douche ensemble et nous nous préparons pour sortir ce soir.

Les gardes du corps que Marcie a engagés sont efficaces et discrets. S'ils pensent que c'est bizarre que je passe l'après-midi dans la suite de John, ils ne le diraient jamais. D'ailleurs, nous leur avons dit que nous avions du travail à faire, et parce que je n'en ai rien à branler, je m'en fiche s'ils savent que nous avons passé l'après-midi à baiser comme des lapins.

Ils nous sortent de l'hôtel et nous font entrer dans un SUV gris métallisé. Je ne vois aucun signe des journalistes qui surveillaient l'hôtel, et j'en suis soulagée.

John porte un jean, une chemise bleu ciel froissée avec les manches remontées, des lunettes style aviateur et une casquette de baseball des San Diego Padres. Il ne ressemble en rien à l'officier de la Marine raffiné qui a été à la télévision ces derniers jours. Puisque nous serons emmenés et déposés de porte à porte, il décide de laisser les béquilles à l'hôtel.

Cela me rend nerveuse, mais je ne le dirai jamais.

Il me tient la main dans la voiture, et j'ai envie de me pincer. C'est *la réalité*. Mon téléphone sonne avec un texto sur lequel je jette un œil, et mon estomac tombe en chute libre quand je vois les mots de Rob adressés à Amy et moi.

C'est grave, les gars. Éric ne veut pas lui parler, il ne veut pas me parler à moi. Il est devenu vraiment bizarre. J'ai peur que ce soit fini entre eux, et Camille s'inquiète aussi. Je ne sais pas quoi faire.

Non. J'ai envie de crier. *Non, non, non.* Ce n'est pas fini entre eux. Ce n'est pas possible. Je ne peux pas les imaginer l'un sans l'autre pour commencer, mais si elle est à nouveau célibataire… John me laisserait tomber en un clin d'œil pour elle. Je ne me fais absolument pas d'illusions sur cela.

Non. Je ne peux pas y penser, ou je vais perdre la tête.

Nous nous dépêchons d'entrer dans Roma et prenons une table près de l'une des fenêtres qui donnent sur *Third Avenue*. Nous commandons des bières, pizzas et salades, et pendant que nous attendons, il me régale avec des histoires drôles sur les gars avec qui il a servi et les choses qui se sont passées pendant les déploiements, y compris la fois où il a fallu qu'il aille au secours d'un de ses gars qui était « pris en otage » dans une maison close dans les Philippines.

Je ris tellement fort de sa description des événements que j'en ai les larmes aux yeux.

« Comment savais-tu qu'il avait été pris en otage ?

— Ils ont envoyé une demande de rançon.

— Ce n'est pas vrai !

— Je le jure. C'est vraiment arrivé. J'avais exactement quatre heures pour le reprendre avant que le navire ne parte sans nous deux. Si nous n'avions pas été sur ce navire quand il a quitté le port, nous aurions pu dire adieu à la Marine. »

Nous dévorons la salade et une grande pizza fraîche à la mozzarella.

« T'avais raison, dit-il en mangeant une bouchée de pizza. Elle n'a besoin de rien d'autre comme garniture.

— Bah ouais, je te l'avais dit. »

Il me fait un clin d'œil, et je fonds. Je suis une flaque d'amour, de désir et de désespoir, parce que je sais que cela ne peut tout simplement pas durer. Les jours nous sont comptés. Dès que se terminera la tournée, il reprendra sa vie à San Diego, et je retournerai à la mienne à New York. Bien sûr, je l'aiderai avec les offres qu'il reçoit et continuerai à m'occuper de lui à distance, mais ce ne sera pas comme maintenant.

« Pourquoi tu as soudain l'air si triste, Pop ? »

Le surnom à l'intérieur du surnom me tue.

« Je ne le suis pas.

— T'es nulle comme menteuse.

— Je sais ! Tout le monde le voit quand je mens. Pourquoi ça ?

— Parce que ta voix monte comme ça, dit-il en m'imitant. Et tes yeux deviennent tout ronds, et tes lèvres, elles sont un peu en cul de poule. »

Je suis ébahie.

« J'ai dit deux mots. Comment tu en tires tout ça ? »

En haussant les épaules, il dit :

« Je fais attention. »

Oui, c'est vrai, et c'est une des raisons pour lesquelles je suis tombée amoureuse à en crever de lui.

« Alors, pourquoi es-tu triste ?

— Je pensais juste à ce qui se passera quand la tournée sera finie. »

Autant dire la vérité puisqu'il voit clair dans tous les mensonges que je peux bien lui dire.

« J'espère pouvoir te convaincre de venir habiter à San Diego et de prendre en charge ma vie. »

Je le fixe, bouche bée comme un poisson tiré de l'eau et qu'on laisserait se tortiller par terre.

Avec son doigt sur mon menton, il ferme ma bouche, qui est pleine de pizza. Dieu que je suis sexy, mais il ne fait que rire.

« Est-ce que j'ai trop choqué ma Poppy ? »

Sa Poppy. Je suis sienne. Si seulement il savait à quel point. Je prends une petite gorgée de ma bière en espérant que le liquide fera descendre la pizza malgré la boule que j'ai dans la gorge.

« Peut-être un peu. »

Il prend une petite gorgée de bière.

« Tu penses que je vais vouloir mettre fin à ça quand la tournée sera finie ?

— Je, euh, je ne sais pas.

— Je ne veux pas que ça finisse, Jules. »

Je cherche au fond de moi et trouve le courage de faire ce qu'il faut.

« J'ai quelque chose à te dire. »

CHAPTER VINGT-SEPT

JOHN

Ava m'a envoyé un texto. Elle m'a envoyé un texto hier soir. Jules a dit qu'elle l'a vu quand elle a vérifié mon téléphone avant de quitter l'hôtel.

OK, Ava m'a envoyé un SMS. Quelle importance ? Peut-être que ça en a une ? J'essaie de ne pas être distrait par la nouvelle, mais je ne peux pas m'en empêcher. Je le suis.

« Je peux voir mon téléphone ? »

Jules me le donne.

Je l'allume et vais droit à mes SMS.

« Cela te dérange si je réponds ?

— Bien sûr que non.

— T'es vraiment nulle comme menteuse, Pop. »

Je lui caresse le visage et me penche pour l'embrasser.

« Ça ne veut rien dire. Elle est mariée, tu te rappelles ? »

Ses sourcils se plissent.

« Ils ont des problèmes.

— Toujours ?

— Euh, ouais. Je suppose que c'est assez grave. »

Est-ce pour cela qu'elle m'a contacté ? Je n'ai aucune idée de comment je suis censé me sentir à propos de tout ça. Il y a quelques semaines j'aurais dansé dans la rue – du moins, autant que possible pour un gars qui n'a qu'une bonne jambe. L'idée d'une autre chance avec Ava aurait été une raison de célébrer.

Maintenant ? Je regarde Jules, qui joue avec sa pizza dans l'assiette, les épaules affalées dans une pose de défaite, et je ne peux pas lui faire ça. Je range le téléphone dans ma poche.

« Et si on prenait un dessert ?

— Tu ne vas pas lui envoyer un texto en réponse ?

— Bah, non.

— Pourquoi pas ?

— Parce que je suis de sortie avec toi, et ce serait malpoli d'envoyer des SMS à mon ex alors que je suis avec toi.

— Tu peux, si tu veux. »

Je lui prends la main et entrelace nos doigts.

« Je ne veux pas. Je préfère de loin te raconter comment j'ai sorti ce sergent de marine égaré de la maison close philippine. »

Elle se force à sourire, mais le rapport facile que nous avions est perdu dès l'instant qu'Ava s'est imposée à notre fête.

Je règle l'addition, et lorsque nous sommes prêts à partir, nous sortons vite et nous hâtons de monter dans le SUV. Je remercie les gars baraqués de la sécurité qui m'ont permis d'emmener Jules dîner sans que cela devienne un cirque. Ils nous ramènent à l'hôtel sans problème.

En arrivant à l'étage supérieur je me rends compte que nous ne sommes pas passés chez Jules. J'ai complètement oublié.

« On a oublié de s'arrêter chez toi.

— Ce n'est pas grave. Je vais prendre un taxi et aller chercher ce dont j'ai besoin.

— Je suis désolé.

— T'inquiète pas. Je te vois plus tard ? »

Je ne veux pas qu'elle s'en aille.

« Tu m'envoies un texto quand tu es de retour ?

— D'accord. »

Elle entre dans sa chambre, et lorsque la porte se referme avec un claquement, j'ai un moment de panique. Est-ce que j'ai merdé d'une manière ou d'une autre ? Comment ? Je n'ai rien fait. J'ai reçu un texto de la femme qui a encore en sa possession la plupart de mes affaires. Jules sait qu'Ava et moi avons accepté de rester en contact, d'essayer d'être amis, d'essayer d'être quelque chose l'un pour l'autre maintenant que nous ne sommes plus ensemble.

C'est tout ce que c'est. J'en suis sûr. Sauf qu'elle me texte au beau milieu de la nuit moins d'un mois après son mariage.

Au frère de Jules.

Compliqué.

Dans ma suite, j'attrape une bière dans le frigidaire, l'ouvre et m'assieds sur le canapé, épuisé par la marche pour entrer dans l'hôtel et le long du grand couloir qui mène à ma chambre. Je lève ma bouteille pour porter un toast à une sortie réussie sans béquilles. Tout progrès est bon à prendre.

Je cherche mon téléphone et ouvre l'appli messages. Le message d'Ava est presque perdu dans un océan de SMS de numéros inconnus. Dieu merci, Jules s'occupe de tout ça.

Je relis le texto d'Ava. *Salut. T'es réveillé ?*

Désolé, lui dis-je. *Je viens juste de voir ton message. Qu'est-ce qui se passe ?*

Je vois qu'elle est en train de répondre, alors j'attends, et je déteste le fait que je retienne mon souffle avec impatience. Essayez de voir cela de mon point de vue. J'ai langui d'amour pour cette femme pendant six longues années pour découvrir qu'il était trop tard pour nous deux quand j'ai finalement pu la contacter. Bien sûr que je veux entendre ce qu'elle a à dire, et pourtant je sais que je ne peux pas l'avoir, elle. Et si je pouvais ?

Je ne peux pas y penser.

Le téléphone sonne, annonçant sa réponse. *Rien. C'est juste que j'étais réveillée et je me suis dit que tu l'étais peut-être, toi aussi, alors j'ai tenté ma chance. Je t'ai vu sur* Fallon. *T'étais super.*

Merci. Je ne sais pas trop comment je me sens à propos de toute cette attention.

Profites-en. Tu la mérites vraiment.

Tu vas bien, Ava ?

Je ne sais pas vraiment. Éric et moi avons quelques problèmes.

Désolé de l'entendre.

Pourquoi est-ce qu'elle me dit ça ? Que veut-elle que j'y fasse ? Est-ce qu'elle me le dit parce qu'elle veut que je le sache pour une raison autre que le fait que nous avons décidé de rester amis ?

Ça va aller. Juste des petits problèmes de mise en route. Bon, bah, je voulais voir comment ça se passait avec tous les trucs de médias. J'espère que Jules te convient.

Je m'étouffe presque avec ma bière. Jules me convient très bien, de plus d'une façon. Mais je ne peux pas dire ça à Ava.

Elle est super. Merci. Elle m'a sauvé la vie.

Encore une fois, de plus d'une façon. Pourquoi est-ce que je me sens coupable de parler de Jules à Ava ? Elles sont belles-sœurs et amies. Ava est mon passé. Jules est mon présent et peut-être mon avenir. Je l'aime beaucoup. J'aime comment je me sens quand elle est là. Elle est comme un baume sur la plaie ouverte que je porte dans mon âme, et j'ai commencé à dépendre d'elle comme je ne m'attendais plus à dépendre de personne.

Ce n'est pas juste le sexe, bien qu'il soit formidable. C'est *elle.*

C'est la meilleure, répond Ava. *Contente que ça marche.*

Serait-elle contente de savoir à quel point ça marche entre Jules et moi ? Je n'ai aucune idée de ce qu'en penserait Ava, et j'espère que ce n'est pas quelque chose auquel il nous faudra faire face pendant très longtemps. Bien que j'aie été sincère quand j'ai demandé à Jules de venir vivre à San Diego pour s'occuper de ma vie. Et même si c'est encore neuf, j'espère qu'elle voudra continuer notre relation personnelle ainsi que la professionnelle.

Ça me fait drôle qu'Ava soit en train de m'envoyer des SMS alors que je pense à Jules. La conversation avec Ava m'a laissé perplexe et mal à l'aise. Pourquoi m'a-t-elle envoyé un texto au beau milieu de la nuit ? Qu'espérait-elle ? Que je lui dise de venir me retrouver, puisque je suis à New York et elle aussi ?

Je n'ai plus du tout l'habitude de la comprendre ou de cerner cette situation. Mis à part les gars de mon unité, je n'ai pas eu beaucoup de contacts avec des gens depuis des années. Je n'ai pas eu à m'occuper des attentes d'autrui ou de quoi que ce soit d'autre que la mission, alors je suis vraiment dépassé quand il s'agit d'essayer d'évaluer ce qui se passe avec Ava ou comment cela m'affecte.

Et puis je me rappelle que quoi que ce soit qui se passe avec elle, cela ne m'affecte pas. Cela ne me regarde pas. C'est sa femme à *lui*, même s'ils ont des problèmes. Ce souvenir est comme une dose de dure réalité dont j'avais grand besoin. Quoi qu'elle ait espéré accomplir en m'envoyant des SMS, cela n'a pas d'importance pour moi. C'est ce qu'elle a voulu, et je ferais bien de m'en souvenir.

Je finis ma bière et me lève pour en attraper une autre. Je regarde une heure entière de *SportsCenter*, alors que je me fiche des équipes que je n'ai plus du tout suivies pendant que j'étais parti. Je regarde deux épisodes de *Seinfeld*, qui est aussi bonne que jamais comme émission. C'est vraiment un classique.

Je décide d'envoyer un SMS à Jules. *T'es pas encore revenue ?*

Je suis en route.

Tu veux que je commande un dessert ?

Oui, oui, avec plaisir.

Je suis excité de savoir que je vais la revoir bientôt. Je veux m'accrocher à ce sentiment et me laisser porter par la vague aussi longtemps que possible. *De quoi t'as envie ?*

Une surprise. Je mange de tout.

D'accord.

Je me lève avec difficulté encore une fois et vais trouver le menu de room service. La coupure à l'arrière de ma tête me fait mal, mais à part cela, je me sens bien mieux aujourd'hui qu'hier après être tombé sur le tapis de course. D'ici demain, je devrais aller assez bien pour retourner à la salle de gym, mais il va me falloir être plus prudent à l'avenir. La dernière chose dont j'ai besoin, c'est une autre blessure, putain.

Cela me prend une minute pour me rendre compte que le menu est sur iPad. Je le trouve à tâtons. La technologie me rend encore quelque peu confus, comme si on m'avait déposé sur une autre planète dont je ne parle pas la langue. Je suis sûr que je vais rattraper le retard en temps voulu, mais comme avec toutes les autres choses auxquelles il me faut faire face, ça va prendre du temps.

Je commande une bouteille de champagne ainsi qu'un gâteau au chocolat et un cheese-cake. Je ne sais pas lequel elle va préférer, et j'ai hâte de savoir.

J'ai hâte.

Les mots résonnent en moi. J'ai effectivement *hâte* que quelque chose arrive, ce qui est une amélioration énorme par rapport à la déprime affreuse pendant que je pleurais la perte d'Ava et la vie que j'espérais retrouver en rentrant. Même quelque chose d'aussi anodin que d'apprendre si Jules préfère le chocolat ou le cheese-cake me donne toutes les raisons d'espérer que je vais peut-être bien survivre aux pertes que j'ai subies.

J'ai hâte de la voir, de lui parler, de manger le dessert avec elle et, j'espère, de passer une autre nuit avec elle. C'est un vrai soulagement, putain, d'avoir hâte que quelque chose arrive après les quelques mois affreux que j'ai passés. Je sors sur la terrasse et regarde la vie qui se déroule en bas. De minuscules taxis jaunes se faufilent de voie en voie et entre les autres véhicules comme s'ils étaient conduits par des pilotes NASCAR qui essayaient de gagner une course importante.

Je n'ai aucune idée de combien de temps j'ai passé dehors lorsque j'entends la porte de la suite s'ouvrir et se refermer. Je me retourne pour voir Jules qui porte une robe et des chaussures à talon. Elle est si fraîche et jolie, putain, et ne ressemble en rien à Mary Poppins.

Son regard percute le mien, et elle sourit en traversant le salon pour venir sur la terrasse.

Je lui tends les bras, et elle vient à moi comme si entre mes bras, c'était sa place, s'emboîtant sous mon cou comme si nous étions faits sur mesure. Le parfum enivrant qui lui est propre m'envoûte.

« Tu es belle.

— Merci. Je me suis changée pendant que j'étais à la maison.

— Je vois ça. Tu t'es mise sur ton trente-et-un pour moi ?

— Peut-être un peu. »

Je la tiens plus près, la voulant aussi près de moi que possible.

« Tu m'as manqué pendant que tu étais partie.

— Je ne suis partie que deux heures !

— Tu m'as manqué. »

Elle lève les yeux vers moi.

« Tu m'as manqué aussi. »

La regardant droit dans les yeux, je l'embrasse, et ce n'est que parce que je la regarde de si près que je vois un soupçon de quelque chose qui ressemble à de l'appréhension passer sur son visage expressif.

« Qu'est-ce qui ne va pas ?

— Rien.

— Tu ne sais vraiment pas mentir, tu te rappelles ? »

Elle soupire.

« Ce n'est même pas la peine que j'essaie.

— Exactement. Qu'est-ce qui te tracasse, Poppy ?

— Tu as parlé à Ava ?

— On s'est envoyé quelques SMS. Elle voulait juste me dire qu'elle m'avait vu à la télé.

— Elle t'a envoyé un texto en plein milieu de la nuit pour te dire ça ?

— Ouais, je suppose. »

Je pose mes mains sur ses épaules.

« Qu'est-ce que tu veux vraiment savoir, Jules ?

— Est-ce qu'elle t'a dit que les choses étaient bizarres entre Éric et elle ?

— Oui, oui. Elle a dit qu'ils avaient des problèmes de mise en route.

— D'après ce que me dit Rob, c'est peut-être plus que ça. »

Elle est éperdument vulnérable en me disant tout ça, et tout ce que je veux, c'est la rassurer.

« Je suis désolé de l'entendre.

— Ah bon ?

— Oui, je le suis vraiment. Personne ne veut le bonheur d'Ava plus que moi. Après ce que je lui ai infligé, elle mérite le meilleur de tout.

— Et si…

— Jules. »

Elle a l'air de se forcer à lever les yeux vers moi.

« Dis-moi ce qui te tracasse. »

Après une grande inspiration, elle expire lentement.

« Et si elle voulait te reprendre ?

— Elle ne veut pas.

— Comment tu sais ?

— Elle a épousé ton frère. C'est lui qu'elle veut. Il m'a fallu me réconcilier avec ça.

— Si elle t'envoyait un texto à cet instant même, et te disait qu'elle a changé d'avis et que c'est toi qu'elle veut après tout, qu'est-ce que tu ferais ?

— Ça n'arrivera pas.

— Allez, fais comme si. Alors, si cela arrivait ?

— Je ne sais pas, Jules, c'est tout. Je n'ai pas considéré cette possibilité. C'est lui qu'elle a épousé. Elle ne va pas soudainement changer d'avis. »

Jules laisse tomber ses mains de mon torse et fait un pas en arrière, me forçant à la relâcher. Elle croise les bras.

« Je marche vraiment sur la corde raide avec toi. J'ai tout risqué : ma relation avec mon frère et ma belle-sœur, mon travail, ma réputation. Je me disais que cela en valait le risque parce que je ne me suis jamais sentie comme ça avec personne d'autre. On a déjà établi que je suis nulle comme menteuse, alors je te dis la vérité. Je ne suis pas sûre de pouvoir continuer s'il y a la moindre chance que tu retournes à elle en courant si tu en as l'opportunité. »

Je fais un pas vers elle pour réduire la distance entre nous et l'enlace à nouveau.

« Je ne vais pas partir, Poppy.

— Tout le temps que j'étais à la maison, j'avais tellement hâte de te retrouver. J'avais tellement hâte de te voir, de te parler et d'être avec toi. J'ai presque trente ans. J'ai roulé ma bosse. Je sais ce que je peux supporter et ce que je ne supporte pas. Je ne peux pas être celle avec qui tu es pendant que tu te remets d'une déception amoureuse. Je ne peux tout simplement pas me faire ça à moi-même.

— Je jure devant Dieu que je ne me sers pas de toi pour me

remettre d'une déception amoureuse. Tu es bien plus que ça. Tu es ma lumière à la fin d'un très long tunnel noir. Tu es devenue la voix dans ma tête. Ton opinion est celle que je veux le plus, celle dont j'ai le plus besoin. Ta présence calme, mesurée, constante est comme un bateau de sauvetage dans le tourbillon qu'est devenue ma vie. Tu n'es pas une façon de me remettre d'une déception amoureuse, Julianne. Je te le jure. Tu es tellement plus que ça pour moi. »

Elle s'abandonne dans mes bras.

« Je me rends bien compte qu'il est beaucoup trop tôt pour une conversation comme celle-ci mais j'espère que tu comprends…

— Je comprends. Ce ne sont pas des circonstances normales.

— Vraiment pas », dit-elle avec un petit rire.

Je soulève son menton pour pouvoir voir son beau visage.

« Tu te sens mieux ?

— Oui, oui. Merci de m'avoir écoutée.

— Je ne te ferai jamais de mal, Poppy.

— Tu ne me feras pas mal exprès, mais il faut que tu saches que tu as la capacité de me faire beaucoup de mal.

— Je ne le ferai pas. Je te le jure. J'aime à penser que j'ai appris ma leçon par rapport à faire du mal aux autres.

— Ce n'était pas de ta faute avec Ava.

— Si, ça l'était vraiment. Je lui devais beaucoup plus que ce qu'elle a reçu de moi, et je suis déterminé à mieux faire cette fois-ci.

— Il y a encore une chose que je veux dire.

— Tu peux tout me dire à moi. Je serai toujours prêt à t'écouter.

— C'est un moment très étrange pour toi. Les offres arrivent sans cesse. Tu pourras faire tout ce que tu voudras une fois que tu auras pris ta retraite de la Marine. Je ne veux pas que tu te sentes obligé envers moi à cause de cette conversation. »

Je l'embrasse.

« Je ne me sens pas obligé. Si tu m'avais demandé il y a deux ou trois semaines si je pouvais m'imaginer que quelque chose comme ça m'arrive encore, j'aurais dit pas question. Mais ma Poppy est arrivée, avec les jambes les plus sexy que j'aie jamais vues, et elle m'a remis les idées en place et m'a donné une raison de continuer. »

J'entoure son visage de mes mains et embrasse les lèvres auxquelles je ne peux résister.

« J'ai trente-sept ans. J'ai certainement roulé ma bosse, et je sais quand j'ai quelque chose de spécial dans mes bras. Quels que soient mes projets après la Marine, je veux que tu en fasses partie. Je veux que tu m'aides à décider ce que je devrais faire, et je veux que tu sois près de moi, si c'est où tu veux être.

— J'ai les jambes en coton à cause de toi », dit-elle avec un sourire mignon.

Je ne sais pas où je trouve le courage, mais je la soulève dans mes bras.

« John ! Pose-moi ! Mais t'es *dingue ?*

— Oui, je suis dingue de toi, et je ne peux pas accepter que tes jambes en coton te fassent tomber.

— Pose-moi par terre. Tout de suite, avant que ce soit toi qui tombes. »

Je me sens plus fort que Superman pendant que je nous ramène à l'intérieur, et prends le premier siège disponible, tombant sur une chaise tapissée avec Jules sur mes genoux.

« C'est officiel, tu es fou. Tu as une commotion cérébrale, et tu ne devrais pas… »

Je l'embrasse à en avaler les mots sur ses lèvres, et pourtant j'adore me faire disputer par elle. J'adore comment elle se blottit dans mes bras pendant que nous nous embrassons. J'adore son honnêteté et son approche franche et directe de la vie. J'adore qu'elle porte encore une plaque occlusale et que ce soit une si gentille fille. J'adore qu'elle ait tout risqué pour être avec moi.

« Poppy, murmuré-je contre ses lèvres. Je suis en train de tomber éperdument amoureux de toi. Ne t'inquiète de rien, d'accord ? »

Ses yeux magnifiques brillent d'émotion.

« Je suis en train de tomber éperdument amoureuse de toi, aussi. »

Pendant très longtemps, nous ne faisons que nous regarder dans les yeux. Elle a l'air aussi ébahie que moi. Le moment est interrompu par quelqu'un qui frappe à la porte.

« Ça doit être le dessert.

— J'y vais. »

Elle se lève de mes genoux et traverse la pièce pour faire entrer le garçon du room service.

En la regardant y aller, j'ai l'impression d'être l'homme le plus chanceux du monde d'avoir une femme comme elle qui tienne à moi. Je suis déterminé à tenir les promesses que je viens de lui faire, quoi qu'il arrive.

Et quand elle pousse un petit cri en voyant le gâteau au chocolat que j'ai commandé, j'ai ma réponse sur autre chose que je voulais savoir.

CHAPTER VINGT-HUIT

JULIANNE

Tout est différent après notre conversation sur la terrasse. Nous avons fait un grand pas en avant ce soir, et je me sens plus tranquille après qu'il m'a assuré que je suis celle qu'il veut, que la nôtre n'est pas une relation pour oublier une autre déception amoureuse mais le début de quelque chose de beaucoup plus important. Des heures plus tard, nous sommes dans son lit, sur notre flanc, face à face après avoir fait l'amour. L'appeler autrement ne rendrait pas justice à la rencontre la plus intime de ma vie.

« Dis-moi quelque chose sur toi que personne d'autre ne sait. »

Il passe sa main sur mon bras, en montant puis en descendant, pendant qu'il réfléchit.

« Je ne connais pas mon vrai nom.

— John West n'est pas ton vrai nom ? »

Je suis choquée par sa confession.

« Non. On m'a laissé à une caserne de pompiers dans l'ouest d'Hollywood. C'est de là que vient le nom West. Je crois qu'une des infirmières de l'hôpital où ils m'ont emmené a décidé que mon prénom serait John. Je n'ai aucune idée de qui sont mes parents, ni des circonstances de ma naissance, ni de comment je suis arrivé à la caserne de pompiers d'Hollywood ouest.

— Je ne peux pas m'imaginer comment cela doit être de n'avoir aucune idée d'où l'on vient.

— C'est bizarre. Pendant les dix-huit premières années de ma vie, je me suis senti très déconnecté du monde qui m'entourait. J'ai commencé à m'attirer des ennuis, et puis j'ai rencontré le juge qui m'a donné un choix qui a changé ma vie. J'ai toujours admis qu'il m'avait sauvé la vie. Après m'être engagé, j'ai trouvé le lien qui m'avait manqué. J'ai tout de suite adoré. J'ai travaillé très dur. J'ai eu mon diplôme en cours du soir et en étudiant le week-end, j'ai suivi un programme pour devenir officier, suis devenu commando SEAL. J'ai tout adoré, sauf ce dernier déploiement. Maintenant, je veux juste que ça se termine.

— Ton histoire est une vraie source d'inspiration.

— Je n'en suis pas si sûr.

— Si, si. »

Il continue à me caresser le bras et le dos, comme s'il ne pouvait s'empêcher de me toucher.

« J'ai commis beaucoup d'erreurs sur le chemin. Ce que j'ai fait à Ava était la pire de toutes.

— Tu as dit que tu ne pouvais rien lui dire, non ?

— Je n'étais pas censé avoir une amie. Je ne lui ai pas dit ce qu'elle avait besoin de savoir, et j'aurais dû. J'ai été torturé par ce qu'elle allait devenir après que je suis parti. Je n'ai pensé qu'à elle, tout le temps que j'étais parti. En ce qui la concernait, j'étais un trou du cul égoïste, et je déteste l'avoir soumise à un cauchemar si hideux. Je me sentirai toujours mal par rapport à ça.

— Tu ne voulais pas la perdre. Tu n'avais jamais eu quelqu'un d'autre à toi. »

Je les comprends mieux, leur relation et lui, après ce qu'il vient de partager avec moi.

« Non, c'est vrai, et je n'ai pas réagi comme j'aurais dû.

— Qu'est-ce que tu ferais différemment si tu pouvais recommencer ?

— Dès que j'ai réalisé que c'était sérieux avec elle, ce qui était pratiquement dès que je l'ai rencontrée, j'aurais dû aller voir mes supérieurs et être honnête avec eux, demander à être réaffecté. Ma carrière en aurait pris un sacré coup, mais avec le recul, c'est ce que j'aurais dû faire. »

Il ne le dit pas, mais l'implication est claire. S'il l'avait fait, ils seraient mariés aujourd'hui.

J'avale ma salive, essayant de gérer la boule dans ma gorge. La seule raison pour laquelle je suis ici avec lui, la seule raison pour laquelle je l'ai rencontré, c'est elle et la douleur qu'elle a endurée pendant des années. C'est une leçon d'humilité, c'est le moins qu'on puisse dire.

Mon téléphone sonne dans l'autre pièce, me faisant sursauter. Pourquoi est-ce qu'elle m'appelle après minuit ?

« Il faut que je prenne cet appel. C'est Marcie.

— Est-ce que je peux dire qu'elle est chiante ? »

En riant, je sors du lit.

« Ça, tu peux le dire. C'est une vraie emmerdeuse. »

J'attrape le téléphone juste avant que l'appel aille sur ma messagerie vocale.

« Bonsoir. Qu'est-ce qui se passe ?

— J'aimerais vous poser la même question. »

Pourquoi est-ce qu'elle semble être en colère ?

« Je ne sais pas ce que vous voulez dire.

— Pourquoi est-ce que TMZ a une photo de vous en train *d'embrasser* votre client ? »

Mon estomac fait un soubresaut et mon cœur s'arrête presque.

« *Quoi ?*

— Avez-vous oui ou non dîné avec lui à Roma dans la banlieue est et l'avez-vous *embrassé* au vu et au su du monde entier ?

— Euh, il faut que j'y aille.

— Julianne ! Si jamais vous osez me raccrocher au nez…

— Je vous rappelle. »

Je mets fin à l'appel avant qu'elle puisse répondre. Mes mains tremblent alors que je tape l'adresse web de TMZ, où la photo de nous deux est en haut de la page.

« Le capitaine Beau Gosse, avec la fille du gouverneur. » *Oh, mon Dieu. Oh, non.*

Mon téléphone personnel commence à sonner avec appels et SMS.

« Jules ? Qu'est-ce qui ne va pas ? »

La voix de John semble venir du bout du monde plutôt que de la pièce voisine. Je l'entends à peine au-dessus du vacarme dans mes oreilles. Il sort de la chambre, glorieusement nu, beau et inquiet.

« Qu'est-ce qui ne va pas ?

— Quelqu'un a pris une photo de nous à la pizzeria. C'est sur TMZ. »

Je lui passe le téléphone.

« Putain, murmure-t-il en s'asseyant près de moi.

— Marcie est en colère. Il faut que je la rappelle. Je ne sais pas quoi dire.

— Donne ta démission et viens travailler avec moi. Je vais avoir besoin de toi bien plus longtemps que les quelques semaines à venir. Quoi que tu te fasses comme argent avec eux, je t'augmente de vingt pour cent et je paierai ta mutuelle et tout ce que tu veux d'autre. »

Je le fixe du regard tandis que mon cerveau essaie de digérer ce qu'il dit.

« Je ne peux pas juste donner ma *démission*. »

Il penche la tête.

« Pourquoi pas ?

— Parce que ! Je suis en voie de devenir associée et… »

Et je ne peux pas quitter le meilleur travail que j'aie jamais eu pour un homme que je connais depuis trois semaines. Je ne peux pas le faire, parce que ce serait de la *folie*.

« Poppy. »

Il me prend la main et me regarde avec ses yeux bleus qui me voient comme on ne m'a jamais vue auparavant.

« *Démissionne*. Je te le jure devant Dieu, tu ne le regretteras pas. »

La sonnerie annonçant Marcie me fait sortir en sursautant de la stupeur dans laquelle il m'a plongée du fait qu'il est nu, magnifique et si convaincant.

Il prend le téléphone sur mes genoux et me le tend.

« Fais-le. »

Je ne peux pas croire que c'est en train d'arriver. Je suis devenue quelqu'un que je ne reconnais plus. C'est une chose de n'en avoir rien à faire, mais cette nouvelle version de moi est courageuse, audacieuse et dingue. Elle ne ressemble en rien à la Julianne que je connais depuis trente ans. Je dois dire que j'aime plutôt bien cette nouvelle version de moi-même. J'appuie sur le bouton vert.

Marcie commence à crier dès l'instant où je prends l'appel.

Il ne cligne pas une fois des yeux en me regardant.

« Fais-le.

— Marcie.

— N'avez-vous aucune idée du bordel que vous avez foutu, Julianne ? Les associés vont se réunir demain matin, et je ne pourrai peut-être pas vous protéger des conséquences de tout ça.

— Fais-le, murmure John.

— Marcie, écoutez-moi.

— Qu'avez-vous donc à dire pour votre défense ? »

J'avale ma salive avant de sauter, sans jamais cligner des yeux pendant que je soutiens son regard.

« Je démissionne.

— Quoi ? Vous n'allez pas démissionner ! »

John me prend le téléphone et l'éteint.

Le silence est assourdissant.

« Respire. Jules. *Respire*. »

Mon téléphone personnel sonne avec encore un appel et de nouveaux SMS. Pas besoin de me demander si mes frères et ma sœur, mes amis et collègues ont vu le reportage de TMZ. Je prends une inspiration profonde et tremblante. Punaise de merde. Je viens de quitter mon travail pour un homme que je connais depuis trois semaines.

« Continue de respirer. »

Il me prend dans ses bras.

« Tout va bien. Ça va aller pour toi. Ça va aller pour *nous*. Nous formons une équipe maintenant, toi et moi. Ça va aller. »

Je m'accroche à lui et à ses mots rassurants alors que mon téléphone personnel continue d'exploser.

CHAPTER VINGT-NEUF

AVA

ules et John. Je dois l'admettre, je ne l'ai pas vu venir. Je fixe du regard les photos d'eux prises à Roma. Au début je n'en croyais pas mes yeux quand Skylar m'a envoyé par SMS le lien avec une note disant qu'elle ne savait pas trop si elle devait partager cela avec moi mais s'est dit que j'allais le voir bientôt de toute manière.

Il y a une chose qui me frappe dans les photos. Ils ont vraiment l'air heureux tous les deux. Je me dis que je suis contente qu'ils soient heureux. Je suis contente que *John* soit heureux. Après tout ce qui s'est passé, il le mérite.

À un moment donné dans les quelques derniers mois chaotiques, je lui ai pardonné le calvaire qu'il m'a fait vivre. Il a fait ce qu'il avait à faire, et bien que j'aie eu du mal à le comprendre par moments, j'ai trouvé la paix par rapport à cela. Je n'ai aucun doute qu'il m'a aimée autant qu'il est possible qu'un homme aime une femme. Il ne m'aurait jamais fait de mal comme il l'a fait s'il avait eu le choix.

Je reçois un texto de Camille, qui est la première personne à qui j'ai parlé du reportage TMZ. *Éric est fou de rage. Rob, Amy et lui ont tous essayé d'appeler Julianne, mais elle ne prend pas les appels et ne répond pas aux SMS.*

Je suis sûre qu'elle le fera quand elle pourra.

Comment tu te sens à propos de ce qui se passe ?

Je ne sais pas comment me sentir. Mais ils ont l'air heureux tous les deux.

Moi aussi, j'ai pensé pareil. Je ne l'ai jamais vue sourire comme ça, Jules. Ça va, toi ?

Oui, oui, je vais très bien. Mon ex sort avec ma belle-sœur, et mon mari ne me parle plus. C'est top.

Berk. Tu veux que je passe ?

Non, ça va.

Parmi les autres nouvelles, Amy est sortie avec ce type, Muncie, encore. Ils sont allés voir Wicked.

Tant mieux pour elle. Il a l'air d'un mec bien. Je vais me coucher. Je te parle demain.

J'espère que tu vas pouvoir dormir. Je suis là si tu as besoin de moi.

Merci. Bisous.

J'éteins mon téléphone parce que j'en ai marre de le regarder tout le temps, en espérant avoir des nouvelles de mon mari. J'ai déjà dépassé le point d'être choquée par ce qui se passe, et je me dirige tout droit vers la colère. Pourquoi est-ce qu'il me punit pour une chose sur laquelle je n'ai aucun contrôle ? C'est ce que j'aimerais savoir.

Je prends un des somnifères que Jessica m'a prescrits quand j'ai commencé à la voir et je tombe dans une inconscience sans rêves, me réveillant tard le matin mais me sentant plus reposée que je ne me suis sentie depuis des jours. J'allume mon téléphone pour voir ce que j'ai raté pendant que je dormais.

Il y a un texto de Jessica à Éric et moi. *J'aimerais vous voir tous les deux à 15 h si cela vous convient.*

Je peux y être, lui dis-je.

Éric ne répond pas.

Je passe une heure dans le vortex de la spéculation et des ragots sur la relation de John et sa publiciste, la fille du gouverneur de New York,

Robert Tilden. Naturellement, il n'y a pas de commentaire de John, de Julianne ou du gouverneur sur les reportages. Je me sens étrangement vide de savoir qu'il est passé à autre chose, ce qui me met en colère contre moi-même. Qu'est-ce que je pensais qu'il allait faire ? Pleurer ma perte éternellement ?

Je pars chez Jessica à 14 h 30 sans savoir si Éric va s'y rendre ou non, et quand j'arrive rien n'indique sa présence.

« Vous avez eu des nouvelles de lui ? demande Jessica quand nous sommes installées dans nos fauteuils habituels.

— Pas un mot.

— Je suis désolée. »

Elle a l'air aussi découragée que moi.

« Je croyais honnêtement qu'il allait vous contacter après que je l'ai vu l'autre jour.

— Eh bien, il ne l'a pas fait.

— Et bien sûr vous avez vu les nouvelles sur sa sœur et John.

— Ouais. D'après Camille, Éric en est fou de rage.

— Comment vous vous sentez à ce propos ?

— Je suis contente qu'il soit fou de rage à propos de John et Jules, mais il n'a pas l'air de ressentir quoi que ce soit sur sa propre situation.

— Et vous avez l'air en colère.

— Ah bon ? Est-ce que ce serait parce que mon mari m'a quittée à cause de quelque chose que je ne contrôle pas ?

— Je ne peux pas vous en vouloir d'être contrariée.

— Vous voulez savoir ce qui m'énerve le plus dans tout ça ?

— Qu'est-ce que c'est ?

— J'ai abandonné toute opportunité de ressusciter ma relation avec John parce que j'avais foi en l'amour qu'avait Éric pour moi. J'avais foi en *nous*. Je croyais en nous et l'avenir que nous avions prévu ensemble. Et maintenant, il s'en lave les mains et je me rends compte que ma foi était mal placée. Il ne la méritait pas.

— Il vous a déçue.

— Oui ! Vous ne le seriez pas, vous ?

— Si, probablement. »

Elle se penche de sa façon pensive qui m'est devenue si familière au cours des mois depuis que je la vois.

« J'ai une question sur quelque chose que vous venez de dire.

— Quoi ?

— Vous avez abandonné toute opportunité de ressusciter votre relation avec John. Est-ce que cela veut dire que vous avez considéré cette possibilité ?

— Non, je ne l'ai pas fait, parce que j'étais fiancée à Éric. Je me suis engagée envers lui, et je m'y suis tenue, et il ne peut pas en dire autant. Il ne peut même pas se présenter pour faire le travail nécessaire pour nous remettre sur la bonne voie.

— Je crois qu'il le fera. En temps voulu.

— Peut-être que je ne serai plus là à l'attendre d'ici qu'il sorte sa tête de son cul. »

Les mots sont à peine sortis de ma bouche que la porte s'ouvre, et mon mari entre. Il est essoufflé, et il a des gouttes de sueur sur le front, comme s'il avait couru par cette chaleur.

« Je suis vraiment désolé d'être en retard. Il y a eu un accident sur la route FDR, et il a fallu que je coure le dernier kilomètre. »

Il s'assied sur la chaise près de la mienne. D'un bref coup d'œil, je vois qu'il a une petite mine. Il a des cernes sous les yeux et il ne s'est pas rasé depuis des jours, ce qui est inhabituel pour lui. Je suis heureuse de savoir que je ne suis pas la seule à vivre un enfer.

« Nous sommes contentes de vous voir, Éric. »

Jess lui tend une bouteille d'eau du petit frigidaire sous son bureau.

« Comme vous le savez tous deux, je vous ai rencontrés chacun individuellement, et je crois honnêtement que ce à quoi vous faites face en ce moment n'est qu'un simple obstacle sur la route. Je crois que c'est quelque chose que vous pouvez surmonter si vous le voulez tous les deux. Ava m'a indiqué à plusieurs reprises que c'est ce qu'elle veut. J'aimerais savoir ce que vous pensez, Éric. »

Il boit la moitié de la bouteille d'eau, la referme et passe et repasse la bouteille d'une main à l'autre.

Je veux lui crier de dire quelque chose. Mais je me souviens de ce que Jessica a dit sur le fait que ce soit à mon tour de faire le gros du travail dans notre relation, alors je reste silencieuse et lui donne l'opportunité de respirer et de réfléchir.

Un long moment s'écoule avant qu'il ne parle.

« En quelque sorte je n'ai pas les idées en place. »

Qu'est-ce que cela *veut dire* ?

« Comment ça ? demande Jessica.

— Je n'arrive pas à donner un sens à ce qui est arrivé.

— Parce que ça n'a aucun sens que tu m'aies quitté. »

Les mots sortent de ma bouche avant que j'aie le temps de considérer si je dois les dire.

« Ça n'a pas de sens pour toi, mais pour moi, si.

— Je suis contente que l'un de nous comprenne ce qui se passe ici, parce que moi, je ne comprends rien.

— Ah non ? »

Il lève les sourcils, incrédule.

« Vraiment ?

— Oui, vraiment ! Est-ce que tu crois honnêtement que je voulais rêver de quelqu'un d'autre quand nous étions en lune de miel ?

— Honnêtement, je ne sais que penser quand il s'agit de lui et toi, et c'est ça, le problème.

— Combien de fois il faut que je dise la même chose ? Je suis ta femme, pas la sienne. Cela ne compte pas pour quelque chose ?

— Seulement si c'est ce que tu veux vraiment.

— Jessica, s'il vous plaît. Pouvez-vous m'aider, là ?

— Ava vous a dit que c'est ce qu'elle veut, Éric. Que peut-elle faire pour vous convaincre que c'est la vérité ?

— Je ne sais pas. Mais voilà ce que je sais. Je ne veux pas être marié à une femme qui est amoureuse d'un autre mec. Bien qu'elle accomplisse les bons gestes, dise et fasse tout ce qu'il faut, ce n'est pas le mariage que je veux. Je veux quelqu'un qui me veut et ne veut que moi, et si ce n'est pas toi, Ava, alors tout ce que tu as à faire, c'est le dire. Je t'aime. Vraiment. En fait, je t'aime tellement que si tu me regardes droit dans les yeux et me dis que c'est lui que tu veux vraiment, je me retirerai pour que tu puisses être heureuse, et je te promets que ça ira pour moi. »

Je cligne des yeux pour retenir mes larmes parce que je sais combien cela lui a coûté de me dire ces mots.

« Et si je te regarde droit dans les yeux et je te dis que c'est toi que j'aime, toi que je veux, celui à qui je veux être mariée ? Est-ce que cela aurait une importance quelconque ?

— Seulement si tu le crois vraiment, et pas parce qu'il semble être passé à autre chose avec ma sœur, putain, de toutes les personnes possibles.

— Ça te fout en colère ? demandé-je, alors que je connais déjà la réponse.

— Oui, ça me fout en colère ! Elle pourrait avoir n'importe quel homme au monde. Qu'est-ce qu'elle fout avec *lui*, bordel ?

— Je ne sais pas, mais qu'est-ce que ça a à voir avec nous ? »

Il en reste bouche bée.

« Il faut que tu poses la question ? Je ne vais pas passer les fêtes et les réunions de famille en sa présence à *lui*. Il n'en est pas question, putain. Si elle croit que ça va arriver, elle est *complètement dingue*.

— Je doute qu'elle soit en train de penser aux réunions de famille et aux fêtes en ce moment.

— Elle ne pense à *rien du tout*, si elle s'est mise avec lui.

— Je peux dire quelque chose ? »

Il hausse les épaules, comme s'il s'en fichait alors qu'il vient de me dire le contraire. Je peux avancer avec ça.

« Il sera toujours dans ma vie, qu'il soit avec Jules ou quelqu'un d'autre. Il est important pour moi, et je me suis engagée à rester en contact avec lui et rester son amie. Il a perdu tellement. Je refuse de devenir encore une chose qu'il aura perdue à jamais. Je te l'ai dit très clairement avant que nous nous soyons mariés. Tu connaissais mon intention de rester dans sa vie. Cela dit, je *ne* veux *pas* me remettre avec lui. La seule personne avec qui je veux me remettre, c'est toi. Mais je dois dire, la façon dont tu t'es comporté ces derniers jours m'a donné à réfléchir.

— Pourquoi ? Parce que pour une fois tu n'étais pas celle qui contrôlait notre relation ? »

Je n'ai jamais vu cet aspect de lui, mais je suppose que je ne devrais pas être surprise de le trouver en lui après ce que lui a fait Brittany et après tout ce qui est arrivé avec moi.

« Non, parce que j'ai mis toute ma foi en toi, et tu es parti. Tu m'as quittée la première fois que les choses sont devenues vraiment difficiles.

— Ce n'est pas la première fois que les choses sont devenues vraiment difficiles pour moi, Ava. C'est à peu près la sixième ou la septième fois. Ça a été dur tout au long, si tu n'avais pas remarqué.

— Tu as raison. Ça l'a été. Et je m'en excuserais, sauf que je t'ai parlé de John et d'avec quoi je me battais.

— Oui, tu m'as parlé de lui, mais tu as attendu que je sois trop attaché pour faire marche arrière avant de partager avec moi tous les détails de ce à quoi tu faisais face exactement. J'ai cru pouvoir faire avec, et pendant longtemps j'y ai réussi. Mais ce qui est arrivé en Espagne, c'était trop pour moi, Ava. Je suis désolé si cela fait de moi un salaud.

— Cela ne fait pas de toi un salaud. C'était trop pour moi, aussi. Ce qui fait de toi un salaud, c'est que tu me tournes le dos plutôt que d'essayer de travailler avec moi pour nous en sortir.

— Je suis désolé.

— Tu l'es vraiment, ou est-ce que tu le dis simplement parce qu'il te semble que c'est ce que je veux entendre ?

— Je suis sincèrement désolé d'être parti, d'avoir été un salaud, de tout. J'avais juste besoin de temps pour réfléchir, et je ne pouvais pas le faire pendant que j'étais avec toi.

— Tu ne peux pas réfléchir quand tu es avec moi ? Qu'est-ce que ça veut dire ?

— Je n'ai pas de perspective quand tu es près de moi. »

Il soupire avec désespoir.

« Tout ce que je veux faire, c'est te tenir et t'embrasser et être avec toi. Je ne peux pas me protéger moi, alors que je suis en train de te protéger, toi.

— Éric… Il faut me croire quand je te dis que j'ai épousé l'homme que j'aime.

— J'essaie de te croire.

— Qu'est-ce qu'Ava peut faire d'autre pour vous convaincre ? demande Jessica.

— Je ne sais pas trop.

— S'il te plaît, reviens à la maison et donne-moi l'opportunité de te montrer que je suis exactement où je veux être et mariée à l'homme que j'aime. »

Il me regarde, me regarde vraiment pour la première fois depuis qu'il est arrivé, et je vois le moment exact où il décide.

« Oui, d'accord.

— Excellent. »

Jessica fait un grand sourire.

« Vous avez fait des progrès fabuleux aujourd'hui, mais le travail ne fait que commencer. Je veux vous revoir la semaine prochaine pour faire le point sur où nous en sommes. Et s'il arrivait quoi que ce soit en attendant, je veux que vous m'appeliez. À n'importe quelle heure du jour ou de la nuit. »

Nous prenons rendez-vous pour la semaine prochaine et partons ensemble, descendant les marches de l'escalier et sortant au grand soleil où les odeurs de l'épicerie assaillent mes sens.

Il gémit.

« Je suis complètement *affamé*. Tu veux manger quelque chose ?

— Oui alors, avec plaisir. »

Je suis tellement soulagée d'être à nouveau avec lui que je ferai tout ce qu'il veut, du moment que nous sommes ensemble. Et pour la première fois depuis des jours, j'ai en fait un peu faim.

Nous entrons dans l'épicerie et commandons des sandwichs – à la dinde pour lui et au poulet et crudités pour moi. Ils sont énormes, ce qui nous fait rire.

« Je n'avais pas réalisé que nous commandions à déjeuner pour une semaine », dit-il quand nous sommes assis à la table avec nos sand-wichs énormes, un paquet de chips à partager, des cornichons et du thé glacé.

Nous mangeons tous deux comme si nous n'avions pas mangé depuis des jours, ce qui est pratiquement le cas pour moi. D'après ce que je vois, pour lui aussi.

Il reprend sa respiration après avoir dévoré la première moitié de son sandwich.

« L'odeur de cet endroit me rend dingue à chaque fois que je viens ici.

— Moi aussi. »

Je suis contente d'être ici ensemble, mais le sentiment de marcher sur des œufs, de la fragilité de notre situation, reste avec moi.

Nos téléphones sonnent avec un texto de Jules.

Bonjour tout le monde. Je suis désolée que vous ayez appris la nouvelle en ligne et non pas de ma bouche. J'aimerais beaucoup vous voir tous avant que je parte à Los Angeles pour avoir l'opportunité de vous parler de ce qui se passe. J'aimerais également qu'Éric, Rob et Camille rencontrent John. S'il vous plaît, venez au Four Seasons, *à la suite présidentielle, à 20 h ce soir si vous pouvez. Je sais que c'est beaucoup vous demander, Éric et Ava, mais j'apprécierais vraiment beaucoup si vous pouviez y être.*

Éric fait une grimace en lisant le texte.

« Tu peux y croire, toi ? Est-ce qu'elle s'attend honnêtement à ce qu'on passe du temps avec lui ?

— Je crois peut-être bien que oui.

— Bah, moi je n'y vais pas.

— Pourquoi pas ?

— Il faut vraiment que tu me demandes pourquoi ?

— Ouais, je suppose que oui.

— Ça ne te dérange pas qu'elle soit avec lui ?

— Pourquoi ça me dérangerait ?

— C'est ton ex, Ava. »

Je ne peux pas m'empêcher de rire à sa façon de le dire, ce qu'il n'apprécie pas.

« Merci de me le rappeler.

— Comment tu peux en rigoler ?

— Parce qu'en fait je suis heureuse qu'il ait trouvé quelqu'un comme Jules. Je veux qu'il soit heureux à nouveau. Ne le mérite-t-il pas après tout ce qu'il a sacrifié pour nous tous ?

— Bien sûr, il peut avoir tout le bonheur qu'il mérite. Du moment que ce n'est pas avec ma sœur.

— Ce n'est pas important pour toi qu'elle soit heureuse ?

— Bien sûr que si, mais pourquoi est-ce qu'il faut qu'elle soit heureuse avec *lui* ?

— T'es un peu ridicule.

— Alors, tu veux honnêtement aller à ce truc ce soir et voir ma sœur avec ton ex ? Tu ne trouves pas ça un peu étrange ou bizarre ?

— C'est la *vie*, Éric. Tout de la vie est étrange et bizarre. Regarde ce qui s'est passé avec nous deux. Est-ce que nous nous sommes jamais imaginé faire le parcours que nous avons fait ? Crois-tu que Jules ait pris l'avion pour San Diego en pensant : "Waouh, j'espère tomber amoureuse de ce mec et rendre la vie super gênante pour mon frère et moi ?" *Shit happens*. La vie, c'est ça. Jules est géniale. Je ne pense pas un instant qu'elle nous ferait jamais du mal intentionnelle-ment, ni à toi, ni à moi. »

Il soupire et s'affale sur sa chaise.

« Quand est-ce que tu es devenue si zen sur tout ?

— À peu près au moment où mon mari m'a quittée et m'a donné quelques jours pour réfléchir à ce que serait la vie sans lui.

— Je ne t'ai pas laissée. »

En levant un sourcil, je le regarde avec scepticisme.

« T'appellerais ça comment, alors ?

— J'ai fait une pause pour me remettre les idées en place.

— Tu m'as *laissée*, Éric. J'ai besoin de savoir que cela n'arrivera plus.

— Ça n'arrivera pas.

— Est-ce que tu as vraiment dit à Rob que la seule raison pour laquelle je t'ai épousé, c'est ce que t'avait fait Brittany ? »

Il me lance un regard étonné.

« Elle a une grande gueule, ta sœur.

— Est-ce que c'est vrai ?

— Je ne veux pas que ce soit vrai.

— Ça ne l'est pas.

— OK.

— C'est tout ? OK, rien de plus ? C'est plutôt une grosse bombe lâchée au milieu d'un mariage tout neuf.

— Je suis désolé que ce soit remonté jusqu'à toi. Ce n'était pas mon intention.

— Tu crois vraiment qu'on puisse faire marcher notre mariage avec quelque chose comme ça entre nous ? Qu'est-ce qu'il y a d'autre que tu ne veux pas que je sache ?

— Rien. C'était la seule chose.

— J'ai entendu ce que tu as dit tout à l'heure, à propos de m'aimer assez pour me laisser partir si c'est vraiment ce que je veux. Il faut que tu saches que je t'aime tout autant. Si tu as changé d'avis à propos de moi, ou si c'est devenu trop lourd pour toi, il suffit de le dire. Ça me briserait le cœur de te perdre et de perdre notre couple, mais je ne veux pas te garder prisonnier d'un mariage dont tu ne veux plus. »

Il couvre ma main de la sienne.

« Je ne suis pas prisonnier, et je veux cette relation. J'ai un peu perdu la tête quand tu as commencé à rêver de lui. Ce n'était pas de ta faute, tout comme ce n'était pas de ma faute que cela m'ait poussé à bout.

— Je n'aurais pas aimé que tu commences à rêver de Brittany. »

Il fait une grimace dramatique.

« Alors là, ça n'arrivera jamais.

— Il ne faut jurer de rien. »

Je ris de son air dégoûté.

« Je ne pensais pas rêver de John non plus, et le plus drôle, c'est que depuis que je t'en ai parlé je n'ai plus fait un seul rêve de lui.

— Eh bien, c'est une bonne nouvelle, je suppose.

— Si on va vivre à deux, il faut qu'on puisse compter sur la présence de l'autre. Quoi qu'il arrive.

— Je comprends, et je suis désolé d'être parti. J'avais peur d'aggraver les choses d'une manière ou d'une autre en restant. Je ne le referai pas. Je promets.

— Tu veux rentrer à la maison ?

— Oh oui, alors. »

Nous faisons emballer le reste de notre nourriture pour l'emporter et sortons.

« C'est si agréable dehors. Marchons. »

Il me prend la main comme il le fait toujours, et ce geste simple fait beaucoup pour me convaincre que nous allons réussir à réparer les choses. Nous nous dirigeons vers la maison, marchant d'est en ouest, par le bain de foule qu'est *Times Square* sur la route de Tribeca.

« Tu vas vraiment me faire venir à ce truc avec Jules ce soir ?

— Oui, oui. »

Il gémit.

« C'est peine ou traitement cruel, inhumain ou dégradant que de m'obliger à rencontrer ce type.

— Tu survivras. Je serai à tes côtés. Et rappelle-toi, ça ne va pas être le meilleur jour de la vie de John, celui où il est obligé de te rencontrer, toi.

— Je suppose que c'est vrai. Avant d'y aller, peut-être qu'on peut parler de comment on va reprendre notre lune de miel, qui est déjà entamée.

— On peut faire plus qu'en parler si cela te fait plaisir.

— Ça me ferait plaisir. Beaucoup, *beaucoup* de plaisir. »

Cela fait bien des jours que je n'ai pas eu le cœur si léger, et pourtant je suis très consciente du fait que nous sommes loin d'être revenus à la normale.

« Je peux te dire quelque chose ?

— Tout ce que tu veux.

— Je vais voir John ce soir pour la deuxième fois en six ans, et la seule chose qui ait vraiment de l'importance pour moi en ce moment, c'est que tu reviennes à la maison. Je me suis dit que tu aimerais peut-être le savoir. »

Relâchant ma main, il enroule son bras autour de moi et m'embrasse sur la tête.

« Merci de me l'avoir dit. Cela a beaucoup d'importance pour moi de savoir où j'en suis avec toi. »

J'arrête de marcher et me tourne vers lui.

« Je t'aime, Éric, et je ne peux imaginer la vie sans toi à mes côtés. C'est la seule raison pour laquelle je t'ai épousé. »

Là, sur le trottoir, devant un vendeur ambulant de hot-dogs, il m'embrasse.

« Moi aussi, je t'aime. »

CHAPTER TRENTE

JULIANNE

Je suis si nerveuse à propos de ce soir que j'ai peur de vomir. Nous avons commandé des bouteilles de vin et un plateau de fromages du room service qui devrait arriver d'un moment à l'autre. Plus tôt dans l'après-midi, nous avons filmé *The Late Show with Stephen Colbert*, où on a posé une question à John sur sa relation avec la fille du gouverneur Tilden.

Il a contourné la question, mais cela m'irrite que sa tournée soit en train d'être détournée par des ragots, alors j'ai envoyé un mot à tous ceux qui l'ont réservé, pour leur faire savoir que nous ne parlerons pas publiquement de notre relation, alors de bien vouloir ne pas lui poser de questions sur cela.

Je peux faire cette demande. Je ne peux pas les forcer à s'y tenir, et cela ne fait qu'accroître le chaudron bouillonnant de stress dans mon ventre.

John vient derrière moi, met ses mains sur mes épaules et m'embrasse dans le cou.

« Tu es tellement tendue, tu es à deux doigts de te briser. »

J'adore qu'il s'en aperçoive, qu'il fasse attention, qu'il me *voie* si clairement. J'adore tout chez lui, même quand il devient grognon à propos de ses limitations physiques, qui semblent diminuer de jour en jour. Je l'aime quand il a des cauchemars et d'autres signes évidents du traumatisme dont il a souffert. Je l'aime assez pour inviter mes frères et ma sœur et leurs êtres chers dans cette suite où nous commençons à nous sentir chez nous, même en sachant qu'ils n'approuveront peut-être pas les choses que je veux leur dire.

J'espère que s'ils nous voient ensemble, ils commenceront peut-être à comprendre.

Mais mon estomac n'est toujours pas content.

« Qu'est-ce que je peux faire pour toi ? demande John.

— Avancer l'horloge jusqu'à minuit quand ils seront tous repartis et que nous serons à nouveau seuls tous les deux ? »

Son rire bas gronde dans sa poitrine.

« Je le ferais si je pouvais. »

Je me tourne pour lui faire face.

« Es-tu nerveux de voir Ava ?

Il secoue la tête.

« Je suis beaucoup plus nerveux de rencontrer Éric.

— Tu vas l'aimer. Tout le monde l'aime.

— Il doit me détester.

— Non, non. Il sait que rien de ce qui est arrivé n'était délibéré de ta part.

— Une partie, si. Les secrets que j'ai gardés d'Ava étaient certaine-ment intentionnels.

— Tu t'en es excusé auprès d'elle. Il est temps que tout le monde tourne la page et ne fasse plus d'histoires. »

J'adore le faire sourire. J'adore comment ses yeux plissent dans les coins et comment le côté droit de son visage se creuse d'un profond sillon.

« Tu es beau, et tu sens incroyablement bon.

— Je suis bien comme ça ? demande-t-il à propos de son jean bien usé et de la chemise de ville à carreaux qu'il porte par-dessus.

— C'est parfait. Les Tilden sont une famille décontractée quand on ne défile pas sur une estrade politique quelconque.

— Ah, oui, ton père le gouverneur. Quand est-ce que je peux le rencontrer ?

— Bientôt. »

J'aplatis mes mains contre son torse.

« Merci de faire ça ce soir. Je sais que ce n'est pas peu de choses que de te demander de voir Ava et Éric et de rencontrer mon autre frère.

— Ils sont importants pour toi, Poppy. Je suis content de le faire.

— Même si c'est super gênant ? »

Il m'embrasse.

« Même. »

Je suis contente qu'il soit si cool vis-à-vis de ce qui me semble une énorme affaire.

« Allons prendre un peu l'air avant qu'ils arrivent. »

M'attrapant la main, il me conduit à la terrasse, où nous nous installons confortablement sur l'un des canapés. Il m'enlace tandis que j'utilise son torse comme oreiller. Le battement fort de son cœur dans mon oreille est incroyablement rassurant pour une raison quelconque.

« Comment tu te sens par rapport à ce qui s'est passé plus tôt ?

— Tu veux dire quand j'ai quitté mon boulot ?

— Et as accepté un nouveau travail. N'oublie pas ça.

— Honnêtement, je me sens un peu choquée.

— Comment ça ?

— Eh bien, si une de mes amies faisait ce que je viens de faire, je serais en train de préparer une action de crise.

— Pourquoi ?

— Euh, parce que je viens de lourder toute ma vie pour un mec que j'ai rencontré il y a trois semaines, qui jusqu'à il y a peu de temps pleurait la perte de la femme qui est maintenant l'épouse de mon frère. »

Il ne dit rien pendant plusieurs minutes tandis qu'il me masse le dos avec de petits cercles calmants.

« Tu sais ce que j'en suis venu à réaliser ?

— Quoi donc ?

— Que je vais toujours pleurer ce que j'ai perdu avec Ava. Nous avions quelque chose de beau qui nous a été arraché par le même terroriste qui a tué toutes ces personnes innocentes sur le bateau de croisière. Ça ne s'est pas terminé parce qu'on a cessé de s'aimer, alors je suppose que c'est tout à fait normal de se lamenter de la perte de quelque chose d'aussi spécial. Mais j'ai aussi réalisé alors même que je fais mon deuil de ce que j'avais avec elle que je peux quand même être heureux avec toi. Les deux choses ne sont pas forcément incompatibles.

— C'est très profond.

— J'ai eu beaucoup de temps pour penser à ces choses-là quand je ne pouvais rien faire d'autre que de rester assis sur mon cul jour après jour.

— Tu n'arrêtes pas de devenir de plus en plus fort.

— Je me sens mieux de toutes les façons possibles depuis que tu t'es radinée, m'as dit d'arrêter mes conneries et m'as secoué pour me faire sortir du cafard qui menaçait de me détruire. Tu étais comme une bouffée d'air frais dont j'avais grand besoin, avec les jambes les plus sexy que j'avais jamais vues. »

Je pouffe de rire alors que mon cœur fond après ce qu'il vient de dire. *Voilà* pourquoi je fous en l'air toute ma vie pour un gars que je viens de rencontrer. Si je pouvais mettre en bouteille le sentiment que j'ai lorsque je suis près de lui comme ça, je pourrais le vendre pour des millions.

« Mes jambes sont sexy ? »

J'en passe une au-dessus de ses genoux.

Il baisse la main pour la glisser de ma cuisse à mon mollet.

« Oh, ouais. Les jambes les plus sexy que j'aie jamais vues, putain, haut la main. »

Je me tortille lorsque sa main remonte.

« Arrête. »

Je l'attrape quand il atteint le haut de ma cuisse.

« On n'a pas le temps.

— Je pourrais faire tellement vite.

— Non !

— T'es pas marrante.

— J'ai prouvé le contraire maintes fois, et je le ferai encore plus tard si tu te tiens à carreau devant ma famille.

— Tu négocies dur, Poppy. »

Il presse son érection contre mon flanc.

« Mais je vais faire de mon mieux pour me tenir à carreau. »

J'éclate de rire et me blottis plus fort dans ses bras. Ça, là, c'est la raison pour laquelle je parie tout ce que j'ai sur ce mec. Je n'ai jamais rien vécu de plus parfait que cela. Si je me trompe sur lui et sur cette relation, alors je veux me tromper pour le reste de ma vie.

La sonnette de la porte me ramène à la réalité.

« Ça doit être le room service avec les trucs qu'on a commandés.

— Il vaut mieux que tu y ailles. Je suis un peu… remonté. »

Je jette un œil à la bosse bien visible dans son pantalon.

Il fait une grimace féroce.

« Tu n'es pas en train d'arranger les choses. »

Couvrant ma bouche, je supprime un petit rire lorsque je quitte la terrasse pour répondre à la porte.

« Ce n'est pas drôle !

— Si, ça l'est. »

J'ouvre la porte au serveur en uniforme du room service. Il entre en poussant un chariot avec les bouteilles de vin, bière et boissons que j'ai commandées. Il installe tout pour nous sur le bar, et je signe la facture.

« Passez une bonne soirée.

— Merci. »

On a donné au personnel de sécurité une liste des invités, alors il ne reste rien à faire maintenant que d'attendre encore une demi-heure jusqu'à ce qu'ils arrivent, avec un peu de chance. Qu'est-ce que je vais faire s'ils ne viennent pas ? Aucun d'entre eux n'a répondu au texto, alors je me demande s'ils vont me poser un lapin. Ils ne feraient pas ça, non ?

Dans le cas présent, honnêtement, je ne sais pas, et ne pas savoir me rend dingue. John passe avec Victor Carlin à 8 h demain matin. Une partie de moi veut annuler, maintenant que je ne travaille plus pour Marcie, mais il est trop tard pour nous retirer maintenant. Et puis,

John ne veut pas se désister. C'est un fan de l'émission de Carlin et il a hâte de le rencontrer. Berk. Bon, bah, John n'est pas parfait, après tout.

« Pourquoi tu stresses encore ? »

Il s'assied au bar et se penche pour attraper une des bières.

Je lui passe l'ouvre-bouteille.

« Je suis en train de penser que tu vas être dans l'émission de Victor Carlin demain matin.

— J'ai hâte. »

Je fais une grimace.

« Je t'aimais mieux quand je ne savais pas que t'étais fan de lui. »

Son sourire est ravageur. Je n'en ai jamais assez, même quand c'est dû au gamin qu'est Carlin.

« Désolé de te décevoir, mais *j'adore* son émission.

— Tu l'as déjà dit. Je n'ai pas besoin de savoir que sous tes airs d'officier naval sophistiqué, tu es en fait un collégien de quatrième.

— Ma chérie, les hommes sont tous des collégiens de quatrième. On ne laisse jamais derrière nous les blagues de merde et de bites, et c'est pourquoi on aime tant Carlin.

— T'aurais pu le mentionner avant que je démissionne pour toi.

— Et rater cette grimace que tu fais ? Jamais de la vie.

— Je suis contente de pouvoir t'amuser.

— Ça, tu m'amuses. Infiniment. »

Je me verse un verre de vin et le rejoins au bar, en essayant de me relaxer avant que nos invités arrivent.

« Quoi qu'il arrive ce soir, rappelle-toi, on sait ce qu'on fait. Toi et moi contre le monde entier. Ne les laisse pas te dissuader de quoi que ce soit.

— Ils ne pourraient pas s'ils essayaient.

— Si, je pense qu'ils pourraient, mais il faut que tu restes forte et concentrée sur la récompense.

— Et c'est quoi, la récompense ?

— Bah, voyons. »

Il avance de manière dramatique son menton.

« *Moi.* »

J'adore voir émerger son côté blagueur. Quand je pense à qui il était lorsque nous nous sommes rencontrés, je n'aurais jamais deviné que cette version de lui était enfouie en lui et attendait que quelqu'un vienne l'en sortir. Je suis heureuse d'être celle qui l'a trouvée. Je pose ma main sur son visage divinement beau et l'embrasse.

« Merci de me l'avoir rappelé.

— Dès que tu commences à flancher, tu n'auras qu'à me regarder et je te rappellerai encore ce pour quoi on se bat. »

J'appuie mon front contre le sien, tirant des forces du lien que nous avons trouvé l'un avec l'autre.

« Je le ferai. Merci. »

La sonnette retentit.

Je reste figée sur place.

« Jules. »

John m'embrasse sur le front.

« Va ouvrir la porte. »

CHAPTER TRENTE-ET-UN

JOHN

Je veux que cela se passe bien pour elle, parce que je sais combien sa famille est importante pour Jules. Mais je veux que ça se passe bien pour moi, aussi. Ces gens sont la nouvelle famille d'Ava, et j'espère depuis quelque temps avoir l'opportunité de les rencontrer, surtout l'homme qu'elle a épousé, bien que je sois nerveux à propos du genre de réception qu'il me réserve peut-être.

Jules est toute raide en allant à la porte, qu'elle ouvre pour Muncie et Amy, qui ont passé beaucoup de temps ensemble depuis que nous sommes arrivés à New York.

Amy prend sa sœur dans ses bras.

« Je t'avais dit de le lourder comme client. »

Elle a fait ça ?

« Tu ne me commandes pas.

— Non, mais Marcie oui, et elle va te tuer pour ça.

— À ce propos… »

Jules les conduit vers le bar.

« J'ai démissionné. »

Amy s'arrête d'un coup, et Muncie lui rentre presque dedans.

« Tu as fait *quoi* ?

— Je te raconterai tout quand les autres seront là.

— Pas question, Jules. Raconte-moi tout de suite. »

C'est difficile de rater le regard plein de reproches qu'Amy me lance.

« Amy. C'est un plaisir de vous revoir.

— Ouais, vous aussi. »

Mais elle n'est pas sincère. Elle est probablement en train de préparer une action de crise qu'elle va lancer pour sa sœur qui a déraillé à cause d'un homme.

« Tu as vraiment démissionné ?

— Oui, oui.

— Qu'est-ce que tu vas faire ?

— Elle va travailler pour moi. »

La bouche d'Amy s'ouvre avant de se refermer soudainement, sa désapprobation étant apparente dans chaque respiration qu'elle prend.

Il n'y a qu'une façon pour nous de les convaincre, les frères de Jules et elle, et c'est de montrer que nous avons l'intention de faire marcher notre relation. Cela ne va pas arriver ce soir, ni demain, ni dans une semaine ou un mois. Il va nous falloir leur montrer que nous avons ce qu'il faut pour être partenaires dans la vie et dans le travail, en en faisant une réalité.

Rob et sa femme Camille sont les suivants à arriver. J'ai vu des photos de la petite sœur d'Ava, mais je ne l'ai jamais rencontrée.

Elle vient directement à moi.

« Moi, c'est Camille. »

Je serre la main qu'elle me tend.

« John.

— Oui, je sais. Le monde entier sait qui vous êtes. »

Je fais une grimace.

« Ouais, bah, ce n'est pas mon choix.

— Vous avez fait du mal à ma sœur.

— Je sais. Je le regretterai toujours.

— Si vous faites du mal à ma belle-sœur, je vous trouverai et je vous tuerai. »

Bizarrement, je la crois.

« J'ai compris.

— Tu serais radiée du barreau pour meurtre, ma chérie. »

Rob est grand, brun et beau, sa carnation et ses traits ressemblant plus à ceux d'Amy que de Jules.

« Je te l'ai déjà dit. »

Il me serre la main.

« Elle menace de me tuer tous les jours. Jusqu'à présent elle n'a pas donné suite.

— Il y a encore le temps, mon ami. »

Camille continue à me fixer du regard.

« Vous êtes très beau. Les photos et la télévision ne vous avantagent pas.

— Franchement, Camille. »

Rob soupire avec amusement.

« Je suis là à côté de toi.

— Je n'ai pas le droit de dire à un autre homme qu'il est beau ? Où est-ce écrit dans la loi sur le mariage ? »

Rob lève les yeux au ciel.

« Est-ce qu'il y a de la bière ? Il me faut de la bière. »

Amusé par eux, je le dirige vers le seau de bières derrière le bar.

« Servez-vous. »

Quand je porte à nouveau mon attention sur Camille, je la trouve encore en train de me regarder.

« Est-ce que je me suis coupé en me rasant ou quelque chose ?

— Non. Je satisfais simplement ma curiosité sur l'homme que ma sœur a passé cinq ans à attendre.

— Est-ce qu'elle est toujours comme ça ? demandé-je à Jules lorsqu'elle nous rejoint.

— Plus ou moins. Si Camille pense quelque chose, elle le dit.

— Elle pense que je suis beau.

— Bah ouais. Toutes les femmes d'Amérique pensent que tu es beau. Ne te le laisse pas monter à la tête. »

Je mets mon bras autour d'elle et la tire à moi.

« Trop tard.

— Est-ce qu'Ava et Éric vont venir ? »

L'appréhension dans la voix de Jules me fait mal, tant elle essaie dur de cacher son stress de tout le monde. Mais moi, je le vois aussi clairement que son petit nez au milieu de sa figure magnifique.

« Je ne sais pas. »

Camille hausse les épaules.

« Elle n'a pas répondu à mon texto plus tôt. »

Les épaules de Jules tombent quand elle entend cette nouvelle. Je sais combien il est important pour elle qu'ils viennent. Je ne sais pas comment elle va réagir s'ils ne viennent pas. Cela dit, je n'en voudrais pas à Éric de ne pas vouloir se soumettre à l'ex d'Ava, surtout dans ces circonstances.

Muncie vient me voir.

« Comment va votre tête ?

— Bien. Ça fait mal là où il y a les agrafes, mais à part ça, pas de problème.

— C'est bien.

— Vous avez vraiment pris New York d'assaut cette semaine. »

Il est immédiatement gêné.

« Je suis désolé de ne pas avoir été beaucoup là.

— Je blague. Est-ce qu'Amy et vous… »

Je roule ma main, en espérant qu'il complète le tableau.

« Peut-être. Je ne sais pas.

— Devrais-je le lui demander ?

— Non ! »

Je ris à en perdre les pédales. C'est tellement drôle de le faire marcher. Il va me manquer quand je prendrai ma retraite et qu'il passera à sa prochaine mission. Avec un peu de chance, il aura quelque chose de plus facile que s'occuper de moi.

Une bière à la main, Rob revient où je suis assis.

« Je n'ai pas eu l'occasion de le dire plus tôt, lorsque ma femme parlait de vous tuer, mais merci d'avoir servi notre pays. Ce que les autres et vous avez fait pour attraper ce salaud… Eh bien, cela a une grande importance pour tout le monde.

— Merci. Si je comprends bien, vous vous présentez aux élections du Congrès.

— C'est ça, bien que je me demande ce qui m'a pris. Vous savez qu'il faut faire campagne chaque week-end ?

— Non, je ne savais pas, mais je parie que c'est une plaie.

— Vous n'avez pas idée.

— Si je peux faire quoi que ce soit pour venir en aide à la cause, j'en serais heureux. »

Il me fixe du regard, ébahi.

« Sérieusement ?

— Bien sûr.

— Je vais accepter votre proposition, sans aucun doute.

— Vous êtes dans le camp des bons, non ?

— C'est sûr.

— Alors, je suis content de faire tout ce que je peux pour donner un coup de fouet à votre campagne. Mais il va vous falloir parler à mon manager. C'est elle qui prend toutes les décisions finales. »

Jules fait un grand sourire à son frère.

« On va prendre la demande en compte. »

Jules et les autres vont voir le plateau de fromages, alors Rob et moi avons un moment seuls.

« Vous êtes réglo avec ma sœur, n'est-ce pas ?

— Je tiens beaucoup à elle. Elle est… »

Je regarde vers elle et la surprends en train de rire de quelque chose que dit Camille. J'espère qu'il ne s'agit pas de mon assassinat imminent.

« Elle est incroyable, intrépide, belle, intelligente, compétente, et elle porte encore sa plaque occlusale. Je me sens très chanceux de l'avoir dans ma vie.

— Effectivement, vous en avez de la chance, et je vous crois quand vous dites que vos intentions envers elle sont honnêtes. Mais si vous lui faites du mal, je n'empêcherai pas Camille de vous tuer.

— C'est noté. »

J'essaie vraiment de ne pas rire, parce que je vois bien qu'il est très sérieux.

« Je n'ai jamais eu de sœurs, mais j'imagine que si j'en avais, je partagerais les sentiments que vous avez pour les vôtres.

— Je suis content qu'on se comprenne, et merci de l'offre d'aider pendant la campagne.

— Pas de problème. »

Il commence à partir mais revient.

« Encore une chose. J'étais prêt à vous haïr au premier coup d'œil à cause de tout ce qui s'est passé avec Ava. Mais je ne vous hais pas.

— Merci de me l'avoir fait savoir. Je ne vous hais pas non plus. »

Rob sourit et lève sa bouteille silencieusement en mon honneur. Malgré la mention de haine et de meurtre, j'ai l'impression que je viens peut-être de me faire un ami. Ce serait bien. Je regarde à deux fois quand Ava entre par la porte de la suite que nous avons laissée entrouverte. Je ne l'ai vue qu'à une seule autre occasion en six ans, et bordel je réagis de la même manière que je l'ai toujours fait, avec mon cœur qui s'arrête un instant avant de s'emballer. Elle tient la main d'un bel homme blond, et je me sens un tout petit peu soulagé de les voir ensemble main dans la main.

Je veux sincèrement qu'elle soit heureuse. S'il la rend heureuse, et c'est celui qu'elle veut, ainsi soit-il. Je me mets debout pour la saluer en la prenant dans mes bras et l'embrassant sur la joue.

« Ça me fait plaisir de te voir. T'es belle, comme toujours.

— Ça me fait plaisir de te voir, aussi. T'as l'air mille fois mieux que la dernière fois que je t'ai vu. Je te présente mon mari, Éric Tilden. Éric, John West. »

Je lui serre la main.

« Je suis content de vous rencontrer finalement.

— Moi aussi. »

Il dit les mots qui sont attendus socialement de lui, mais j'ai le sentiment d'être la dernière personne au monde qu'il a envie de rencontrer ou avec laquelle il veut passer du temps.

« Une bière ? Du vin ? Qu'est-ce que je peux vous servir ?

— Une bière serait bien pour moi, dit Éric. Ava veut…

— Du vin blanc. »

Je réalise immédiatement mon erreur. Il ne veut pas savoir que je la connais si bien.

« Oui, dit-il, pincé.

— Maintenant que nous sommes tous ici, dit Amy, peut-être que Jules peut nous expliquer pourquoi elle a démissionné. »

Oh, merde. Amy ne prend pas de gants. Observer la dynamique entre frères et sœurs est fascinant pour moi qui n'en ai jamais eu.

Jules fusille sa sœur du regard, puis cligne des yeux et se remet.

« Je serai contente de vous en parler.

— Sérieusement, t'as quitté ton travail ? demande Rob. Tu ne devais pas être proposée comme associée cette année ?

— Associée subalterne, dit Jules.

— Quand même. C'est une promotion. »

Jules me lance un regard.

« Une meilleure opportunité s'est présentée. »

Je donne les boissons à Ava et Éric et souris à Jules, en espérant la rassurer et lui rappeler pourquoi nous faisons ce pas de géant ensemble.

« Je vais travailler pour John. Il reçoit des centaines d'offres par jour et va avoir besoin de quelqu'un pour le représenter longtemps après la fin de sa tournée initiale. »

C'est par un silence glacial que les frères et la sœur de Jules accueillent la nouvelle.

« Je ne demande pas votre approbation. »

Je suis si fier d'elle, putain.

« Mais j'aimerais votre soutien pendant que je prends cette nouvelle direction. »

Amy me jette un œil.

« Allons-nous parler de l'éléphant dans la pièce ? »

Je m'éclaircis la voix.

« Si je comprends bien, l'éléphant, c'est moi ?

— Oui, et je suis désolée d'être forcée d'en discuter devant vous, mais t'as *complètement perdu la boule*, Jules ? T'es vraiment en train de foutre en l'air ta carrière pour un gars que t'as rencontré il y a quelques semaines ?

— Je ne vois pas ça comme ça, Amy. Sans changer de direction, j'aurais mis encore dix ans avant de faire les choses que j'ai faites ou rencontrer les gens que j'ai rencontrés depuis que je travaille avec John. Toutes les personnes d'importance dans les médias veulent mon numéro de téléphone. Je dis non à des gens qui auraient été des contacts de rêve il y a un mois. Ce n'est certainement pas une rétrogradation pour moi. C'est un énorme pas en avant.

— Et quand la relation personnelle ne marche pas ? » demande Rob.

Je décide qu'il est temps de me faire entendre.

« J'ai parlé à un avocat aujourd'hui. Il prépare un contrat de cinq ans qui prévoit que Jules sera payée quoi qu'il advienne de nous deux. Elle fait un énorme pari en venant travailler pour moi. Je veux qu'elle soit protégée. »

Jules est abasourdie par cette nouvelle, mais ça ne fait rien. J'allais lui parler du contrat plus tard.

« Je comprends que vous vouliez tous protéger votre sœur. Mais moi aussi. Il serait impossible pour moi de rendre justice en mots à la différence qu'elle a faite dans ma vie rien qu'en quelques semaines. Je vais me contenter de dire que c'est important. Non seulement elle a encadré les médias voraces, mais elle suit les nombreuses autres opportunités qu'on m'offre et m'aide à choisir mon prochain projet. »

Ils n'ont pas besoin de savoir qu'elle m'a aussi donné une raison de me lever le matin – sans parler de me donner la meilleure raison du monde de *rester* au lit à d'autres moments de la journée. Ce sont nos affaires et celles de personne d'autre.

« J'ai besoin d'elle. »

Je dis cela directement à elle, pour qu'elle ne puisse avoir aucun doute sur mes sentiments. Plus tard, lorsque nous serons seuls, je lui dirai combien j'ai besoin d'elle de façons qui n'ont rien à voir avec le travail.

« Et ce dont elle a besoin, elle, alors ? demande Amy.

— J'ai aussi besoin de lui. »

Jules soutient mon regard.

« C'est ce que je veux. *Il* est ce que je veux. Je me lance dans cela avec les yeux grand ouverts sur toutes les façons dont ça pourrait s'avérer une mauvaise idée. Mais c'est un risque que je suis prête à prendre. »

Alors qu'elle me regarde et prononce ces mots, je me rends clairement compte que je l'aime. Je suis tombé amoureux d'elle. Et le fait que j'aie cette révélation plutôt mémorable alors qu'Ava est assise à une vingtaine de mètres de moi ne m'échappe pas. Elle est mon passé, et j'ai adoré chaque minute que j'ai vécue avec elle. Mais ma Poppy adorable est mon avenir. Je nous vois avançant ensemble, construisant une vie pour nous deux, travaillant et voyageant ensemble.

« C'est un risque que je suis prêt à prendre, aussi, pour ceux qui sont intéressés.

— On ne l'est pas, dit Éric. Mais merci de nous le faire savoir. »

Touché. Il va mettre du temps à m'accepter, et peut-être qu'il ne le fera jamais. Quoi qu'il en soit, je peux vivre avec ça si j'ai la chance de vivre avec Jules. J'espère simplement qu'elle pourra faire avec la désapprobation de son frère.

« Tu n'as pas à être comme ça, Éric. »

La capacité à s'affirmer de Jules est très attirante.

« Il ne constitue pas une menace pour toi. Nous sommes en train de te dire qu'il est passé à autre chose. Peut-être que tu aimerais mieux que ce soit avec quelqu'un d'autre que moi, mais quoi qu'il en soit, tu as eu ce que tu voulais. Il ne pleure plus ta femme. Je m'excuse d'être si directe, Ava.

— Pas besoin de me faire des excuses. »

Elle me lance un regard.

« Je ne pourrais pas être plus heureuse que de te voir aller de l'avant avec quelqu'un d'aussi merveilleux que Jules. Je suis sincèrement heureuse pour vous deux. Si quelqu'un mérite d'être heureux, c'est toi.

— Merci. »

Je suis touché par ses mots et l'affection qu'ils cachent. Avoir sa bénédiction contribuera pour beaucoup à convaincre les autres que je suis sincère dans mes intentions envers Jules.

Ava compte encore énormément pour moi, mais d'une manière différente de par le passé. Je sais que cela doit être difficile à croire qu'un flambeau que j'ai porté pendant six longues années puisse s'éteindre en l'espace de quelques courtes semaines, mais c'est exactement ce qui s'est passé. Je ne sais ni quand ni comment ni pourquoi c'est arrivé, mais je suis reconnaissant de me sentir à nouveau optimiste et plein d'espoir à propos de l'avenir, plutôt que de redouter chaque instant éveillé. Cet état d'esprit était insoutenable à long terme. Jules me l'a montré. Elle a ouvert mes yeux et m'a fait voir combien il me restait encore à vivre, et que cela pouvait être une bonne vie, pleine d'amour, d'affection et de plaisir incroyable.

Je regretterai toujours comment les choses se sont passées avec Ava. Je regretterai toujours de ne m'être pas mieux occupé d'elle et de ne pas l'avoir préparée à la possibilité d'un long déploiement. J'ai appris ma leçon et vais mieux faire avec Jules. C'est tout ce que nous pouvons faire, non ? Vivre, apprendre et nous améliorer.

Les mots de soutien d'Ava étouffent les objections que les autres auraient peut-être eues à nos nouvelles. La conversation tourne à la campagne de Rob, aux projets de leur père une fois qu'il aura quitté la politique et à si quelqu'un a eu des nouvelles de leur mère.

« J'en ai eu, dit Jules. Elle m'a envoyé un texto l'autre jour pour me dire qu'elle était fière du travail que je faisais avec John.

— Comment elle a appris ça ? demande Éric.

— Je le lui ai dit. »

Rob a l'air penaud.

« Je lui ai parlé la semaine dernière. »

Éric le fusille du regard.

« Pourquoi ?

— Parce que c'est ma mère, et qu'elle m'a appelé.

— Elle a commis une erreur. »

Amy hausse les épaules.

« Elle veut juste se racheter. »

Éric ne se laisse pas convaincre.

« Et vous, vous êtes prêts à pardonner et oublier comme ça, comme s'il s'agissait de pas grand-chose ?

— Je suis prête à lui pardonner parce que cela demande beaucoup d'énergie d'être en colère contre elle. »

Ma Poppy est incroyable.

« Elle a merdé. Elle le sait. Elle regrette. Qu'est-ce que j'ai besoin d'entendre d'autre ? »

Éric n'aime pas cette réponse, mais il ne dit rien quand il réalise qu'il est seul contre les autres.

Ils restent encore une heure, qui est passée en grande partie en conversation plaisante. Personne ne pose de questions à Ava ou Éric sur le fait qu'ils ont coupé court à leur lune de miel, alors je suppose qu'ils savent ce qui se passe. Ils restent assis ensemble sur le canapé, leurs mains entrelacées, ayant tout à fait l'air de nouveaux mariés. J'espère que quoi qu'il leur soit arrivé, ils l'ont résolu. Tout comme elle veut que je sois heureux, je veux la même chose pour elle. Elle le mérite, elle aussi.

Pendant qu'ils se préparent à partir, j'entends Muncie demander à Amy si elle veut aller prendre un verre en bas.

Elle dit oui, et ils s'en vont ensemble. J'adore me dire qu'ils se sont trouvés grâce à Jules et moi. J'espère que cela se développera, si c'est ce qu'ils veulent. Amy a été dure avec moi, mais uniquement parce qu'elle aime sa sœur. Je respecte cela. Je sais qu'elle n'a pas à s'inquiéter en ce qui concerne Jules et moi, mais elle n'a aucun moyen de le savoir. Ça va prendre du temps pour que je fasse mes preuves, mais c'est du temps que je veux bien y consacrer si ça veut dire que je serai avec Jules.

Ava me prend dans ses bras pour me dire au revoir.

« Fais-moi savoir quand tu auras décidé où envoyer tes affaires.

— D'accord. C'est sur la liste des premières choses à faire dès que j'ai fini cette tournée.

— Je suis vraiment contente pour Jules et toi.

— Il n'y a rien de plus important pour moi… et je sais qu'il en est de même pour elle.

— Prends soin de toi, John.

— Toi aussi. »

Je serre la main d'Éric.

« Content de vous avoir rencontré.

— Moi aussi. »

Il retire sa main de la mienne et commence à s'en aller avant de revenir vers moi.

« Ce que vous avez fait, capturer ce monstre qui a gâché tellement de vies… En mettant tout le reste de côté, merci pour ça.

— De rien. »

Il hoche la tête et suit Ava, Rob et Camille qui quittent la suite. Lorsque la porte se referme avec un claquement, Jules s'appuie contre et sourit. Elle est radieuse.

« Tout considéré, ça s'est plutôt bien passé, ne dirais-tu pas ? »

Je m'assieds sur le tabouret de bar et avec mon doigt lui fais signe de venir.

Elle s'approche et se met entre mes jambes, croisant ses bras derrière mon cou.

Je suis si heureux de l'avoir à nouveau dans mes bras, à sa place.

« Ça s'est passé extraordinairement bien grâce à toi. Tu as été magnifique. Tu leur as dit ce que tu voulais et n'as laissé aucune marge de négociation. Je suis si fier de toi.

— Merci. »

Elle m'embrasse et puis appuie son front contre le mien.

« Je suppose qu'on se lance à fond, alors, hein ?

— Je suppose. Des doutes ?

— Pas un seul.

— Il y a une chose qui m'est venue à l'esprit ce soir, que j'aurais probablement dû te dire avant que tu prennes cet énorme risque et démissionnes pour moi.

— Quoi donc ?

— Je t'aime. »

Elle pousse un cri.

« Tu… Tu *m'aimes* ?

— Oui, vraiment. Je ne sais pas comment tu as réussi à donner à ce vieil homme brisé, amer et misérable un espoir renouvelé, mais tu l'as fait. Tu m'as redonné la vie, Poppy. »

Je prends son doux visage dans mes mains et caresse sa peau soyeuse avec mon pouce.

« Tu m'as tout donné sans rien cacher, même pas ta plaque occlusale. »

Elle rit, et les larmes font briller ses yeux.

« Je ne vais jamais entendre la fin de ça avec toi.

— Jamais. »

Je pose mes lèvres sur les siennes et nous nous embrassons d'un baiser tendre et doux à pleurer.

« Je t'aime trop pour te laisser entendre la fin de quoi que ce soit.

— Je t'aime aussi. »

J'inspire brusquement. Je n'ai entendu ces mots que d'une autre personne dans ma vie, et l'impact la deuxième fois n'en est pas moins profond que la première. L'amour n'est pas quelque chose qui a été généreux pour moi. C'est un honneur de mériter l'amour de cette femme extraordinaire.

« Merci.

— Tu n'as pas à me remercier de t'aimer. C'est la chose la plus facile que j'aie jamais faite.

— Non, il faut vraiment que je te remercie. De tout ce que tu as déjà fait, de prendre cet énorme risque avec moi, de m'aimer, ce qui est le mieux dans tout ça. Je te promets que tu ne regretteras jamais aucune de ces choses.

— Je sais déjà que je ne vais pas le regretter. Les gens attendent toute leur vie pour trouver ce que nous avons. Je l'ai attendu toute ma vie.

— Je suis si heureux de t'avoir trouvée et qu'Ava en soit responsable. Y'a quelque chose d'assez cool dans ça.

— C'était le destin.

— C'est ça. »

Je glisse pour descendre du tabouret, et une fois que je suis sûr que mes jambes sont stabilisées, j'enroule mes bras autour d'elle et la soulève.

« John ! Pose-moi !

— Chut. Je te tiens. »

Je me déplace avec précaution vers la chambre, où je la pose près du lit.

« Tu ne devrais pas faire ce genre de truc. »

Je remue mes sourcils.

« Attends de voir ce dont je suis capable quand j'ai toute ma force. »

Elle m'attrape, me couchant sur elle.

« J'ai hâte de voir tout ce dont tu es capable. »

Avec elle à mes côtés, dans mes bras et bien ancrée dans mon cœur, tout semble possible.

EPILOGUE

JOHN

Un an plus tard…

J e viens juste de courir cinq kilomètres entiers sans m'arrêter. Comme l'avaient prédit les médecins, au bout d'un an après le coma, presque jour pour jour, j'ai commencé à me sentir pratiquement normal. Arriver à l'étape des cinq kilomètres est un énorme accomplissement. Je cours au bord de l'eau, où le sable est compacté plus fermement. Je me dis que si je tombe, je ne me ferai pas aussi mal que sur des pavés. Je tombe encore de temps en temps. Je perds l'équilibre et je bascule, souvent sans prévenir. Le mieux, c'était la fois où j'ai fait tomber un étalage entier de produits papier au supermarché. Comme le monde entier sait qui je suis, c'était plutôt gênant.

Mais Jules était là près de moi pour m'aider à me relever, me remettre en état et continuer notre journée comme si de rien n'était. Elle s'adapte à tout ce qui nous arrive et me rend la vie plus facile rien que par sa présence.

Elle a déménagé à San Diego dès que nous avons fini la partie Los Angeles de la tournée initiale des médias. Elle avait une condition : que nous habitions à la mer. Nous avons acheté un condominium en front de mer avec deux cheminées, dans une résidence toute neuve à La Jolla qui a l'autre chose dont nous avons besoin : une sécurité de première classe. Je me fais encore accoster partout où nous allons, mais ça s'est calmé un peu ces derniers mois, ou peut-être que je me suis habitué à l'attention.

Notre condominium n'est pas loin du banc sur la promenade où notre relation a pris un tournant important qui nous a conduits jusqu'où nous sommes aujourd'hui. Chaque fois que nous sommes dans les parages, nous nous arrêtons pour nous reposer sur notre banc, où nous nous souvenons du chemin que nous avons parcouru depuis ce jour-là. Nous avons gardé l'appartement de Jules à New York pour quand nous rendons visite à sa famille et avons des obligations de travail. Je l'encourage à retourner chez elle dès qu'elle le veut, mais elle ne veut jamais y aller sauf si je suis avec elle. Ça me convient.

J'ai l'impression que la tournée des médias initiale a eu lieu dans une autre vie. J'ai eu des centaines d'interviews dans l'année depuis que j'ai officiellement pris ma retraite de la Marine. Nous continuons à attendre que l'intérêt pour mon histoire s'affaiblisse, mais cela n'a l'air que de devenir de plus en plus dingue avec chaque mois qui passe. J'ai accepté de représenter la marque Adidas. Ils m'ont photographié ne portant qu'un short de course et leurs chaussures. Au départ, j'ai hésité à être pris en photo avec la prothèse en pleine vue, mais Jules a dit : « Qu'est-ce que ça peut faire si les gens la voient ? Ce n'est pas comme si personne ne savait que tu avais perdu une jambe. »

J'adore comment elle va droit au but et simplifie les choses pour moi alors que j'ai tendance à trop réfléchir sur tout. Après des années à diriger mon équipe et superviser les gens dans la Marine, je suis plus qu'heureux de la suivre pendant que je m'adapte à la vie civile. Elle n'a jamais eu tort, pas une fois. Je blague sur comment je fais plus confiance à son intuition qu'à la mienne.

La publicité a énormément suscité l'attention, y compris sur un de ces panneaux d'affichage démesurés à *Times Square*, et la société est très contente des résultats. Moi, je suis très content de la quantité faramineuse d'argent qu'ils m'ont payé pour le faire. Entre ça et ma retraite, nous sommes plutôt bien à l'aise.

J'ai également accepté d'écrire mes mémoires, ce qui s'avère beaucoup plus compliqué que ce à quoi je m'attendais. J'espère qu'en parlant de mon enfance difficile et du succès de ma carrière navale, je donnerai espoir à un autre môme qui n'a personne pour le soutenir. Nous avons eu vent d'un contrat pour faire un film s'il s'avère que le livre n'est pas de la merde. Ce serait quelque chose, alors.

Et j'ai fondé la Fondation capitaine John West pour les gamins trop vieux pour le système de placement et qui ont besoin de parrainage, de direction et d'aide pour trouver un avenir. S'il y avait eu quelque chose comme ça quand j'avais dix-huit ans, je ne me serais peut-être pas retrouvé devant un juge. J'ai eu de la chance, avec quelqu'un qui m'a donné un choix qui a changé ma vie. Beaucoup de gamins n'ont pas ce genre de bonne fortune, et je veux les atteindre avant qu'ils soient dans le pétrin. Nous avons commencé un programme pilote à San Diego que j'espère étendre au niveau national dans les deux ou trois ans à venir.

La vie est belle, et pas juste pour Jules et moi. Rob a gagné son élection et maintenant représente New York au Congrès. Camille et lui partagent leur temps entre New York et Washington DC, et il est considéré comme une étoile montante dans le parti démocrate. Son entreprise à elle a des bureaux dans les deux villes, alors ça marche bien pour eux. J'ai aimé faire campagne pour lui, et il aime dire que mon soutien a fait toute la différence. Je ne sais pas si c'est vrai, mais j'étais heureux de lui donner un coup de main. Il est devenu un bon ami, et j'aime bien passer du temps avec Camille et lui.

Muncie a demandé à être muté à New York et travaille maintenant comme recruteur dans cette ville. Il n'adore pas le travail, mais il *adore* vivre avec Amy. Je m'attends à ce qu'on me dise d'un moment à l'autre qu'ils vont se marier. Il est resté un de mes amis les plus proches après les mois que nous avons passés à travailler ensemble. Je lui suis presque aussi reconnaissant qu'à Jules de m'avoir aidé à reconstruire ma vie.

Ava et Éric ont récemment eu une petite fille qui s'appelle Josie. Elle est absolument adorable, et ils en sont ravis, comme il se doit. Lui et moi ne serons jamais les meilleurs amis du monde, mais nous sommes capables d'être aimables pour Jules et Ava quand nous nous voyons de temps à autre. Nous sommes même arrivés au point où nous pouvons blaguer un peu et avoir une conversation raisonnable sur tout sauf Ava. Contre toute attente, Ava et moi sommes devenus de bons amis, échangeant des SMS et restant en contact étroit. Je suis si content d'avoir la chance d'avoir tout ce que j'ai avec Jules tout en gardant Ava dans ma vie, aussi.

Pendant que je rentre en faisant mon jogging, je pense à ma Poppy et la prochaine étape de notre chemin ensemble. J'ai une bague de fiançailles depuis des semaines et j'ai agonisé sur comment je veux lui poser la question la plus importante que je poserai jamais à quelqu'un. Je ne suis pas inquiet de ce que sera sa réponse, mais je veux que ce soit parfait pour elle, comme elle l'a toujours été pour moi.

Quelquefois, je me demande ce que je serais devenu si elle n'avait pas fait irruption dans ma vie quand elle l'a fait. J'étais mal barré quand je suis sorti de l'hôpital. Quand je pense que je reviens de si loin, et que je dois ce progrès en grande partie à elle, ma lumière au bout d'un tunnel noir… J'ai encore des cauchemars occasionnels, et me réveille en pleurant, dévasté par la perte de Tito et Jonesy ainsi que d'Ava, et la vie qui nous a été arrachée par un terroriste. Jules est toujours là pour moi, me tenant pendant les meilleurs et les pires moments, mon calme dans la tempête.

Il y a quelques mois, Popovicci, le second capitaine de mon équipe de commandos SEAL, a essayé de se suicider. Le choc de cet incident m'a déboussolé pendant quelques jours pendant que nous nous sommes mobilisés autour de lui, l'avons fait entrer dans une clinique de traitement du SSPT et avons fait toutes les choses qu'on fait quand on est la famille de quelqu'un qui souffre. Si c'était arrivé avant que j'aie Jules, je ne sais pas si j'aurais pu y faire face aussi bien qu'avec elle à mes côtés pour m'aider sur des détails qui m'auraient accablé si j'avais été seul.

Elle, c'est un roc. Elle est mon roc, et je veux qu'elle sache à quel point elle est importante pour moi avec une demande en mariage parfaite. J'ai eu, et ai rejeté, mille idées. Aucune d'entre elles ne m'a semblé la bonne. Je continue d'espérer que je vais trouver quelque chose parce que je commence à m'impatienter. Je veux cette bague sur son doigt et j'ai l'intention de faire de Jules ma femme dès que possible. Je veux des enfants avec elle. Je veux tout avec elle. C'est drôle de penser qu'une fois que Jules et moi serons mariés, la fille d'Ava sera ma nièce. Ça me plaît.

J'arrive chez nous, utilise la douche extérieure pour me nettoyer et monte les escaliers jusqu'à notre terrasse. Les escaliers sont encore un peu un challenge, mais comme l'avaient promis les médecins et thérapeutes, tout est devenu plus facile avec le temps. J'entre dans le condo, où Jules s'occupe de la cuisine tout en parlant au téléphone. Ma nana n'est rien si elle n'est pas la reine de la multitâche.

Elle me souhaite la bienvenue chez nous avec un grand sourire qui me touche le cœur. Elle est toujours si contente de me voir, putain.

« Non, il ne va pas faire ça, Victor. Je me fiche de combien il s'amuse dans votre émission, il ne va pas lancer des pénis en caoutchouc d'un hélicoptère. »

Elle lève les yeux au ciel.

En riant, je lève les deux pouces en signe d'approbation.

Elle secoue la tête, d'un air sévère.

J'adore quand elle est sévère avec moi.

« Non, ça ne fait aucune différence si c'est de la fausse merde. Ces deux choses sont indignes de lui. »

Elle s'arrête pour écouter.

« Je ne vais pas lui en parler. La réponse est non. Rappelez-moi quand vous aurez trouvé plus de dignité. »

Elle retire ses écouteurs-boutons et les jette de côté.

« Il est dingue s'il pense que je vais te laisser faire les trucs fous qu'il fait dans son émission. Il a de la chance que je te laisse faire une *apparition* dans son show une fois par mois. »

Elle est magnifique. C'est le seul mot auquel je puisse penser pour décrire comment elle s'occupe de moi dans le travail et en dehors. Quelquefois, je m'inquiète qu'elle se fatigue d'avoir un seul client, mais elle a l'air d'aimer me représenter et être le *firewall* entre les demandes qui continuent à arriver tous les jours et moi. J'avance vers elle, marchant avec précaution sur mes jambes fatiguées, et fais le tour du comptoir de cuisine où elle se tient, remuant quelque chose qui a une odeur délicieuse.

« Qu'est-ce qui ne va pas ? »

Elle m'inspecte rapidement pour s'assurer que tout va bien.

« Tu n'es pas tombé, non ? »

Elle a les cheveux relevés en un chignon ébouriffé, et porte un débardeur près du corps avec un short sexy en jean qui couvre à peine ses fesses, pas que je m'en plaigne.

« Pas cette fois-ci. Et tout va bien. »

Je me penche pour l'embrasser.

« Je suis juste en train de me rincer l'œil avec ma femme guerrière, pieds nus dans la cuisine, se battant pour moi comme elle est seule à pouvoir le faire.

— Je sais que tu aimes Victor, mais il faut que je dise… »

Je l'embrasse et lui enlève les mots de la bouche.

« Je t'aime. Je n'aime que *toi* et personne d'autre. »

Je réalise qu'il n'y aura jamais de meilleur moment pour ce que je veux faire que l'un des simples et pourtant extraordinaires moments que nous partageons tous les jours.

Elle enroule sa main autour de mon cou.

« Je t'aime, aussi. Comment ça a été, la course à pied ?

— J'ai finalement franchi les cinq kilomètres.

— Vraiment ? C'est formidable. »

Son sourire illumine mon monde.

Il fut un temps, j'étais capable de courir vingt-cinq kilomètres sans même transpirer. Il est possible que je ne puisse plus jamais faire ça, et alors ? J'ai appris que je n'ai pas à redevenir ce que j'étais pour être parfaitement heureux comme je suis. Le week-end dernier, je l'ai emmenée faire une randonnée à Torrey Pines, un terrain impossible à parcourir pour moi jusqu'à ce que je devienne plus fort. C'était bien de retourner à l'un de mes endroits préférés et de le partager avec elle.

« C'était un bon feeling de boucler le cinquième kilomètre.

— Je suis tellement fière de toi. »

Elle traite chaque victoire de mon rétablissement comme si je venais d'atteindre le sommet du mont Everest ou quelque chose d'aussi remarquable, ce qui est juste une autre chose sur ma longue liste de raisons pour lesquelles je l'aime éperdument.

« Tu peux me donner une minute ?

— Bien sûr. »

Ses sourcils se plissent adorablement de confusion.

« Je ne vais nulle part. »

C'est tout ce que j'ai besoin de savoir.

« Je reviens tout de suite. »

Je vais dans la chambre à coucher qui est au rez-de-chaussée. Jules a insisté là-dessus pour que je n'aie pas à me battre avec des escaliers chez moi. Elle cherche toujours à me protéger pour les petites choses et les grandes. Je prends la bague que j'ai rangée dans un tiroir de la commode, la sors de la boîte et retourne au canapé du salon, gardant la bague cachée au creux du poing que j'ai formé de ma main droite.

« Viens ici. »

Elle tourne ce qui est dans la casserole tout en vérifiant son téléphone.

« Je suis là.

— Julianne. »

Je ne l'appelle *jamais* comme ça, et ça attire son attention.

Elle lève le nez de son téléphone.

« Quoi ?

— Viens. *Ici.* »

Soupirant avec une exaspération dramatique, elle vient à moi.

« Monsieur a sonné.

— Assieds-toi. »

Elle s'assied.

Ce n'est pas facile pour moi, mais je glisse du canapé et me mets à genoux devant elle.

« Qu'est-ce que tu fais ? Tu vas te faire mal !

— Mais non. Et ce que je suis en train de faire, ma douce, difficile, magnifique et absolument parfaite Poppy, c'est te demander si tu veux bien m'épouser et me rendre plus heureux que je ne le suis, ce qui est déjà sacrément heureux. »

Ses yeux s'écarquillent et elle en reste bouche bée. *J'adore* qu'elle ne l'ait pas vu venir. Bien sûr on a parlé de mariage, mais elle n'avait aucune idée qu'aujourd'hui serait le grand jour.

« Toi, ma belle, infiniment compétente *firewall*, tu es l'amour absolu de ma vie. Tu veux passer le reste de tes jours avec moi ? »

J'ouvre ma main pour lui montrer la bague, et elle pousse un cri.

J'en ai choisi une imposante, et à en juger par sa réaction, ça a l'effet désiré.

Des larmes coulent le long de ses joues alors qu'elle couvre sa bouche de sa main gauche.

« John. »

Le mot est étouffé par sa main, mais je l'entends malgré tout.

Je tends le bras pour enlever la main de sa figure et glisse la bague sur son doigt. La taille est parfaite, mais je savais qu'elle le serait.

« Tu te souviens du jour où tu n'arrivais pas à trouver la bague de ta grand-mère ? »

Elle hoche la tête.

« Je l'ai empruntée pour m'assurer que la taille était la bonne. Je me suis senti si mal de te voir contrariée par la bague qui manquait, et j'ai veillé à ce que tu la trouves le lendemain matin. »

Elle renifle en regardant la bague et puis moi.

« Je te pardonne.

— J'ai aussi parlé à ton papa il y a à peu près un mois et lui ai demandé la permission de t'épouser. Il m'a dit que j'avais son accord, mais que tu étais la seule personne qui pouvait me donner la permission.

— Tu lui as vraiment demandé ?

— Oui, oui, vraiment, et je me suis dit que tu approuverais sa réponse.

— J'adore ce qu'il a dit et que tu aies fait ça. Merci. Je suis sûre que cela a eu une grande importance pour lui. »

J'embrasse le dos de sa main.

« Tu aimes la bague ? »

Elle rit comme si c'était la question la plus bête qu'elle ait jamais entendue.

« Je l'adore. Elle est incroyable. »

C'est un solitaire de trois carats entouré par deux autres carats en plus petites pierres.

Je l'embrasse encore parce qu'il n'y a presque rien que j'aime plus que l'embrasser.

« En tant que personne qui est responsable des détails ici, tu en oublies un plutôt important.

— Qu'est-ce que j'ai oublié ?

— Tu n'as pas répondu à ma question. Est-ce que tu vas m'épouser et passer l'éternité avec moi ? Est-ce que tu vas gérer ma vie et faire des bébés et tout le reste avec moi ?

— Oui. »

Elle me caresse le visage tandis qu'elle me regarde dans les yeux.

« Oui, à tout. »

Je la prends dans mes bras, soulagé d'avoir rendu cela officiel et de lui avoir fait plaisir avec la bague que j'ai eu tant de mal à choisir.

« Tu m'as sauvé la vie de toutes les façons possibles, Poppy.

— Tu te plais à dire cela, mais en sauvant la tienne, j'ai trouvé la mienne. »

———

Merci d'avoir lu l'histoire de John ! Après la parution de *Cinq ans sans lui* l'année dernière, je savais que j'allais être inondée de demandes de l'histoire de John, et c'est pourquoi j'ai écrit *Un an plus tard*. Tout le monde voulait le voir trouver son *happy end*, lui aussi, et j'espère que vous avez pris plaisir à le voir le trouver avec Jules. Écrire ces deux livres a été tellement fun, et j'ai été ravie d'avoir des nouvelles de tellement de lecteurs qui ont adoré *Cinq ans sans lui* et ont compté les jours qui restaient pour recevoir *Un an plus tard*. Je vous remercie de l'enthousiasme que vous portez à mes livres. J'en suis très reconnaissante !

Devenez membres du groupe de lecteurs de *Cinq ans sans lui* <https://www.facebook.com/groups/FiveYearsGone/> et *Un an plus tard* https://www.facebook.com/groups/OneYearHome/ pour discuter de chaque livre, avec spoilers permis.

Si vous n'êtes pas sur ma liste de diffusion de newsletter, assurez-vous de vous inscrire sur marieforce.com pour être avertis quand de nouveaux livres sont disponibles et pour recevoir des nouvelles de ventes et événements dans votre région.

Beaucoup de gens font qu'il m'est possible d'écrire des livres toute la journée, y compris mon mari, Dan, et l'équipe HTJB : Julie Cupp, Lisa Cafferty, Holly Sullivan, Isabel Sullivan et Nikki Colquhoun.

Je remercie mes formidables éditeurs, Linda Ingmanson et Joyce Lamb, ainsi que mon excellente publiciste Jessica Estep et mes bêta-lecteurs premiers Kelly, Juliane, Gwendolyn, Betty, Nancy, Laurie, Irene, Marti, Isabel, Amy et Jennifer pour leurs contributions. Finalement, je suis super excitée d'avoir Erin Mallon et Jason Clarke pour jouer les rôles de Julianne et John pour l'édition audio de ce livre, ainsi que Andi Arndt et Joe Arden de *Cinq ans sans lui* qui reprennent leurs rôles en tant qu'Ava et Éric dans *Un an plus tard*. Merci à toutes ces célébrités de première classe d'avoir donné vie à ces personnages.

Un grand merci à mon amie auteur et résidente de San Diego Lauren Rowe, qui s'est assurée de l'exactitude des détails locaux et m'a aidée à organiser la journée pendant laquelle John emmène Jules et Amy faire des excursions touristiques. Je remercie tout particulièrement mon amie Tracey Suppo d'avoir lu *Un an plus tard* pendant que je l'écrivais et avoir fait la relecture finale. J'apprécie tellement ton amitié et ton soutien, Tracey !

Et merci à mes incroyables lecteurs qui continuent de faire de cela le meilleur travail que j'aie jamais eu.

Avec amour,
Marie

Autres livres de Marie Force

Cinq Ans Sans Lui
Un an plus tard

L'ile de Gansett
Livre 1: Quand on est fait pour l'amour *(Maddie & Mac)*
Livre 2: Quand on est fou d'amour *(Joe & Janey)*
Livre 3: Quand on est prêt pour l'amour *(Luke & Sydney)*
Livre 4: Quand on rencontre l'amour *(Grant & Stephanie)*
Livre 5: Quand on espère l'amour *(Evan & Grace)*
Livre 6: Quand vient la saison de l'amour *(Owen & Laura)*
Livre 7: Quand on aspire à l'amour *(Tiffany & Blaine)*

Les séries de Rester à Flot
Livre 1: Rester à Flot *(Jack & Andi)*

Trilogie Quantum
Livre 1: Virtuous *(Flynn & Natalie)*
Livre 2: Valorous *(Flynn & Natalie)*
Livre 3: Victorious *(Flynn & Natalie)*
Livre 4: Rapturous *(Addie & Hayden)*
Livre 5: Ravenous *(Jasper & Ellie)*
Livre 6: Delirious *(Kristian & Aileen)*
Livre 7: Outrageous *(Emmett & Leah)*

ABOUT THE AUTHOR

Marie Force est l'auteur de *New York Times* bestsellers en romance contemporaine, suspense, historique et érotique. Ses séries comprennent Gansett Island, Treading Water, Butler, Vermont et la série Quantum, publiées de façon indépendante, ainsi que la série Fatal de Harlequin Books.

Ses livres, traduits en plus d'une douzaine de langues, ont été vendus à plus de 9 millions d'exemplaires dans le monde entier et sont apparus plus de trente fois sur la liste des bestsellers du *New York Times*. Marie est aussi sur la liste des meilleures ventes de *USA Today* et du *Wall Street Journal* ainsi que de *Spiegel* en Allemagne, et présente fréquemment lors de conférences et ateliers sur la publication.

Ses buts dans la vie sont simples—finir d'élever deux jeunes adultes heureux, en bonne santé et productifs, continuer à écrire des livres aussi longtemps que possible et ne jamais prendre un vol qui fera la une des journaux.

Inscrivez-vous sur la liste de diffusion de Marie Marie's mailing list pour être avertis quand de nouveaux livres sont disponibles et recevoir des nouvelles de ventes et événements dans votre région. Suivez-la sur Facebook et Instagram. Devenez membre de l'un de ses nombreux groupes de lecteurs reader groups. Contactez Marie par mail à l'adresse marie@marieforce.com